ANNY THORN

DEINE FREIHEIT gehört mir

Landwiese 21, 35085 Ebsdorfergrund
1. Auflage
Covergestaltung: Heartcraft
Text: Anny Thorn
Buchsatz: Falkenfeder Design
Bildlizenzen:
Natalie Hof – **stock.adobe**.com

ISBN: 978-3-98595-154-3
Bestellung und Vertrieb: Nova MD GmbH, Vachendorf
Druck:

Bibliografische Information der Deutschen Nationalbibliothek:
Die Deutsche Nationalbibliothek verzeichnet diese Publikation in der Deutschen Nationalbibliografie; detaillierte bibliografische Daten sind im Internet über http://dnb.d-nb.de abrufbar.

Für alle, die die Freiheit suchen.
Nimm sie dir, du hast sie verdient.

Playlist

Hymne gegen euch – Provinz
I Can't Go On Without You – KALEO
Secrets and Lies – Ruelle
Vor í Vaglaskógi – KALEO
No Good – KALEO
The Funeral – Band of Horses
Prisoner – Raphael Lake, Aaron Levy, Daniel Ryan Murphy
Still Don´t Know My Name – Labrinth
Toxic – 2wei
Crazy – 2wei, Marvin Brooks
Do It For Me – Rosenfeld
Light of the Seven – Ramin Djawadi
Twisted – Two Feet
Cold Blood – Dave Not Dave
Him & I – G-Eazy
Darkside - Oshins
Tether Me – Galleaux
Break My Baby – KALEO
I`ll Make You Love Me – Kat Leon
Blindside – 2wei, Edda Hayes
I Like The Way You Die – Black Honey

Vorwort

Hallo Schönheit,

es freut mich, dass du dieses Buch gefunden hast, dass du *mich* gefunden hast. Muss ich mich vorstellen? Nein, lern mich lieber langsam kennen.

Nur eines solltest du wissen: Ich lüge nie und sage doch nicht immer die Wahrheit. Du kannst mir jedoch glauben, wenn ich dir sage, dass dieses Buch keine rosarote Romanze ist. Vergiss all deine bisherigen Bücher, hier erwartet dich der dunkelste Abgrund, in den du blicken kannst. In den kommenden Seiten stecken eine Menge Gewalt, Körperverletzungen, Vergewaltigung und häusliche Gewalt. Meine Sprache ist sehr explizit und ich liebe Sex. Es wird blutig, es wird heiß, es wird dunkel und eventuell verliert der ein oder andere den Kopf. Oh, und das beschreibt noch längst nicht das ganze Ausmaß. Hinten im Buch findest du all das Schreckliche, was dich erwarten wird. Das macht dir Angst? Sollte es. Aber blättere ruhig weiter, ich passe auf dich auf, halte deine zarte Hand.

Du vertraust mir doch, oder?

Der Pedrow-Clan

Nadia Pedrow

† Wladislaw Pedrow

☆☆☆

Iwan Pedrow

BOSS

☆☆

Maksim Sorokin

Underboss

CAPOREGIME

SOLDIERS

Der Smirnow-Clan

Tatjana
Smirnow

†
Matjew
Smirnow

Marlena
Smirnow
(verschollen)

☆☆☆
???
BOSS

☆☆
Tatjana Smirnow
Underboss

CAPOREGIME

SOLDIERS

Prolog

IWAN

Renn, Anastasia. Lauf um dein verdammtes Leben. Und doch, gib einfach auf. Das alles hier ist lächerlich. Unsere Liebe. Unsere Ehe! Ein reiner Witz, viel zu viele gemeinsame Jahre, die du allein verspottet hast.

Du hast mich hintergangen.

Du hast mich verraten.

Du hast mich belogen.

MICH, Anastasia. Mich! Niemand traut sich so was. Nicht mal der kleinste Bauer mit den dicksten Eiern. Denn jeder weiß, was ihn erwarten würde.

Dachtest du, ich verschone dich? Warum? Weil ich dich liebe? Oh, Baby, das lässt mich das Ganze hier nur noch mehr genießen.

Hörst du mich lachen? Es schallt zwischen den Bäumen hindurch. Selbst die letzte verdammte Nadel an diesen beschissenen Tannen vibriert durch mein Gelächter. Und es jagt dir einen Schauer nach dem nächsten über den Rücken. Ich weiß das, denn ich kenne dich.

Und du kennst mich.

Und doch hast du es getan. Du bist die pure Schande, nein, schlimmer! Es gibt keinen Begriff, keine Bezeichnung in irgendeiner Sprache der Welt, die dich beschreiben könnte. Nicht einen einzigen! Du bist der Dreck unter meinen Fingernägeln, der Abschaum aus der Gosse. Selbst das ist immer noch zu nett!

Du weißt, was auf dich wartet. Du versuchst zu fliehen, und dabei weißt du ganz genau, wie diese Nacht hier mitten im Wald enden wird.

Dein Blut wird sich zwischen dem Moos sammeln, in der Erde versickern. Deine Haut wird sich trennen, mir einen Weg zu deinem Herzen freilegen. Und das meine ich nicht metaphorisch. Also renn verdammt nochmal schneller.

Meine Hände streifen die raue Rinde der Bäume. Einen nach dem anderen lasse ich hinter mir zurück. Alles, was ich höre, ist deine viel zu schnelle Atmung. Alles, was ich rieche, ist deine Angst. Ich gehe um einen dichten, blütenbehangenen Busch herum und sehe dich. Endlich.

Wie erbärmlich du dich um den Baumstamm klammerst. Die hellblondierten Haare kleben schweißnass an deiner Stirn. Deine künstlichen Fingernägel graben sich in das Holz, brechen nach und nach ab, während du dich halbnackt an den Baum presst. Das Mondlicht lässt deine weiße Haut beinahe silbrig glänzen, doch du bist kein Schatz, nein. Du bist nichts weiter als Schmutz.

»Iwan, bitte«, wimmerst du mir entgegen, deine Unterlippe bebt und du klemmst sie zwischen deine Zähne. »Es ist nicht so, wie es aussieht. Ich hab es nur für uns …«

Ich hebe meine Hand und du bist augenblicklich still. Wie gut du immer gehorchst, *Liebling*. »Habe ich dir nicht alles gegeben? Hat es dir nicht gereicht, meinen Schwanz lutschen zu dürfen? War es nicht genug, dass ich dich auf Händen getragen habe?« Du bemerkst meine ruhige Tonlage und es treibt deinen Puls nur noch höher. »Hat es dir niemals gereicht, dass du die Ehefrau des wohl mächtigsten Mannes der Westküste sein durftest? Die Frau des Bosses des einflussreichsten russischen Mafia-Clans? Die Frau des Mannes, vor dem verdammt nochmal alle – alle, Anastasia - niederknien?«

Dein Blick zuckt zwischen meinen Augen hin und her. »Doch, Iwan. Du hast mir alles gegeben, alles!«

»Aber?« Oh, Anastasia, ich wünschte, ich könnte weiterhin so kühl bleiben. Aber mein Herz ist dumm, einfach nur dumm.

»Nichts aber.« Jetzt kommst du auch noch einen Schritt näher. Sicher hast du das Brechen meiner Stimme bemerkt. Flehst du gleich um Gnade? Tu es nicht, Baby. Tu es einfach nicht. »Anfangs habe ich vielleicht etwas gelogen. Aber du weißt, dass ich dich liebe. Aus tiefstem Herzen.« Du wechselst auf Russisch, als würde das etwas ändern. »Ich liebe dich.«

Mich, Anastasia? Oder mein Leben? Meinen Status? Die Macht, die ich dir gegeben habe? Das, wonach jede Fotze giert, denn jede einzelne Pussy will nur das eine von mir. Und ich dachte, du wärst anders, Baby. Ich dachte, du wärst anders.

»Iwan.« Und noch einen Schritt zu mir. Richtung Tod und Verderben. »Lass uns reden. Wir waren doch immer glücklich, du und ich.« Du stehst jetzt beinahe bei mir. So nah und doch so weit weg.

»Glücklich?« Auf den Fotos, vielleicht. Vor ein paar Jahren, mag sein. Aber die letzten Monate? »Das ist lange her.«

»Sag so was nicht.« Du senkst den Blick, willst mir deine Unterlegenheit beweisen. Sie wird dich nicht retten. »Du hast mich zur glücklichsten Frau der Welt gemacht. Niemals hätte ich es für möglich gehalten, du hast mich zu der gemacht, die ich heute bin.«

Wieder muss ich lachen. »Zu einer verdammten Lügnerin? Dazu habe ich dich gemacht?«

Die Augen starr auf den Waldboden nuschelst du irgendwas. Ich verstehe es nicht und ehrlich gesagt, ist es mir egal.

Du bist mir egal, Anastasia. Und doch eben nicht.

Es wird immer so weitergehen. Du wirst nicht die letzte Frau an meiner Seite sein, das wusste ich schon von Anfang an. Aber dass es so zu Ende geht? Nein, das hatte ich nicht erwartet. Denn irgendwo in mir habe ich dich tatsächlich geliebt. Mit meinem kalten, dunklen Herzen habe ich etwas für dich empfunden. Dieser schlaffe Muskel hat für dich geschlagen. Aber du hast ihn wieder zum Stillstand gebracht, dumme kleine Anastasia.

Ich nicke, völlig automatisch. Und es ist keine Zustimmung zu deinem albernen Versuch, die Dinge wieder geradezurücken. Es ist eher eine stumme Entscheidung.

Für deinen Tod.

Für mein Leben.

Ich rausche auf dich zu, umgreife deinen schlanken Hals mit meinen Händen. Mein Daumen fährt die kleine Kuhle deiner Kehle entlang, meine Lippen schweben dicht an deinen. Ich rieche dich, du duftest so lieblich, Anastasia. Obwohl so viel Verrat an dir klebt.

»Ich habe dich tatsächlich geliebt«, flüstere ich gegen deinen Mund, presse ihn fest auf meinen. Ein letztes Mal schmecke ich deine Zunge an meiner und kurz überlege ich sogar, dir hier an diesem Baum das Hirn herauszuvögeln. Aber selbst mein Schwanz besitzt mehr Würde als du.

»Ich liebe dich auch, Iwan.« Ach, halt einfach deine verlogene Fresse.

Ich drücke dich mit meinem Körper über den Waldboden hinweg, bis du mit dem Rücken wieder gegen den Stamm stößt. Du keuchst auf und für einen Moment fährt deine kleine rosa Zunge über deine Lippen.

»Nimm mich, Iwan. Hier und jetzt. Ich bin dein, für immer.« Deine Finger suchen Halt in meinem Hemd und das Einzige, was ich empfinde, ist Übelkeit. Du versuchst, auf die Knie zu gehen, doch ich stoppe deine Bewegung, ziehe dich wieder zu mir herauf.

»Ich nehme dich, Anastasia.« Ganz und gar. »Dein Leben, deine Seele, dein verkümmertes Herz.« Noch bevor du über meine Worte nachdenken kannst, greife ich nach dem Messer an meinem Gürtel, ramme es in deinen Magen. Eine Hand gegen deine Schulter gedrückt fixiere ich dich vor mir. Ich reiße die Klinge nach oben, spüre den Widerstand deiner Rippen, säge sie hindurch. Ritsch, ratsch.

Deine Augen, so weit aufgerissen, dass ein roter Rand um den weißen Augapfel liegt. Dein Mund geöffnet zu einem stummen Schrei. Du umgreifst meine Hand, deine langen Nägel bohren sich in meine Haut.

Das Messer stößt gegen die nächste Rippe, doch meine Wut, gepaart mit diesem knochensägenden Geräusch, beflügelt mich. Und, Gott, es tut gut. Es tut so, so gut, dir jeden Knochen zu brechen. So wie du mein Herz gebrochen hast.

Du röchelst, scheinbar habe ich ein paar Löcher in der Lunge hinterlassen. Deine Beine geben nach, doch ich halte dich oben. Ich will es sehen, Anastasia. Ich will sehen, wie das Leben aus dir weicht. Wie deine Augen den Glanz verlieren. Wie sich deine Züge entspannen. Wie du stirbst.

Blut sickert aus deinem Mund, läuft über deinen Hals, überströmt heiß meine Hand. Dieses Gefühl, deinen Lebenssaft auf mir zu spüren – es lässt mich hart werden. In kleinen Bächen rinnt es an dir herab, sammelt sich um uns herum.

Es ist so weit, Baby. Ich lege dich in deine eigene Blutlache. Dein Puls ist nichts weiter als ein Schmetterlingsschlag, aber ich bin noch nicht fertig.

Ich ziehe das Messer aus dir heraus, stecke es in den Waldboden neben uns. Mit bloßen Händen umgreife ich die Ränder der offenen Wunde, reiße sie auseinander. Deine Lunge liegt mir im Weg. Ich packe sie einfach zur Seite. Denn ich will dahin, wo du mir wehgetan hast. Dahin, wo jeder von uns am verletzlichsten ist.

Zu deinem Herzen.

Wieder umschließe ich den Griff des Messers, schneide den verstummten Muskel aus deiner Brust und lege ihn vor mir auf das Gras. Es pumpt nicht mehr, schlägt nicht mehr für mich.

Meins auch nicht mehr für dich. Aber kann man mit gebrochenem Herzen überleben? Mit nur einer Hälfte?

Nein, Anastasia, kann man nicht.

Ich schneide dein Herz durch. Es ist zäh, gibt kaum nach. Venen, Arterien, ich spalte alles. Bis zwei Hälften vor mir liegen.

Eine kann nicht ohne die andere. Du kannst nicht ohne mich, dafür habe ich gesorgt.

Ich greife nach der linken Seite, wiege sie in einer Hand hin und her. Und beiße hinein. Reiße dir mit meinen Zähnen ein Loch in dein Herz und spucke es neben dich auf den Boden. Ein metallischer Geschmack flutet meine Zunge, doch es ist nichts im Vergleich zu dem bitteren Aroma der Enttäuschung.

Ich liebe dich nicht.

Ich hasse dich.

Ich hasse das alles hier. Den Verrat, die Lügen und Intrigen.

Und deshalb wird es jetzt enden. Ein für alle Mal.

1

Mariel

»Du glaubst nicht, was mir heute vorgeschlagen wurde!« Die Tür flog hinter mir zu, ich schüttelte die Füße aus und warf die Pumps im hohen Bogen von mir. Sie schlugen gegen die Wand, doch ich rannte schon weiter ins Wohnzimmer.

»Immer langsam mit den jungen Pferden!« Carter schaute über seine Schulter zu mir. Wie so oft saß er auf der dunkelblauen Couch und sah fern. Es war bereits nach 20 Uhr, garantiert lief gerade irgendein Actionfilm. Als hätte ich es gewusst, wurden meine Gedanken mit lauten Tönen eines Maschinengewehrs unterstrichen.

»Nicht langsam, Carter!« Ich ging zu ihm herum, drückte ihm einen Kuss auf die Wange. »Ich habe einen Wahnsinnsauftrag bekommen. Einen wirklich krassen megagroßen Auftrag!« Noch immer flimmerte die Euphorie durch meine Zellen.

Mehr als ein tiefes Durchatmen bekam ich allerdings nicht von ihm. Hatte ich etwas anderes erwartet? Nach fünf Ehejahren wohl nicht.

Ich ignorierte es und erzählte weiter. Vielleicht half es, wenn ich mir einfach vorstellte, dass er interessiert war. Ja, vielleicht hatte er gerade: *›Oh Schatz, erzähl mir alles‹*, gesagt. Oder wenigstens so was Ähnliches. »Es geht um eine Kolumne, mehrere Seiten, Hochglanz und mittendrin in der *Variety*!«

»Hmm.« Ein Brummen, immerhin.

»Ich werde die nächsten zwei Wochen – halt dich fest - Iwan Pedrow interviewen.« Allein seinen Namen laut auszusprechen, ließ meinen Puls auf 180 durch mich rauschen.

»Kenn ich nicht.« Wow, wer schaute von uns beiden denn dauernd in diese flimmernde Röhre?

»Iwan Pedrow, der Mann, der seine Frau tötete und in der Todeszelle sitzt? Der Boss des Pedrow-Clans? Einer der größten

Mafia-Organisationen hier an der Westküste?«, versuchte ich ihn daran zu erinnern, doch wieder bekam ich nur ein Seufzen zu hören. Ich ging um die Couch herum, ließ mich neben ihn fallen. »Carter, dieser Mann …«, ich griff, um sein Kinn und zwang ihn, zu mir zu sehen, »… dieser Mann hat seine Frau quer durch einen Wald gejagt, ihr das Herz herausgeschnitten und – das ist nichts für schwache Nerven – es halbiert und eine Hälfte wieder in ihren Brustkorb eingesetzt. Man munkelt, dass er noch immer die zweite Hälfte besitzt.« Die Qualen und Ängste, die diese Frau erleiden musste – unvorstellbar. Und doch faszinierte mich die Art und Weise, wie er es tat. So persönlich. So zerbrechlich. Als würde er ihr das Herz brechen, so wie sie ihm seins gebrochen hatte. Und wo bewahrte er die zweite Hälfte wohl auf? Ich interpretierte mal wieder viel zu viel in die ganze Sache hinein.

»Klingt nach einem bösen Mann.« *Ja, Carter, es klingt danach.*

»Machst du dir Sorgen um mich?« Eine kleine Hummel startete in meiner Magengrube, flog durch meinen Bauch, schlug beinahe einen Looping.

»Quatsch, da sind doch Gefängniswärter.« Natürlich.

Ich stand auf und ging in die Küche. Sorgen, er? Niemals. Eher darum, dass der Stecker dieses verdammten Flimmerkastens nicht richtig steckte. »Hast du schon was gegessen?«, rief ich durch unsere kleine Wohnung. So wie die Küche aussah, eher nicht. Das Geschirr vom Frühstück stand unangetastet in der Spüle, mehrere Kaffeetassen zierten die Theke. »Carter?« Hatte er Watte in den Ohren? Ich streckte den Kopf aus der Küchentür und starrte ihn an.

Breitbeinig, eine Hand im Schritt, die andere auf seinem Bauch, glotzte er in den Fernseher, als würde es ihn auf magische Art und Weise festhalten. Vielleicht tat es das auch tatsächlich.

Ich seufzte und begann die Küche aufzuräumen. Er hätte wenigstens eine seiner zig Tassen in den Geschirrspüler stellen können. Wir mussten beide arbeiten, waren beide Schriftsteller, jeder auf seine Art und Weise.

Schon in der High School waren wir uns nähergekommen. Carter, der trainierte, sonnengebräunte Typ, volle Lippen, dunkelbraune Augen, blondes Haar. Ja, man konnte sagen, dass ich ziemlich schnell Feuer und Flamme gewesen war. Vor allem unter ihm. Als wir dann auch noch gemeinsam am gleichen College angenommen worden waren und zusammen Literaturwissenschaften studieren hatten können, war uns direkt bewusst gewesen, dass das alles Schicksal sein musste.

Ich hatte mich für den Journalismus entschieden, er schrieb Kriminalromane. Also meistens. Okay, quasi gar nicht mehr. Ihm fehlte die Muse. Ach, keine Ahnung.

Die Gedanken reichten, um mir den Appetit zu verderben. Ich ging rüber ins Wohnzimmer, schnappte mir meine Tasche mit dem Laptop und eilte zurück in die Küche. Carter hatte es nicht mal bemerkt, auf dem Fernseher küssten sich zwei Blondinen und seine Hand bewegte sich unter dem Stoff seiner Hose auf und ab. *So läuft es wohl in der Ehe.*

Nachher würde ich ihm einen blasen und hoffen, dass sein Schwanz noch steif genug war, dass ich mich wenigstens kurz draufsetzen konnte. Einen Orgasmus? Den besorgte ich mir nebenbei selbst. Keine Ahnung, ob Carter überhaupt wusste, wie das ging. Früher hatte er mich laut schreien lassen, mich verwöhnt. Das ist lange her.

Ich stellte den Laptop auf der Theke ab und klappte ihn auf. Der helle Bildschirm leuchtete die gesamte kleine Küche aus, während sich meine Gedanken nur noch um eines drehten. Oder um *einen.*

Iwan Pedrow.

Ich öffnete das Internet und gab seinen Namen ein. Die Silben, die Buchstaben, sie sahen gefährlich aus. Strahlten eine Bedrohlichkeit zu mir aus, dass es mir eiskalt den Rücken herunterlief. Dabei waren es nur einfache Lettern.

Enter.

Sofort tauchten unzählige Fotos von ihm auf. Ich klickte auf die Bilder und scrollte hindurch. Auf den ersten Blick sah er gar nicht so bedrohlich aus. Eher verschlossen und … heiß. Okay, ich brauchte nachher definitiv einen Orgasmus!

Auf allen Bildern hatte er kurze, dunkle Haare, seine grauen Augen strahlten einem förmlich entgegen, doch seine Lippen formten sich nie zu einem richtigen Lächeln. Sie wurden von einem Dreitagebart umschlossen, der direkt in ein Tattoo überging.

Ist ja auch egal, wie er aussieht. Ich klickte auf News, versuchte, die grauen Augen zu vergessen, die wie ein Stempel auf mir lasteten. Eine Meldung nach der anderen ploppte auf. Eine gerissener als die Vorherige.

Er tötete seine Frau auf brutale Art und Weise!
Mafiaboss der Westküste weidet Ehefrau aus!
Forest Killer – von der russischen Mafia im Wald getötet!
Anführer des Pedrow-Clans tötet seine große Liebe – wusste sie zu viel?

All die sensationsgeilen Schlagzeilen zeigten den wahren Charakter des Journalismus – Oberflächlichkeit. Dieser Mann hatte seine eigene Ehefrau auf grausame Weise gefoltert und ermordet, aber *warum*? Warum hatte er es getan? Und wieso hatte er sich danach einfach so der Polizei gestellt? Das alles schrie nach mehr, doch niemand sah wirklich hin.

»Gibt es noch was zu essen?« Carter umfasste meine Schultern und las murmelnd die Schlagzeilen vor. »Iwan Pedrow, von dem Typ hab ich gehört, was ist mit ihm?«

Ich benötigte meine komplette Selbstbeherrschung, um nicht vollständig in die Luft zu gehen. »Eine Kolumne, habe ich dir doch eben erzählt«, presste ich zwischen zusammengebissenen Zähnen hervor.

»Da war was.« Er öffnete den Kühlschrank und schob den Inhalt hin und her. »Kochst du dann?«

Manchmal klang ›*durch einen Wald jagen*‹ gar nicht mal so übel. »Ja, später.«

Eine Bierflasche klimperte hinter mir, es zischte, der Deckel flog gegen den Mülleimer, verfehlte ihn und rollte über das Linoleum. Carter bückte sich nicht und verließ einfach die Küche.

Wow. *So ist die Ehe nun mal.*

Ich schaute zurück auf den Laptop und öffnete einen der Artikel. Doch ich las nichts Neues, immer und immer wieder das Gleiche. Dass er es getan hatte, wie er es getan hatte, wann er es getan hatte. Aber warum? Wollte das keiner wissen? Oder erzählte er es niemandem? *Würde er es mir erzählen?*

Diese Kolumne sollte größer werden als all diese Klatschartikel. Tiefe, Gefühl und Hintergrund – das war mir wichtig. Und ich würde ihm die Antworten schon entlocken können. *Ich würde hinsehen.*

Ich schloss den Artikel und klickte weiter. Das, was ich brauchte, konnte man nicht hier finden, es lag tiefer. *Dunkler. Darker. Darknet.*

Carter hasste es, wenn ich mich hier rumtrieb. Ich liebte es. Dieses Kribbeln im Nacken, etwas Verbotenes zu tun, etwas Gefährliches. Direkt in unserer Küche.

Wieder gab ich Iwans Namen ein, aber diesmal kam mehr. So viel mehr. Bilder der Leiche seiner Frau. Sie hätten mich schocken sollen, diese blutige Herzhälfte in dem aufgerissenen Torso. Ihre blonden Haare klebten an der Stirn, waren mit ihrem eigenen Blut durchzogen. Doch in mir löste es nichts aus, nichts außer … etwas sehr Dunklem.

Ich analysierte jeden Winkel, jedes Pixel des Fotos. »Warum hast du es getan, Iwan, warum?«, murmelte ich vor mich hin und klickte weiter. Auf dem nächsten Bild hielt er seine Frau in den Armen. Die Hände an ihrer Hüfte, die Ärmel seines Hemdes halb hochgekrempelt, offenbarte er etliche seiner Tattoos. Und einige sehr ansehnliche Muskeln und Sehnen. Von wann das Bild war, konnte ich nicht entdecken. Aber ich sah mehr, ich sah genau hin. Direkt in seine Augen. Er brauchte nicht lächeln, er sah auch so glücklich aus. So wie sie.

Natürlich sieht sie glücklich aus. Sie hatte alles, was man sich wünschen konnte. Einen sexy Ehemann, der es ihr garantiert immer und immer wieder besorgt hatte. Geld im Überfluss und … hallo? Sie war so schön, es tat fast weh in den Augen. Diese Frau hatte sich wahrscheinlich nie gefragt, was ihr Leben überhaupt bedeutete. Sie war nicht unwichtig, sondern die pure Erscheinung gewesen.

Bis du sie getötet hast, Iwan.

Hätte ich nicht gewusst, dass er ein Mitglied der russischen Mafia war, dann würden sie beinahe wie ein ganz normales Paar aussehen. Zufrieden, auf ihre Art und Weise.

»Also, kochst du nun?« Carter stand im Türrahmen der Küche, die Augen ins Wohnzimmer gerichtet, sicher direkt auf den Fernseher.

Ich schnaufte, klappte den Laptop zu. »Was willst du essen?«

»Pizza.« Und schon war er wieder weg.

Na ja, kochen hieß dann wohl eher: ›*Bestellst du was für uns?*‹. Ich griff nach meinem Handy in der Hosentasche und scrollte durch die Liefer-App. Pizza Hawaii für mich, Funghi für ihn. Alles wie immer, so wie gewohnt. *Ihr Essen wird in ungefähr 43 Minuten geliefert.*

Eine dreiviertel Stunde, die wir früher oft anders genutzt hatten. Wie oft hatten wir uns ins Studentenheim Pizza bestellt und die Lieferzeit im Bett verbracht. Der Nervenkitzel, ob man es noch schaffte oder nackt zur Tür rennen musste – es war irgendwie verrückt und doch ganz besonders.

Ich ging hinüber ins Wohnzimmer, vielleicht könnte man alte

Traditionen wieder aufleben lassen? »Wir haben noch 41 Minuten, Carter.« Ich stellte mich direkt vor ihn, umfasste den Saum meines Shirts und zog es nach oben. Ein BH-Träger rutschte über meine Schulter.

»Mary, bitte, ich habe die Folge gerade neu angefangen.«

Das konnte nicht sein Ernst sein! So leicht würde er mich nicht loswerden. Ich setzte mich rittlings auf ihn, ließ das Becken kreisen. »Und wenn wir unseren eigenen Film drehen?« Meine Lippen streiften über seinen Hals, für einen kurzen Moment grub ich die Zähne in seine zarte Haut. War es verrückt, mir zu wünschen, dass man morgen noch einen Abdruck davon sehen würde? *Vielleicht ein bisschen.*

»Mariel.«

Oh, mein vollständiger Name. »Hmm?« Noch hinterließ ich einen Kuss nach dem anderen, aber ich wollte so viel mehr. Seine Zunge an meiner spüren, seine nackte Haut an meine gepresst, seine Härte tief in mir.

»Stopp.« Als würde ich von Kopf bis Fuß in Flammen stehen, schob er mich von sich. Ich verlor den Halt auf seinen Knien und fiel rückwärts direkt vor seine Füße auf den Boden.

Nein, demütigender ging es nicht. Obwohl … als seine Augen nur für den Bruchteil einer Sekunde auf mir verharrten und dann sofort wieder zu dieser verdammten Flimmerkiste zuckten, war es doch schlimmer geworden.

Arschloch.

2

IWAN

Das ständige Klopfen gegen diese verdammte Metalltür würde mich auch nicht schneller aufstehen lassen. Ich hatte Zeit, eine ganze Menge. Irgendwas um die 180 Jahre. *Wer zählt da schon mit?*

»Pedrow, schwing deinen Arsch hoch.« Die Wache war besonders gut gelaunt. Nur zu gern würde ich seinen Arsch aufreißen und so viel Koks hineinblasen, dass er nicht mal mehr den Namen seiner Mutter wüsste.

Ich klopfte zweimal von innen gegen das weiße Metall und schon wurde die Tür geöffnet. Na ja, schon war untertrieben. Etwas piepste, als sein Finger auf den kleinen schwarzen Kasten traf, Schlösser surrten, eins, zwei, drei. Viel zu viele. Fehlte nur noch, dass die Tür zischend aufging. Würde mich nicht wundern, wenn die so was in den nächsten Jahrzehnten, die ich hier festhing, erfinden würden.

»Arme vor, Beine auseinander.« Oh, der große Glatzköpfige hatte heute Schicht. Wie hieß er nochmal? War auch egal, der Monat war morgen rum und somit nahte seine Kündigung. Alle vier Wochen neue Wachen, alle vier Wochen neue Gesichter. Die Chancen auf Verbündete? Minus dreihundert.

»Dir auch einen schönen guten Morgen«, antwortete ich, während ich ihm meine Hände entgegenstreckte und jeweils einen Schritt nach links und rechts tat. Marshall! Genau! »Marshall, Mensch, beinahe hätte ich deinen Namen vergessen.«

Schon rasteten die Fesseln wieder an mir ein. »Halt die Klappe, Pedrow.«

Ich schloss die Augen. Wie schwer konnte mein Name sein? »Pedrow«, wiederholte ich für ihn und betonte das ›D‹ so weich wie möglich. »Marshall, Sie müssen es sanfter aussprechen. Ungefähr so, wie sie ihre jungfräuliche Schwester in den Arsch ficken würden.«

Die Augen des Glatzkopfs weiteten sich und dann flog auch schon seine Faust in meine Magengrube. Zischend atmete ich aus, krümmte mich nach vorn, doch er zog mich an den Handschellen wieder herauf. »Wie war das?«

»Schwerhörig?« Ich grinste. Mir egal, sollte er mich windelweich prügeln. Auch eine Form von körperlicher Zuneigung, oder nicht?

Der nächste Schlag traf meinen Kiefer, nicht doll genug, dass er wirklich gebrochen wäre. Ein metallischer Geschmack breitete sich aber dennoch in meinem Mund aus, benetzte meine Zunge. *Süß und wunderbar.*

»Also«, begann ich und spuckte eine eklige Mischung aus Blut und Speichel neben uns, »gehen wir jetzt raus spazieren?«

Tief atmete die Wache durch, doch dann zog er mich hinter sich her. Was sollte er auch machen? Mich in Isolationshaft stecken? *Dass ich nicht lache!* Hier steckte ich seit drei Jahren fest. Ständig wechselndes Personal, kein Kontakt mit anderen Häftlingen. Vollständig isoliert. Der perfekte Ort für Psychopathen. *Der perfekte Ort für mich.*

Noch eine schmale schwarze Tür, dann würde mir das Sonnenlicht entgegenscheinen. Die weißen, sterilen Wände um uns herum, die vielen Stahltüren, keine Fenster, schallgeschützt, all das würde dann für wenige Stunden hinter mir liegen. Nur einen weiteren Schritt.

»Stopp, Pedrow.«

Vergiss es. Der Wärter hielt an, doch ich ging einfach weiter. Er zog mich an dem metallenen Band zwischen meinen Händen zurück. *Wichser.*

»Sir.« Der Arsch salutierte und schaute zu dem Mann in meinem Rücken.

Ich brauchte mich nicht umdrehen, die Stimme war die einzige Konstante hier in diesem Bunker. Der Leiter der Einrichtung, Sebastian White, nerviger Mann mittleren Alters. Sein Schnauzer war nur die Krönung seiner Lächerlichkeit.

»Pedrow, wohin des Weges?« Er klopfte mir auf die Schulter, wie einem verdammten Freund.

Irgendwann bringe ich dich um, dann liegst du wimmernd vor mir, flehst um Gnade. Und ich gewähre dir lediglich einen langen, qualvollen Tod. »Hofgang, White.« Mehr Worte hatte er nicht verdient und selbst die waren schon zu viel.

»Sie haben Post.«

Jetzt drehte ich mich doch um. Post an sich war nicht ungewöhnlich. Tatsächlich zog ich auf magische Art und Weise Frauen aus sämtlichen Ländern an. Keine Ahnung, auf was für eine kranke Scheiße die standen oder was sie glaubten, wer ich war. Ich hatte meine Ehefrau getötet und ja, ich hatte es genossen. Jeden einzelnen Schnitt. Jeden einzelnen Schrei.

Allerdings erhielt ich schon lange keine Post mehr. Oder anders gesagt: sie wurde mir schon lange nicht mehr vorgelesen. Die Briefe in die Hand nehmen? Nein. Hier in dem verfickten Gefängnis durfte ich gerade noch meinen eigenen Schwanz anfassen.

Ich starrte auf den Umschlag zwischen seinen Fingern. »Und was steht drin?«

»Jemand möchte dich interviewen.« Der amüsierte Ausdruck um seine Mundwinkel gefiel mir ganz und gar nicht. Selbst sein verdammter Bart krümmte sich empor.

Ich nickte träge. »Und was sollte der für Fragen an mich haben? Alles Scheiße. Darf ich jetzt endlich auf den Hof? Bitte?« Ein kleines Wort, fünf Buchstaben und es brachte mich an den Rand des Verstands.

»Sie, Mariel Torres. Sie kommt von der Variety und ganz ehrlich …? Ich wollte es Ihnen erst gar nicht zeigen. Warum sollte man einen Menschen wie Sie interviewen? Allerdings war diese Miss Connor, die Chefin des Magazins, sehr überzeugend und für Sie …«

Ich schaltete auf Durchzug. Mir war jedes einzelne Wort so was von egal. Was auch immer er mir versprach oder er glaubte, mir bieten zu können, nichts würde mir hier raushelfen. Und draußen würde es nur wieder von vorn losgehen. Leute leckten mir am Arsch, nur damit sie nicht starben. Mein Schwanz musste immer der Größte sein. *Vielleicht ist es hier drin doch nicht so übel.*

»… Strafmaß könnte es mildernd entgegenwirken«, beendete White seine Ausführungen und steckte den Brief in seine innere Jackettasche. »Hören Sie, Pedrow, so was ist hier eigentlich nicht erlaubt. Das sollte Ihnen klar sein. Aber uns sitzen irgendwelche herzensguten Menschen im Nacken und machen Druck. Unsere Gefängnispolitik wäre wohl – wie nennen sie es? – würdelos.« Er lachte und neigte sich Marshall zu. Würdelos war untertrieben. Whites hyänenartiges Lachen unterstrich die Tatsache nur noch mehr. »Zeigen wir denen doch, wie sozial wir sind.«

»Vielleicht zeigen Sie mir erstmal den Innenhof?«, murmelte ich und sah auf meine Füße. Ich hatte keine Lust auf das Gespräch. Und auch nicht auf dieses kleine Interview.

»Gut, wie Sie wollen.« White klatschte in die Hände. »Entweder diese Journalistin darf Sie zwei Wochen jeden Tag besuchen oder Sie sehen den Innenhof die nächsten zwei Jahre nie wieder.«

Ich schaute zu ihm auf. *White, was bist du für ein kleines sadistisches Schwein*? Und dann konnte ich nicht mehr an mich halten, brach in schallendes Gelächter aus, legte den Kopf in den Nacken und lachte. Laut, dunkel. Etwas, was man an diesem Ort viel zu selten hörte. Oder eher nie.

»Heißt das, Sie stimmen zu?« Er trat einen Schritt von mir weg, musterte mich für einen Moment.

Dieser Typ kannte mich so schlecht. Er hatte das Spiel gerade eröffnet, er hatte mir gedroht – nicht ich ihm. »Denken Sie, dass Sie es bereuen werden? Das alles hier?«

Seine Augenbrauen zogen sich zusammen. »Bitte?«

»Irgendwann wird der hübsche Kopf ihrer Frau auf dem Pfosten ihres Gartenzauns stecken, Ihnen entgegen lächeln, wenn sie ihren verfickten Kaffee trinken. Und dann denken Sie an mich, ganz allein an mich.«

White schnaufte immer lauter, immer schneller. »Das Interview steht! In zwei Tagen geht es los. Und bis dahin ist der Hof gestrichen.« Er kam wieder näher, sein Atem, eine Mischung aus Kaffee und Kippen, schlug in mein Gesicht. »Und weißt du was, Pedrow? Deine Matratze ist für die nächsten 48 Stunden ebenfalls weg.«

Ich grinste ihm entgegen, als hätte er mir einen Karibikurlaub geschenkt. »Gott sei Dank, das Scheißteil war eh knochenhart. Wissen Sie was, behalten sie die ruhig noch einen Tag länger.« Er versuchte, mich zu quälen? Bitte! Das schaffte er nicht. Nicht mal mit seinen dunkelsten Träumen. »Zurzeit kommt Ihre Tochter eh nicht zum Ficken vorbei.«

Und schon landete seine Faust in meiner Magengrube. Die Luft entwich meiner Lunge, doch das war es wert. Niemand legte sich mit mir an, auch nicht dieser kleine Wichser. *Du besitzt keine Macht,*

White. Du kompensierst hier drin alles, aber draußen, da würdest du um dein verbittertes Leben rennen.

»Schaff ihn in die Zelle! Dass man dich nicht längst hingerichtet hat!« Whites Brüllen wurde immer leiser, während der Wärter mich hinter sich her schleifte, bis wir wieder direkt vor meiner Zelle zum Stehen kamen.

»Das verstehe ich auch nicht«, murmelte ich so leise zu mir selbst, dass es sicher keiner hörte. Obwohl, eh egal. Hier interessierte sich niemand für mich. Und ich mich für niemanden um mich herum.

3

Mariel

»Carter?« Ich streckte meinen Kopf in das Schlafzimmer herein. Natürlich lag er noch immer auf unseren Bettdecken, eine direkt zwischen seinen Beinen. Ein Ort, den ich schon länger nicht mehr berühren durfte.

Er brummte, drehte sich schwungvoll um, presste den Stoff noch enger gegen seinen Schritt.

Ob er eine Morgenlatte hat? An was dachte ich da eigentlich? Die Zeit, in der *ich* mich um seine morgendlichen Befindlichkeiten gekümmert hatte, war eindeutig vorbei. *Leider.*

»Ich muss los, Aria wartet sicher schon. Danach fahr ich zum Interview mit …«

»Geh einfach, Mary. Ich schlafe noch!« Mir war nicht bewusst, dass man selbst verschlafen und nuschelnd so bösartig klingen konnte.

Ich nickte, obwohl ich wusste, dass er es eh nicht sah. Vielleicht versuchte ich auch nur, mir selbst Mut zu geben. Irgendwie.

Er imitierte ein leises Schnarchen, als ob ich wirklich so doof wäre, und dachte, er würde bereits wieder schlafen. Ich drehte mich um, verdrängte das Stechen in meiner Brust.

Manchmal fragte ich mich, was ich eigentlich noch hier wollte. Aber wir waren verheiratet. Bedeutete das nicht, dass man sich irgendwann mal liebte? Auch schlechte Zeiten gemeinsam meisterte?

Iwan hat auch seine Anastasia ermordet.

Verglich ich mich ernsthaft gerade mit diesem Psychopathen? Nein! Allerdings verstand ich ihn von Sekunde zu Sekunde mehr. Nur dass ich nicht in den Knast wandern wollte. *Und töten natürlich illegal ist!* Carter und ich waren einfach schon immer zusammen gewesen. Er durchlebte sicher nur eine schwere Phase. Seit ein paar Jahren.

Ich griff nach meiner Tasche mit dem Laptop und dem Notizbuch darin, ohne die ich niemals die Wohnung verließ. Von Haargummis bis Nervennahrung war verdammt nochmal alles in dieser Handtasche. Mit dem Ding könnte ich sicher die ersten Tage einer Zombieapokalypse überleben.

Ich ging weiter in den schmalen Flur, schaute zu meinen Schuhen. High Heels oder Sneaker? Gestern war ich die ganze Zeit in diesem ach so toll verglasten Hochhaus mitten in Downtown von Delton gewesen, um meine Artikel für die nächsten Monate in der Variety vorzubereiten, und hatte mich an den Kleidungsstil, der dort vorherrschte, anpassen müssen.

Heute? Heute würde ich nur kurz da sein. Danach würde es endlich ins Gefängnis gehen. Zu *ihm*.

Sneaker reichten.

»Aria, nicht durchdrehen!« Noch im Reden drückte ich mich gegen die Glastür und betrat das Büro meiner Redaktionschefin. »Ich bin nur minimal zu spät.« Erst war der verdammte Bus nicht gekommen und dann hatte ich nicht genug Geld gehabt, um mir ein Taxi zu rufen. Also hatte ich ganze 28 Minuten auf den nächsten Bus warten müssen. Wie gesagt, eine winzig kleine Verspätung.

Aria erhob sich hinter ihrem Schreibtisch und der schwarze Chefsessel rollte zurück Richtung Glasfront. Von hier aus wirkte es beinahe so, als würde er jeden Moment in den Abgrund hinter ihr stürzen. Mitten auf die Straße, mitten zwischen die Menschen.

Wie es wohl aussieht, wenn ein Stuhl aus einer so krassen Höhe auf einen Menschen fällt? Ob der Schädel explodiert?

Ich verbrachte zu viel Zeit in diesem verdammten Glashaus.

Sie lächelte, doch ihre dunklen Augen hinter ihrer noch dunkleren gerahmten Brille erreichte es nicht. Akkurat fielen die schwarzen Strähnen ihres kurzen Bobs links und rechts an ihrem Gesicht herab. Alles an ihr war die pure Perfektion.

Muss ich erwähnen, dass Unpünktlichkeit keine Art von Perfektion ist?

»Mariel, schön, dass du endlich hier bist.« Ihre Stimme klang kühl und distanziert. Nicht unbedingt, weil ich zu spät kam. Ich bezweifelte, dass es überhaupt eine andere Stimmfarbe bei ihr gab.

»Ich freue mich auch.« Mit wenigen Schritten durchquerte ich ihr Büro, ließ mich auf einen durchsichtigen Plastikstuhl vor ihrem gläsernen Schreibtisch fallen. *Alles ist einfach durchsichtig!* »Der Verkehr war die Hölle.« Ich lächelte ihr entschuldigend entgegen, doch ihre Mundwinkel senkten sich. *Schön.*

»Die Hölle kommt heute erst noch auf dich zu. Das Circle Prison hat angerufen, sie erwarten dich in der nächsten Stunde.« Sie setzte sich wieder, legte die Hände vor sich auf den Tisch.

Eine Stunde? Wie sollte ich rechtzeitig dort ankommen? Das Gefängnis lag nicht mal annähernd in Downtown und die Busverbindung zur *Hölle* – so wie sie es nannte – eher schlecht ausgebaut.

Mein Gesichtsausdruck musste sämtliche meiner Fragen in mir widerspiegeln, denn Aria legte tatsächlich den Kopf schräg und lächelte. »Du wirst gefahren. Von hier zum Circle und dann nach Hause. Keine privaten Umwege.«

Ja, weil ich nach dem Interview doch noch so gerne shoppen gegangen wäre.

»Und die Fahrtzeit ist keine Arbeitszeit.« Nun war ihr Kopf wieder kerzengerade.

»Natürlich«, murmelte ich, »danke.« Noch so ein Moment, an dem ich mich fragte, was ich eigentlich hier machte. Dabei war es nicht mal Mittag. Doch auch hier lag es auf der Hand. Es war schon immer mein Traum gewesen, vom Journalismus leben zu können. Die Variety war einfach der beste Start, den man kriegen konnte. Dort ging es noch um richtige Recherche, kein einfältiger Klatschblattblödsinn. Und sie war nun mal die aufsatzstärkste Zeitung in der Stadt.

»Gut. Der Fahrer wartet unten.« Sie senkte den Blick auf die Papiere vor sich. Ihre Haare fielen nach vorn, verschleierten ihr Gesicht dahinter.

Das Meeting war beendet. *Hätten wir das nicht auch telefonisch besprechen können?* Egal. Ich klatschte mir auf die Oberschenkel und stand auf. »Bis morgen, Aria.«

Sie wedelte mit der Hand, schaute nicht auf und deutete stumm zur Tür.

Ich bin wirklich nur von überaus freundlichen Menschen umgeben.

Gerade als ich die Hand um die Türklinke schloss, ertönte doch noch ihre Stimme hinter mir. »Und Mariel«, sie stockte und ich schaute über meine Schulter zu ihr zurück. »Keine Angst zeigen.«

Ich erwiderte nichts, öffnete die Tür und ging. Angst? Die hatte ich nicht. Der Typ war vielleicht gefährlich, aber er saß hinter Gittern. Eher würde ich mir ein paar Tipps von ihm anhören, wie ich Carter um die Ecke brachte, ohne mich dabei erwischen zu lassen.

Natürlich nur Spaß.

Glaube ich.

Aria hatte sich nicht lumpen lassen. Direkt vor dem gläsernen Gebäude wartete eine dunkle Limousine, davor stand ein Mann in Anzug, die Hände vor dem Schritt verschränkt. »Mariel Torres?«

Ich salutierte halbherzig. »Zu Befehl.«

Seine Mundwinkel zuckten nicht einmal. *Langweiler.* »Wie auch immer. Ich fahre sie zum …«

»Weiß ich.« Ich öffnete mir selbst die Tür, ignorierte seinen dummen Blick, weil ich ihm so unhöflich das Wort abgeschnitten hatte, und setzte mich in das Auto. Wenig später fuhren wir los.

Er war die dritte Person, die mich heute so komisch von der Seite anmachte. Klar, er war der Harmloseste und vielleicht reagierte ich gerade über, aber ich hatte einfach keinen Bock mehr darauf.

Anastasia Pedrow hatte man sicher nie so behandelt.

Doch ich war nicht die Frau neben einem mächtigen Mann. Und das wollte ich auch nie sein. Aber gerade wünschte ich mir nichts sehnlicher als einen Mann mit Kalaschnikow in meinem Rücken, der einfach jedem den Schädel wegpustete, der mich nur komisch ansah. Der mich verteidigte, brutal und ohne Gnade. *Romantische Vorstellung.* Zu meiner Überraschung war dieser Gedanke nicht ironisch gemeint.

Was war los mit mir? Allein die Vorbereitungen auf Iwan Pedrow schienen mich absolut durcheinanderzubringen. Sein durchdringender Blick, der selbst auf den wenigen Fotos so … mir fehlten die Worte. Ich konnte es nicht beschreiben. Musste ich auch nicht.

Denn es war egal!

Wir verließen die Innenstadt, näherten uns dem Rand Deltons. Dem Slum, meinem Wohnort. Die hohen Häuser, alle aus kaltem Beton, zogen an uns vorbei. Hier war nichts aus Glas. Nichts war durchsichtig, nichts war rein. Hier herrschte das pure Grau, das dunkelste Schwarz und nichts weiter außer Verzweiflung.

Ich verdiente nicht schlecht bei der Variety, doch für uns beide reichte es gerade so. Allein könnte ich sicher näher in der Stadtmitte wohnen, aber Carter brachte absolut nichts in die Haushaltskasse ein.

Vielleicht planten wir auch deshalb nicht einmal Kinder. Es war zu teuer, unser eigenes Leben, unsere Zukunft, unsere Träume. *Alles zu teuer.*

Lange Landstraßen, nichts als Wüste und eine Menge Sand, lösten die trostlose Gegend ab. Selbst der vertrocknete Horizont versprühte mehr Hoffnung als meine Heimat.

»Da sind wir.« Der Fahrer schaute nicht in den Rückspiegel zu mir. »Jetzt aussteigen.«

Fick dich. Ohne ein weiteres Wort verließ ich den Wagen, schmiss die Tür hinter mir zu. Die Hitze der Mittagssonne knallte auf mich, verbrannte schlagartig meine Haut. *Am Ende der zwei Wochen habe ich garantiert Sonnenbrand.*

Das Fenster auf der Beifahrerseite surrte herab. »Ich warte hier.«

Seine Bemerkung ließ mich nur mit den Schultern zucken. War mir egal, ich hatte kein Problem damit, den Bus zu nehmen. Wieder sagte ich nichts, drehte mich um und ging zielstrebig auf die hohen, hellgrauen Mauern mit Stacheldraht zu. Eine verhältnismäßig kleine Tür öffnete sich inmitten des Betons und ein Polizeibeamter kam in Begleitung eines Anzugträgers heraus.

»Mrs. Torres, schön, dass Sie da sind.« Er streckte mir die Hand noch im Laufen entgegen. »Mein Name ist White, ich bin der Direktor des Gefängnisses.«

Sein Atem bestand aus Kaffee und Kippen, da war kein Fünkchen

Kohlenstoffdioxid mehr dazwischen. Kurz schüttelte ich ihm die Hand und schaute auf. Seine hellen, grauen Haare klebten an seiner Stirn. Bereits die wenigen Schritte hatten in dieser brütenden Hitze ausgereicht, um die Schweißtropfen auf seinem rundlichen Gesicht tanzen zu lassen. Langsam rannen sie seine Schläfe hinab, einer verfing sich sogar in seinem Oberlippenbart. *Ekelhaft.*

»Nennen Sie mich Mariel, wir haben die nächsten Tage sicher viel Kontakt.«

Er grinste, ließ seine Augen über meinen Körper fahren, als hätte ich ihm eben nicht meinen Vornamen, sondern meine Brüste angeboten. »Sehr gerne, Mariel. Ich bin Sebastian. Kommen Sie, ich zeige Ihnen die Einrichtung.« Er hielt mir seinen Arm hin, scheinbar sollte ich mich einhaken.

Ich verschränkte die Hände hinter dem Rücken. »Nach Ihnen.«

Seine Lippen formten sich zu einem schmalen Strich, doch dann ging er endlich voran. »Bevor Sie in den Hochsicherheitstrakt gehen können, müssen Sie abgetastet werden.«

»Selbstverständlich.« Nichts anderes hatte ich erwartet. Dieser Knast stand ganz oben auf der schwarzen Liste aller Menschenrechtler der Welt, als ob sie mich da einfach hereinspazieren lassen würden.

Der Beamte neben White öffnete erneut die Tür in der Mauer und wir betraten das Gelände des Circle. Und den Namen musste man wortwörtlich nehmen. Es war genauso, wie man es sich vorstellte. Ein Kreis nach dem anderen. Ein Bezirk nach dem anderen.

Direkt hinter der Mauer gab es einen breiten Grünstreifen, der sich, natürlich in Kreisform, um das Gebäude in der Mitte legte. Auch das war rund. Wie alles hier. Keine Ecken, keine dunklen Verstecke oder geheimen Winkel, nichts.

Wir gingen über den Rasen, weit und breit war niemand zu sehen. Hier und da standen ein paar Sportgeräte, ganz hinten erspähte ich einen Basketballkorb. Sah gar nicht *so* menschenverachtend aus.

»Das hier ist der Bereich für die herkömmlichen Sträflinge«, erklärte White und ging mit mir quer über den Rasen auf das Gebäude vor uns zu.

»Herkömmlich?«, fragte ich nach. Das klang absolut falsch.

Er lachte leise auf, wandte den Blick kurz zu mir. »Ich nenne es gern die D-Klasse. Dealer, Diebe, dumme Idioten, die nichts mit ihrer Zeit anzufangen wussten.«

Wie freundlich. »Aha.«

Wir erreichten den runden Betonklotz alias den nächsten Abschnitt des Circle und der Beamte schloss eine leicht in sich gebogene Tür auf. White ging voran, ich folgte ihm. Eine angenehme kühle Luft empfing mich und löste die Hitze der Sonne draußen ab.

»Hier entlang, Mariel. Kommen wir zu Ihrer körperlichen Untersuchung.« Das letzte Wort sprach er mit so viel Genuss aus, als hätte er mir gerade eben die Speisekarte seines liebsten Restaurants vorgelesen.

Jeder meiner Schritte quietschte auf dem hochpolierten weißen Fliesenboden mit den dicken grauen Fugen. Ich bereute bereits jetzt meine Schuhwahl. Die Fliesen gingen nahtlos in die Wand über, selbstverständlich in Grau. Was sonst?

White führte mich an silbernen Gittern vorbei, hinter denen Beamte saßen und Monitore beobachteten. Ich streckte meinen Hals, ging sogar kurz auf Zehenspitzen, um irgendetwas erkennen zu können. Fehlanzeige. Doch die Augen der Männer vor den Bildschirmen wichen nicht eine Sekunde zur Seite, geschweige denn zu mir.

»Die Kommandozentrale«, kommentierte White meine Blicke. »Wir sehen hier alles und jeden. Hier im Circle gibt es keinen Ort, an dem man sich verstecken könnte. Weder am Tag noch in der Nacht.« Er zwinkerte mir zu, löste beinahe meinen Würgereiz aus.

Nur ein paar Meter weiter schob er mich in einen kleineren Raum. Die Tür fiel hinter mir ins Schloss und erst jetzt realisierte ich, dass ich allein war. White blieb draußen und irgendwie wurde ich das Gefühl nicht los, dass er mich ganz genau beobachtete. *Kein Ort, an dem man sich verstecken könnte.*

Mitten in dem mit grauem Linoleum-Boden ausgelegten Raum stand ein eichenholzfarbener Tisch, ansonsten war er leer. Die Gitter vor den Fenstern und die weißen Wände erfüllten jegliche Klischees eines Krimis.

Die Tür öffnete sich wieder und ein Mann trat ein. Er trug keine Polizeiuniform, sondern war einer der Wärter. Schwarze Hose mit einem schwarzen Waffenholster, schwarze Haare, ja, selbst sein T-Shirt war schwarz. Nur auf seinem Rücken prangte ein riesiger, grüner Kreis, in dem ›Welcome to the Circle‹ stand, als wäre das hier ein großer

Vergnügungspark oder so ein High-Society-Arschloch-Club.

Die Hände in die Hüfte gestemmt starrte er mich aus dunkelblauen Augen an. »Ausziehen, komplett.«

Meine Augenbrauen erreichten sicher jeden Moment meinen Haaransatz. »Wie bitte?«

»Ausziehen, komplett«, wiederholte er wie so ein verdammter Roboter.

»Ähm«, stotterte ich und rang nach meiner eigenen Sprache. »Sollte das nicht eher eine *Wärterin* übernehmen?« Man konnte die weibliche Endung gar nicht mehr deutlicher betonen.

Doch der Kerl vor mir zeigte keine Regung. »Haben Sie hier irgendwo Frauen gesehen?« Er wartete nicht meine Antwort ab, sprach einfach weiter. »Genau, also, ausziehen.«

Tief atmete ich durch. *Zwei Möglichkeiten – ich tue, was er will, demütige mich hier und bekomme das Interview, oder ich weigere mich, renne aus diesem Gebäude und fliehe so weit weg, wie es nur geht.*

Noch während ich überlegte, umfasste ich den Saum meines T-Shirts und zog es mir über den Kopf. Gott sei Dank hatte ich mich heute Morgen für einen schönen BH entschieden. Die Blöße, mit abgetragener Wäsche vor diesem Typen zu stehen, musste ich mir schon mal nicht geben.

Als würde ich diese Show jeden Tag dreimal abziehen, öffnete ich den BH und legte ihn zu meinem T-Shirt auf den Tisch. Meine Brüste fühlten sich augenblicklich schwerer, aber auch freier an.

Sein Blick, der meine Nippel förmlich in den Boden starrte, entging mir nicht. *Und es ist gar nicht so übel.*

Ich streifte die Schuhe ab, legte die Socken in sie herein. Der Knopf meiner Jeans, der Reißverschluss und schon stand ich nur noch im Slip vor ihm. Mittlerweile wanderten seine Augen ungeniert an mir auf und ab, und warum auch immer, genoss ich es.

White, der garantiert vor der Tür durch irgendein verstecktes Fenster starrte. Dieser Wärter, der nicht mal einen Hehl daraus machte, wie ich auf ihn wirkte. Wäre ich ein Mann, hätte ich jetzt ganz sicher einen Ständer.

Viel zu lange wurde ich nicht mehr so angesehen. Als wäre ich begehrenswert, als wäre ich schön. Ich würde ihn nicht anspringen oder gar ranlassen, aber Frau durfte ja wohl mal ein bisschen genießen.

Ich griff nach meinem Höschen, schob es hinab, bis ich heraustreten konnte, und knallte es auf den Tisch. »Und jetzt?« Meine Stimme klang fester, als ich dachte.

»Umdrehen.« Seine dafür nicht.

Ich drehte mich um, nicht ohne meine Augen dabei zu verdrehen.

Gummi klatschte gegen Haut, scheinbar hatte er sich Handschuhe angezogen und ... ich zuckte zusammen. Seine Fingerspitzen fuhren an meinen Hals herab, zwei große Hände umgriffen meine Schultern, glitten meine Arme entlang. Und aus irgendeinem Grund drückte ich die Oberschenkel aneinander.

Macht mich das hier gerade an? Ich war verrückt! Doch diese fremden Hände, die jetzt über mein Schlüsselbein wanderten, vor zu meinen Brüsten, trieben mich in den Wahnsinn.

»Was glauben Sie, an mir zu finden? Etwas unter der Haut?« Ich brauchte dringend Ablenkung.

»Sie würden sich wundern.« Immer wieder traf mich der heiße Atem des Wärters im Nacken, immer wieder dachte ich, fast seine Brust im Rücken zu spüren. Er trat einen Schritt zurück, ließ die Hände meine Wirbelsäule hinabgleiten, bis er meinen Hintern packte und die Backen langsam auseinanderzog.

Fuck, musste ich mir gerade auf die Zunge beißen, um nicht aufzustöhnen?

Er ging hinter mir in die Hocke, atmete direkt gegen meinen Po, während seine Hände meine Beine bis zu den Knöcheln hinabstreiften.

Gott, wenn er jetzt meine Beine spreizt und ... Mariel! Hör auf damit!

Er richtete sich auf. *Leider.* »Bitte hinhocken und husten.«

Ich räusperte mich. »Ich dachte, sowas gibt es nur in Filmen.« Kurz schaute ich über die Schulter zu ihm zurück, doch sein strenger Blick ließ mich sofort geradeausschauen. Ich tat, was er sagte, kam wieder hoch.

»Umdrehen.« Selbst ein einzelnes Wort konnte so atemlos klingen.

Wieder gehorchte ich und jetzt, als seine Hände meine Brüste entlang streiften und er meine harten Nippel spüren *musste*, grinste er mich an.

O Gott, er sah echt zu gut aus mit diesen blauen Augen, die so dunkel waren, dass sie mich an einen endlosen Ozean erinnerten. Etwas tief in mir zog sich sehnsüchtig zusammen, malte viel zu lebhafte

Bilder in meinem Kopf, ließ jede Zelle in mir aufkeuchen. *Er soll mich nehmen, hier auf diesem Tisch.*

Wieder ging er vor mir in die Hocke, wieder wanderten seine Finger an mir herab, wieder stieß sein Atem verboten heiß gegen meine empfindlichste Stelle.

»Beine leicht auseinander.«

Das meint er nicht ernst? Er schaute zu mir herauf und die Art und Weise, wie er sich über seine Lippen leckte, entzündete etwas in mir, was keine Widerworte mehr hören wollte. Zaghaft trat ich einen Schritt nach links und rechts, als seine großen Hände bereits meine Innenschenkel herauffuhren, jeden Moment meine Mitte treffen würden. *Nur noch wenige Zentimeter.*

Meine Hand zuckte, als wollte sie in die dichten, dunklen Haare des Wärters fassen und ihn an mich drängen, da fiel mein Blick auf den schlichten, goldenen Ring an meinem Finger. Mein Ehering brannte förmlich auf der Haut, schien mir entgegenzuschreien, ab wann die Sache hier eigentlich als Fremdgehen eingestuft werden würde.

Ich sprang weg von dem Wärter. »In meiner Pussy steckt nichts.«

Sein Blick, verschleiert vor Lust, traf mich. »Das könnte man ändern.« Ja, die große Beule in seiner Hose war nicht zu übersehen.

Ich schluckte. »Ich bin verheiratet und beruflich hier. Kann ich mich wieder anziehen?«

Er zwinkerte. »Wir haben ja noch zwei Wochen vor uns.« Dann war er weg.

Und ich wieder allein.

Kaum hatte ich mich wieder angezogen und die verbotenen Berührungen an meinem Körper verdrängt, betrat White den Raum und führte mich heraus. Erneut vorbei an den Gittern, Monitoren und Beamten, die wie gebannt darauf starrten.

»Ich hoffe, die Untersuchung war nicht allzu unangenehm.«

Spanner, eindeutig. Ich ignorierte seine Bemerkung, folgte ihm stumm aus dem Gebäude heraus.

Diesmal betraten wir keinen Grünstreifen, sondern kochend heißen Beton. Die Hitze flimmerte vor uns auf den grauen Platten und ich hielt mir eine Hand schützend vor die Augen, um etwas erkennen zu können. Es sah genauso aus wie der vorherige Bereich. Nur ohne Rasen, ohne Grün, ohne Sportgeräte und Basketballkorb. Nichts als Beton. Nichts als Grau. *Fast wie zu Hause. Nur eben alles in rund.*

White öffnete die Tür des Gebäudes in der Mitte. »Das ist unser Herzstück. Der Hochsicherheitstrakt.« Er drehte sich einmal um die Achse, breitete seine Arme aus, als würde er mir die schönste Architektur der Welt zeigen, doch hier sah es genauso wie draußen aus. Kalt und trostlos.

Es gab keine Gitter oder Monitore. Stattdessen reihte sich eine Tür an die nächste, weiß und stählern. Nur eine kleine Luke in der Mitte der Türen schien den Kontakt von hier draußen da rein zu ermöglichen.

»Wie viele Häftlinge sind hier?«, fragte ich, während wir einige Zellentüren passierten.

»Vier. Nur die übelsten unter den Übelsten kommen hierher. Ausbrechen? Unmöglich. Immerhin müssten sie durch zwei Gefängnisse durch. Der einzige Weg hier raus geht durch den normalen Vollzug, und den müssen die sich hier erst verdienen. Es gibt keine Fenster in den Zellen, nur ganz oben in der Decke, damit diese Wichser nicht sehen, wo sie sind. Ausgang haben sie nur im Hof.« White grinste immer breiter, während mir immer übler wurde.

»Der Hof, von dem wir gerade herkamen?« Irgendwie konnte ich mir seine Antwort bereits denken.

»Nein, der Hof für den Abschaum ist der Mittelpunkt des Circle. Drei Meter Durchmesser, Betonboden, Betonmauern. Quasi eher ein Loch. Ach, und oben drüber noch ein Gitter.« Er neigte sich zu mir, blieb dabei nicht stehen. »Sicher ist sicher.«

»Sicher ist sicher«, wiederholte ich ungläubig seine Worte. Welcher Mensch hatte so etwas verdient?

»Hier sind wir.« White blieb an einer Zellentür stehen, vor der ein dunkelbrauner Holzstuhl stand. *Wohl für mich.*

Er umfasste die Lehne, stellte ihn schräg. Offenbar bat er mich, Platz zu nehmen. »Ich bleibe bei Ihnen.«

»Nein«, schoss es aus mir heraus, bevor ich darüber nachdenken konnte. »Miss Connor möchte noch mit Ihnen telefonieren, jetzt gleich.« Eine Lüge, doch sie verschaffte mir etwas Zeit mit Pedrow, ohne den Direktor im Nacken.

Seine Lippen pressten sich fest aufeinander. »Okay, ein Wärter bleibt bei Ihnen.« Und schon stand einer neben mir. Wo kam der denn her?

»Gut.« Ich nickte, setzte mich auf den Stuhl und beobachtete, wie White ging und der Wärter zu mir trat. Gott sei Dank nicht der Gleiche wie eben in diesem Untersuchungsraum. Es reichte, wenn ich ihn morgen wieder sehen durfte. *Muss! MUSS!*

Der Wärter wartete keine weiteren Anweisungen ab und öffnete die Luke inmitten der Tür. »Das Interview geht los«, brüllte er so laut, dass ich kurz zusammenzuckte. Hier war alles so leise, dass seine Stimme absolut deplatziert wirkte. Er trat einen Schritt zur Seite, lehnte sich mit dem Rücken neben die Tür.

Mein Blick, meine gesamte Aufmerksamkeit wurde förmlich durch das entstandene Sichtfeld in die Zelle gezogen. Ich konnte ihn nicht sehen, konnte nicht erkennen, ob seine grauen Iriden auch in echt so fesselnd wirkten.

»Hallo, Mr. …«, begann ich und räusperte mich im selben Moment. Wann hatte ich meine Stimme verloren? »Entschuldigen Sie. Hallo, Mr. Pedrow.«

»Hallo, Miss Torres.«

4

IWAN

Sie musste nicht einmal meinen kompletten Namen aussprechen, da wusste ich es bereits. Die Art und Weise, wie sie die Buchstaben betonte, wie sich ihre Zunge an die weichen Laute schmiegte wie um einen harten Schwanz. *Diese Frau ist Russin.*

Doch ihr eigener Name, nein, der war alles andere als russisch. Vielleicht also nur eine geübte Zunge, die viel zu oft an Schwänzen gelutscht hatte. Wie eine billige Hure.

Bist du eine Hure, Mariel? Lass es uns herausfinden.

Ich sah sie nicht und ärgerte mich sofort, dass ich mit dem Rücken gegen die Tür saß, die Beine lang ausgestreckt. So konnte sie mich nicht sehen. Aber ich sie eben auch nicht. Der Knast ließ meine Gehirnzellen schrumpfen. Ich wechselte in meine Muttersprache, schob die Tatsache, dass der Wärter sicher jeden Moment gegen die Tür schlagen würde, da er dann kein Wort verstand, weit nach hinten. Ich wollte es wissen – musste es. »Und ich nehme an, dass wir uns auch so gut verstehen könnten.«

Hab ich es nicht gesagt? Der Wärter hämmerte gegen die Tür, doch sie bewegte sich keinen Millimeter. Stahl, Spezialanfertigung. Nur die leichten Vibrationen übertrugen sich kitzelnd in meinen Rücken. »Sprich auf unserer Sprache!«, brüllte er und brachte mich zum Grinsen. *Was für ein Idiot.*

Ich behielt das Russisch bei. Es klang viel schöner als dieses plumpe Amerikanisch. »Oh, jetzt habe ich den Troll verärgert, nur weil er unsere Sprache nicht spricht.«

Und da erklang es – ganz leise und doch so überdeutlich. Ihre erste Reaktion auf meine Worte und der Beweis für meine Theorie. Ein Auflachen, kaum merklich. *Du hast alles verstanden.*

»Da der Troll aber auf meiner Seite steht und hier rumbrüllt, wäre es doch schöner, wieder in seiner Sprache zu sprechen.« Oh, ihr Russisch war scheiße perfekt. »Oder?«, schob sie eilig in Englisch hinterher.

Nun musste ich auflachen. Vielleicht würden die nächsten Wochen doch keine absolute Katastrophe werden. »Dann eben in dieser Sprache, Miss Torres.«

Ein Kuli klickte, Seiten raschelten. Sie stand wohl auf die altmodische Art und Weise. »*Mrs.* Torres. Mein Ehemann wartet zu Hause.« Sie räusperte sich. »Können wir anfangen?«

Verheiratet also. Trotzdem würde ich mein gesamtes Vermögen darauf verwetten, dass sie nicht schnell genug vor mir auf die Knie fallen, ihren Mund nicht weitgenug aufreißen könnte, um endlich meinen Schwanz lutschen zu dürfen. Frauen sind so, Menschen sind so. Dumm und einfältig. »Ich habe keine weiteren Termine, falls es das ist, was Sie sorgt.«

»Gut. Wie Sie bereits wissen, mein Name ist Torres. Ich arbeite bei der Variety und darf Sie die nächsten zwei Wochen täglich interviewen.«

Hab ich ein Glück. Sie machte eine Pause, scheinbar wartete sie auf eine Reaktion von mir. *Warte ruhig.* Die größten Männer des Landes warteten auf mich, warum dann auch nicht diese kleine Journalistin?

Ein unzufriedener Ton entwich ihr, doch der brachte nur meine Mundwinkel zum Zucken. »Sie müssen nicht auf jede Frage antworten. Natürlich werden auch unbequeme Themen angesprochen, aber ich bitte Sie, immer die Wahrheit zu sagen oder dann lieber gar …«

Was bildete sie sich ein? »Ich lüge nie, Mrs. Torres.« Hatte sie mich nicht im Internet gesucht? Oder wenigstens mal bei den Cops nachgefragt?

Ihr Grinsen schwang in jedem ihrer Worte mit, dafür musste ich sie nicht sehen. »Da wären wir ja direkt beim ersten Thema. Sie lügen nie, wirklich niemals?«

»Niemals.«

Für einen Moment herrschte Stille. Sie wartete mal wieder ab, bis ich weitersprach. Doch einen Teufel tat ich. Sie hatte mich etwas gefragt und eine Antwort bekommen. Ende. *Du musst noch einiges lernen.*

Tief holte sie Luft. »Warum?«

»Warum was?« Ich zog meine Beine zum Schneidersitz an mich heran. »Ist das Ihr erstes Interview? Die Fragen sind ungenau und weich. Oder verwechseln Sie hier etwas mit Ihrem Ehemann?« Ich legte meinen Kopf in den Nacken, soweit es die Stahltür zuließ, und schaute empor zu dem kleinen, vergitterten Fenster in der Decke. »Bei dem ist sicher auch oft einiges zu weich.«

Stille – nur diesmal von der erdrückenden Art und Weise. Unangenehm, unbequem, genau richtig. *Oh, Mariel, habe ich dich bereits damit gekränkt?*

Wieder klickte ein Kuli und es hörte sich so an, als würde sie etwas in ihrer Tasche verstauen. »Pass auf, Pedrow«, begann sie auf Russisch und, Gott, mein Name aus ihrem Mund klang viel zu perfekt. *Ob du ihn auch so gut stöhnen kannst?*

»Englisch«, zischte der Wärter, doch sie schien ihn zu ignorieren und redete einfach in unserer Sprache weiter.

»Ich bin Journalistin, das hier ist nicht mein erstes Interview. Allerdings das Erste, in dem der Interviewpartner mir nicht mal zwei Sätze lang folgen kann. Also kehr deine letzten Gehirnwindungen zusammen und beantworte einfach meine Fragen.«

Mein Lachen unterbrach die Stille nach ihrem kleinen Ausbruch, hallte von den grauen Zellenwänden wider und schallte zu ihr heraus. Wann hatte sich das letzte Mal jemand getraut, so mit mir zu sprechen? Wie viel Mut steckte wohl noch in ihren Knochen, wenn uns keine Stahltür trennen würde? Ich wüsste, ihr loses Mundwerk zu stopfen. »Sie gefallen mir, Mariel.«

»Warum lügen Sie nie?«, fragte sie, ohne auch nur einmal auf meine Reaktion einzugehen, diesmal wieder in Trollsprache.

Ich stand auf, ging in dem viel zu kleinen Raum hin und her. Drei Schritte nach rechts, drei Schritte nach links. Sicher sah sie jetzt meine untere Körperhälfte, doch ich blickte nicht zu ihr. »Wissen Sie, die Wahrheit schmerzt oft viel mehr als alle Lügen dieser Welt zusammen. Warum also sollte ich so etwas tun? Um jemanden zu schützen? Um anderer Gefühle nicht zu verletzen? Das ist erbärmlich.«

Das unverkennbare Geräusch eines Stiftes auf Papier ertönte.

»Ja, schreiben Sie mit. Das könnte als großes Zitat auf die Titelseite. Direkt zwischen: *So angel ich mir einen Frauenmörder durch stählerne Gitterstäbe* und *das Einmaleins der Brieffreundschaften mit Insassen des Circle.«* Es war immer ärgerlich, die Wärter lasen nie die spannenden Stellen vor. Die mussten viel besser in den Text eingearbeitet werden, oder diese billigen Fickstücke würden es einfach lassen und endlich die

Angst vor uns haben, die wir verdienten. Was dachten die? Sie änderten uns, legten uns an die Leine und wir fielen vor ihnen auf die Knie? Liebend? Ehrfürchtig? Am Ende würden wir sie immer und immer wieder in den Abgrund ziehen und ihnen die Kehle aufschlitzen. Und jedes Mal würden wir es genießen.

»Erhalten Sie viel Post?«

Das hast du dir aus den paar Worten herausgesucht? »Fragen Sie das für das Interview oder eher privat?«

Sie atmete hörbar aus, der Stuhl kratzte auf dem Betonboden. »Nochmal so eine dumme Antwort und ich bin weg. Und darüber wäre White sicher nicht erfreut.«

Oh, jetzt hatte sie meine volle Aufmerksamkeit. Ich ging zur Tür, stützte mich mit den Händen in die offene Luke, meine Stirn ruhte an dem kühlen Stahl, doch in meinem Kopf entzündete sich ein Brand. »Drohen Sie mir?«

»Ich weise Sie nur auf die Tatsachen hin.«

Du kleine, vorlaute Schlampe, ich kann dein verficktes Lächeln hören. »Seien Sie vorsichtig, Mariel. Ich sitze nicht ohne Grund in der Mitte des Circle.« Meine Fingerknöchel traten weiß hervor und am liebsten hätte ich die Tür eigenhändig aus den Angeln gerissen, nur um dann ihren Hals zu umschließen, bis ihr Genick nachgeben würde. »Und selbst hier droht man mir nicht, verstanden?«

Stille. Doch es schwang keine Angst durch den Raum, ganz im Gegenteil. Sie gähnte! Absolut dramatisch genug, damit ich es nicht überhörte. *Reiz mich nicht!*

Nachdem ihre Show beendet war, tat sie einfach so, als wäre nie etwas passiert. »Wie dem auch sei, gut zu wissen, dass Sie niemals lügen. Dann könnten wir ja direkt zum nächsten Thema übergehen.«

Anastasia. Natürlich.

»Sie haben ihre Frau ermordet.« Es war keine Frage, lediglich eine nüchterne Feststellung. In ihrer Stimme lag nicht mal ein Funke Angst, kein Vorwurf und auch kein noch so kleiner russischer Akzent.

»Ja.« Knappe Antwort, das musste ihr reichen. Zigtausend Interviews, Verhandlungen und Vernehmungen musste ich zu dem Thema über mich ergehen lassen. Sollte sie die Akten einfach anfordern.

»Wie haben Sie sich kennengelernt?«

Wie bitte?

Ihre Frage klang ehrlich aufrichtig. Und dumm. In all der Zeit hier, nach all den Gerichtsterminen und Pressebesprechungen, hatte mich niemand jemals so etwas gefragt. Warum auch?

»Hat es Ihnen die Sprache verschlagen?«

Ich grinste, unwillkürlich. Allein, weil ich wieder das Lächeln in ihrer Stimme hören konnte. Und auch wenn ich immer noch meine Stirn gegen die Tür gedrückt hielt und sie nicht sah, stellte ich sie mir vor. Mit wachem Blick und einem so herausfordernden Grinsen, dass es nur danach schrie, es ihr aus dem Gesicht zu streichen. Wahlweise mit einer Faust oder einem Schwanz. *Meinem Schwanz.*

»Mr. Pedrow?«, fragte sie noch einmal nach und, fuck, es tat so gut, meinen Namen aus einem russischen Mund zu hören.

»Ich muss nachdenken.« Musste ich nicht, niemals würde ich diesen Abend vergessen. Niemals würde ich sie, *meine Anastasia*, vergessen. »Auf einer Party eines gemeinsamen Freunds.« Es kam mir wie eine halbe Ewigkeit vor, als ich auf die Yacht gestiegen war und sie gesehen hatte. An die Reling gelehnt, ein Glas Champagner in der Hand und ein so verführerisches Lächeln auf den Lippen, dass ich beinahe sofort hart geworden war. Schon damals hatte ich gewusst, dass sie meinen Untergang bedeuten würde.

»Liebe auf den ersten Blick?« Mariel gab sich selbst auch keine Mühe mehr, vollständige Fragen zu formulieren, und passte sich meinen Antworten an. *Du spielst mit dem Feuer. Wo ist deine Grenze, Mariel?*

»Eher Fick auf den ersten Blick. Ich meine, haben Sie Bilder von ihr gesehen? Sie war der Traum einer Frau. Ellenlange Beine, große Titten, praller Arsch.« Wie gern würde ich jetzt den Gesichtsausdruck der werten Mrs. Torres sehen. Hier wartete keine romantische Show für sie. »Und ihre Pussy, ich sag's Ihnen, so eng wie die von seiner jungfräulichen Schwester.«

»Hmm? Wessen Schwester?«, fragte sie sichtlich irritiert, aber nicht ein Stück genervt.

»Na, von dem Troll«, antwortete ich ihr auf Russisch und bekam prompt ein Lachen zu hören. Nicht leise, nicht zurückhaltend. Laut, hell und klar, völlig falsch an diesem Ort. Es gehörte hier nicht rein und doch erfüllte es die erdrückende Stille mit etwas Schönem. *Lach für mich, Mariel.*

Sie beruhigte sich viel zu schnell. »Also hat sich Anastasia in ihr

Herz geschlafen?« Da war es wieder, die Art und Weise, wie sie *›Anastasia‹* aussprach. Als hätte sie an den Titten einer russischen Mutter gehangen.

Ich schloss die Augen, ließ unsere gemeinsamen Momente an mir vorbeiziehen. »Na ja, wir haben die Nacht miteinander verbracht. Und die nächste. Und auch die danach. Irgendwann konnte ich nicht mehr genug von ihr bekommen.« Von ihren stechend blauen Augen, die schon vor Lust glänzten, wenn sie mich nur auf sich zukommen sah. Ihren blonden Haaren, die an ihrer schweißbedeckten Stirn klebten, während ich sie zum Höhepunkt leckte. Ihrem Lachen, wenn ich einen Witz machte, den die meisten Idioten in meinem Umfeld kaum bemerkten. Ihrer Stimme, bevor ich einschlief. Ihrem Gehauchten: ›Guten Morgen‹, wenn ich aufwachte.

»Sie haben sich verliebt«, stellte Mariel fest und ließ den Kuli wieder klicken.

Ja, ich hatte sie geliebt. *Und ich habe sie umgebracht.* »Liebe ist ungesund«, murmelte ich mehr zu mir als zu ihr und ich war mir nicht mal sicher, ob sie mich gehört hatte. *Liebe macht verletzlich, Liebe reißt dir das Herz raus, macht dich kaputt. Sie zerstört dich! Mehr nicht.* Da war es doch verständlich, dass ich auch ihr Herz in Stücke gerissen hatte. *Und ich nehme halt gerne alles wortwörtlich.*

»Und ihr Antrag? War er romantisch?« Ihre Worte warfen mich aus den Gedanken.

Ich schluckte, versuchte den Geschmack von Anastasias Blut aus meiner Kehle zu bekommen. Süß und metallisch – die Aromen der Rache. So langsam gingen mir diese privaten Fragen auf den Sack. Und mir ging man nicht auf den Sack. Auch nicht vor einer Stahltür. »War Ihrer es denn?« Ich entfernte mich wieder von der Tür, setzte mich auf das matratzenlose Bett, direkt auf den nackten Betonklotz, der selbst mit Matratze nur einem großen rechteckigen Stein glich.

»Na ja«, begann sie, »mein Mann ist nicht unbedingt ein Romantiker. Ehrlich gesagt, habe ich keinen Antrag im klassischen Sinne bekommen. Wir haben die Hochzeit eher … gemeinsam beschlossen.«

Nun hörte ich es doch, ganz leicht, ihren russischen Akzent. Scheinbar behielt sie nicht in jeder Situation die Kontrolle über ihre Aussprache, über sich selbst. *Welche Sprache sie wohl beim Ficken schrie?*

Verdammt, ich war eindeutig zu lang enthaltsam gewesen. Aber sie war ehrlich, das hatte ich nicht erwartet.

»Warum haben Sie so jemanden geheiratet?«, fragte ich wirklich interessiert. Und wenn so ein Schwachsinn schon mein Interesse weckte, konnte man sich ein Bild davon machen, wie langweilig mir hier in diesem Drecksloch war.

»Ich nehme an, weil ich ihn liebe.«

»Sie nehmen es an?« Ich schnaubte. »Genau das sind die Lügen im Leben, die uns fesseln. Alles nur, damit wir niemandem auf die Füße treten.« Dumm und einfältig, es stimmte halt doch immer und immer wieder. »Sie tun mir leid.«

»Dann war es bei Ihnen besser?« Ihre Stimme klang vollends amerikanisch und doch kam es mir so vor, als säße da etwas Hartes in ihrer Kehle. Und mein Schwanz war es nicht.

»Ja.« Wollte ich es ihr wirklich erzählen? Was bezweckte sie damit? Am Ende würde in diesem Variety-Schandblatt noch stehen, dass ich ein Romantiker wäre. Egal, was hatte ich schon zu verlieren, hier in diesem schwarzen Nichts? »Die Yacht, auf der wir uns kennengelernt hatten, die hatte ich für uns gebucht. Nur wir beide.« Ich hätte sie auch kaufen können, aber was will man mit drei Schiffen? Zwei reichten voll und ganz. »Wir sind mitten in der Nacht rausgefahren, weit aufs Meer hinaus, haben alle Lichter, alle Motoren, einfach alles um uns herum ausgeschaltet. Bis die Sterne unsere einzige Lichtquelle waren.« Ich sehe sie noch immer vor mir, die hellen Lichtpunkte, die sich in ihren Augen spiegelten. Ihr Lächeln, ihren warmen Körper, der sich an meinen schmiegte, meine Arme um sie gelegt. »Da habe ich es ihr das erste und einzige Mal gesagt, die berühmten drei Worte.« Ihr Strahlen hatte ihren gesamten Körper erfasst, war heller als jeder Stern um uns herum gewesen. »Und dann habe ich ihr die Frage aller Fragen ins Ohr geflüstert. Ganz leise, nur für sie.« Sie hatte genickt, mehr nicht. Genickt, geweint, mich geküsst.

Ich glaube, in dem Moment war ich glücklich. In dem Moment hatte sich etwas ganz warm in mir angefühlt, da waren keine Zweifel und Sorgen mehr in mir. Kein hoffnungsloses Suchen nach einer verschollenen Frau, keine Blutrachen. Da war nur noch sie, meine Anastasia.

Bis sie mich verraten hatte.

»Na ja«, redete ich auf Russisch weiter. »Ein paar Jahre später habe ich sie ermordet.« Der Wärter schlug gegen meine Tür, brüllte mir abermals entgegen, ich solle in seiner Sprache sprechen. *Komm und verprügel mich, komm und vertreib den Schmerz, du jämmerlicher Hurensohn.* Ich behielt meine Muttersprache bei, ging mit gesenktem Blick auf die Stahltür zu. »Ich habe sie gejagt, ihr Herz herausgerissen, es halbiert, ihr Blut gekostet und …« *Sie verloren, für immer.* Ich ging in die Hocke, sodass sie nun mein Gesicht sehen konnte. »Es ist wahr, alles. Ich sitze hier zu Recht.«

»Und ich möchte wissen, warum«, sagte sie in einem so perfekten Russisch, dass ich aufschaute, durch die offene Luke, direkt zu ihr. »Warum bringt ein Mann, der so tief liebt, seine Frau um?«

Ich hörte ihre Worte, doch sie erreichten mein Hirn nicht. Alles, was ich tun konnte, war sie anzustarren, durch diese kleine Öffnung der Tür.

Dunkles, welliges Haar rahmte ihr Gesicht mit einer viel zu hellen Hautfarbe und ein paar Sommersprossen ein. Ihre Iriden waren ein wilder Mix aus Grün und Blau.

Sie sah aus wie ihre Mutter, mit den Augen ihres Vaters.

Das konnte nicht wahr sein.

Marlena, was um Himmels willen machst du hier?

5

Mariel

Ich wollte nicht starren, wirklich nicht. Aber seine tätowierten Hände, die sich um die Öffnung in der Tür legten, zogen meinen Blick magisch auf sich. Unzählige dicke und dünne Linien schlängelten sich um die einzelnen Fingerglieder, bildeten ein großes Muster, welches seine Arme heraufwanderte.

Diese Finger haben es getan, haben eine Frau getötet, ein Herz herausgerissen. Ein Leben beendet. Und geliebt. Wie sie sich wohl auf meiner Haut anfühlen würden? Sie sehen nicht rau aus, aber auch nicht sanft. Als würden Macht und Dunkelheit um sie herumflimmern.

Wieder kam diese Stille. Sie nervte mich schon die ganze Zeit und sie machte mir fast Angst. Okay, sie machte mir Angst.

Vor allem, seit zwei graue Augen in meine blickten, ohne auch nur einmal zu blinzeln. Die Farbe erinnerte mich an ein Gewitter. Kein Sommergewitter, nichts, was die Luft reinigte. Es waren dunkle, schwere Wolken, die ihre Umwelt in sich verschlangen, ein Unwetter, das jeden niederriss. *Mich niederriss.* Die Haare waren, wie vermutlich bei allen Insassen, so kurzgeschoren, dass ich kaum eine Haarfarbe benennen konnte. Vermutlich dunkelbraun. Er hatte sich länger nicht mehr rasiert, sah müde und geschafft aus. Und doch wie ein Raubtier, das jeden Moment zubeißen und dir die Kehle rausreißen könnte. Daran änderte auch die Tatsache nichts, dass er ganz in weiß gekleidet war. *Ein Teufel im Engelsgewand.*

Er fluchte etwas auf Russisch, was alles andere als jugendfrei war und mich zurück ins Hier und Jetzt holte. Heraus aus diesen albernen Gedanken.

»Warum haben …?« Ich räusperte mich. Meine Stimme kratzte im Hals, total professionell. Doch wenn er nicht gleich aufhören würde, mich so intensiv anzustarren, als könnte er meine Seele höchstpersönlich sehen, dann würde ich nie wieder ein Wort herausbekommen. »Warum haben Sie es getan? Anastasia getötet?«

Endlich! Er blinzelte, einmal, zweimal, dutzende Male. Seine Mundwinkel zuckten, aber ich war mir nicht sicher, ob das ein gutes Zeichen war. »Wieso besprechen wir das nicht ohne diese Stahltür?«

Ich legte den Kopf schräg. Sah ich so aus, als hätte ich zu oft *Prison Break* geschaut? »Dann in …« Ich schürzte die Lippen. »… 177 Jahren?«

Für einen Wimpernschlag gefror seine Mimik und die Wolken in seinem Blick zogen sich enger zusammen. Fast so, als würde es ihm wehtun, diese Zahl zu hören. Seinem Untergang ins Gesicht zu schauen.

Doch dann lachte er!

Ja, er lachte!

Laut und so unheimlich tief, dass es in meinem ganzen Körper vibrierte. Seine Augen hafteten an mir, während er sogar seine Zähne offenbarte, seine Zunge blitzschnell über seine Lippen leckte. Es klang nicht locker oder leicht. Es klang schwer und unheimlich gefährlich. Als wäre sein Lachen eine pure Drohung. Und ein Versprechen. *Für mich?*

Mariel, hör auf! Er sieht gut aus, ohne Frage. Aber er hat seine Frau getötet!

»Variety haben Sie gesagt, oder?« Sein Lachen verebbte, doch ein kleines Lächeln behielt er bei. Und selbst das strahlte das pure Risiko aus. Mir war bisher nicht klar gewesen, dass eine fröhliche Handlung so dunkel wirken konnte.

Ich nickte.

»Gut, dann gehen Sie zu Miss Connor und klären das Problem. Ein Verhörraum, wie jeder andere Gefangene auch. Bis dahin beantworte ich keine Fragen mehr.« Er stieß sich von der Luke ab und verschwand im Inneren seiner Zelle.

Mein Stuhl kratzte über den Boden, fiel fast rückwärts um, als ich aufsprang. Ich drückte mein Gesicht beinahe durch diese Öffnung in der Tür hindurch. »Wie bitte?«

Seelenruhig ließ sich dieser Arsch auf seinem … was sollte das darstellen? Ein Bett? Oder hatte der Bauarbeiter dort einen Betonklotz vergessen? Na ja, darauf ließ er sich eben nieder.

»Moment!« Mir war erst bewusst, dass ich russisch sprach, als sich der Wärter hüstelnd bemerkbar machte. Es war mir egal! »Pedrow, du stellst hier keine Bedingungen, klar?«

Er sprang auf, rauschte auf die Tür zu. In meine Richtung. Ich konnte mich nicht bewegen, spürte lediglich seinen Atem, der gegen meine Augen, meine Nase, mein Kinn, meine … Lippen stieß. Ich senkte den Blick zu seinen, voll und leicht geschwungen.

Was? Warum hab ich das getan?

Seine Mundwinkel hoben sich, als könnte er die Bilder in meinem Kopf sehen, die genauso verboten waren wie seine russischen Flüche. Ganz toll! »Du willst mir drohen, Mokita?« Wie hatte er mich gerade genannt? »Erinnere dich daran, wo meine Frau liegt. Denkst du, ich wäre zärtlicher zu dir?« Er rümpfte die Nase, als würde ich ihn anekeln. »Ganz im Gegenteil.« Er drehte sich um, schrie dem Wärter zu, er solle die Luke schließen.

Doch ich stürmte bereits durch den Flur. Weg von diesem arroganten Mistkerl! *Was für ein Arsch!*

Der Wärter führte mich wieder aus dem inneren Kreis des Circle heraus, über den Hof, genau wie vorhin. Ich bekam kaum etwas davon mit, ließ mich einfach von ihm führen.

Was bildete sich dieser Pedrow eigentlich ein? Wollte er mich verarschen? Niemals könnte ich seiner Forderung nachkommen. Wollte ich vielleicht auch gar nicht! Sollte er doch in seiner Beton-Hölle zu Tode schmoren!

Der Wärter öffnete die Tür zu dem Gebäude mit den gewöhnlichen Häftlingen und deutete hinein. Kaum betrat ich den kühleren Raum, grinste mir White schon entgegen. *Verkneif es dir, meine Geduld ging für dieses russische Arschloch drauf!* »Mrs. Torres, wie lief das erste Interview? Sie sollten sich eine Scheibe seiner Wahrheit abschneiden, immerhin wollte Ihre Chefin vorhin absolut gar nichts von mir wissen.«

Ich ging an ihm vorbei, ließ ihn ohne Weiteres einfach stehen. »Sie haben es doch garantiert eh auf Video, holen Sie sich Popcorn und geilen Sie sich daran auf.«

Ein paar der anderen Angestellten des Circle verkniffen es sich hörbar, zu lachen, und schnappten nach Luft. Selbst die, die wie hypnotisiert auf die Bildschirme starrten, erwachten für den Bruchteil einer Sekunde zum Leben. Interessierte mich absolut nicht.

Was dachte Pedrow, wer er war? Er war hier gefangen, nicht ich! Er war ein Straftäter, nicht ich! Und jetzt stellte *er* Anforderungen? Pah!

»Ich habe alles mitverfolgt und nehme daher an, dass Sie nicht noch einmal herkommen werden. Pedrow ist ein sturer Hund und er kommt nur über meine Leiche in einen normalen Besprechungsraum.« White grinste schon wieder, stieß mit dem Ellenbogen gegen einen seiner Kollegen.

Der will es wirklich wissen, was? Dieses Interview war erst vorbei, wenn ich es sagte! Das hier war meine Chance, die einzige wahrscheinlich. Sollte ich diesen Job vermasseln, würde mir Aria nie wieder einen solch riesigen Auftrag geben. »Ich spreche mit meiner Chefin und sie wird sich melden.« Ich drückte meine Tasche enger an mich. »Kann ich jetzt hier raus?«

Einer der Wärter setzte sich in Bewegung, doch White streckte seinen Arm aus, sodass er dagegen stieß und stoppen musste. *Gott!* »Nicht so schnell, wie meinen Sie das, Sie sprechen mit ihrer Chefin?«

Tief atmete ich aus. *In dem Alter schon schwer von Begriff?* »So, wie ich es gesagt habe.«

Seine Mundwinkel fielen herab. Gut, so gefiel er mir direkt besser. Das schmierige Grinsen mit diesem gottverdammten Schnauzer war einfach nur abstoßend und widerlich. *Ich sollte es das nächste Mal aus seinem Gesicht schlagen!*

Er prustete. »Und ich meine es so, wie ich es gesagt habe. Pedrow wird nicht mit einem Außenstehenden in einem Raum sein.« Sein Blick glitt über meinen Körper. »Erst recht nicht mit einer Frau.«

Okay, das reichte. »Lecken Sie mich am Arsch, White. Gehen Sie Ihren mickrigen Schwanz wichsen, kompensieren Sie Ihre fehlende Macht zu Hause, hier in diesem Circle, ist mir sowas von egal, aber legen Sie sich nicht mit mir an.« Für einen Moment wurde es still um uns herum, als hätten alle aufgehört zu atmen. Warum zur Hölle passierte das heute dauernd? Es nervte, ganz und gar!

»Bringen Sie Mrs. Torres raus«, presste er zwischen zusammengebissenen Zähnen hervor. »Wir sehen uns morgen zum Abtasten wieder.«

Freudlos lachte ich auf, schüttelte den Kopf. Ich wollte nur noch hier weg. Nach Hause, zu Carter, einfach weit, weit weg von dieser runden Hölle. Aber vorher musste ich noch etwas erledigen, sonst würde White recht behalten und das hier wäre tatsächlich mein letzter Besuch im Circle. *Und ich brauch doch noch dringend eins dieser tollen Shirts aus dem Souvenirshop.*

Ein Wärter packte mich am Unterarm und zog mich mit sich nach draußen. Die heiße Luft schlug uns entgegen, kribbelte auf meiner Haut. Mit nur wenigen Schritten überquerten wir den Rasen, bis wir wieder vor der viel zu kleinen Tür inmitten dieser viel zu großen Mauer standen. »Bis morgen, Mrs. Torres.«

Ich zuckte zusammen und schaute zu ihm auf. Erst jetzt bemerkte ich, dass es *der* Wärter war. Zu gern hätte ich ihm einen Spruch an den Kopf gehauen, zu gern hätte ich schlagfertig und gemein gewirkt. Aber so war es immer im Leben, oder? In solchen Situationen setzte das Hirn einfach aus. »Tschüss«, presste ich meine totale Glanzleistung hervor und öffnete selbst die Tür.

Mein Fahrer wartete tatsächlich noch auf mich, immerhin war das heute kein totaler Reinfall. Der silberne Türgriff der Limousine war scheiße heiß und ich verbrannte mir fast die Finger, als ich die hintere Tür öffnete und auf den kochenden Ledersitz rutschte. »Zur Variety. Und zwar schnell.«

Ich würde denen zeigen, was in mir steckte. White und diesem verdammten Pedrow!

Es war sinnlos, es zu leugnen. Die ganze verdammte Fahrt über hatte ich das Gefühl, dass er noch immer in meinem Nacken saß. Dass er jede Bewegung, jeden Schritt, selbst jeden meiner Atemzüge beobachtete. *Graue Augen voller Unwetterwolken.*

Wenn er dachte, er könnte dieses Interview beenden, nur weil er diese scheinbar unlösbare Forderung stellte, hatte er sich gehörig geschnitten. Und wenn ich das Gefängnis auseinandernehmen musste! Dieses Interview würde fortgeführt werden. Erst recht nach Whites

Äußerungen!

Die Häuser um uns herum wurden höher, die Gegend immer teurer, bis endlich wieder all die gläsernen Gebäude auftauchten. Keine Ahnung, ob Aria eine Idee hatte, wie wir dieses Problem lösen könnten. Aber wenn sie nicht weiterwusste, dann … *was weiß ich!*

Ich zog mein Handy heraus und öffnete die Suchfunktion im Internet. Wie hatte Iwan mich genannt? Mokita? Einen Buchstaben nach dem anderen tippte ich in das schmale, weiße Fenster, drückte auf *Enter*.

Der Kreis drehte sich einen Moment, bis die Ergebnisse angezeigt wurden. Irgendein veganes Rezept, Katzenbabys, ich scrollte durch die sinnlosen Links durch. Stopp!

Mokita – Bedeutung

Ich tippte auf die blauhinterlegte Schrift und eine weitere Seite öffnete sich. Scheinbar beschäftigte sie sich mit seltenen Worten, die kaum jemand aussprach oder nutzte. Mokita war wohl eins davon. Wie gebannt hingen meine Augen an der kurzen Erklärung.

Mokita – »Die Wahrheit, die jeder kennt, aber niemand ausspricht.«
Herkunft: Papua-Neuguinea

Das machte mich nicht schlauer als vorher. Warum sagte er sowas zu mir? Eine Wahrheit, die jeder kennt … er kannte mich überhaupt nicht! Ganz und gar nicht!

Vielleicht könnte man das ändern. Vielleicht gibt es etwas, was er weiß, aber nicht sagen will. Vielleicht ja, dass auch er meine Augen … Stopp!

»Wir sind da.« Der Fahrer hielt direkt vor der Variety und schaute über den Rückspiegel zu mir.

»Danke«, sagte ich und meinte absolut das Gegenteil. *Das nächste Mal nehme ich den Bus.*

Wieder schlug mir die heiße Luft direkt ins Gesicht, als ich aus dem Auto stieg. Die Hitze flimmerte über den Asphalt der Gehwege und man hätte sicher sein Frühstücksei darauf braten können. Doch meine Augen hingen an dem obersten Büro. All die Gedanken an diesen komischen Kosenamen verschwanden. Es zählte nur noch eins: das Interview fortführen zu können. Irgendwie.

Sonst würde ich es nie wieder von ihm hören, dieses Wort.

Aria musste mir einfach helfen können.

Ich straffte die Schultern und lief los, wie heute Morgen direkt rein in das Glashaus. Ich ignorierte auch diesmal die Dame am Empfang und stürmte förmlich in den Fahrstuhl und in Richtung Arias Büro.

Noch bevor ich die Tür komplett geöffnet hatte, schossen die Worte aus mir heraus. »Du musst diesen White anrufen und ihm sagen, dass …«

Aria schaute auf, ihre rechte Augenbraue zuckte in die Höhe, während sie gleichzeitig ihre Hand hob. Sofort verstummte ich, als sie einen ihrer Finger vor die Lippen schob. »Mr. White, ich möchte Sie noch einmal darauf hinweisen, dass Mrs. Torres eine meiner besten Journalistinnen ist.« Sie drückte eine Taste auf dem Telefon und schon hörte ich Whites Stimme durch den Lautsprecher.

»Das ist mir völlig egal! Es wird keine weiteren persönlichen Interviews geben!«

Aria lächelte amüsiert. »Doch.«

Ein Wort. Ein einzelner Laut, der so scharf war, dass er White am anderen Ende der Leitung die Kehle hätte durchschneiden können.

Das Blut würde über seinen Hals laufen, den Kragen seines Hemdes durchweichen. Der Glanz in seinen Augen würde erlöschen, den Mund weit aufgerissen zu einem letzten Schrei, während ich das Messer …

»Miss Connor!« Er klang bereits jetzt eingeschüchtert.

Ich ging auf die durchsichtigen Plastikstühle vor Arias Schreibtisch zu und ließ mich auf einen von ihnen fallen. Stumm formte ich mit den Lippen: *›Mach ihn fertig‹*, was Aria nur noch mehr zum Lächeln brachte.

Sie war streng, keine Frage. Erbarmungslos, kompromisslos und ein absolutes Miststück. Aber sie stand hinter uns Journalistinnen.

»Mrs. Torres wird morgen wiederkommen und Sie werden Iwan Pedrow in einen normalen Interviewraum bringen.« Aus ihrem Mund klang es wie ein klarer Fakt, kein Kompromiss, keine Frage. Ein Befehl. »Ein Wachmann, Pedrows Hände in Handschellen, ein Tisch, zwei Stühle«, erklärte Aria und fuhr sich mit der Zunge über die Lippen, wie eine Raubkatze, die sich den letzten Tropfen Blut aus dem Mundwinkel leckte.

»Das können Sie nicht verlangen! Variety hin oder her!« White klang atemlos.

»Ich vielleicht nicht, aber kennen Sie *Humanity Freedom*?«

Am anderen Ende wurde es still. Nur seine tiefen Atemzüge waren zu hören.

»Ganz genau«, sagte Aria und schaltete den Lautsprecher des Telefons aus. »Und, Mr. White, beleidigen Sie nie wieder eine meiner Journalistinnen.« Sie musste keine weiteren Worte hinzufügen, die Drohung kam klar und deutlich an. Aria könnte ihn vernichten, ihre Kontakte reichten so tief, dass selbst ich immer wieder überrascht war, wen sie so kannte. Scheinbar sogar Leute bei Organisationen, die White sprachlos machten.

Er antwortete, doch ich verstand ihn nicht. Meine Chefin lächelte zufrieden und legte auf. Das war alles? Keine Diskussion? Keine sinnlosen Wortgefechte?

Aria atmete tief aus, den Kopf in den Nacken gelegt. »Gott, dieser Mann ist …« Der restliche Satz blieb ihr Geheimnis.

Ob sie ihm auch an eine der kühlen Betonwände drücken will? Eine Peitsche, die über seinen Rücken rauscht und tiefe Furchen in seiner Haut hinterlässt.

»Wie lief es sonst?«, holte sie mich aus den Gedanken zurück und ich erschrak selbst über die viel zu deutlichen Bilder in meinem Kopf.

»Gut«, krächzte ich. »Also, ja. Pedrow ist eine harte Nuss. Nicht unbedingt einfach, er spricht ab und an auf Russisch mit mir, er hat wohl meinen Akzent erkannt.«

Wieder hob sie ihre rechte Augenbraue, ein absolutes Markenzeichen für Aria Connor. »Deinen Akzent?«

»Ja, er hat gute Ohren.« War ja auch still genug in diesem Bunker, in dem er saß. Wahrscheinlich spitzten alle Insassen die Ohren, hofften auf ein kleines Lebenszeichen von jemandem, der kein verdammtes schwarzes T-Shirt mit grünem Kreis trug.

»Vielleicht schafft das eine Vertrauensbasis.« Sie legte den Kopf schräg. »Hast du Angst, mit ihm in einem Raum zu sein?«

Ich schnaubte. »Nein. Er hat Handschellen um und es ist ein Wärter dabei.«

Aria nickte, mehr zu sich als zu mir. »Wie auch immer. Geh jetzt, ich hab noch Termine. Ende der Woche schickst du mir per Mail eine Zusammenfassung der ersten Interviews.«

»Okay.« Ich stand auf, trommelte mit den Fingern auf ihrem

Schreibtisch herum. »Danke.«

»Wichtige Termine, Mariel.« Sie schaute nicht auf, fixierte die Papiere vor sich, als würden sie den Sinn des Lebens beinhalten, und scheuchte mich mit einer Handbewegung aus dem Raum.

»Hab verstanden, bis morgen.« Und dann war ich weg. Das Problem hatte sich einfach gelöst. Vielleicht zu einfach? Egal.

Meine Füße trugen mich durch den schmalen Flur, mein Körper spiegelte sich in den verglasten Wänden um mich herum. Morgen würde ich ihn wiedersehen. Von Angesicht zu Angesicht. Und dann würde ich ihn so lange fragen, bis er es mir sagen musste.

Warum hatte er seine Frau ermordet?

Wie fühlte es sich an, ein Leben zu nehmen?

Ist frisches Blut wirklich so heiß, wie ich es mir vorstelle? So süß und …

Ich schüttelte die Gedanken von mir. Das Gefängnis, Pedrow, all das vernebelte meinen Kopf und verdunkelte alles in mir. Mit großen und dichten Gewitterwolken.

6

Mariel

»Carter?« Ich riss unsere Wohnungstür auf, zog die Schuhe aus und sprang förmlich ins Wohnzimmer herein. Der Fernseher lief, natürlich, aber ich wollte mich jetzt nicht ärgern. Der erste Interviewtag war super gelaufen, Aria hatte White gezeigt, wer hier die Hosen anhatte, und ich wollte nur noch meinen kleinen Erfolg genießen.

Carter brummte, schaute kurz zu mir auf.

Ich setzte mich neben ihn, schob einen Pizzakarton zur Seite und bemerkte bei dem Duft, der mir in die Nase stieg, dass ich noch gar nichts gegessen hatte. Mein Magen knurrte, doch das musste zwei Minuten warten. Oder auch zwanzig.

»Carter?« Ich griff nach seinem Kinn und zwang ihn, mich anzusehen. Dunkle Augen fixierten meine, aber es war kein Gewitter. Eher wie frisch gepflügte Erde auf einem Feld. »Willst du nicht fragen, wie es lief?«

Wieder brummte er, zog sein Gesicht zurück und befreite sich aus meinem Griff. »Wie lief's?«

Immerhin zwei ganze Worte. »Es war …« Ich stockte. *Tja. Wie war es?* Etwas in mir zog sich zusammen, nicht aus Hunger. Mehr wegen der Erinnerungen. *An ihn.* Er war … nein, es war intensiv gewesen. Die Gefahr stand Iwan so offen ins Gesicht geschrieben – die Art und Weise, wie er mit mir sprach, ja selbst wie er lachte. Alles war eine einzige Drohung. Ein Spaziergang über ein Drahtseil und unter mir war nichts als der reine Tod. Er hatte es mir offen gesagt, er wäre nicht zärtlich, er würde mich umbringen. Brutal. Grausam. Mit diesen so schönen Händen.

Was denke ich da?

Carter wandte den Blick ab, fragte nicht nochmal nach. Scheinbar hatte ich das kleine Zeitfenster, um von meinem Tag zu erzählen, nicht genutzt. Beherzt griff er in eine Schüssel neben sich, die randvoll mit Chips gefüllt war, und stopfte sie sich in den Mund.

»Morgen werden wir in einem richtigen Interviewraum sitzen. Keine Stahltür zwischen uns. Auge um Auge.« Ich rutschte tiefer auf dem Sofa hinab, bis mein Hinterkopf auf der Lehne lag, und blickte gen Decke.

Carter hustete, schlug sich auf den Brustkorb und kleine Chipsreste flogen durch die Luft. »Wie bitte?« Den Mund noch immer halb voll, schluckte er schwer die zerkaute Masse herunter. »Du sitzt ihm gegenüber?«

Sorgte er sich gerade? »Es wird ein Wärter dabei sein und er wird Handschellen tragen.« Ich richtete mich auf, legte eine Hand auf seinen Oberarm. »Alles gut, wirklich.«

Doch seine Augen wurden nur noch größer. »An einem Tisch mit …«

»Iwan Pedrow«, ergänzte ich seinen Satz. Ziemlich sicher hatte er schon wieder vergessen, wen ich da vor mir sitzen haben würde. Wahrscheinlich wusste er nur noch von irgendeinem Häftling. Immerhin.

»Ich weiß, Mariel!« Er drehte sich zu mir. Die Chipsschüssel neben ihm fiel herunter und der Inhalt verteilte sich quer über unseren Wohnzimmerboden. Super, dann durfte ich nachher auch noch staubsaugen. »Dieser Mann ist gefährlich!«

Und genau das gefällt mir. Ich blinzelte, als ob die Gedanken dadurch aus mir herausfielen. »Wie gesagt, er ist gefesselt und …«

»Perfekt!« Carters Euphorie ließ mich zusammenzucken. Wie viele Jahre hatte er sich einen Scheiß darum geschert, was ich machte? Wen ich interviewte? Wen ich traf? Er fragte ja nicht mal mehr danach! Und jetzt fand er es *perfekt*, wenn ich einem solchen Menschen gegenübersaß?

Nein, ich sollte mich einfach darüber freuen. Ich beschwerte mich, wenn er sich nicht für mich interessierte, dann sollte ich jetzt nicht meckern.

Ich kletterte auf seinen Schoß, legte die Arme um seine Schultern. »Es ist einfach eine so tolle Chance.«

»Ich weiß.« Er umfasste mein Gesicht. Seine leicht gebräunten

Hände waren sanft und weich, mit dem Daumen strich er über meinen Mund. »Du bist so zart und zerbrechlich. Du solltest danach mal über Mode berichten. Oder Nagellacke.«

»Wie bitte? Das meinst du nicht ernst, das ist …« Die restlichen Worte erstickte Carter mit seinem Finger. Tief versank er zwischen meinen Lippen, drückte gegen meine Zunge. Ich schloss die Augen, saugte an seinem Daumen, genoss das Zucken seiner Härte unter mir. Wie lange hatten wir nicht mehr miteinander geschlafen? Ich wusste es nicht. Und jetzt? Ließ er Macho-Parolen von sich und zeigte mir eindeutig seine Lust. *Auf mich.*

Alle Gedanken an das Gefängnis, an den Job, an das Interview, an Iwan rutschten in weite Ferne. Ja, selbst seine sexistischen Bemerkungen vergaß ich.

Ich biss auf Carters Fingerkuppe, ließ mich an ihm hinabgleiten, bis ich zwischen seinen Beinen kniete. Er öffnete seine Hose, hob die Hüfte an und befreite endlich seine Härte. Ohne zu zögern, schob ich meinen Mund darüber, ließ meine Zunge um ihn kreisen. Er stöhnte auf, tief und voller Begierde. Wie lange hatte ich das nicht mehr gehört? Dieser Ton entzündete mich, ich umgriff seine Hoden, streichelte sie furchtbar sanft, während ich an seinem Schwanz lutschte, als wäre es das Kostbarste der Welt.

Seine Hände vergruben sich in meinen Haaren, packten meinen Kopf, sodass er selbst das Tempo bestimmen konnte. Er wollte es schneller. Er wollte es tiefer. Und ich gab es ihm, ich gab ihm alles, was er wollte.

Sein Stöhnen wurde zu einem heiseren Keuchen und als mein Name seine Lippen verließ, bildete ich mir fast ein, einen russischen Akzent zu hören. Ich blickte herauf, ohne ihn aus meinem Mund zu befreien, leckte über die Eichel.

Augen so grau wie ein Unwetter schauten mich an. Hände voller Tattoos drückten meinen Kopf weiter hinab und schoben mir den Schwanz viel zu tief in die Kehle. Ich würgte kurz, wollte mich erheben und wieder zu Carter blicken. In Carters braune Augen. Auf Carters reine Hände. Doch dann ertönte es, dieses verheißungsvolle Lachen. Es verschlang mich wie ein ungezähmtes Monster und ein tiefer Seufzer drang aus meiner Kehle, wurde nur durch die Härte in meinem Mund erstickt. *Seine* Härte. Ich spürte ihn, seinen Blick, seine Hände, seine Gefahr. Und ich gab mich ihm hin.

Knie mich zwischen seine Beine, direkt vor diesen Betonklotz, der ein Bett darstellen soll. Seine Härte zwischen den Lippen, an meiner Zunge. Er ist nicht zärtlich, zieht an meinen Haaren, jagt bittersüße Schauer über mich. Und alle sehen uns. Jede Kamera in diesem Gefängnis ist auf uns gerichtet. All die Männer vor den Monitoren sehen uns zu. Begehren mich. Aber nur für ihn knie ich.

Ein grunzendes Geräusch ertönte, der Griff an meinen Haaren wurde lockerer und kurz darauf spritzte mir heißes Sperma in den Rachen. Ich schluckte, saugte noch ein wenig an der zarten Haut und blickte wieder auf.

Zu Carter.

An was habe ich da gerade gedacht?

7

IWAN

Marlena Smirnow.

Verdammt nochmal! Marlena Smirnow! Was zur Hölle machte sie hier? Außer mir irgendwelche abstrusen Fragen zu stellen. Viel zu private Fragen. Am Ende war dieser Zeitungsartikel nur ein schmieriger Trick ihrer verfluchten Mutter Tatjana.

Wieder konnte ich nicht mehr an mich halten, lachte auf. All das musste ein riesengroßer Scherz sein. Gott, diese Hure verfolgte mich sogar bis in den Circle. Wie viel Angst musste sie nur haben? Sie war nichts weiter als ein jämmerliches Lamm und sie spielte mit mir, dem Wolf. Aber die eigene Tochter zu mir schicken? Mir meine Rache so offen auf einem Silbertablett zu präsentieren? Warum tat sie so etwas?

Und wie Marlena mich ansah. Unschuldig, rein. Und doch durch und durch verdorben. Voller Neugier blickte sie in meine Augen, ohne Angst, ohne Scheu. Als hätte sie auf das Monster mit Klauen gewartet. Es erwartet. *Du dummes Mädchen!*

Zu gern hätte ich ihre dunklen Haare gepackt, sie daran quer durch den Raum geschleudert, bis sie auf diesem Betonklotz von Bett aufgekommen wäre. Ich hätte ihr diese Hose vom Leib gerissen, hätte meine Zähne in ihre zarte Haut gestoßen und danach auch meinen … Moment.

Nein. Ich hätte sie einfach erwürgt. Meine Hände um ihren schlanken Hals gelegt, die Spitzen ihrer Haare an den Fingern gespürt, die Panik in ihren Augen genossen. Und sie so gefickt, bis keine Luft mehr in ihrer Lunge gewesen wäre, um aufzustöhnen. Fuck.

Ich war hart. Steinhart. Wegen Marlena Smirnow! Dieser Knast brachte mich um den Verstand!

Es klopfte an der Zellentür und ich drehte mich um. Wer war das denn schon wieder? Konnte man nicht mal zwei Minuten in diesem verschissenen Gefängnis für sich haben? Drei Jahre hatte ich meine Ruhe gehabt, ohne Besuch! Und heute wollte man mir ans Bein pissen, ganz offensichtlich!

Die Stahltür öffnete sich und ein Wärter kam herein. Jedenfalls vermutete ich das, denn in seinen Händen hielt er eine Matratze, die ihn komplett verdeckte. »Hier.« Er schmiss sie vor sich auf den Boden.

Erbärmlich. White wurde weich. Ich aber nicht. »Fick dich.« Natürlich wusste ich, dass es den Wärter provozierte. Doch ganz ehrlich? Entweder würde ich mich gleich richtig prügeln können, ihm meine Faust tief in den Arsch schieben oder ich würde in diesen zwei Quadratmetern durchdrehen!

»Hmm, vielleicht später.«

Ich schaute auf. Diese Stimme, diese Tonlage.

»Kann ich sonst noch was für dich tun?«

Nein. Nein. Nein. NEIN! Was war heute für ein Tag? Verdammte 1249 Tage war ich hier drin allein gewesen. Hatte nicht eine Sau gekannt. Und genau heute feierten wir eine große Party? »Raus.« Meine Stimme klang so fest, dass sie all seine Knochen hätte zermalmen können.

Doch er grinste mich nur an! Dieser beschissene Mistkerl grinste! »Dachtest du, wir lassen dich hier drin versauern?«

Ich schnaubte. »Ja. Es war euer Befehl. Be–fehl!« Noch immer starrte ich in die dunkelblauen Augen, die ich so lange nicht mehr gesehen hatte. Es kam mir so falsch vor, sie hier zu sehen, ihn hier zu haben. »Und jetzt geh. Die Kameras haben sicher schon …«

»Hältst du mich für einen Anfänger?«, unterbrach er mich und griff nach der Matratze, um sie auf das Bett zu legen. »Alles aus. Die Idioten vorn im Kontrollzentrum sehen gerade die Top Hits der letzten Jahre – Insasse Pedrow döst auf dem Beton, dicht gefolgt von: Er läuft mal wieder auf und ab. Es gab eine Menge gutes Material von dir.«

Was redete er da? Das … nein. Selbst in Gedanken fand ich keine Worte, um diese Scheiße hier gerade zu realisieren. Dieser Knast war mehr als ein Hochsicherheitstrakt. Es war eine Festung. Ich schaute mich um, die Kameras in den Ecken, die sonst fröhlich vor sich hin blinkten, waren aus. Aus!

»Es hat eine Weile gedauert. Denk nicht, dass ich erst seit gestern deinen Befehl missachte.« *Natürlich.* Als wäre es das bequemste Bett der Welt, ließ er sich auf der Matratze nieder, streckte die Beine aus.

Die Arme hinterm Kopf verschränkt schaute er zu mir auf. »Dieser Schichtplan hier drin, der macht mich fertig. Ich habe drei Jahre gebraucht. Drei lange Jahre, bis wir endlich alle gemeinsam eingeteilt wurden. Aber vielleicht bekomme ich erstmal eine Umarmung zur Begrüßung?« Er schloss die Augen, grinste förmlich in sich hinein.

Was für ein Schweinehund. Mit nur einem Schritt hatte ich meine Zelle durchquert, packte ihn an der Schulter, zog ihn hoch in meine Arme. Für den Bruchteil einer Sekunde drückte ich ihn an mich und schob ihn dann sofort wieder von mir. »Maksim, verschwinde. Jetzt.« Ich würde ihn nicht bitten, eher hier rausprügeln.

Er lächelte nur, lehnte seine Stirn gegen meine. »Bruder, ich gehe nur mit dir. Und warum hast du so miese Laune? Liegt doch nicht etwa an deiner kleinen Besucherin?«

Ich schnalzte mit der Zunge, stieß ihn wieder auf das Bett. »Hast du sie gesehen? Sie erkannt?«

Das Grinsen, das seine Lippen umspielte, war alles andere als amüsiert. Es glich einem Panther, der sich liebevoll um eine Gazelle schmiegte, sie bestieg und ihr dann den Kopf abriss. »Und wie ich sie gesehen habe. Ich durfte Marlena abtasten.« Er schloss die Augen, rollte mit den Schultern. »Splitter–faser–nackt. Ihre schnellen Atemzüge, ihre festen Knospen, beinahe hätte ich sie auf dem Tisch dort flachgelegt. Es war ein Genuss.«

Wunderte mich, dass er sie nicht direkt gefickt hatte. Ihr Körper war sicher mehr als nur ein *Genuss*. Allein ihre Augen, ein wilder Wasserfall. Blaue und grüne Töne mischten sich ineinander, wie ein Strudel, der einen Mann immer tiefer und tiefer mit sich zog. Vielleicht sogar mich ein bisschen.

Aber du bist verheiratet. B*ist du treu, Marlena? Du widerstehst Maksim und doch hat dein Körper dein Verlangen nicht verstecken können. Scheinbar hatte ich recht – dein Mann bringt es nicht. Ich könnte dir zeigen, was ich alles kann.*

Ich blinzelte einige Male. Die letzte Latte war genau zwei Minuten her und Maksim lag hier in meiner Zelle auf meinem ›Bett‹. Es gab wichtigere Dinge, um die ich mir Gedanken machen sollte als diese kleine Pussy. An erster Stelle ihre Mutter!

»Sie hat Feuer«, begann mein neuer Gast und öffnete wieder seine Augen. »White hat versucht, sie loszuwerden, aber ich hatte für einen

Moment wirklich Angst, dass sie ihn allein mit ihrem Blick ermordet.« *Mokita, wer hätte das gedacht? Du überraschst mich.* »Dass Marlena da ist, ändert gar nichts. Aber ich finde heraus, was sie hier will.«

»Mich interviewen.« Ich setzte mich zu ihm auf das Bett.

Er zog die Beine an. »Was?« Seine Stirn runzelte sich, als hätte ich ihm gerade versucht die Atomphysik zu erklären.

»Sie ist Journalistin bei der Variety. Sagt sie zumindest.« Wer wusste schon, was Tatjana wirklich mit ihr vorhatte? Eine halbe Ewigkeit war Marlena verschwunden gewesen. Unzählige Jahre hatte ich geopfert, um sie zu suchen. Und jetzt stand sie einfach so mit ihren wundervollen Augen vor meiner Zellentür? Sie zu töten, würde all meine Probleme lösen. Das Schicksal war scheinbar doch nicht immer eine Hure.

Sie zu töten, ist das Problem, vergessen? Ich schüttelte mich leicht, wollte es nicht hören. Sie war hier. Ob Gott, das Universum oder ein verdammter Heiliger, irgendetwas wollte, dass wir uns trafen.

Du hast mich gefunden, Marlena, dabei habe ich dich so lange suchen lassen. Jetzt muss ich dich töten, oder? Ich hasse Pflichten. Sie binden einen freien Mann.

»Ich werde draußen mal ein paar Leute darauf ansetzen. Niemals sitzt eine Smirnow so vor dir und hat keine Hintergedanken.« Maksim richtete sich auf. »Oder wir bringen sie direkt um. Ein Problem weniger.«

Es wäre tatsächlich die einfachste Variante. Doch sobald ich auch nur blinzelte, sah ich ihre Augen, sah nichts weiter als Neugierde. Keinen Hass, keine Rache, nicht mal Furcht! »Nein.« Meine Stimme klang härter als beabsichtigt. Dieses Thema machte mich schon jetzt mürbe. Das und die Tatsache, mit Maksim in meiner verfickten Zelle darüber zu reden! »Sie bleibt am Leben, bis ich weiß, was sie vorhat.«

Er nickte und stand auf. »Sehr gut, ich freue mich schon darauf, ihren Körper morgen zu inspizieren. Gründlich. Frauen haben so viele Öffnungen, um Dinge zu verstecken.« Er fasste sich in den Schritt, rückte seinen Schwanz zurecht. Der Kerl war noch schlimmer als ich. »Was ich dir aber eigentlich sagen wollte …« Mit dem Rücken lehnte er sich gegen die Wand mir gegenüber. »Wir alle sind hier, für genau eine Woche. Es war nicht leicht bei all der Scheiße, die hier drin abgeht, aber wir sind da. Wir haben nur diese sieben Tage, um dich rauszuholen.«

War das sein scheiß Ernst? »Wen meinst du mit *alle*? Wer war noch so bescheuert wie du? Sag mir, dass du Allison nicht …«

»Als ob ich Alli hier mit reinziehen würde. Aber ich kann dir ’ne Liste schreiben.« Seine rechte Schulter zuckte und zu gern hätte ich diese gerade zertrümmert. »Du tust nichts weiter. Sei einfach ein braver Pedrow.« Mit diesen Worten drückte er sich von der Wand ab, schlenderte innerhalb zweier Schritte wieder zur Tür.

Ich würde es ihm nie sagen. Aber es tat gut. Es tat so, so gut, ihn zu sehen. Auch wenn die Angst, dass er am Ende mit mir hier landete, mich von innen heraus auffraß. Langsam und qualvoll.

Die Tür hinter ihm fiel ins Schloss. Er war weg. Und ich wieder allein.

8

Mariel

Carters Arm lag schwer über meiner Taille, seine Fingerspitzen berührten mit jedem Atemzug kurz den Ansatz meiner Brüste. Es wäre eine Lüge, würde ich behaupten, es erregte mich. Nicht nach gestern Abend. Noch während der letzte Tropfen seines Spermas von meinen Lippen geperlt war, hatte er bereits zur Fernbedienung gegriffen. Und dann war er weggewesen. Geistig jedenfalls.

Und ich? Ich war ins Schlafzimmer gegangen. Keine Ahnung, warum es mir in dem Moment nichts ausgemacht hatte, dass er einen Scheiß auf meine Befriedigung gab. Denn alles, was ich in dem Augenblick gefühlt hatte, war so weit weg von Carter gewesen wie nur irgend möglich. Und so hatte ich in unserem Bett gelegen, an Gewitteraugen und an große, tätowierte Hände gedacht und es mir selbst besorgt.

Aber genau das machte mir mehr Angst als Carters plötzliches Interesse an meinem Job. Als der gestrige Blowjob mit den viel zu realen Bildern in meinem Kopf. Als alles andere um mich herum.

Ich durfte nicht an einen anderen Mann denken, während mich mein Ehemann verwöhnte und … na ja, genau genommen hatte Carter in dem Moment ja nichts mit mir getan.

Als bemerkte er, dass ich über ihn nachdachte, atmete er tief ein und rollte auf den Rücken zurück, sodass ich endlich unbemerkt aufstehen konnte.

Ich ging in das kleine Badezimmer direkt nebenan, zog meinen Slip aus. Achtlos ließ ich ihn auf dem Boden liegen und stieg in die Dusche. Es dauerte eine Weile, bis warmes Wasser meinen Körper traf. Die Wärme hüllte mich ein, floss an meiner Haut herab und ließ mich unwillkürlich seufzen.

Genau solche Töne hatte ich gestern von mir gegeben. Kaum lauter, nicht, dass Carter es gehört hätte. *Oder ich das tiefe Lachen von Iwan in meinem Kopf übertönt* hätte.

Verdammt! Ich wollte es nicht, ich wollte nicht schon wieder an ihn denken. Vor allem nicht an seine Lippen, nicht an seine Zunge, nicht an … es war ein Automatismus. Meine Hand glitt an meinem feuchten Bauch hinab, vorbei an meinem Bauchnabel, geradezu in Richtung Kitzler. In Richtung Erlösung.

»Was tust du da?«

Ich zuckte zusammen, als Carter mich ansprach, und schaute auf. Feine Wassertröpfchen perlten an meinen Brüsten entlang, tropften von den steifen Nippeln und fielen lautlos mit dem Wasserstrahl zu Boden. »Duschen?«

»Das sehe ich.« Noch während er sprach, schüttelte er seine Füße aus, bis seine Socken neben meiner Unterwäsche auf dem Boden lagen.

Ich schluckte und leckte mir unwillkürlich über die Lippen. Sein Schwanz zuckte, war schon halbsteif, als er zu mir unter die Dusche stieg. *Würden wir tatsächlich gleich Sex haben?*

»Es war eine heiße Nacht, du solltest dir den Schweiß abwaschen.« Er griff an mir vorbei zu einem der Waschlappen, die an einem Haken hingen.

Ich grinste, ließ meine Fingerspitzen über seinen Bauch, herauf zu seiner definierten Brust wandern. »Hilfst du mir?«

Er verzog keine Miene, hielt lediglich den Lappen unter das Wasser und tat etwas Duschgel darauf. »Schließ die Augen.«

Die Art und Weise, wie Carter die wenigen Worte aussprach, ließ einen Funken durch mich tanzen, der ein Feuer entzündete, welches viel zu lange nicht mehr für ihn gebrannt hatte. Ich schloss die Augen. Das heiße Wasser prasselte auf mich herab, meine Atmung ging immer schneller und schneller. Alles an mir war überempfindlich und geladen vor Erwartungen. Vor seinen Berührungen, vor seinen Händen und … ich keuchte auf. Er trat einen Schritt auf mich zu, seine Härte stieß gegen meinen Unterbauch.

Ob er auch da tätowiert ist?

Der raue Lappen traf auf mein Dekolleté, zog seine heiße Spur hinab zu meinen Brüsten. Ich lehnte mich gegen ihn, stöhnte auf, als er auf meine Nippel stieß und sie umkreiste.

»Gefällt dir das, Mary?« Carters Stimme klang so viel tiefer als sonst, sie vibrierte durch mich hindurch und hinterließ auf jedem Zentimeter meiner Haut nichts weiter als ein Prickeln.

»Hmm«, stöhnte ich ihm entgegen und suchte Halt an seinen Schultern.

»Dreh dich um.«

Der Satz hatte seinen Mund noch nicht ganz verlassen, da gehorchte ich ihm bereits. Die Hände gegen die kalten Fliesen gedrückt, der warme Wasserstrahl auf meinem Rücken. Und an die Rundungen meines Pos presste sich sein Schwanz.

Carter wusch meine Wirbelsäule hinab, ließ beide Hände um meine Hüfte gleiten, krallte sich in meine Haut.

Ein Wimmern entwich meiner Kehle. Es tat mir nicht weh, aber es war auch keine zarte Berührung.

›Denkst du, ich wäre zärtlicher zu dir?‹

Der Lappen kam mit einem klatschenden Geräusch neben mir auf dem Boden auf. Carters Griff wurde fester. Er drückte sich enger gegen mich, zog mich gleichzeitig an sich heran.

Ich spreizte leicht die Beine, balancierte auf Zehenspitzen, nur um ihn endlich in mir aufzunehmen. Seine Hand legte sich zwischen meine Schulterblätter, drückte meinen Oberkörper herunter. Fast verlor ich das Gleichgewicht, meine Wange traf auf die kalte Fliesenwand. Gerade, als ich mich dagegen drücken wollte, um nicht vollends mit dem Gesicht gegen die Fliesen gedrückt zu werden, rammte sich Carter in mich.

Seine Länge versank mit einem Stoß in mir, schob mich ein Stück nach vorn, noch fester gegen die kalte Wand.

Aber er achtete gar nicht weiter darauf. Er fickte mich, so schnell er konnte. Immer wieder verschwand sein Schwanz in mir, während leise grunzende Laute aus seiner Kehle stiegen.

War er eben noch absolut heiß und erregend, verwandelte er sich gerade in einen Neandertaler. Wie ein wildes Tier bestieg er mich, versuchte, immer tiefer und tiefer in mich vorzudringen.

Er tat mir nicht weh und es war auch nicht so, dass es mir überhaupt nicht gefiel. Immerhin war ich froh, dass er mich begehrte. Aber es gab weitaus bessere Stellungen, als die Fugen in mein Gesicht zu meißeln.

»Oh, Mary«, stöhnte er, nahm nochmal an Geschwindigkeit auf.

Ob er Anastasia genauso unter der Dusche genommen hat? Ist er auch so animalisch? Dafür wirkt er viel zu kontrolliert. Sicher hat er sie von

Kopf bis Fuß eingeseift, hat seine Finger an ihren Nippeln spielen lassen, bis sie wimmernd darum flehte, ihn endlich spüren zu dürfen. Er wird sie gepackt haben, ihre Beine werden sich um seine Hüfte geschlungen haben. Und dann dringt er in mich, mit einem einzigen tiefen Stoß. Seine Stirn fällt auf meine Schulter zurück. Vielleicht beißt er sogar hinein? Alles, während das Wasser uns umhüllt wie ein warmer Kokon. Und er würde mich ausfüllen, würde seine Zunge …

»Ja!«, schrie Carter und riss mich aus meiner Gedankenwelt. Er trat einen Schritt zurück, entzog sich mir und spritzte auf meinen noch immer gesenkten Rücken ab. Schwer atmend stand er hinter mir, wischte seine Eichel an meinem Hintern sauber. »Das war geil.« Er trat aus der Dusche heraus, schnappte sich ein Handtuch und keine Sekunde später hörte ich bereits wieder die Bettdecke rascheln.

Früher hatten wir uns oft direkt nach dem Duschen nass ins Bett gelegt, hatten gekuschelt, miteinander geschlafen und gewartet, bis alles wieder trocken wurde.

Heute ließ er mich mit seiner Wichse auf dem Rücken unter der Dusche stehen. Immerhin hatten wir Sex gehabt.

Die weiße Flüssigkeit glitt zäh an mir herab, sammelte sich mit dem restlichen Wasser um meine Füße und floss davon.

Er war befriedigt. Er hatte seinen Orgasmus gehabt. Und ich mal wieder nicht. So wie gestern, als ich …

Der Gedanke nahm noch keine wirkliche Form in mir an, als erneut Iwans Lachen in mir hallte. Diese tiefen Töne, die mir förmlich versprachen, zum Höhepunkt zu kommen. *Ob tot oder lebendig.*

Ich richtete mich auf, stellte das Wasser aus. Es war schon wieder passiert! Ich hatte schon wieder an ihn gedacht, während Carter und ich Sex gehabt hatten. Das durfte nicht wahr sein! Ich hatte diesen Mann ein einziges Mal gesehen! Ein verdammtes, einziges Mal!

Wassertropfen fielen an mir herab, als ich aus der Dusche stieg und nach einem Handtuch griff. Ich wünschte, ich könnte Iwan genauso von mir wischen wie all die Feuchtigkeit auf meiner Haut. Ironisch, wenn man bedachte, in welchen Momenten ich an diesen Schwerverbrecher dachte!

Völlig automatisch griff ich zur Zahnbürste und machte mich fertig. Jeden Morgen die gleiche Routine, jeden Morgen die gleichen Handgriffe. Immer und immer wieder. *Gefangen im Alltag.*

»Mary, Baby, du solltest dich beeilen. Es ist schon neun Uhr.« Carter gähnte und verschluckte die letzten Worte darunter.

»Fuck!« Ich spuckte die Zahnpastareste aus, rannte zurück ins Schlafzimmer und wühlte in den Sachen auf dem Boden nach etwas Passendem zum Anziehen. »Wieso hat mein Wecker nicht geklingelt?« Natürlich lag Carter weiterhin im Bett, die Augen bereits halb geschlossen.

»Es war gestern Abend so schön, da dachte ich, wir haben uns einen entspannten Morgen verdient.«

Jedes seiner Worte ließ meine Augenbrauen höher und höher wandern. Was machte mich wütender? Dass er den Abend als schön empfand oder dass er mein Leben absolut ignorierte? »Wie bitte? Carter! Ich habe einen Job!«

Er schnaubte. »Du kommst noch früh genug in den Knast, keine Sorge.«

Ungläubig schüttelte ich den Kopf. So viel zu seiner Freude gestern Abend. Und warum lagen hier tausende von Socken, aber keine in der gleichen Farbe? Ich schnappte mir eine schwarze und eine dunkelbraune – das musste so durchgehen – und eilte in den Flur. Heute wieder Sneakers, alles andere würde mich umbringen. »Darum geht es nicht! Aria macht mir die Hölle heiß. Dieser White, nach dem, was gestern …« Ich brach ab. Schnarchte er? Wirklich?

Ohne auf die Zeit zu achten, ging ich zu ihm zurück. Er schlief. Scheinbar, jedenfalls. Für wie dumm hielt er mich? »Arschloch«, murmelte ich und verließ mit knallender Haustür die Wohnung.

Per SMS ließ ich Aria wissen, dass ich mich direkt auf den Weg zum Circle machte. Sie fragte nicht weiter nach und so musste ich mich auch nicht rechtfertigen, dass ich verschlafen hatte. *Oder unter der Dusche gefickt wurde.*

Auf den Fahrer von gestern hatte ich absolut keinen Bock mehr und so saß ich wie angekündigt in dem einzigen Bus, der mich aus der Stadt zum Gefängnis brachte. Die Klimaanlagen liefen auf

Hochtouren, doch die Hitze stand förmlich zwischen all den Menschen hier drin. Zum Glück hatte ich einen Sitzplatz direkt neben einem Fenster ergattern können. Nicht, dass es offen war und mir kühle Luft brachte. Es war einfach nur schön anzusehen.

Wie seine Augen.

Das musste aufhören. Ich war nicht nur aufgeregt, Iwan wahrhaftig vor mir zu sehen, nein, ich konnte auch an nichts anderes mehr denken als an ihn unter der Dusche. Unter *meiner* Dusche.

Gott! Ich griff in meine Tasche und zog das Notizbuch samt Bleistift hervor. Sehr lange hatte ich nicht mehr das Bedürfnis, zu zeichnen, gehabt, aber gerade strömte es förmlich aus mir heraus. Meine Finger kribbelten, vor meinem inneren Auge tanzte bereits das Bild, was danach schrie, auf Papier verewigt zu werden.

Der Bus ruckelte, doch ich ließ mich nicht beirren. Die Mine hinterließ einen dunklen Strich nach dem anderen. Ich zog eine geschwungene Linie quer über das Blatt, verstärkte am Ende das helle Grau, schattierte es aus, bevor ich eine weitere zog. Meine Hände funktionierten einfach, ließen die Kreativität aus mir herausfließen, direkt auf das weiße Nichts.

Nach und nach bildete sich ein großes Ganzes vor mir. Hier noch ein Strich, da noch etwas heller. Es nahm Form an, doch ich war nicht zufrieden. Egal wie sehr ich mich bemühte, niemals würden mich diese Augen so intensiv anschauen, wie die echten es taten. Niemals könnte ich dieses Gewitter auf einem Blatt Papier einfangen.

Es ließ sich nicht gefangen nehmen. *Er* ließ sich nicht gefangen nehmen. Es glich einer so wilden Freiheit, dass es schlicht und ergreifend nicht möglich war. Als würde man versuchen, den Wind zu fangen.

Dabei saß er hinter Gittern.

»Circle Prison!«, schrie der Busfahrer quer durch das Fahrzeug und ich schaute auf.

Das ging schnell.

Ich schlug das Buch zu, steckte den Bleistift dazwischen und stopfte alles zurück in meine Tasche. Seitlich drückte ich mich an den verschiedensten Menschen vorbei, griff nach einer der Metallstangen im Bus und eilte nach draußen. Direkt in die Hitze.

Und in die Höhle des Löwen.

»Sebastian, schön Sie zu sehen.« Wieder wartete er vor der kleinen Tür inmitten der hohen Mauer.

»Sparen wir uns die Höflichkeiten.« Mit dem Handrücken wischte er sich den Schweiß von der Stirn. »Glauben Sie ja nicht, dass ich diese Drohungen so hinnehme.«

Was wollte der Typ von mir? »Drohungen?«, fragte ich so nett wie möglich zurück und folgte ihm ins Innere des Circle.

»Die Prüfkommission von *Humanity Freedom* und Ihre überaus freundliche Chefin Miss Connor?«, presste er hervor, während wir den Grünstreifen überquerten und in das erste Gebäude eintraten.

Ach, das. Scheinbar hatte Aria doch noch einen Anruf getätigt. Vielleicht verstand aber auch jemand anderes, dass das hier alles nicht gut für die Gefangenen war.

Selbst für die, die ihre Frauen ermordeten, mit ihren so schönen Händen.

»Hier entlang, die Untersuchung wartet.« Er berührte meinen unteren Rücken und schob mich vorwärts. Vorbei an den Männern hinter den Gittern und ihren Monitoren.

Ich ging schneller, um seine Hand loszuwerden. »Und danach bringen Sie mich in einen Verhörraum, nehme ich an?«

»So ähnlich.« White grinste und aus irgendeinem Grund gefiel mir das ganz und gar nicht.

»So ähnlich?«, hakte ich nach, doch da stand ich schon in dem Untersuchungszimmer.

White drehte sich wortlos um und schloss die Tür.

»Guten Morgen, Mrs. Torres.« Natürlich war es der gleiche Wärter wie gestern.

Tief atmete ich durch und griff nach dem Saum meines T-Shirts, um es auf den Tisch zu schmeißen. »Bringen wir es hinter uns.«

Er kam näher, beobachtete jeden meiner Handgriffe. »Mir kam es nicht so vor, als hättest du es gestern eilig gehabt.«

Ich schnaubte. »Sind wir schon per Du?«

Seine rechte Schulter zuckte. »Ich hab dich nackt gesehen.« Wieder einen Schritt näher. »Ich hab deinen Puls unter meinen Händen gespürt.« Sein Atem traf auf mein Gesicht, Pfefferminz und Nikotin.

Warum auch immer, machte mich dieser Mix gerade mehr als nur ein bisschen an. »Ich habe deine harten Nippel berührt. Und ich wette, ich könnte dich direkt hier auf diesem Tisch schreien lassen.«

Ruhig atmen. Ruhig atmen.

Carter hatte mich heute Morgen doch auch schreien lassen, oder? Also fast! Dennoch spürte ich es überdeutlich. Dieses Feuer, dieser lichterlohe Scheiterhaufen, auf dem ich immer mehr verbrannte, wenn nicht bald jemand kam und mich erlöste.

Ich zog weiter meine Sachen aus, bis ich völlig nackt war. Ein Job! *Es ist mein Job! Benimm dich professionell, verdammt nochmal!*

»Gestern Abend, da hatte ich üble Magenkrämpfe«, begann ich. »Ich hab mich sicherlich dreimal übergeben. Und Durchfall! Gott, es war wie Wasser, was aus meinem Darm kam. Braunes, stinkendes Wasser!«

Die Gummihandschuhe klatschten wieder gegen seine Hände. »Klingt ungesund.« Er lächelte! Was zur Hölle?

»Das Leben ist ungesund«, murmelte ich und dachte weiterhin an den schlimmsten Durchfall, den man nur haben konnte, bis der Wärter endlich sagte, ich könnte mich wieder anziehen.

Ich zog die Hose hoch, als er sich gerade auf den Weg zur Tür machte.

»Warte!«, sagte ich leider viel zu laut und er hielt an. »Wie heißt du? Ich meine, du hast mich … nackt gesehen.«

Ein tiefes Lachen grollte durch seine Kehle. »Das verrate ich dir, kurz bevor du ihn laut stöhnen möchtest.«

»Also nie.«

»Oder Ende der Woche.«

Empört öffnete ich den Mund und holte Luft, um ihm zu antworten, doch da war er bereits verschwunden. Was war los mit diesem Knast? Hatten die alle niemanden zu Hause, der auf sie wartete? So, wie ich!

Wartet Carter wirklich zu Hause auf mich? Bemerkt er es überhaupt, wenn ich weg bin?

»Mrs. Torres, kommen Sie.« White öffnete die Tür, trat jedoch nicht ein. »Sie wollen Iwan doch nicht warten lassen.«

Er müsste nie auf mich warten.

Moment. Was?!

Diese ganzen Gedanken trieben mich in den Wahnsinn! Ich ging an White vorbei, bis ich wieder vor den Gittern stand.

»Der Wärter wird Sie rüberbringen.« Sein Grinsen kitzelte meinen Würgereiz. Was genau amüsierte ihn gerade?

»In einen Interviewraum, nicht wahr?«, fragte ich nach, doch erntete nur ein leises Lachen.

»Hier entlang.« Die Stimme in meinem Rücken ließ jedes noch so kleine Härchen auf meinen Armen erzittern.

Ich wirbelte herum. Natürlich, Mister Ozeanauge höchstpersönlich brachte mich zu Pedrow rüber. Er umfasste meinen Unterarm, zog mich mit sich.

»Loslassen!«, zischte ich und entriss mich seinem Griff. Der Wärter reagierte nicht wirklich, sondern wartete nur darauf, dass ich weiterging.

Wir verließen das erste Gebäude, betraten wieder mal den Betonstreifen, der uns direkt in den Hochsicherheitstrakt brachte. *Direkt zu ihm.*

Der Wärter öffnete die Tür und ließ mich eintreten. Sofort wurde es kühler, was nicht allein an der Zimmertemperatur lag, und irgendwie wurde mir immer mulmiger.

»Und hier ist ein Verhörraum? Im Hochsicherheitstrakt?« Die ganze Nummer war komisch.

»Nein«, antwortete er knapp und deutete zu dem langen Gang mit all den Zellentüren. »Weiter.«

Mein Gedächtnis war schon immer ganz gut gewesen, also wusste ich genau, wie viele Türen wir hinter uns lassen mussten, bis Iwans kam. »Wir holen ihn ab und gehen gemeinsam weiter?« Das machte mir keine Angst, ganz im Gegenteil.

»Nein. White gab andere Anweisungen.« Er hielt vor Iwans Zelle an, legte seinen rechten Daumen auf ein kleines schwarzes Kästchen und schon schnappten die Schlösser in der Tür auf. Einen Spaltbreit kam uns der weiße Stahl entgegen, doch der Wärter stoppte ihn. »Das Verhör wird in der Zelle stattfinden.«

»Wie bitte?« Meine Stimme klang viel zu hoch. Das konnte nicht sein Ernst sein! »Nein!«

»Keine Angst, Mrs. Torres«, ertönte es auf einmal aus dem Inneren der Zelle. Iwans tiefe Stimme verteilte sich wie ein dunkler Schatten in meinem Körper, nahm von mir Besitz. »Für gewöhnlich beiße ich nicht.«

9

IWAN

Ich konnte ihre Angst bis in meine Zelle herein spüren. Leise fluchte sie auf Russisch vor sich hin, was mich zum Lachen brachte.

Gestern warst du noch so vorlaut und heute? Heute traust du dich nicht zu mir.

Ich war selbst überrascht gewesen, als White mir diese Änderung verkündet hatte. Noch viel mehr, dass Marlenas Chefin dem zustimmte. Immerhin wusste jeder, wer ich war, was ich tat. *Und tun kann.* Doch der Gedanke, sie so nah bei mir zu haben, ihre wirklichen Reaktionen auf mich zu erleben, ihre Wahrheit zu erkunden, räumte alle Zweifel beiseite. *So lange habe ich dich gesucht und jetzt kommst du einfach zu mir spaziert. Zu deinem Untergang.*

»Wollen Sie wieder nach draußen?« Maksim, er war auch dabei. Super! Dann könnten wir gleich eine große Gala der Mafia-Clans geben! Wie wäre es damit?

»Nein.« Dieses ›Nein‹ klang fester als das vorherige. *Trau dich, Mokita.*

Keine Sekunde später öffnete sich die Tür vollends. Maksim betrat als Erster meine Zelle, ging, ohne mich eines Blickes zu würdigen, an mir vorbei und lehnte sich mit dem Rücken an die Wand.

Und dann kommst du.

Im Türrahmen blieb sie stehen, schaute direkt in meine Augen. Das Kinn leicht gehoben, die Arme verschränkte sie locker vor der Brust. Ich hatte mich geirrt, ganz und gar. Sie hatte keine Angst, sie empfand keine Furcht. Jedenfalls nicht mir gegenüber. *Was ist es dann, dass dich so verunsichert? Und wieso hast du verdammt nochmal keine Angst?*

»Schön, Sie zu sehen.« Ich hob beide Hände an und reichte sie ihr.

Mit Handschellen war das Händeschütteln nicht einfach. Außerdem wollte ich sie nur provozieren, sie sollte sich unbehaglich fühlen, mich zurückweisen, irgendeine Reaktion zeigen.

Doch Marlena kam zwei Schritte näher und ergriff meine rechte Hand, umschloss sie mit ihren dünnen Fingern. Ihre Haut, so zart und weiß, lag wie eine reine Weste über meiner tätowierten Hand.

»Ich freue mich auch.« Sie löste sich. »Entschuldigen Sie die Verspätung, ich …«

»Sie mussten noch passende Sachen finden?« Ich nickte in Richtung ihrer Füße. Zwei verschiedene Socken? Wer war sie, Pipi Langstrumpf?

Ihre Augen verengten sich und ihre Mundwinkel zuckten. »Unter der Dusche hatte es länger gedauert und dann musste es schnell gehen.« Eine leichte Röte tanzte auf ihren Wangen, versteckte beinahe all ihre Sommersprossen darunter.

Die Dusche? Wohl eher ihr Ehemann. »Hat es wenigstens Spaß gemacht?« Ich zwinkerte ihr zu, hoffte sogar ein bisschen, mehr zu erfahren. *Hat es dir gefallen, Mokita? Befreie uns beide aus der Langeweile.*

Sie ignorierte mich – leider – und setzte sich, ohne zu fragen, auf mein Bett.

»Machen Sie es sich ruhig bequem.« Ich nahm ihr gegenüber auf dem Boden Platz, lehnte mich mit dem Rücken gegen die Wand. »Fühlen Sie sich wie zu Hause.«

Freudlos lachte sie auf. »Ich wohne am Stadtrand Deltons. Also ja, der Beton fühlt sich fast wie zu Hause an.«

Tatjanas Tochter wohnte nicht bei ihr? Oder war das eine Lüge aus ihrem hübschen Mund? »Sie sind arm.« Eine Feststellung.

»Puh, wenn Sie es so nennen wollen.« Ihre Hände verschwanden in ihrer Tasche, sie kramte darin herum. »Es ist nicht jeder Anführer eines mächtigen Mafia-Clans.«

Maksim verschluckte sich und hustete. Auch ich blinzelte dumm vor mich hin. Dachte sie, ich würde auf so etwas hereinfallen? Oder wusste sie wirklich nicht, wer sie war?

»Was wissen Sie über die Mafia?«, fragte ich, ohne meine Augen von ihr abzuwenden.

Eine Haarsträhne fiel nach vorn und sie pustete sie wieder zurück. »Sind Sie jetzt Journalist?« Marlena öffnete ihr Notizbuch und schlug die Seiten um. »Fangen wir an.«

Sie wich mir aus! »Ich habe Sie etwas gefragt.«

»Ich weiß.«

Wenn sich Maksim jetzt noch einmal das Lachen verkneifen musste, dann würde meine Faust mitten in seinem verdammten Gesicht landen!

Ich knetete meine Hände, ließ einzelne Fingerglieder knacken. »Sie sitzen mir direkt gegenüber und sind trotzdem so vorlaut. Keine Angst, dass ich wütend werde?«

Sie schluckte sichtbar, ihre Augen zuckten über mich, blieben kurz an meinen Händen hängen. »Nein.«

»Dann vielleicht, dass ich dafür sorge, dass all die Fragen in Ihrer Kehle stecken bleiben?« *Warum länger darüber nachdenken? Ich sollte dir einfach meinen Schwanz zwischen die Lippen schieben, deinen Mund nehmen, bis deine Zunge viel zu schwach wäre, um irgendeinen Laut zu formen.*

Für einen Moment wurde es mal wieder still. Selbst Maksim schien nicht mehr zu atmen.

Und was tat Marlena? Sie biss sich auf ihre Unterlippe, schlug ihre Beine übereinander, ihr Blick hypnotisierte mich förmlich. *Du solltest nicht mit mir spielen, Mokita.*

»Sie haben, was Sie wollten. Keine Tür mehr zwischen uns.« Tief holte sie Luft, atmete trotzdem zitternd aus. »Haben Sie groß geheiratet?« Natürlich ging es wieder um privaten Kram.

Maksim räusperte sich und, ja, ich hatte es auch bemerkt. Tatjana Smirnow wusste alles über meine Hochzeit. Es war ein großes Ereignis, wenn sich der Boss eines Clans vermählte. Immerhin machte das die Frau zu einer der unantastbarsten Personen weit und breit. Allein die Hand gegenüber Ana zu heben, hatte einem Todesurteil geglichen. Garantiert war irgendein Gast ein Spion gewesen. *Oder die Braut gar selbst.*

»Ja, wir haben groß gefeiert. Natürlich wieder auf einer Yacht, immerhin war sie irgendwie Dreh- und Angelpunkt unserer Beziehung gewesen. Wir haben uns das Ja-Wort auf dem Deck gegeben, dann habe ich sie über meine Schulter geworfen und bin mit ihr nach unten gegangen. Ich konnte nicht einen Moment länger auf unsere Hochzeitsnacht warten.« Unwillkürlich ließen mich diese Erinnerungen lächeln. Ich wollte es nicht! Nichts sollte sich gut anfühlen, sobald es mit Anastasia in Verbindung stand! Sie war nicht gut! Doch an diesem

Tag war alles … so leicht gewesen.

»Klingt romantisch«, murmelte Marlena und ich schaute auf.

Romantisch? Nein! »Ich habe sie gefickt. Im Stehen gegen die Wand, auf der Kommode, von hinten im Bett. Ich …«

Marlena unterbrach mich und wedelte mit der Hand in der Luft, als hätten wir keine Zeit mehr. »Und fünf Minuten später? Sind Sie wieder hochgegangen?«

Nun musste Maksim wirklich lachen. Er prustete los, presste sich die Faust gegen den Mund.

Ich ignorierte ihn, doch sobald wir das nächste Mal unter uns wären, würde ich ihm schon zeigen, wie gern ich ihn hatte.

Mein Blick galt allein Marlena. Sie kaute nicht an ihrer Unterlippe, ließ den Kuli nicht klicken, sie wackelte nicht mal mit dem Fuß. Nichts an mir machte sie nervös. Nichts an mir machte ihr Angst. *Und das machte mich wahnsinnig!*

Sie erwiderte meinen Blick, schien ihr kleines Spiel mit mir regelrecht zu genießen. »Wer war alles eingeladen?«

»Tatjana Smirnow nicht.«

Ihre Augenbrauen zogen sich zusammen. »Das hatte ich auch nicht erwartet.« Sie begann durch ihr Notizbuch zu blättern, als suche sie tatsächlich nach Aufzeichnungen über Tatjana. »Ist sie nicht die derzeitige Anführerin des Smirnow-Clans?«

Hältst du mich für dumm, Mokita? Ich wechselte auf Russisch. »Ganz genau. Hattest du schon mal das Vergnügen, sie kennenzulernen?«

Sie wich meinem Blick nicht aus. »Nein«, antwortete sie ebenfalls in Russisch. »Du bist der erste Boss, dem ich gegenübersitze. Falls es das ist, was dein Ego hören will.«

Ohne darüber nachzudenken, sprang ich auf und ging auf sie zu. »Was ich hören will?« *Wie du meinen Namen wimmerst, um Gnade flehst, wie du das letzte bisschen Leben verlierst, mir dabei in die Augen siehst.* Langsam setzte ich mich neben sie auf das Bett, fixierte sie mit meinem Blick. »Du spielst mit mir, Mokita. Überschätz dich nicht.«

»Mariel.« Da war er wieder, der russische Akzent in ihrer englischen Aussprache. »Mein Name ist Mariel. Und ich spiele nicht, ich will nur Antworten.«

»Auf welche Fragen?«

»War es leicht, sie zu töten?«

Es war nicht einfach, mich aus der Fassung zu bringen. Mich sprachlos zu machen, schier unmöglich. Ich hätte ihr einige sehr spezielle und heikle Fragen zugetraut, aber diese? *Warum willst du sowas wissen?* »Wie meinst du das?« Nun sprach auch ich wieder auf Englisch.

Ihre Augen fraßen sich förmlich in meine. Der grünblaue Strudel verschlang mich, arbeitete sich bis auf den Grund meiner Seele vor. Auf den Grund der absoluten Finsternis. Das Metall der Handschellen klimperte aneinander, als ich die Hände für wenige Zentimeter hob und … was sollte das gerade werden?

Ihr Blick zuckte hinab zu meinen Händen auf der harten Matratze und ehe ich mich versah, lagen ihre zarten Finger auf meinen. Die Lider gesenkt verharrte sie kurz, nicht mal mehr ihr Brustkorb hob oder senkte sich.

Aus irgendeinem Grund musste ich an ihren Mann denken. Sie hatte nie etwas Negatives über ihn gesagt, aber auch nie besonders positive Dinge. Warum war ich mir bei ihm so sicher? Ihre Frage arbeitete in mir. Sie suchte sich einen Weg durch mein Hirn, ließ meine Synapsen brennen. »Willst du jemanden umbringen? Ihn?«

Sie zuckte zurück, soweit wie es mein Bett zuließ, und stieß mit der Schulter gegen die Wand. »Was? Nein!« Ihre Antwort – viel zu schnell, viel zu atemlos.

Macht er dich unglücklich? Hat er dich betrogen? Tut er dir weh, Mokita? Du weißt vielleicht nicht, wer du bist, aber ich tue es. Und niemand wird dir wehtun, nur ich.

»Warum?« Ich schaute kurz zu Maksim herüber. Ohne die kleinste Regung beobachtete er unser Gespräch.

Sie rieb die Lippen aneinander. »Warum hast du es getan?«

War es ein Trick? Das alles? Dachte sie, sie könnte mit ihren falschen Mordfantasien mein Verständnis wecken? Die ultimativen Antworten für ihr Interview bekommen? *Sowas wie Mitgefühl kenne ich nicht, Mokita.* Oder arbeitete sie mit ihrer Mutter zusammen? Doch Tatjana wusste, warum ich Ana getötet hatte. Und Marlena schien nicht mal annähernd irgendetwas zu wissen. Nichts über ihre Mutter, über Ana oder irgendwelche Fehden zwischen uns. *Du bist eine Smirnow, ich bin ein Pedrow. Allein meine Gegenwart sollte dir eine solche Angst durch die Venen pumpen lassen, dass du kaum klar denken könntest. Doch das tut es nicht, Mokita. Und das macht unser Spiel wesentlich interessanter.*

»Es kommt drauf an, warum man tötet«, begann ich. »Manchmal tut es gut, es befreit und reinigt dich. Und manchmal ist es eine bloße Last, die dich …«

»Erdrückt«, murmelte sie und senkte den Blick.

»Ja.« Wo war die taffe Journalistin hin? Sie saß vor mir, nestelte an dem Bezug meiner Matratze, tief in ihren eigenen Gedanken versunken. Ich rutschte wieder zu ihr heran. »Doch wenn das Leben dich schon erdrückt, kann man ruhig mal aufräumen.«

Sie schaute zu mir auf, so offen und ehrlich, als hätte ich ihr die Antwort auf ein langes Rätsel gegeben. »Dann hat sie dich erdrückt?«

»Ana?« Wie ein Idiot fragte ich nach, nur um noch ein paar Sekunden Zeit zu gewinnen. »Sie hat mich belogen.« Es war nur die halbe Wahrheit, aber auch keine Lüge. »Sowas verzeihe ich nicht.«

Marlena nickte. »Sehr konsequent.« Sie zuckte mit der Schulter, unterdrückte ein Lächeln. *Und schon bist du wieder in deiner Rolle. Unnahbar, taff, die liebende Ehefrau. Doch eben, das warst du, Mokita. Ich konnte es in deinen Augen sehen.*

»Kann man so sagen.« Ich strahlte ihr entgegen. »Wie heißen deine Eltern?«

Sie blinzelte einige Male, der Themenwechsel kam mehr als überraschend. War es eben irgendwie vertraut, irgendwie viel zu nahbar, türmte sich nun eine hohe Mauer zwischen uns auf. *Sag es mir, Marlena.*

»Warum?«, hakte sie schnippisch nach. »Falls du sie umbringen willst, …«

Ich breitete die Arme aus, unterbrach sie. »Ich sitze im Circle. Wie sollte ich an sie herankommen, hm?«

»Warum willst du es dann wissen?« Sie verengte ihre Augen, sodass man nur noch mit Mühe den wilden Wasserfall in ihnen erkennen konnte.

»Weil ich denke, sie zu kennen.« *Oh, Marlena, du machst es mir schwer, die Wahrheit zu sagen. Ich lüge nicht, auch nicht für dich. Aber solltest du mich hier die ganze Zeit betrügen, dann gewähre ich dir keinen schnellen Tod, da kannst du dir sicher sein.*

»Meine Eltern?« Sie lachte auf und schüttelte den Kopf. »Niemals. Weder Robert noch Becky hatten jemals etwas mit …«

»Robert und Becky?«, unterbrach ich sie.

Sie nickte. »Robert und Becky Torres, ja.«

Nicht Tatjana und Matjew. »Deine leiblichen Eltern?«

Nun schüttelte sie den Kopf. »Du hast es nicht so mit ganzen Sätzen, oder? Ich wurde von ihnen adoptiert, als ich vier war. Sie sind vor ein paar Jahren gestorben.«

»Das tut mir leid.« *Dir auch. Ich höre es in deiner Stimme. Sie ist dünn, zierlich, fragil wie Glas. Wunderschön.*

Sie sprach fester weiter, als könnte sie innerlich vor dem Thema davonrennen. »Meine leibliche Familie kam offenbar aus Russland und ich hatte mich irgendwie schon immer für diese Sprache interessiert und mich – falls du das kennen solltest - weitergebildet. Daher mein sehr gutes Russisch.« *Sehr gut? Perfekt.*

Maksim schnaubte, versuchte es unter einem Husten zu kaschieren. Sicher dachte Mariel nur, er wollte sich als Wärter über ihre Herkunft lustig machen. Doch er hatte denselben Gedanken wie ich. Matjew hatte seine Tochter nicht nur versteckt, er hatte sie weggegeben.

»Wie alt bist du?« In mir brannten unzählige Fragen.

»Warum fragst du all sowas?« Sie zog die Augenbrauen zusammen. »25.«

Mein Vater war seit über 20 Jahren tot, ermordet von Matjew Smirnow. Und seine Tochter, mir direkt gegenüber, schien keine Ahnung zu haben, wer sie war. Wer ich war. Was sie für mich bedeutete. Meine Rache am Smirnow-Clan.

»Also, was soll das?«

Ich musterte sie, von Kopf bis Fuß. Was sollte ich ihr darauf antworten? Ihr die Wahrheit sagen, die Chance auf Rache vertun? Nein. Sie anlügen? Meine Prinzipien brechen? Für *sie*? Definitiv keine Option.

Maksim räusperte sich. »Die Zeit ist um, Sie müssen gehen.« Meine Rettung. Vielleicht überlegte ich es mir nochmal, ob ich ihn windelweich prügelte.

Marlenas Blick zuckte zu ihm. »Oh, auf einmal wieder so förmlich?«

Fast musste ich grinsen. Sie war ganz und gar eine Smirnow und hatte doch absolut keine Ahnung.

Sie stand auf, wobei ihre Tasche umfiel und ein weiteres Notizbuch herausrutschte und direkt auf dem Boden zwischen meine Füße fiel. Ich bückte mich danach.

»Nicht!« Marlena ging vor mir in die Hocke, griff gleichzeitig mit mir nach dem Buch und schon wieder lagen unsere Hände aufeinander.

Sie war mir nah, viel zu nah.

Auch wenn sie nicht kniete, die Bilder in meinem Kopf drehten durch. *Wie ich dir dein freches Mundwerk stopfe, dir meinen Schwanz in den Rachen schiebe, bis Tränen über deine Wangen laufen.* Für einen Moment verharrte sie in ihrer Position, biss sich auf ihre Unterlippe. Ihr Blick blieb an meinem Mund hängen, wanderte an mir herab, bis zu der Stelle, die sich ihr ebenfalls gern entgegenstrecken würde.

Tu das nicht, Mokita. Noch eine Sekunde länger und ich nehme dich. Hier, vor Maksim, vor den Kameras. Mir egal, wer sieht, wie ich dich auf meinen Schwanz setze, wie du mich reitest, während deine Titten im Takt auf und ab wippen. Mir egal, ob du es willst oder nicht. Ich nehme mir immer, was ich will.

Sie blinzelte, schaute hinab zu ihren Händen und richtete sich auf. *Schade.*

»Geheimnisse, Mrs. Torres?« Ich entzog ihr das Buch und öffnete es an der Stelle, an der noch ein Stift klemmte.

Wow, sie schaffte es, mich zum zweiten Mal am Tag sprachlos zu machen. Vor mir, auf leicht vergilbtem Papier, schaute mir eins meiner Augen direkt entgegen. Ich konnte nicht sagen, woher ich wusste, dass es meins war. Ich fühlte es einfach.

Es sah aus, als würde ein Gewitter in den Iriden toben. Ein Sturm, der alles mit sich nahm. Und doch lauerte etwas, hinter den dünnen und dickeren Bleistiftlinien. Die pure Gefahr. *Ich.*

Noch bevor ich meine Stimme wieder finden konnte, riss Marlena mir das Buch aus den Händen. »Bis morgen.«

Ich stand auf, hielt sie am Unterarm fest. Es war eine Intuition, nichts, was ich wirklich selbst bestimmte. »Du hast Talent.«

Sie fixierte den Boden, als würde er sich jeden Moment auftun und sie darin verschwinden können.

Ich trat noch einen Schritt auf sie zu. Obwohl ich ihren Körper nicht berührte, spürte ich ihn überdeutlich. Als würde sie sich an mich lehnen, sich an mir winden. Und ich wettete, sie fühlte es genauso sehr wie ich.

»Denk nicht nur an meine Augen, Mokita.« Ich konnte die Gänsehaut sehen, die sich über ihre Arme zog, als meine russischen Worte in sie drangen. Leise, nur für sie bestimmt. »Denk an meine

Hände. Jedes Mal, wenn du unter der Dusche stehst, deinen Körper berührst.« *Beim nächsten Mal kommst du wegen mir zu spät. Du sollst an mich denken, nur noch an mich! Bis du gar nicht mehr anders kannst, als mir blind zu folgen.*

Meine Lippen streiften ihr Ohr. »Deine vollen Brüste, dein flacher Bauch, deine Pussy. Es sind nicht deine Hände. Es sind meine. Jedes verdammte Mal, wenn du mit ihm im Bett liegst, sind es nicht seine Hände, die über dich streichen, es sind meine, die …«

»… die Leben nehmen«, unterbrach sie mich. »Deine Hände, die andere töten. Die in Handschellen stecken.«

Ein drittes Mal! Zum verfickten dritten Mal machte sie mich sprachlos. Es war keine ängstliche Feststellung, es war keine Abweisung. Es war eine dunkle Zustimmung und die pure Faszination.

Marlena, du bist nicht mal halb so unschuldig, wie du aussiehst. In dir wohnt eine Dunkelheit, die ich nur zu gern erwecken möchte. Die ich kosten möchte. Die mir helfen kann, hier rauszukommen. Du bist meine Freiheit.

Und dann werde ich dich töten.

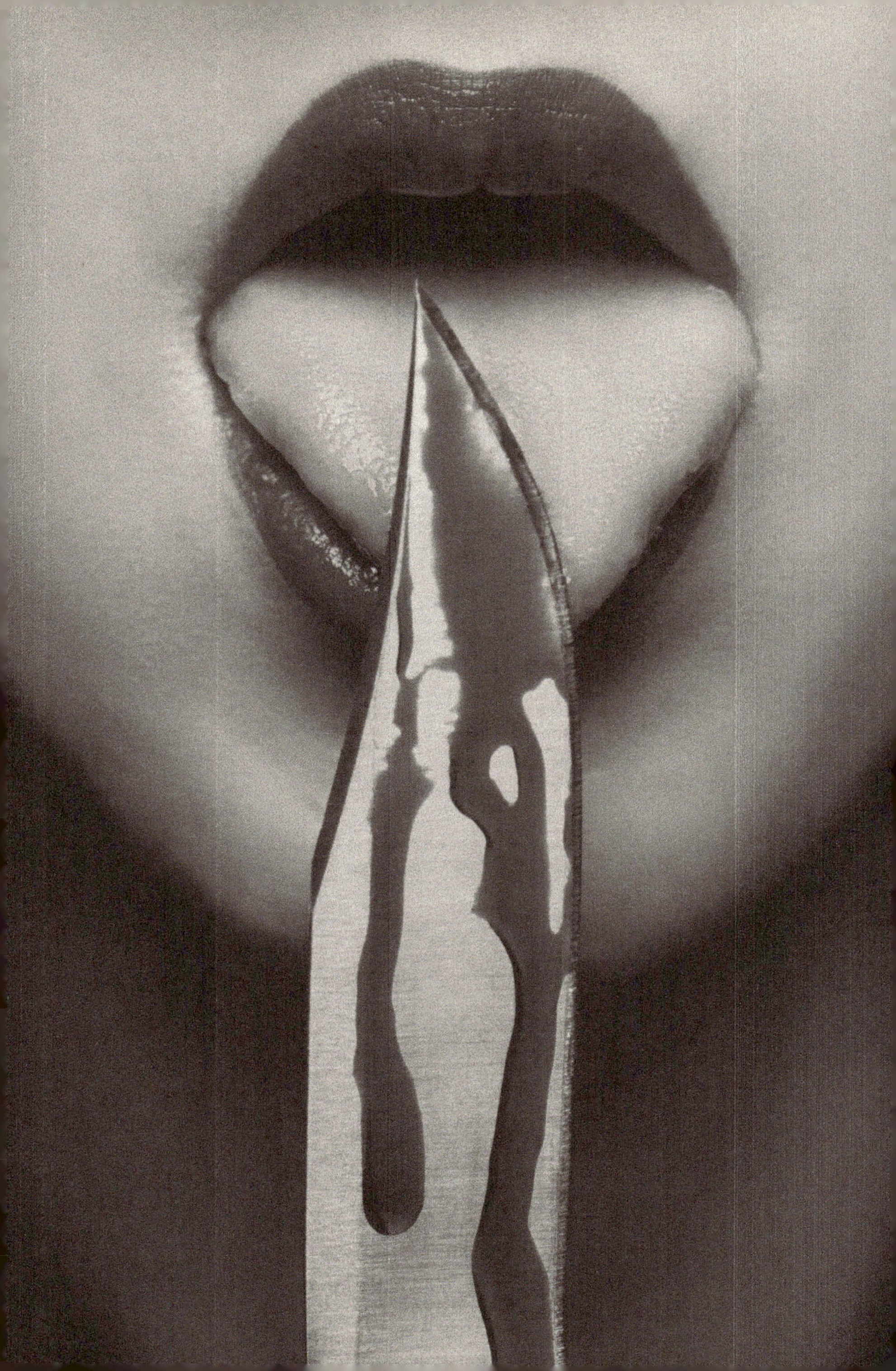

10

Mariel

Seine Worte schmiegten sich um mich, vernebelten jeglichen klaren Gedanken in mir. Da war nur seine Stimme, die mich wie der weichste Samt umhüllte und mir Bilder in den Kopf zauberte, die ich nur allzu gern sah.

Ich konnte nichts erwidern, sah ihn einfach nur an. Wie er mir viel zu nahe war. Wie sein Brustkorb mit jedem Atemzug an meine Schulter stieß. Wie sein ganzer Körper eine solche Hitze ausstrahlte, dass die Sonne da draußen nichts gegen ihn war. Er *war* die Sonne. Und ich kreiste in seinem Universum, bis ich mich verbrennen würde.

»Auf das Bett, Pedrow.« Die Stimme des Wärters holte mich zurück ins Hier und Jetzt.

Aber Iwan blieb an Ort und Stelle. Er berührte mich, so zaghaft, wie ich nie geglaubt hätte, dass seine Hände es überhaupt könnten. Ich hatte schon zweimal seine Haut gespürt, doch jetzt, nachdem er solche Dinge durch diese graue Zelle geflüstert hatte, setzte mich das hauchzarte Streichen seiner Fingerspitzen an meinem nackten Unterarm in Brand.

»Jetzt.« Der Wärter kam einen Schritt auf uns zu, was Iwan lächelnd aufblicken ließ.

Wieder sprach er auf Russisch mit mir. »Ich sehe dich. Dich und deine dunkelsten Fantasien. So, wie du wirklich bist, deine Freiheit in dir.«

Was? Wie meinte er das? Ich ging einen Schritt rückwärts, wollte nicht einen Moment länger seine Haut an meiner spüren. Welche dunklen Fantasien sah er da bitte? Die hatte ich nicht! Da gab's nichts Verbotenes, nichts Düsteres, gar nichts in mir! Und warum beschwerte sich der Wärter nicht über all das Russisch?

»Du darfst sie mitnehmen, Maksim.« Iwans Stimme klang amüsiert, seine Augen fuhren immer wieder an mir auf und ab.

Noch bevor der Wärter – der scheinbar Maksim hieß – mich erreichen konnte, drückte ich mich an ihm vorbei. Ich musste hier raus! Das hier war alles andere als ein normales Interview! Keine Ahnung, was das überhaupt gerade gewesen war!

»Wir sehen uns, Mokita!« Iwans Stimme verfolgte mich, hallte mir nach, bis der Wärter endlich die Zellentür schloss.

Ich eilte, so schnell ich konnte, weiter durch den Gang. Mir egal, ob dieser Maksim hinterherkam. In mir tobte alles, als würde mein Herz rennen, meine Lunge brennen, meine Haut immer kleiner werden. Die weißen Zellentüren zogen an mir vorbei, verschmolzen mit den grauen Betonwänden zu einer einzigen Masse.

Endlich!

Ich drückte beide Hände gegen die Ausgangstür, stieß sie auf. Hitze schlug mir ins Gesicht, grub sich in meine Haut. *Atmen, Mariel, atmen!* Die Luft war zu dick, um tief durchzuatmen, und schmeckte gleichzeitig wie die klarste Frühlingsluft hoch oben auf einem Gipfel. Mit jedem Atemzug tat meine Lunge weniger weh und doch feuerte der Sauerstoff tausende Funken in mir an.

Was war da drin passiert? Warum hatte ich ihn das gefragt? Wieso hatte ich ihn so nah kommen lassen? Und was dachte er, in mir zu sehen? *Es, er kann* es *sehen. Diese dunkle Lust, Verbotenes zu tun, Blut zu spüren, Leben zu nehmen. All die Gedanken, die mir solche Angst einjagten.* Niemals hatte ich jemandem davon erzählt. Diese Tagträume schockierten mich oft genug. Aber er, er sah die Dunkelheit in mir. *Vielleicht, weil er sie selbst kennt? Und sie lebt. Er kann sie ausleben.*

»Komm, ich bring dich raus.« Maksim war auf einmal neben mir, legte eine Hand auf meinen Rücken und schob mich voran.

Die Tür des ersten Gefängnisbereichs ging auf und White trat heraus. *Der hat mir gerade noch gefehlt.* Sein weißer Schnauzer krümmte sich unter seinem Lächeln. »Mrs. Torres, das lief ja einwandfrei ohne Stahltür zwischen Ihnen!«

Ich erwiderte nichts, ging einfach an ihm vorbei. Maksim folgte mir auf Schritt und Tritt.

White lachte. »Jetzt warten Sie doch mal!«

Abrupt blieb ich stehen, drehte mich zu ihm um. »Halten Sie den Mund und sparen Sie sich einfach all Ihre hämischen Kommentare.

Es juckt mich nicht!«

Er grinste noch immer. »Iwan kam Ihnen ja sehr nah. Und Sie? Sie standen da wie ein scheues Reh, direkt neben dem großen bösen Wolf.«

Ein Wolf, der White zerfleischen könnte. Tiefe Zähne würden sich in sein Fleisch bohren, Blut würde aus den Wunden sprudeln und das graue Fell des Tieres beflecken. Und ich würde mich darin baden, ich würde meine Hände in das heiße Blut stecken, würde das Leben von diesem Nichtsnutz White an mir spüren und mit meinen nackten Füßen treten. Wie Dreck.

Ich schüttelte mich. *Nein!* Das musste aufhören! Das geschah jetzt alles nur, weil Iwan mich darauf aufmerksam gemacht hatte! Ich brauchte Abstand, jede Menge!

»Frauen sind einfach immer das dumme Geschlecht.« Whites Bemerkung ließ eine Sicherung in mir durchbrennen. All das hier ließ mein Hirn durchbrennen! Iwan, seine Nähe, seine Worte, White!

»Eifersüchtig?« Ich trat an ihn heran. »Träumen Sie davon, Iwans Schwanz zu lutschen? Sagen Sie es mir, White, wollen Sie sich tief für ihn bücken? Soll er Sie ficken und …?«

»Es reicht«, unterbrach mich Maksim und packte meinen Oberarm. »Sie gehen, jetzt.«

Whites Hautfarbe wurde immer roter, glich beinahe einer Tomate. Er wütete auf dem Betonhof, zwischen Hochsicherheitstrakt und dem Kontrollzentrum, doch Maksim hatte mich schon wieder in das Gebäude gezogen und die Tür zugeworfen. Er zerrte mich weiter und weiter, über den Grünstreifen, durch die kleine Tür in der Mauer, bis zur Bushaltestelle.

»Wir sehen uns.« Damit drehte er sich um und verschwand wieder im Circle.

Ich starrte ihm nach und aus irgendeinem Grund krampfte sich etwas in meinem Magen zusammen. Ein fester Knoten, der sich immer enger zuzog. Er ging zu ihm. Ich blieb draußen, vor einer Mauer. Weit weg. So, wie ich es wollte, oder nicht? So, wie es richtig war!

Aber da drin sitzt der einzige Mensch, der mich wirklich sieht.

»Mary! Da bist du ja endlich!« Carter kam auf mich zugestürmt, als hätte er tatsächlich Termine.

Doch in meinem Kopf herrschte noch immer dichter Nebel. Oder eher ein Gewitter. *Das muss aufhören!*

Er legte einen Arm um meine Schultern und dirigierte mich ins Schlafzimmer. Warum sah es hier überall so ordentlich aus? Keine Pizzakartons, kein Geschirr, nicht mal mehr eine leere Chipstüte lag auf dem Boden rum.

Er küsste meine Schläfe. »Zieh dir was Hübsches an.«

»Was Hübsches? Wieso?« Ich trat von ihm weg, sein Arm fiel herab. *Hätte ich mich auch von ihm entfernt? Und warum trägt er ein weißes Hemd?*

»Du wirst es nicht glauben, der New Moon Verlag hat mich vor ein paar Stunden angerufen! Sie wollen vorbeikommen und mit mir über mein neues Buch sprechen!« Er strahlte von einem Ohr zum anderen.

Ich ließ mich rückwärts auf das Bett fallen. Hatte er gerade Verlag gesagt? Neues Buch? *O mein Gott!* »Wow! Das ist mega! Ich freu mich so!« Das könnte unsere Chance für eine gemeinsame Zukunft sein. Ich hatte das Interview mit Pedrow, Carter bald ein veröffentlichtes Buch. Vielleicht könnten wir dann endlich eine Familie gründen? »Um welches Projekt geht es?«

Er setzte sich zu mir, nahm meine Hände in seine. Auf unserem Bett.

Da war sie. Seine Stimme. Ohne dass ich etwas dagegen tun konnte. *›Es sind nicht seine. Es sind meine.‹*

Ich entzog Carter meine Finger und rutschte ein Stück von ihm weg.

Irritiert runzelte er die Stirn. »Du kennst es nicht«, fing er langsam an und sein Blick zuckte zwischen dem neu entstandenen Abstand und mir hin und her. »Ich muss es noch schreiben. Es ist auch nicht wirklich ein Krimi, diesmal eher eine Lovestory mit Crime und …«

»Was?« Bevor ich über die Reaktion nachdenken konnte, brach sie aus mir heraus. Die Chance, die ich eben klar und deutlich gesehen hatte, glitt in weite Ferne.

»Ich schreibe es. Wirklich.« Seine Lippen wurden zu einem schmalen Strich und er nickte immer und immer wieder.

Ja, genau wie all die Projekte davor. Wen wollte er mit dieser doofen Nickerei eigentlich überzeugen? Mich oder sich selbst? So oft hatte er es mir versprochen und niemals hatte er es eingehalten. Er wollte sich ja nicht mal einen anderen Job suchen! Einen mit Festgehalt und Arbeitszeiten, nein! Alles immer zu viel Zwang und Druck und Kapitalismus! *Gott!*

»Mary, ich verspreche es dir.« Wieder griff er nach meinen Händen, strich mit seinem Daumen über den Handrücken.

Eine letzte Chance. Ich schluckte all die bösen Gedanken und Zweifel herunter. »Und warum soll ich mich hübsch machen?«

Nun grinste er wieder, verstärkte den Druck seiner Finger. »Der Verlag kommt jeden Moment zum Essen vorbei.«

Wow. Dieser Tag wurde immer besser. »Und wer kocht?«

»Keine Sorge, ich habe etwas beim Italiener bestellt. Wir müssen nur gut aussehen und vor allem gut verhandeln.« Die pure Vorfreude glänzte in seinen Augen und langsam – ganz langsam – sprang sie auch auf mich über.

Ich klatschte mir auf die Oberschenkel, stand auf. »Gut.«

»Du könntest das schwarze Kleid anziehen, das kurze.« Er grinste, fuhr sich mit der Zunge über die Lippen und ließ sich auf das Bett fallen, die Hände hinter dem Kopf verschränkt. »Niemals werde ich vergessen, wie toll du darin aussahst.«

Ob er sich wirklich daran erinnert? Ich hatte es zu unserem dritten Hochzeitstag angehabt. Danach nie wieder. Es hatte einfach keinen passenden Anlass dafür gegeben.

Iwan weiß genau, wie er Anastasia kennenlernte. Wenn er von ihr erzählt, dann wirkt sie so lebendig.

»Carter?« Ich öffnete meinen Kleiderschrank und suchte nach dem besagten Kleid.

»Hmm?«

Da war es. Ich holte es heraus, nahm es vom Bügel. »Wo hast du mich das erste Mal gesehen?«

Stille.

Nur das leise Rascheln meiner Sachen, als ich sie auszog, schallte überlaut durch unser kleines Schlafzimmer. Meine Hose. Mein T-Shirt. Meine Socken. Alles fiel an mir zu Boden, vielleicht sogar einiges in meinen Innersten. Und noch immer kein Wort von Carter.

»Bei dem Basketballspiel der Uni. Du saßt in der dritten Reihe oder so und ich wollte gerade Popcorn holen, als du mir aufgefallen warst. Schön wie eh und je.«

Mein Herz setzte aus, verkrampfte sich und zwang sich förmlich dazu, weiterzuschlagen. Als wäre das Blut in den Adern zu dick, als würde alles in mir jeden Moment explodieren und doch in sich zusammenfallen.

Ich war nie bei einem Basketballspiel gewesen.

Er setzte sich auf, schaute zu mir. »Du hattest das Shirt der gegnerischen Uni an, weil dir so ein Idiot sein Getränk übergekippt hatte.«

Nein. Hör auf.

»Aus irgendeinem Grund hast du nur eins der anderen Mannschaft bekommen. Und obwohl ich die hasste, hatte ich noch nie etwas Schöneres gesehen.«

Hör auf. Hör auf. Hör auf!

Nur in Unterwäsche bekleidet drehte ich mich zu ihm um. »Du meinst Isabell. Genau das ist meiner damaligen besten Freundin passiert. Sie hatte mir erzählt, dass sie dort den One-Night-Stand ihres Lebens hatte. Ein paar Tage später sind sie weggezogen, ihr Vater arbeitet beim Militär.« Ich zog mir das Kleid über den Kopf, zupfte es am Saum zurecht, bis die Nähte knackten. »Toll, dass du dich an *diese* Pussy erinnerst.«

Carter starrte mich an. Seine braunen Augen hingen an mir, sein Mund öffnete und schloss sich. Immer und immer wieder.

Wie ein Fisch auf dem Trockenen. Wie er wohl aussieht, wenn ich ihn kopfüber in die Badewanne tauche? Seine Beine zappeln, suchen nach Halt. Ich greife fester in die blonden Haare, kann Carter kaum bändigen. Aber ich bin stärker, wegen ihm. Seine tätowierte Hand legt sich auf meine, drückt den Kopf meines Ehemanns noch tiefer unter Wasser.

»Mary, es … es tut mir leid.« Seine Worte durchschnitten die tödliche Fantasie, für die ich mich ausnahmsweise mal nicht schämte.

»Schon gut.« *Nichts ist gut.* Ich ging ins Badezimmer, kämmte meine Haare und versuchte, irgendwie Make-up aufzutragen. Ich war es leid, das alles hier. Mich mit ihm zu streiten, mir seine leeren Entschuldigungen anzuhören. Und doch hielt irgendetwas in mir an ihm fest. Immerhin waren wir schon so lange zusammen. Für immer, oder nicht?

Carter stellte sich hinter mich, umschloss mich mit seinen Armen. »Sorry, Baby, wirklich. Du bist …«

Es klingelte an der Tür. Das schrille Läuten hallte durch die Wohnung und ich atmete erleichtert auf, als er endlich den Raum verließ.

Iwan hatte mich gefragt, ob ich Carter töten wollte. Dafür hatte er nicht mal seinen Namen nennen müssen. Und die Antwort in meinem Kopf hatte mich förmlich taumeln lassen. Aber jetzt? Jetzt stand sie wie ein riesiger Elefant mitten in diesem viel zu kleinen Badezimmer und schaute mir mit sturmgrauen Augen direkt entgegen.

Da saßen wir nun an einem Tisch. Wir als Ehepaar, welches sich Sekunden vorher gestritten hatte und kein Wort miteinander wechselte, und zwei gruselige Verlagszwillinge, die vor Euphorie nur so schäumten.

Der Mann, John, hatte sich neben Carter gesetzt. Sein langer schwarzer Pferdeschwanz wippte jedes Mal, wenn er lachen musste, hin und her. Passierte meiner Meinung nach viel zu oft. Seine hellblauen Augen wirkten künstlich und die Fingernägel hatte er dunkelblau lackiert. Die Frau neben mir, Violett, sah ganz genauso aus, nur eben weiblich. Ich hätte dieses viel zu leckere Essen darauf verwetten können, dass sie Geschwister waren!

Die Nudeln auf meinem Teller, in der köstlichen Sahnesauce mit Lachsstückchen, kamen garantiert nicht vom Italiener nebenan. Da hatte Carter mal wieder tief in unsere Haushaltskasse gegriffen. *Seine Frau geht ja auch brav arbeiten.*

Die ganze Zeit unterhielten sie sich über Bücher, Schriftarten und Coverentwürfe. Ich hörte nur mit halbem Ohr hin. Erstens, weil ich noch immer etwas von meinen Tagliatelle hatte, und zweitens … Carters Worte, seine *Erinnerung* an uns. All das lag schwerer als drei Zentner Steine in meinem Magen, quälte mich mit jedem Atemzug.

»Dieses runde Gefängnis! Wie kommt man auf solche Ideen?«, fragte John und erhaschte nun meine Aufmerksamkeit.

Carter wollte gerade antworten, doch Violett kam ihm zuvor.

»Ein brillanter Einfall!«, freute sie sich. »Und die Jagd im Wald, Wahnsinn!«

»Ja, ja, alles richtig.« Carter steckte sich eine weitere Gabel voller

Lasagne in den Mund.

Gefängnis, Kreis, Wald? »Worum geht es eigentlich in deinem neuen Buch?«

Alle blickten zu ihm, während er unruhig auf seinem Stuhl hin und her rutschte und nur mühsam kaute. Endlich schluckte er, wischte sich die Mundwinkel sauber und holte tief Luft. »Na ja, da gibt es einen Mann …«

»Er ist Russe!«, warf Violett ein und lehnte sich vielsagend zu mir. »Gefährlich, nicht wahr?«

»Russe«, wiederholte ich leise.

Carter wich meinem Blick immer wieder aus, aber John hatte kein Problem damit, mir den Inhalt zu erzählen. »So gefährlich! Er hat seine Ehefrau durch einen Wald gejagt und ihr das Herz herausgerissen. Und nun sitzt er im Gefängnis, wo er einer wundervollen jungen Frau begegnet.« *Nicht sein Ernst!*

»Irgendwie kommt mir das alles bekannt vor, oder nicht?« Ich konnte doch nicht die Einzige sein, die das bemerkte! Und schon brach unsere Zukunft mal wieder in sich zusammen. *Vielleicht bricht es ihm auch mal die Beine, wortwörtlich gesehen.*

John schrie mich förmlich an. »Na klar kommt das jedem bekannt vor! *True Crime!* Das wollen die Leser!«

Natürlich, dass ich da selbst nicht draufkam. Ironie off! Man konnte mittlerweile echt alles verkaufen, selbst anderer Leben.

Carter räusperte sich, offenbar hatte er seine Stimme wiedergefunden. »Ich weiß noch nicht ganz, warum die Frau zu ihm geht, aber …«

»Quatsch!«, unterbrach ihn Violett. »Bleib bei der Journalistin, das ist mega!« *Nein, das kann nicht sein!*

John wischte sich die Hände an einer Serviette ab. »Das wird richtig gut. Der Russe«, er wandte sich zu mir, »er versucht, die Journalistin zu verführen, aber …«

»Aber?« Ich konnte nicht länger an mich halten. Jeder weitere Satz bestätigte die dunkle Vorahnung in mir. Hatte er mein Leben aufgeschrieben und es angepasst? Meine Story, meine Karrierechance? Riss er sie gerade an sich?

»Na ja …«, Carter suchte nach Worten, schien sie aber nicht zu finden.

Die gruseligen Verlagszwillinge wollten mir weiter den absolut kreativen Plot erzählen, aber ich konnte es mir keine Sekunde länger anhören und sprach einfach drauflos. »Was ist dann? Verliebt sich die Journalistin und brennt mit dem Russen auf der Flucht durch?«, presste ich zwischen zusammengebissenen Zähnen hervor.

»Machen Sie sich nicht lächerlich, Mariel!« Violetts Stimme überschlug sich beinahe. »Sie lernt einen anderen Mann kennen, er ist Autor und bringt sie wieder auf den richtigen Weg.«

»Auf den richtigen Weg«, wiederholte ich ihre Worte viel zu hoch. Das war alles ein schlechter Scherz, oder? *Du nimmst dir meinen Traum, meine Chance, als Journalistin aufzusteigen!*

»Ganz genau! Der richtige Weg! Und der ist ja sicher nicht im Bett eines Frauenmörders.« John schnalzte mit der Zunge.

Freudlos lachte ich auf. »Vielleicht hatte er ja einen triftigen Grund.«

»Gibt es denn Entschuldigungen dafür, jemanden zu ermorden?« Scheinbar hatte ich John sichtlich irritiert, der arme Kerl blinzelte ohne Ende und fast befürchtete ich, dass diese lächerlichen Kontaktlinsen rausfallen würden.

Gibt es denn einen Grund, zu morden?

Ja.

Also, nein, natürlich nicht!

Aber manchmal … wünscht sich nicht jeder ab und zu, die Regeln hinter sich lassen zu können? Nur ein einziges Mal die absolute Freiheit zu spüren? Frei von allen Zwängen, Pflichten und Gesetzen. Leben nehmen, Opfer verschonen, Spaß haben, das Drama provozieren …

Was denke ich da?

Ich schaute zu John. »Wer weiß? Jedenfalls hat keiner es verdient, lebenslang bestraft zu werden.« Ich griff zu meinem Weinglas und nahm einen großen Schluck. »Vielleicht findet die Journalistin ja Gefallen an dem bösen russischen Mann?« *Mit den vielen Tattoos. Mit den wundervollen Augen. Mit dem bedrohlichen Lachen. Mit den Händen, die Herzen rausrissen und mich sicher zum Stöhnen brachten. Mit … Stopp!*

»Niemals!« Violett schlug eine Hand vor den Mund. »Warum sollte man sich auf jemanden wie Iwan einlassen?«

»Iwan?« Ich schaute zu Carter und versuchte vergeblich, ein hysterisches Auflachen zu verkneifen.

»Ja!« John legte das Besteck nieder. »Iwan ist der Name des

Antagonisten. So nennt man im Fachjargon …«

»Ich weiß, was das bedeutet!«, fuhr ich ihn an. »Und die Journalistin? Wie heißt die? Mary?«

»Genau! Wow, Mariel, Sie sind scharfsinnig.« Violett schaute ungläubig zwischen mir und den anderen hin und her, den Mund weit offen, als glaubte sie wirklich, ich könnte hellsehen.

Wie dreist war Carter eigentlich? »Vielleicht vögelt Mary aber erst noch Iwan.« Ich presste meine flachen Hände auf den Tisch, erhob mich von meinem Stuhl. »Denn vielleicht ist Iwan ein richtiger Mann und kann es ihr gut besorgen. Besser als dieser dahergelaufene Autor!«

Carter schnaubte. »Ich denke schon, dass Mary da gut versorgt ist. Immerhin liebt es Chris, der Autor, sie in der Dusche zu verwöhnen.«

»Ha!« Das meinte er nicht ernst! Ich lachte auf, während auch er sich aufrichtete, seine Fäuste auf dem Tisch abstützte. Wenn er dachte, mich würde das Ganze hier einschüchtern, hatte er sich geschnitten! »Gut versorgt? Von hinten einen Schwanz in die Pussy gerammt zu bekommen, während man die Fliesen knutscht? Pah! Vielleicht gehen Mary und Chris mal gemeinsam zum Basketball?«

»Natürlich reitest du darauf rum!« Carter wurde immer lauter, doch das interessierte mich nicht die Bohne.

»Ähm, reden wir noch vom Buch?« Violett verengte die Augen.

Mir egal! Mein Blut kochte in den Venen, trieb eine solche Hitze durch mich hindurch, dass … *ich nehme ein Messer, schneide einfach all ihre Köpfe ab. Einen nach dem anderen. Bis alle still sind, das Blut über meine Hände läuft, ich knöcheltief in den Lachen stehe, ohne zu wissen, welches Blut meine Füße umspült.*

»Na ja«, riss mich Carter aus den so schönen Gedanken, »dann muss sich Mary eben ein bisschen anstrengen. Mal hübsch machen, sich wie eine Frau benehmen!« Seine Atemzüge verwandelten sich in ein Schnaufen.

War das sein Ernst? »Oder Chris benimmt sich dann mal wie ein Mann, wenn er schon auf alte Rollenbilder steht! Packt Mary, verwöhnt sie und lässt sie einen Orgasmus erleben! Weiß Chris überhaupt, wie man das schreibt?«

John hüstelte nervös und griff nach Violetts Hand. »Wir … also, Carter, wir melden uns.« Sie standen auf, gingen Richtung Wohnungstür. *Und Tschüss!*

Carter und ich starrten einander weiterhin in die Augen, ignorierten diese merkwürdigen Zwillinge, bis die Tür hinter ihnen ins Schloss fiel.

»Du denkst also, dass Mary Iwan ficken will?« Seine Stimme war tiefer als sonst. *Schwingt da eine stumme Drohung mit? Bei Carter?*

»Sag du es mir, immerhin bist du der Autor. Du hast dir nur mein Leben als Beispiel genommen.« *Und Iwans.*

Etwas in seinem Blick flackerte auf. »Chris soll sie packen, ja? Ihr zeigen, wie männlich er ist?« Er rümpfte die Nase.

»Ja«, hauchte ich, unsicher, ob ich das Richtige sagte. *Will ich das überhaupt von ihm? Oder …*

Carter stieß seinen Stuhl rückwärts um, mit einer Handbewegung wischte er den kompletten Tisch leer. Die Teller fielen zu Boden, zersplitterten und bildeten gemeinsam mit den Nudelresten eine riesige Sauerei. Eine Flasche Wein kippelte und gab nach, rollte bis zum Tischrand. Tropfend verteilte sich die rubinrote Flüssigkeit auf dem Boden. *Beinahe wie eine Blutlache.*

»Komm her.«

Ich überlegte nicht, sondern ging einfach um den Tisch zu ihm herum. Dieser Befehlston, diese klaren Ansagen, es machte mich rasend. Mein Magen kribbelte vor Wut, doch meine Mitte zog sich sehnsüchtig zusammen. So kannte ich Carter nicht. Vielleicht hatte er nur mal eine klare Ansage gebraucht?

Er fuhr mit der Hand meine Seite entlang, stoppte am Saum meines kurzen schwarzen Kleides. »Dann zeig ich dir mal, wie gut du versorgt bist.« Ruckartig zog er den Rock hoch, entblößte meine zarte Unterwäsche. »Ausziehen.«

Ich griff danach, schob es die Beine herab. Kühle Luft umspielte meine Scham und ich biss mir unwillkürlich auf die Unterlippe, um nicht zu seufzen.

Sein Blick glitt über mich, musterte meinen Körper, entzündete etwas in mir, was ich so lange nicht mehr bei ihm empfunden hatte. *Er begehrt mich, nur mich. Und ich ihn, ich will das und nicht … ihn.*

»Auf den Tisch.« Er umfasste meine Hüfte und half mir herauf. »Beine auseinander.«

Er war mein Mann. Nicht Iwan. *Er* hatte seine Hände an mir. Nicht Iwan. *Er* machte mich an. Nicht …

»Spreiz sie weiter. Ich will dich sehen können.« Carters Augen waren halb geschlossen und doch beobachtete er jede meiner Regungen.

Ich wollte, dass er mich nahm, einfach hier auf diesem Tisch, zwischen den Scherben, der Weinpfütze und Lasagne. Mir egal, Hauptsache, seine Härte würde tief in mir versinken.

Ich spreizte die Beine weiter, stellte sie links und rechts vor mir auf dem Tisch ab. Carter positionierte sich dazwischen, ließ einen Finger an meinem Dekolleté entlangwandern, zog die Rundungen meiner Brüste nach, um danach über meinen Bauch hinabzugleiten.

Ich legte den Kopf zurück, stöhnte auf. »Carter.«

Sein Finger teilte meine Schamlippen. Ohne Mühe fuhr er durch mich hindurch, berührte meine Klit und umrundete sie kurz. Wieder keuchte ich auf, schloss die Augen, um ihn noch intensiver wahrzunehmen.

»Du bist … feucht.« Er klang überrascht.

»Wegen dir«, bestätigte ich ihn, richtete mich auf und umgriff seine Schultern. »Nur wegen dir.«

Wirklich? Iwans Stimme hallte in mir wider.

Nein! Nein! Nein!

Carter ging auf die Knie, sein Atem traf auf meine Mitte. »Du sollst meinen Namen stöhnen, Mary. Nur meinen.«

»Das werde ich. Bring mich dazu, …« Ich schluckte. *Sag meinen Namen, Mokita.* »… Carter.«

Ich spürte sein Lächeln an meiner Haut, seine Lippen an meinen Innenschenkeln. Bis er endlich sein Ziel traf. Carters Zunge berührte meine Scham, leckte über meinen Kitzler und … verfehlte ihn. Ich stöhnte auf, nicht erregt, nicht voller Ekstase. Es war die pure Resignation. Als wollte er ein schmelzendes Eis eilig auflecken, bevor es auf seine Hand tropfen würde, flog seine Zunge über mich. Für die Dauer eines Wimpernschlags empfand ich immer mal wieder so etwas wie einen Elektroschlag, doch für einen Orgasmus war das hier nicht zu gebrauchen. Seine Hände packten meine Oberschenkel, bohrten die Finger in mein Fleisch.

Es sind seine Hände. Seine Hände. Carter!

Ich konzentrierte mich nur auf Carters Berührungen, nur auf Carters Zunge, auf Carters Finger, der gerade in mir versank, auf Carters Knie, die einzelne Scherben hin und her schoben, auch Carters … *es sind nicht seine Hände, es sind meine.*

Fuck! Diese tiefe dunkle Stimme zog sich wie ein ledernes Band um mich, schlängelte sich kühl meine Glieder herauf, um meinen Bauch, meine Brust, meinen Hals … es nahm von mir Besitz, zog an mir, führte mich weg von hier. Weg von Carter. Weg von meiner Selbstbeherrschung.

Ich könnte ja ganz kurz mit den Gedanken abdriften, gar nicht weit. Vielleicht gar nicht zu Iwan.

Maksim.

Ich schloss die Augen, noch bevor sein Name in mir Form annahm.

Wie es wohl mit Maksim ist? Mit ihm allein in einer solchen Zelle, nicht im Untersuchungsraum. Er trägt mich durch den sterilen Gang, bis er eine der Stahltüren öffnet und mit mir hineintritt. Er sagt nichts, ich weiß auch so, was ich zu tun habe. Nackt gehe ich zu dem Bett, meine Brüste wippen mit jedem Schritt, die kühle Luft umspielt meine Nippel. Der Beton fühlt sich so kalt an meinem Po an, noch viel kühler an meinem Rücken. Ich stelle die Beine auf, spreize sie so weit wie möglich. Für ihn.

Seine ozeanblauen Augen hängen an mir, wenden sich nicht eine Sekunde von mir ab. Er kommt zu mir, seine Fingerspitzen streichen über meinen Bauch, wandern hinab, stoppen jedoch kurz vor meiner Scham. Ich wölbe mich ihm entgegen, wimmere leise, als könnte dieser Ton ihn überzeugen, seine sündhaft heiße Spur fortzuführen. Mich fortzuführen.

»Welchen Namen wirst du stöhnen, Mariel?« Seine Stimme fließt wie warmer Honig durch mich hindurch.

Ich schweige, beiße auf meine Unterlippe.

Er kniet sich zwischen meine Beine, beugt sich über mich, doch sein Körper berührt nicht für einen Augenblick meinen. Mit dem Daumen fährt er die Konturen meiner Lippen nach, lässt die Fingerkuppe kurz in meinem Mund verschwinden. »Seinen Namen?«

Mir ist egal, wen er meint. Mir ist egal, wer mich von all dem hier erlöst. Hauptsache, es tut irgendjemand!

Seine Lippen berühren meinen Hals, federleicht, fast schon zärtlich wandert er an mir herab.

Jeder Muskel in mir ist zum Zerreißen gespannt, alles schreit danach, ihn zu spüren. Ich keuche auf, strecke mich ihm noch weiter entgegen. Seine Zunge leckt über meine empfindlichste Stelle, spielt mit meiner Perle und treibt einen Elektroschock nach dem nächsten über mich. Ich will aufstöhnen, seinen Namen schreien, doch meine Zunge klebt schwer an meinem Gaumen, gehorcht mir nicht. Maksim taucht mit einem Finger in mich, hört nicht einen Moment auf, mich zu lecken. Alles an mir prickelt, kribbelt, brennt!

Ich will nach ihm greifen, meine Hände nach ihm ausstrecken, um ihn noch enger an mich zu drücken. Aber ich kann nicht. Jemand packt meine Unterarme, fährt daran entlang, bis er die Handgelenke über meinem Kopf fixiert. Wer ist das? Warum macht es mir keine Sorgen?

Ich kann nicht anders, als zu stöhnen, mich all diesen Empfindungen hinzugeben, während Maksims Zunge abwechselnd in mich eindringt und wieder meinen Kitzler neckt.

Er schaut kurz zu mir auf, wischt sich mit dem Daumen über den Mund. »Du schmeckst fantastisch.«

Ich lächle ihn an und versuche erneut, ihn zu berühren. Ohne Erfolg. Stattdessen grinst er mich nur an und senkt wieder seinen Kopf in meinen Schoß.

Und schon ist er da, dieser eine Gedanke, der mich einfach nicht mehr loslässt.

Iwan Pedrow. Wie seine Lust wohl schmeckt? Wie süß ist sein erster Tropfen? Genüsslich würde ich ihn von seiner Spitze lecken, jeden Moment auskosten, von ihm begehrt zu werden. Seine Härte in meinem Mund, Maksims Zunge an meiner Mitte, allein die Vorstellung macht mich … nein, ich wollte nicht an ihn denken!

»Nimm mich«, hauchte ich, versuchte das Verlangen in mir, an Iwan zu denken, ihn zu spüren, ihn zu fühlen, zu ignorieren. Doch es ging nicht. Es schien unmöglich. *Denn es sind deine Hände, du bist es, der mich einnimmt. Ob ich es will oder nicht.*

»Ich trag dich ins Bett.« Carters Worte ergossen sich wie ein Eimer kaltes Wasser über mich.

Ich riss die Augen auf, blickte direkt in seine. Wie sehr hatte ich gerade die Kontrolle verloren? Hatte ich das eben laut gesagt?

»Oder etwa hier … auf dem Tisch?«, stammelte er und sein Blick zuckte von mir zu den Scherben.

Vorbei waren die Befehle, das Selbstbewusstsein. »Ja, hier.« *Ich will meine Augen wieder schließen. Zu dir flüchten.*

Carters Hose fiel hinab und umrandete seine Knöchel. Seine Härte stand fest und prall nach oben. Er drückte sie ein Stück herab, führte sie in mich, direkt in meine Nässe. Und dann begann er mich zu ficken. Ich schloss die Augen und genoss es, wirklich! Es war ganz okay. Immerhin war ich sehr geil und er hatte mich sogar vorher geleckt.

»Genau das sind die Lügen im Leben, die einen fesseln.« Der Griff um meine Handgelenke wird fester und ich schaffe es endlich, emporzuschauen.

Zu ihm.

Iwan sitzt direkt neben mir.

Maksim lacht und beginnt quälend langsam seine Zunge in mir zu versenken. Meine Unterlippe muss jeden Moment zu bluten beginnen.

»Wir wissen beide, Mokita, du bist nicht wegen Carter so feucht.« Seine Stimme. War Maksims wie Honig, so war seine wie Whiskey. Sie brennt sich durch meinen Körper, zieht eine heiße Spur bis in die letzte Zelle. »Sag mir, was du willst.« Er löst den Griff um meine Handgelenke und steht auf.

Wimmernd beobachte ich, was er tut. Mein Unterleib ist ein einziges Kribbeln, Maksim lässt nicht für eine Sekunde nach. Und Iwan? Er hockt sich seelenruhig direkt neben mich, streicht eine einzelne Haarsträhne zurück hinter mein Ohr.

Ich stöhne auf, als seine Fingerspitzen meine Wange treffen. Es ist eine unscheinbare Berührung, aber sie ist intensiver als alles andere.

Maksim reizt mich bis zum Letzten aus. Ich winde mich hin und her, versuche, mich zu befreien, doch er packt meine Hüfte und fixiert mich.

Iwan schaut lächelnd an mir herab. »Carter fickt dich. Maksim leckt dich. Ich sitze hier und schaue dir zu.« Er fährt mit dem Daumen meinen Hals entlang, stoppt an der Kuhle meiner Kehle. »Ich sehe dich. Dich und deine dunkelsten Fantasien.«

Ich schlucke, kann nur noch in Iwans Augen sehen. Die Gewitter in ihnen, das tiefe Grau, was mich wie ein Sturm packt, mich direkt in seine Arme drängt.

Er neigt den Kopf, streicht mit dem Handrücken über meine Wange. »Wen von uns willst du wirklich, Mokita?«

Ich atme seit unzähligen Minuten durch den Mund, weil meine Atmung nur noch aus Stöhnen besteht. Krampfhaft versuche ich, die wenigen Worte zu formen, die ich ihm sagen will, die ich ihm entgegen schreien will. Doch da falle ich bereits direkt in seine Arme.

Der Orgasmus überrollte mich. Eine Hitze breitete sich von meiner Mitte bis in den letzten Winkel meines Körpers aus, transportierte ein

Prickeln mit sich, was mich aufschreien ließ. Fuck!

»Ich will dich, Iwan!«, stöhnte ich, bog den Rücken durch.

Carter hielt inne. »War das Russisch?«

Ich riss die Augen auf. Hatte ich das laut gesagt? Also, richtig laut?

»Was hast du da gesagt?« Auf seinen Wangen bildeten sich rote Flecken. »Iwan?«

»Was?« Ich richtete mich auf. »Nein, ich …«

Doch da schlug seine Faust schon mitten in mein Gesicht.

11

Mariel

Der Schlag traf meine linke Wange und schleuderte mich herum. Mein Gesicht brannte wie die Hölle, Tränen stiegen mir in die Augen, schwappten beinahe über. War das gerade wirklich passiert? Träumte ich oder … *Carter, mein Ehemann, hat mich geschlagen.*

Halb nackt lag ich seitlich auf diesem Tisch, auf dem er mich eben noch genommen hatte. Alles in mir überschlug sich, die Emotionen in mir fuhren Achterbahn, während mein Puls im Freefall-Tower saß.

Ich presste eine Hand auf die glühende Wange, richtete mich auf. »Du …« Der restliche Satz blieb mir in der Kehle stecken. Sein Blick brannte. In seinen sonst so warmen, braunen Augen war jegliche Vertrautheit verschwunden, dort loderten nur noch lichterlohe Flammen.

»Hast du etwa an ihn gedacht?«, brüllte er mich an. Feine Speicheltropfen flogen gegen mein Gesicht und ich kniff die Augen zu. »Denkst du an einen anderen Mann, während ich dich ficke?«

Noch nie hatte ich ihn so wütend erlebt, so aufgebracht gesehen. Seine Nasenlöcher blähten sich immer wieder auf, seine Augenbrauen waren fest zusammengezogen.

Und dazu noch dieses Gefühl, das mit jeder Sekunde stärker wurde, wenn er mich so ansah. Es schlich wie ein kühler dunkler Schatten durch meinen Körper, züngelte an meinem Herzen, drückte gegen meine Lunge. Panik. »Ich … nein …« Weiter kam ich nicht.

Carter packte den Stoff meines Kleides an den Seiten, warf mich vom Tisch herunter. Ich landete zwischen den Nudelresten, dem Wein und den Scherben auf dem Boden. Irgendetwas Scharfes bohrte sich in meine Unterschenkel, doch ich ignorierte es.

Aufstehen. Steh auf!

Ich kniete mich hin, stützte mich mit den Händen ab. Kalte Tomatensauce quoll zwischen meinen Fingern hervor, während ich versuchte, irgendwie Halt zu bekommen.

Äußerlich.

Innerlich.

Irgendwie.

»Hast du diesen Frauenmörder schon gefickt?« Er kam auf mich zu, seine festen Schritte bahnten sich einen Weg durch all das Chaos, zerbrachen noch mehr Scherben, schmatzten in den Essensresten. »Stehst du darauf?«

Ich richtete mich weiter auf, kam vor ihm zum Stehen, wenn auch wackelig. Das Essen lief an mir herab, mein Kleid war durchtränkt vom Wein. Und Blut. »Carter, bitte hör mir zu, es …« Ich schnappte nach Luft.

Carter packte meinen Hals mit beiden Händen, dirigierte mich daran durch unser kleines Wohnzimmer, bis ich rückwärts an eine Wand stieß. Seine Daumen drückten gegen meine Kehle, nahmen mir die Luft. Immer wieder japste ich, immer wieder versuchte ich, seine Finger zu lösen, kratzte an ihnen entlang. Erfolglos.

Er bringt mich um, er bringt mich um!

Mir fehlt Luft, ich kann nicht atmen, ich werde sterben, er wird es tun! Ich will nicht tot sein!

»Willst du das, Mary? Willst du einen Mörder?« Eine Hand löste sich von mir, gab mir etwas Sauerstoff. »Macht dich das hier geil?«

Ich wollte aufschreien, doch es drang kein Laut aus mir heraus. Brutal kniff er in meine Scham, schob sich zwischen meine Beine und rammte einen Finger in mich. Immer und immer wieder.

»Na komm schon, stöhn für mich!« Jetzt löste er auch die andere Hand von meinem Hals. *Überleben, ich werde überleben.* »Oder brauchst du mehr?«

Tief holte ich Luft, versuchte, nicht an die stoßenden Bewegungen in mir zu denken.

Atmen, ich muss atmen!

Seine Faust flog in meinen Magen. Schwallartig entleerte sich meine mühsam gefüllte Lunge. Ich krümmte mich, schluckte die bittere Galle, doch schaffte es nicht ganz.

»Warst du deshalb feucht, Schlampe?« Carter beschleunigte seine

Bewegungen, stieß so kraftvoll in mich, dass er jedes Mal meinen Muttermund traf. Es tat weh. Alles. »Macht es dich an, meine einzige Chance im Leben versaut zu haben und dann auch noch einen anderen Namen zu stöhnen?«

Ich hing vornübergebeugt über diesen Arm, dessen Hand mich nahm, atmete und holte doch keine Luft. Meine Gedanken drehten wilde Kreise, meine Gefühle verabschiedeten sich. Schmerz, es war das Einzige, was in mir herrschte.

»Bitte, hör auf.« Die wenigen Worte kratzten durch meinen Hals, langsam streckte ich den Rücken durch. Erst jetzt bemerkte ich, wie nass meine Wangen waren. Die salzigen Tränen vermischten sich auf meinen Lippen mit den Resten der Galle.

So muss Verzweiflung schmecken.

Ruckartig zog er sich aus mir zurück, stieß gegen meinen Brustkorb, sodass ich wieder an die Wand knallte. »Ist es nicht das, was du von Iwan willst?«

Iwan. Es war falsch, den Namen aus seinem Mund zu hören. Ich stützte mich auf meinen Knien ab, schaute auf. Seine Augen wühlten in mir, suchten nach Antworten.

So wie ich. *Was will ich von Iwan?* Keine Ahnung! Aber ich wusste, was ich von Carter wollte!

Ich will seinen Tod.

Ich hatte keine Zeit, darüber nachzudenken, ob das moralisch in Ordnung war, und ehrlich gesagt, hatte ich auch andere Probleme. Egal wie brutal er meinen Körper gebrochen hatte, mein Geist lebte und war wacher denn je. »Verlass die Wohnung.« Es klang nicht sehr fest, aber es war mir egal.

Carter lachte, legte seinen Kopf in den Nacken. »Vergiss es. Du benimmst dich wie eine billige Hure und willst mir jetzt sagen, was ich zu tun und zu lassen habe?«

Hure? Ich nickte, spürte jeden einzelnen schmerzenden Muskel an meinem Hals.

»Nein.« Er sammelte Spucke in seinem Mund und beförderte sie direkt vor meine Füße. »Ich gehe ins Bett. Du räumst auf und schläfst auf der Couch.«

Jedes seiner Worte ließ mich zusammenzucken, ließ mich innerlich schrumpfen. *Nein, so darf er nicht mit mir umgehen! Ich ernähre uns, ich gehe für uns arbeiten, ich tue alle, was er will!* »Ich …«, begann ich, doch er unterbrach mich erneut.

»Kein Wort!«, brüllte er und rammte seine Faust in meine rechte Seite. Einmal. »Bis morgen …« Zweimal. »… will ich dich nicht …« Dreimal. »… mehr hören!«

Alles in mir gab nach. Nichts hatte auch nur noch annähernd genug Kraft, um standhaft zu bleiben. Ich sackte in mich zusammen, kauerte, die Beine fest an mich gezogen, vor ihm auf dem Boden. Die Arme schlang ich um meinen Kopf, der jämmerliche Versuch, mich zu schützen.

Bitte hör auf, bitte hör auf, bitte hör auf.

»Haben wir uns verstanden?« Seine Fußspitze rammte meine. »Nick wenigstens, du Flittchen!«

Sofort reagierte ich. Nickte, ohne ihn anzusehen, beobachtete einfach nur seine Füße.

Bitte geh, bitte geh, bitte geh.

Und dann tat er mir endlich den Gefallen. Qualvoll langsam drehte er sich um, verließ den Raum und ließ mich zurück.

Oder das, was noch von mir übrig war.

12

IWAN

»Was um Himmels willen hast du dir gestern dabei gedacht?« Maksim war noch gar nicht richtig in meiner Zelle, da hörte ich schon sein Gejammer. Offenbar waren die Kameras aus.

Ich zog die Augenbrauen hoch und stand von dem Bett auf. »Bist du fertig?«

»Ob ich fertig bin?« Seine sonst so tiefe Stimme klang verdammt hoch. »Mit so einem Scheiß gefährdest du den gesamten Plan!«

Ah ja, meine Flucht. »So einem Scheiß?«, wiederholte ich und unterdrückte mein Lächeln.

»Was hattest du vor?« Er ließ sich auf das Bett fallen. »Sie ficken? Sie umbringen? Einfach hier?« Seine Schultern wanderten bei jedem Wort höher und höher, fielen mit einem Mal wieder herab.

Meine Mundwinkel zuckten. »Ich denke, ein bisschen von beidem.« *Du und ich, hier auf dem kalten Beton. Dein nackter Körper, kalt und weich. Dein rotes Blut, warm und so verlockend.*

Er riss die Augen auf. »Spinnst du?« Es war riskant, auf Russisch zu sprechen, doch offenbar hatte ich ihn mehr als nur ein bisschen aus der Fassung gebracht.

Außerdem sollte er sich gut überlegen, mit wem er hier sprach. Freundschaft hin oder her. Ich grinste ihn mit gefletschten Zähnen an. »Klartext, Maksim. Wie sieht dein Plan aus? Gibt es überhaupt einen? Tag drei, nichts passiert.« Ich setzte mich zu ihm aufs Bett. »Vielleicht kann ich dir auf die Sprünge helfen?«

Er verengte die Augen. »Muss ich nachfragen oder hältst du einfach deine kleine inspirierende Rede?«

Ich lehnte mich zu ihm herüber. »Knappe 180 Jahre habe ich schon, dich umzubringen bringt mir …« Mein Blick schweifte in die Ferne, bis zur Zellentür. »… nochmal 25? Na ja, dann bin ich eh tot.« Ich fixierte ihn. »Also, zügel deine Zunge, *mein Freund*.«

Er hielt dem Blick stand, seine Mundwinkel zuckten. »Du wüsstest ohne mich doch gar nichts mit dir anzufangen.«

»Hmm, ich wollte schon immer mal …«

»Wie sieht dein Plan aus?«, unterbrach mich Maksim. »Wir haben nicht ewig Zeit. Leider.«

Da hatte er recht. Ausnahmsweise. »Ich nehme an, dass du hier nichts reinschmuggeln kannst, sonst hättest du es längst getan. Sie kann es. Wir brauchen sie. Hier drin …« Ich breitete meine Arme aus, zeigte dann empor zu dem vergitterten Fenster in der Decke. »… und da draußen.«

»Ich filze sie und werde einfach nichts finden.« Langsam begann er zu nicken, rieb sich das stoppelige Kinn. »Aber warum sollte sie sowas tun?«

»Weil sie es tun will. Für mich.« Allein die Worte ließen mich schmunzeln. *Marlena, du willst mir förmlich aus der Hand fressen. Du willst dich in meine Arme legen. Dein Schicksal, dein Leben. Wenn du nur wüsstest, wie wörtlich du das nehmen solltest.*

Doch bist du bereit dazu?

Die Wahrheit klebt wie Blut unter den Fingernägeln. Wir waschen uns die Hände, spülen das Blut ab. Dabei können wir nie wieder rein sein. Du bist rein, Marlena, ja. Deine Hände strahlend weiß. Meine aber sind tiefrot. Ich mache mir nicht mal mehr die Mühe, zu versuchen, sie sauber zu bekommen. Warum willst du also, dass ich deine ergreife?

Weil du dich nach der Dunkelheit sehnst, nach mir. Ich werde dein zerbrechliches Herz erobern und es dann zermalmen.

»Und Tatjana?«, merkte Maksim an. »Meine Männer konnten draußen absolut nichts feststellen. Als hätten die beiden nie Kontakt zueinander gehabt.«

Natürlich bemerkte ich, dass er gar keine Zweifel daran äußerte, ob Marlena mich wirklich wollte, und aus irgendeinem Grund ließ mich das mal wieder lächeln. Schrecklich. »Was, wenn es die Wahrheit ist? Marlena hat keine Ahnung, wer sie ist, was sie für mich ist. So wie sie mich angesehen hatte? Das war keine Lüge.« Ich strich mir übers Gesicht, rieb mein Kinn immer und immer wieder. »Matjew gab sie zur Adoption frei, nur um sie vor mir zu schützen. Tatjana hätte doch schon längst versucht, ihre Tochter von mir wegzubekommen.« Ich zuckte mit den Schultern. »Es ist perfekt.« *So, so perfekt, Mokita.* »Zuerst holt Marlena uns raus und dann«, ich tat so, als würde ich mir mit einem Finger selbst die Kehle durchschneiden, »ist die Blutrache endlich besiegelt.«

Blutrache, Fehdenkriege, Mafiascheiße. Genau aus solchen Gründen hatte ich mich hier einweisen lassen. Und genau die gleichen Gründe änderten meine Meinung. Jetzt wollte ich ausbrechen, jetzt gab es für mich da draußen eine Chance auf Freiheit.

Seit ich Boss meines Clans geworden war, hatte jeder nur darauf gewartet, dass ich die Morde verübe, die meine Blutlinie vorsieht. Rache, sinnlose Fehden und verlorene Wetten.

Und auf dich, Marlena, hat die ganze Welt gesehen. Selbst der kleinste Bauer hat nur darauf gelauert, dass ich endlich meinen verdammten Vater räche. Doch du warst wie vom Erdboden verschluckt, meine Ehefrau war eine Spionin und mein Leben eine pure Pflichterfüllung für die Gesellschaft. Ich bin kein Mann, der sich gern sagen lässt, was er tun soll, weißt du?

»Das könnte klappen«, riss mich Maksim aus den Gedanken. »Du hast noch vier Tage, um sie zu überzeugen. Und deine nächste Chance kommt in …«, kurz schielte er auf seine Armbanduhr, »… zwanzig Minuten.«

»Dann führst du diesmal keine Untersuchung durch?« Allein das Wort reichte, um einen trüben Schleier der Lust über seine Augen wandern zu lassen.

Er schüttelte den Kopf. »Nein, ich wollte die Chance nutzen, wenn White damit beschäftigt ist, sie zu beobachten, um mit dir über eine andere Sache zu sprechen.«

Ich verdrehte die Augen und ließ mich gegen die Wand in meinem Rücken sinken. »Dieses Fluchtthema ist ja echt eine große Sache für dich.«

»Darum geht es nicht.«, sagte Maksim mit einer solchen Ernsthaftigkeit, die mich aufstöhnen ließ.

Gott, dieser Mann machte mich fertig. Was könnte wichtiger sein als mein Ausbruch? Als meine Rache? Als das Ende dieses Schauspiels?

Ich kann die Freiheit beinahe riechen. Und ich meine nicht die mit den weiten, grünen Wiesen und den verdammten Tauben. Ich meine die wahrhaftige Freiheit. Meinen eigenen Willen. Ich töte dich und dann ist es vorbei. Du bist das letzte Opfer, das, was ich nie finden konnte. Nach dir kommt niemand mehr und ich bin frei.

Frei, frei, frei.

»Marlena ist verheiratet.« Maksim schaute zu mir auf.

Ich zuckte mit den Schultern. »Macht dir das wirklich Sorgen? Immerhin hat sie ihren Nachnamen behalten.« *Das ist mir aufgefallen, Mokita. Liebst du ihn oder ist es nur sein Schwanz? Mir egal. Ich brenne dir* meinen *Namen auf die Seele. Versprochen. Doch vorher musst du ihn mir zuflüstern, mit deiner geschickten Zunge, durch deine vollen Lippen.*

»Iwan?«

Ich blinzelte einige Male. »Hmm?«

»Er heißt Carter. Und er macht Probleme.«

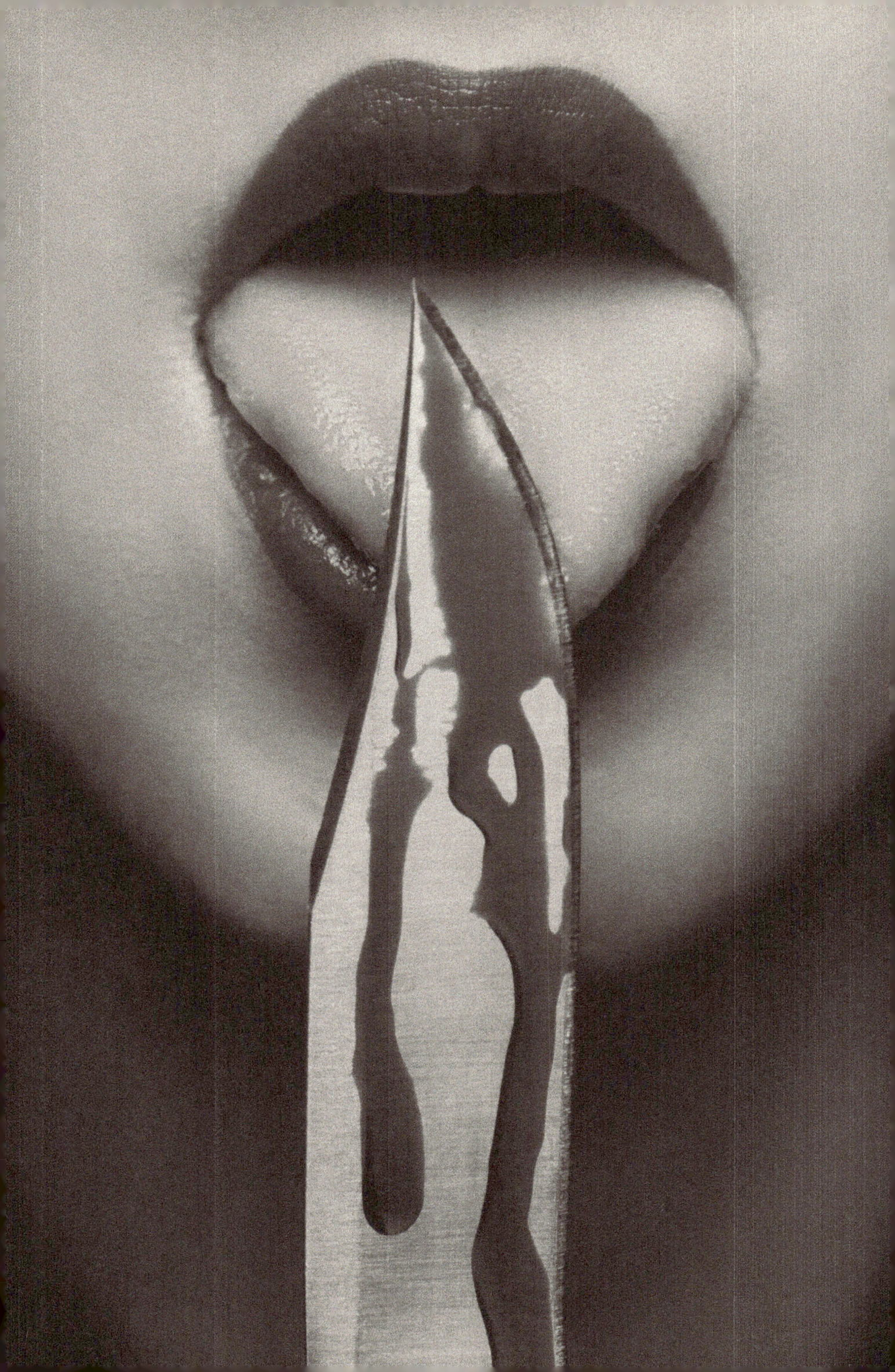

13

Mariel

Ich konnte nicht schlafen. Wollte nicht. Durfte nicht. Keine Ahnung. Meine Gedanken wirbelten gemeinsam mit den Schmerzen durch mich hindurch, doch nichts davon konnte ich greifen. Vielleicht bemühte ich mich aber auch gar nicht darum.

Ich war taub. Innen, außen. Überall. Und nahm es hin.

Carter schnarchte, es war nicht zu überhören. Selbst als ich die Scherben aufkehrte, den Boden wischte und jegliche Spuren beseitigte, schlief er seelenruhig weiter.

Fast alle Spuren.

Noch nie war ich so leise, so zaghaft durch unser Schlafzimmer geschlichen, um ins Bad zu gelangen. Aber ich hatte ja auch noch nie diese Emotionen in mir gehabt. In meinem Magen türmten sich tonnenschwere Steine, die bei jedem lauteren Atemzug von Carter aneinanderstießen und mich innerlich zu Boden zwangen.

Bitte wach nicht auf, bitte wach nicht auf.

Fest kniff ich die Lider zusammen, als könnte ich all die Probleme außen halten und nicht zu mir hereinlassen. Das alles war albern. So albern.

Doch sobald ich die Augen wieder öffnete und in den Spiegel sah, wurde mir klar, wie ernst es war. Meine linke Wange hatte irgendeinen Ton zwischen Grün und Blau angenommen. Noch nicht sehr stark, aber das würde mit Sicherheit die nächsten Stunden kommen. Wenigstens war die Haut nicht aufgeplatzt oder arg geschwollen. Ich konnte mir nicht länger in die Augen sehen, die mir so fremd vorkamen. Wie von einer anderen Welt, in der … Carter … mich … nein, ich konnte nicht mal an die letzte Nacht denken, ohne, dass meine Finger zu zittern begannen.

Ich zog mein Kleid aus, um meine Hände wieder zu beruhigen.

Ja, ich trug immer noch das versiffte Teil. Doch die Schranktüren öffnen, die eigentlich nie knarzten, es aber sicher heute tun würden, und damit Carter wecken? Niemals.

Beim Ausziehen schmerzten meine Muskeln, brannten bei jeder Bewegung. Hier und da erahnte ich weitere blaue Flecken, an den Beinen kleinere Schnittwunden, aber als ich in den Spiegel sah … Scheiße. Ich wusch mir die Essensreste von der Haut, wünschte, ich könnte es auch mit seinen Berührungen machen. Ein Teil meiner rechten Seite war dunkelblau angelaufen, breitete sich wie eine Wolke aus purem Unheil über meiner hellen Haut aus, bis sich die Ränder in Grün und Gelb wieder meiner Hautfarbe anpassten.

Ich will es nicht sehen! Das ist nicht wahr!

Ich schaute auf, direkt in meine Augen und erschrak erneut. O mein Gott. Mein Hals. Als hätten sich seine Finger in meine Haut gebrannt, einen roten Ring um mich gezogen, wie ein stummes Versprechen, die Tat bald zu beenden.

So konnte ich unmöglich vor die Tür. Oder zur Variety. Oder noch schlimmer, in den Circle!

Carter schnarchte laut auf und die Bettdecke raschelte. Nein! Mein Puls schoss in die Höhe, pumpte mein Blut so schnell durch mich hindurch, dass ich sicher bald abheben würde. Ich musste hier raus. Und zwar schnell.

Auf dem Fliesenboden neben mir lag noch ein Wäschehaufen, mein Retter. Ich wühlte mich hindurch, bis ich ein T-Shirt, eine Hose und Unterwäsche fand, zog mich, so schnell ich konnte, um, verdeckte mein Gesicht und meinen Hals mit der wohl dicksten Make-up Schicht der Welt und …

Ja, was und? Wohin sollte ich denn? Ich hatte noch nie eine beste Freundin gehabt, noch nie Menschen, denen ich vertrauen konnte. Die mich beschützten. Jeder in meinem Umfeld war aus irgendeinem Zweck mit mir befreundet. Es waren Mitschüler, Kollegen, Bekannte. Mehr nicht. Niemand, der mich verstand oder gar irgendetwas für mich tun würde. Keine Ahnung, ob es an mir lag. Wahrscheinlich, oder nicht? Aber alles ging auf kurz oder lang immer zu Bruch.

Und selbst wenn. Ich schämte mich. Ich schämte mich so, so sehr für das, was gestern geschehen war. Und natürlich wusste ich, dass mich doch eigentlich gar keine Schuld traf. Aber das machte es nicht besser. Das machte dieses erdrückende Gefühl auf meiner Brust keinen Moment leichter. Denn am Ende war ich selbst schuld. Ich hatte seinen Namen gesagt. Niemand hatte mich gezwungen.

Nach dem Zähneputzen öffnete ich ganz langsam die Badezimmertür, starrte Carter förmlich in Grund und Boden, huschte durch das Schlafzimmer zurück ins Wohnzimmer. Meine Tasche samt Notizbüchern und Laptop stand gepackt von gestern an der Garderobe. Ich sollte einfach in den Tag starten, als wäre nie etwas gewesen.

Vergessen. Das ist es. Ich vergesse den Abend. Streiche ihn aus meinem Gedächtnis. Löschen, Reset, Exit! Was auch immer!

Ich zog mir Sneaker über, schulterte die Tasche und verließ die Wohnung.

Vergessen, vergessen, vergessen.

Ich war mehr als froh, dass mich nicht Maksim abtastete. Jede einzelne Bewegung schmerzte, zog sich durch meine Glieder, doch ich biss die Zähne zusammen. *Alles ist normal.*

»Leute, die sowas tun, gehören hier rein«, murmelte der Wärter hinter mir und fuhr so leicht wie möglich meinen Rücken hinab.

Gehörten sie das? Sollte Carter in den Circle kommen? Hier für das büßen, was er mir angetan hatte? Dabei war ich doch selbst schuld. Ich hatte an einen anderen gedacht. Ich hatte einen anderen Namen gesagt. Ich!

Hure.

»Oh, nein.« Ich rang mir ein Lächeln ab und schaute über die Schulter zu ihm. »Ich bin gestern Abend die Treppe heruntergefallen.«

Er blickte zu mir auf und umfasste meine Fußknöchel fester. Es tat nicht weh, es war nicht einen Moment schmerzhaft. Doch ich zuckte zusammen, schlang die Arme um mich, als würde ich unter seinen Berührungen zerbrechen.

»Hmm.« Sein Brummen füllte den Raum, doch ich wollte nichts weiter dazu sagen. Oder hören! Es ging ihn nichts an, sollte er doch denken, was er wollte!

»Ziehen Sie sich an.« Kaum hatten die Worte seinen Mund verlassen, hörte ich bereits die Tür hinter ihm ins Schloss fallen.

So sollte das hier nicht ablaufen! *Vergessen!* Das war mein Plan. Und nicht wie ein scheues Reh in der Ecke stehen und mitleidige Blicke einfangen!

Ich zog mich an, straffte die Schultern. *Gestern Abend ist nichts weiter passiert. Es ist nichts weiter passiert!*

Der Wärter kam wieder herein. »Ich bringe Sie rüber.«

Ich nickte und folgte ihm. Der dritte Tag. Zum dritten Mal würde ich Iwans Stimme hören, zum dritten Mal würde ich ihn sehen. Doch anders als die letzten beiden Male, wäre ich am liebsten weit weggerannt. Hätte mich versteckt, vor ihm, vor Carter, vor der Welt.

Nein! Es ist alles wie immer! Normal!

Wir gingen über den Betonhof, direkt auf den inneren Kreis zu.

Heute Abend würde ich einfach nach Hause kommen. Carter und ich könnten einen Film ansehen, ich würde mich an ihn kuscheln und vielleicht würde ich uns Popcorn machen? Wann hatten wir das letzte Mal einen Kinoabend gemacht? *Er* ist meine Jugendliebe, *er* ist meine Zukunft. *Er* war es schon immer und wird es immer sein. Wir brauchten nur mal wieder ein Date! Denn alles war absolut und ganz und gar *normal*!

»Bereit?«

Ich hatte gar nicht mitbekommen, dass wir schon im Hochsicherheitstrakt standen, geschweige denn direkt vor Iwans Zelle.

Mein Blick zuckte zu dem dunkelbraunen Holzstuhl, der noch immer im Gang stand. Vielleicht brauchte ich mehr Abstand zu ihm? Vielleicht würden dann all die Gedanken um ihn verschwinden? Vielleicht könnte Carter mir verzeihen? Und *normal* war so ein Interview in einer Zelle ganz und gar nicht.

»Ich bleibe heute hier.« Ohne die Reaktion des Wärters abzuwarten, ging ich zu dem Stuhl, packte ihn an der Lehne und stellte ihn direkt vor der Zellentür ab. »Sie müssen nur die Luke öffnen.«

»Das mache ich.« Maksims Stimme traf mich wie ein Blitz. Natürlich musste er auch noch irgendwann auftauchen. »Du kannst wieder rübergehen, Liam, ich übernehme.«

Der fremde Wärter nickte knapp und verschwand ohne Widerrede. Zu gern hätte ich ihm hinterhergebrüllt, ihn angefleht, zu bleiben.

Mich zu retten.

Vor wem? Vor Iwan? Nein.

Vor Maksim? Nein.

Vor mir? Vor meinen inneren Dämonen, die sich im Schatten suhlten, Mordfantasien hegten und Carter … Stopp!

Alles ist normal.

Alles ganz *normal.*

»Warum willst du draußen sitzen bleiben?« Bildete ich es mir ein oder klang er besorgt?

Ich zuckte mit den Schultern, ließ mich auf dem Stuhl nieder. »Professionalität.«

»Er kam dir zu nah.« Es war keine Frage, eine bloße Feststellung. Maksim senkte den Blick.

Er kam mir nicht nur zu nah. Er fraß sich in mich. Er setzte sich in mir fest. Wie ein wunderschöner, schwarzer Parasit, der mich nach und nach verschlang und nur noch Dunkelheit hinterließ. Die schönste, die man sich vorstellen konnte. Und die gefährlichste.

»Öffne bitte die Luke, lass mich das Interview machen und …«

»Nein«, unterbrach er mich barsch. »Er wird dir hier draußen nichts erzählen.«

»Dann gehe ich nach Hause.« Ich stand auf, wandte mich ab. Es war mir tatsächlich egal. Heute jedenfalls. Vielleicht würde ich mich in ein paar Wochen ärgern. Aber jetzt gerade? Nein. Dabei konnte ich gar nicht wieder zurück nach Hause. Zu Carter.

Doch! Normalität!

Maksim umfasste meinen Unterarm und hielt mich auf. »Mariel, das …«

Scharf sog ich die Luft ein, entzog mich seinem Griff, sprang förmlich vor ihm zurück. Seine Berührung, als hätten spitze Klingen in mein Fleisch geschnitten. *Nur Einbildung, nur Einbildung.*

Seine Stirn legte sich in Falten. »Habe ich dir wehgetan?«

»Nein!«, schoss es aus mir heraus. Was sollte ich jetzt sagen? Gott! »Wie kommst du auf sowas?« Wieso konnte ich nicht einfach *normal* leben? Wieso war ich nicht fähig, *normal* zu sein? Wieso konnte mich dieser Maksim nicht einfach für *normal* halten?

Weil ich es nicht war. Nicht so. Aber ab jetzt. »Mach die Tür auf, wir gehen rein.«

Normal, Normal, Normal.

Sein Blick wanderte an mir entlang, blieb immer wieder an meinem Gesicht hängen. Doch ich zeigte ihm keine weitere Regung, wollte einfach nur dieses Interview hinter mich bringen.

»Gut.« Noch während er sprach, legte er seinen Finger auf den schwarzen Kasten und das Schloss schnappte auf.

»Ich dachte schon, heute würde unsere kleine Unterhaltung ausfallen.« Iwans Stimme floss durch mich hindurch, warm und so klar, dass ich augenblicklich eine Gänsehaut bekam.

Ich drückte mich an Maksim vorbei und trat in die Zelle ein. Iwan lehnte direkt gegenüber der Tür mit dem Rücken gegen die Wand, die Arme locker neben seinem Körper.

Moment. »Keine Handschellen.« Es war eine Feststellung, keine Frage.

Er zuckte mit den Schultern. »Ist das ein Problem?« Unter anderen Umständen wäre mir aufgefallen, wie sich das T-Shirt um seinen Bizeps spannte, als er die Arme vor seiner Brust verschränkte. Dass sich die Sehnen an seinen Händen immer wieder strafften, die Tattoos zum Tanzen brachten. Dass sein Kinn nur noch ein Dreitagebart zierte. Doch gerade spürte ich nur eins. Schuld. Unendlich erdrückende, schwere Schuld.

Schlampe.

»Nein, alles gut. Entschuldige die Verspätung.« Meine Stimme kratzte, aber ich ignorierte es. Wie auch gestern ließ ich mich auf seinem Bett nieder und holte das Notizbuch aus der Tasche. »Fangen wir an.«

Und wo genau? Wo wollte ich gerade anfangen? Was sollte ich ihn fragen? Was ergab überhaupt noch Sinn? Dieses ganze Interview hatte mich erst in diese Lage gebracht. Sollte ich es wirklich fortführen? Vielleicht hatte Carter recht. Ich sollte mich eher der Rolle einer Frau fügen. Auf dem Rückweg könnte ich an einer Drogerie halten, Nagellack kaufen oder …

»Mariel?« Maksim trat einen Schritt auf mich zu.

Ich blinzelte und riss meinen Blick aus der Leere los. Sah so *normal* aus? *Reiß dich zusammen.* »Also …« Tief atmete ich durch. *Ach, was soll's?* Hauptsache, ich war hier schnell wieder draußen. »Wie lange sind Sie hier schon Gefangener?«

Iwan riss die Augen auf, seine Arme fielen an ihm herab, als er einen Schritt auf mich zutrat. »Erstens waren wir beim Du und zweitens …« Er stockte, musterte mein Gesicht und seine eben noch weitgeöffneten Augen verengten sich. »Warum fragst du Dinge, die du weißt?«

Ich sagte nichts. Was sollte ich darauf auch antworten?

Er kam zu mir, setzte sich neben mich auf sein Bett. Die viel zu dünne Matratze gab nach, doch ich spürte es kaum, denn das Einzige, was ich fühlte, war sein Körper so eng an meinem. Seine Hitze so nah an meiner.

Hure.

Sein Atem traf meine Wange. »Wolltest du nicht viel spannendere Dinge erfahren? Wie es ist, zu töten?« Wie konnte eine solche Frage so melodisch klingen? So verführerisch? So unheimlich verlockend?

Schlampe.

»Nein. Da hast du dich getäuscht. Ich bin nur eine Journalistin, die Fragen an dich hat. Wie jede andere auch.« Der Kuli in meiner Hand würde jeden Moment zerbersten, so fest drückte ich ihn in meiner Faust.

»Du bist nicht wie jede andere.« Ich brauchte nicht hinsehen, ich konnte es spüren. Iwans Finger wanderten zu mir herüber, würden jeden Moment meinen Oberschenkel berühren. Jeden Moment meine Haut streifen, nur getrennt durch den Jeansstoff. Einen Schauer über mich jagen, der mich in sich gefangen nahm und … Nein!

»Ich bin verheiratet«, schrie ich förmlich durch die Stille dieser verdammten Zelle. Soweit es ging, rutschte ich vom ihm weg, fiel sogar fast von diesem bescheuerten Bett herunter. »Er ist meine erste große Liebe und wir sind quasi schon immer zusammen. Ich bin glücklich!« Fest biss ich die Zähne aufeinander, das Knirschen kratzte in den Ohren.

Ich bin glücklich!

Glücklich, glücklich, glücklich!

Warum zur Hölle sammelten sich jetzt Tränen in meinen Augen? Das war nicht *normal*! »Er liebt mich! Und ich … ich …« Es tat weh. Alles tat so weh. Jeder Atemzug, jeder Herzschlag, jeder Gedanke.

Iwan blinzelte einige Male. »Es hat niemand etwas anderes behauptet.«

»Doch!« Ich dachte nicht über meine Worte nach. Noch viel weniger dachte ich darüber nach, mit wem ich gerade sprach. »Ich«, flüsterte ich leise vor mich hin, schmiss das Notizbuch samt Kuli auf das Bett.

Hure.

Die Gefühle überrollten mich. *Er liebt mich, ich liebe ihn doch auch!* Aber ... aber ... was passierte hier? Mit mir, mit uns, mit ihm?

Es brach, einfach alles zerbrach, gesellte sich zu dem riesigen Trümmerhaufen in mir. Meine verdammte Maskerade zu diesem Trauerspiel, die Normalität um mich herum, ich. Mein Leben zersplitterte in tausend unzähligen Scherben, die man unmöglich wieder zusammensetzen konnte.

Nie, nie wieder.

Heiße Tränen quollen aus meinen Augen, fluteten mein Gesicht. Direkt hier in diesem Knast auf diesem Betonbett! Aber ich konnte nicht mehr! Der letzte bittere Rest, der Carter gestern überlebt hatte, zerfiel zu Staub, flog einfach mit dem nächsten Schluchzer davon, bis nichts mehr in mir übrigblieb, außer der pure Schmerz.

Die Blicke der beiden brannten auf mir, doch so sehr ich auch versuchte, wieder Herrin meiner Sinne zu werden, es gelang mir nicht.

Mein Ehemann hat mich geschlagen.

Ich denke an einen anderen Mann.

Ich habe es nicht anders verdient.

Iwan stand auf, ließ sich vor mir auf den Knien nieder. »Warum weinst du?« Er nahm mein Gesicht in seine Hände, wischte mit dem Daumen über meine Wangen. »Rede mit mir.«

Das alles war zu viel.

Ich war zu viel!

Ich hatte mir das selbst angetan! Und jetzt saß ich wieder hier vor diesem Mörder und alles, woran ich denken konnte, waren seine Hände, die meine Tränen auffingen. Seine so schönen Hände, die mich in Gedanken verwöhnten. Die mich berührten. Die mordeten.

»Niemand ist deine Tränen wert, Mokita. Niemand«, flüsterte er so leise, dass es mich tief im Inneren traf. *In meinem Herzen, das er mit seinen Schatten umarmt, fast schon lieblich einhüllt und nie wieder loslassen soll.*

Nein! Nein! Nein!

Ich packte seine Handgelenke und schob ihn von mir. »Lass mich in Ruhe, Pedrow.« Meine Stimme klang tränenerstickt. »Bitte.«

Er legte den Kopf schräg und für den Bruchteil einer Sekunde hoben sich seine Mundwinkel. »Ich …« Doch genauso schnell fielen sie wieder herab. Seine Augen bohrten sich in meine, so kalt und unbarmherzig, dass selbst meine Tränen für einen Moment innehielten. »War er das?«

Was? Woher sollte er das wissen?

Ich senkte den Blick. Ich hatte es doch … seine Hände.

Die ganzen schwarzen Linien seiner Tattoos waren durchbrochen von feuchten Spuren meines Make-ups.

O nein!

Ich verdeckte das Gesicht mit den Händen, als könnte ich all das für immer verstecken.

»War er das?«, wiederholte es Iwan auf Russisch, kam mir näher. »Sag es mir! Mariel, sag es mir!«

Maksim kam zu uns, packte Iwan an der Schulter und schob ihn von mir. »Du machst ihr Angst.« Sein Russisch war perfekt, dabei war mir nie ein Akzent an ihm aufgefallen.

Bleib bei mir. Ich schüttelte den Kopf, wechselte ebenfalls in unsere Sprache. »Er macht mir keine Angst.« *Hat er noch nie.*

Iwan griff um Maksim herum, direkt nach meiner Hand. Nach mir, meiner Haut, meinem Körper. Ich zuckte zurück, geistesgegenwärtig und absolut unkontrollierbar. Das wollte ich nicht und wollte es doch. Meine Finger zitterten, fühlten sich fremd an mir an, aber er sollte sie halten. Er sollte es tun, mich beruhigen, mich … berühren. *Anders als Carter.* Ich streckte Iwan meine Hand entgegen, zaghaft, nicht sehr weit, und er … griff danach.

»Das ist ein Fehler«, nuschelte Maksim und stellte sich zurück vor die Tür. Er schielte nach draußen. »Noch zehn Minuten, dann sind die Kameras wieder an.«

»Was?« Ich schniefte. Wie meinte er das?

Iwan ignorierte meine Frage, setzte sich neben mich, meine Hand fest in seiner. »Sag mir, wer dir das angetan hat.«

Die Kameras gehen wieder an? Waren sie denn aus? Ich schaute in die Ecken der Zelle, suchte nach den kleinen roten Lämpchen. Fehlanzeige. »Warum sind die Kameras aus?«

Iwan lächelte. In dieser absolut absurden Situation grinste er mich an, als säßen wir auf einer verdammten Parkbank und nicht in einer Gefängniszelle. »Um unsere Möglichkeiten zu erhöhen, einander näherzukommen.« Er wollte mir durch die Haare streichen, doch ich wich ihm aus, drückte zeitgleich seine Hand fester.

»Wieso?« Das alles ging einfach nicht in meinen Kopf! Vor allem nicht, wenn er mir so nah war. Ich konnte ihn gerade nicht näher spüren und doch musste ich es. Warum machte er mir keine Angst? Dabei saß er im Knast. Und nicht Carter.

»Mariel, wer war das?« Er wurde ungeduldig.

Ich kann das nicht. Es geht nicht. »Ich bin die Treppe heruntergefallen.«

»Hältst du mich für dumm?« Ohne zu fragen, umgriff Iwan den Saum meines T-Shirts und zog ihn hoch. »Lüg. Mich. Nie. Wieder. An.«

»Sonst was?«, fauchte ich und schlug seine Hand von mir. Was bildete er sich ein?! »Reißt du mir dann das Herz raus?« Ich erwiderte seinen Todesblick. Es war keine Lüge, er machte mir keine Angst. Selbst jetzt nicht, wenn er mich so ansah, als wäre er der Teufel persönlich. *Und ich nichts weiter als ein Wrack.*

»Vielleicht.« Seine Mundwinkel zuckten und er lehnte sich zu mir. »Nachdem ich dir gezeigt habe, was Freiheit bedeutet.«

Wie bitte? Krampfhaft versuchte ich, den Schauer zu ignorieren, den sein Atem so nah an meinem Ohr ausgelöst hatte. »Du bist eingesperrt. Ich bin frei und weiß, was …«

»Du weißt gar nichts«, unterbrach er mich. »Und frei bist du erst recht nicht. Belüg dich nicht selbst! Sowas hat niemand verdient.« Zwei seiner Finger strichen meine Wange entlang, wichen dem bläulichen Hämatom aus.

Ich legte den Kopf in den Nacken, um mich seiner Berührung zu entziehen, und atmete tief durch. »Iwan, es ist …«

»Ich bringe ihn um.«

14

IWAN

Ich wusste, irgendetwas war anders. Sie hatte sich geschminkt und ich Idiot war so arrogant gewesen, zu glauben, sie hätte es für mich getan.

Und als sie mir dann, mit Tränen auf ihren so rosigen Wangen, entgegengehaucht hatte, ich solle sie in Ruhe lassen, da konnte ich nicht anders. Es brachte mich zum Lächeln, dass ich absolut nichts weiter tun musste, als ihre Gedanken mit den richtigen Worten zu füttern, ihr das zu sagen, was sie hören wollte, um tief in ihrem schönen Köpfchen zu sitzen.

Denn jeder Schritt, den du in meine Richtung machst, ist ein Schritt in meine Freiheit. Und einer in deinen Tod.

Doch das zerbrach alles, als ihre Wangen den wahren Grund entblößt hatten. Als ich den Stoff ihres Shirts angehoben hatte. Als sie ihren schlanken Hals gestreckt und ich die Male unter ihrem Kinn gesehen hatte – nein, so ging niemand mit ihr um!

Niemand fasste sie so an.

Niemand außer mir.

»Hmm?« Einen Moment brauchte sie, bis sie verstand, was ich gerade sah, unmittelbar vor meinen Augen. Sie fuhr mit ihrer freien Hand darüber, verdeckte vergeblich, wie eben ihr Gesicht, nun ihren Hals. »Es war …«

»Wenn du jetzt *Treppe* sagst, werde ich das …« Ich griff nach ihren Händen und offenbarte wieder die roten Schwielen, fuhr federleicht mit dem Daumen darüber. »… beenden.«

Sie wich meinem Blick nicht aus, nicht mal für den Bruchteil einer Sekunde. »Nein, wirst du nicht.« *Genau das ist es, Mariel. Dein Feuer, deine Hitze, deine Furchtlosigkeit … es zieht mich an. Das macht unser Spiel nur noch gefährlicher.*

»Dann sag mir«, begann ich, »die Wahrheit!«

Ihre schmalen Finger drückten meine und erst jetzt bemerkte ich, dass ich sie noch immer hielt. Und aus irgendeinem Grund auch nicht loslassen wollte. *Du hast sie mir entgegengestreckt, du wolltest sie halten. Ich werde sie dir immer reichen, bis dein warmes Blut an meinen Händen kleben wird.*

»Fünf Minuten«, murmelte Maksim. »So, wie sie aussieht, muss sie hier verschwunden sein, bevor White auch nur auf die Idee kommen könnte, sie beim Rausgehen abzufangen!«

Scheiß auf White. »Dein Mann war es, oder?« Wenn sie nicht gleich mit der Sprache rausrückte, würde ich sie tatsächlich erwürgen!

»Ja, er … wir hatten … und da«, stammelte sie.

Ich führte ihre Finger an meinen Mund, küsste die feinen Glieder nacheinander. »Was hat er getan?« *Es ist auch egal, Mokita, es reicht mir, um ihn umbringen zu lassen. Jeder wird sterben, der dir wehtut. Doch hinter Carter scheint mehr zu stecken, wir müssen es wissen.*

Ihre Augen folgten meinen Lippen. »Die Frage ist, was ich getan habe.« Die wenigen Worte trieften vor Schuld. Es widerte mich an, so sollte niemand sprechen. Erst recht nicht eine Smirnow wie sie. Es reichte ein winziges Fingerschnipsen von ihr und dieser Carter würde explodieren! *Und wenn ich selbst dafür sorgen müsste.*

»Drei Minuten.« Maksim wurde ungeduldig, wippte mit den Fuß auf und ab.

»Mariel.« Ich strich mit dem Daumen über ihren Handrücken. »Ich werde ihn umbringen, ob du es mir sagen wirst oder nicht.«

»Hab verstanden«, kommentierte Maksim meinen Befehl. *Sehr gut.*

Sie hob den Blick, schaute zu mir. »Ich habe etwas Dummes gesagt und er ist wütend geworden.« Allein, dass sie mir das alles furchtbar leise erzählen wollte, verriet, dass etwas gewaltig nicht stimmte. Tief atmete sie durch. »Wir hatten gerade Sex und dann …«

»Wie bitte?«, brach es aus mir heraus. Das war nicht ihr Ernst! »Was hast du gesagt?« Nachdem, was mir Maksim über diesen Typen erzählt hatte, musste ich alles haarklein wissen. Was hatte diesen Wichser wütend gemacht? So wütend, dass er seine Frau dermaßen verprügelte? *Dich so sehr verletzte.*

Tief atmete Mariel ein und aus. »Das ist egal.«

»Nein, ist es nicht«, fuhr Maksim sie an. »Aber du musst jetzt gehen.

Wir haben nicht viel Spielraum und ich riskiere die Scheiße hier nicht wegen dir.«

»Was riskieren?« Sie stand auf, wollte mir ihre Hand entziehen, doch ich hielt sie fest, führte sie wieder an meine Lippen.

Ich musste es einfach erfahren. »Mokita, was kannst du nur gesagt haben, dass er dir sowas antut?«

Und da war es.

Ein Lächeln.

Es huschte über ihren Mund, eroberte für den Bruchteil einer Sekunde den wilden Wasserfall ihrer Iriden. Und auch irgendwas in mir, etwas, was ich nicht greifen konnte. Bis der Ausdruck auf ihrem Gesicht wieder verblasste. *Ich will dich zum Lächeln bringen. Scheinbar spielen Raubtiere wirklich gern mit ihrer Beute.*

Maksim legte einen Arm um ihre Taille, zog sie von mir weg. »Komm.« Er brauchte keine drei Schritte und schon erreichten sie die Tür.

»Bis morgen, Mokita.« Ich winkte ihr kurz zu.

Und dann war sie weg. Mein Freund verschwand mit ihr hinter der Tür, zog sie zu. Doch noch bevor das Schloss einrastete, hörte ich ihre Stimme. Es war nicht mehr als ein Hauchen und hallte von den Wänden direkt zu mir.

»Iwan Pedrow. Es war dein Name.« Die Tür fiel endgültig zu. Stille überkam mich, obwohl ihre Worte so überlaut durch meinen Kopf echoten, dass ich innerlich taumelte.

Mein Name.

Du hast meinen Namen gestöhnt, während der jämmerliche Schwanz deines Ehemanns in deiner Pussy steckte.

Du hast an mich gedacht, während er dich fickte.

Du hast an mich gedacht, während er dich berührte.

So wie ich es dir gesagt habe.

Und sieh an, was er dir deshalb angetan hat. Wir bringen ihn um. Wir werden ihn fangen und dann werden wir ihn töten. Niemand behandelt so mein Eigentum. Und das bist du, Marlena. Du weißt es nicht, doch du bist es. Seit deine Familie meine angegriffen hat, warst du mein.

Meine Rache, mein Schicksal, meine Freiheit.

So lange habe ich dich gesucht, doch du bist zu mir gekommen.

Weil selbst du es in deinem Inneren weißt – du gehörst mir, mit Haut und Haar. Du wirst leiden, wenn ich es will. Und du wirst sterben, wenn ich es sage.

Keine Sekunde früher.

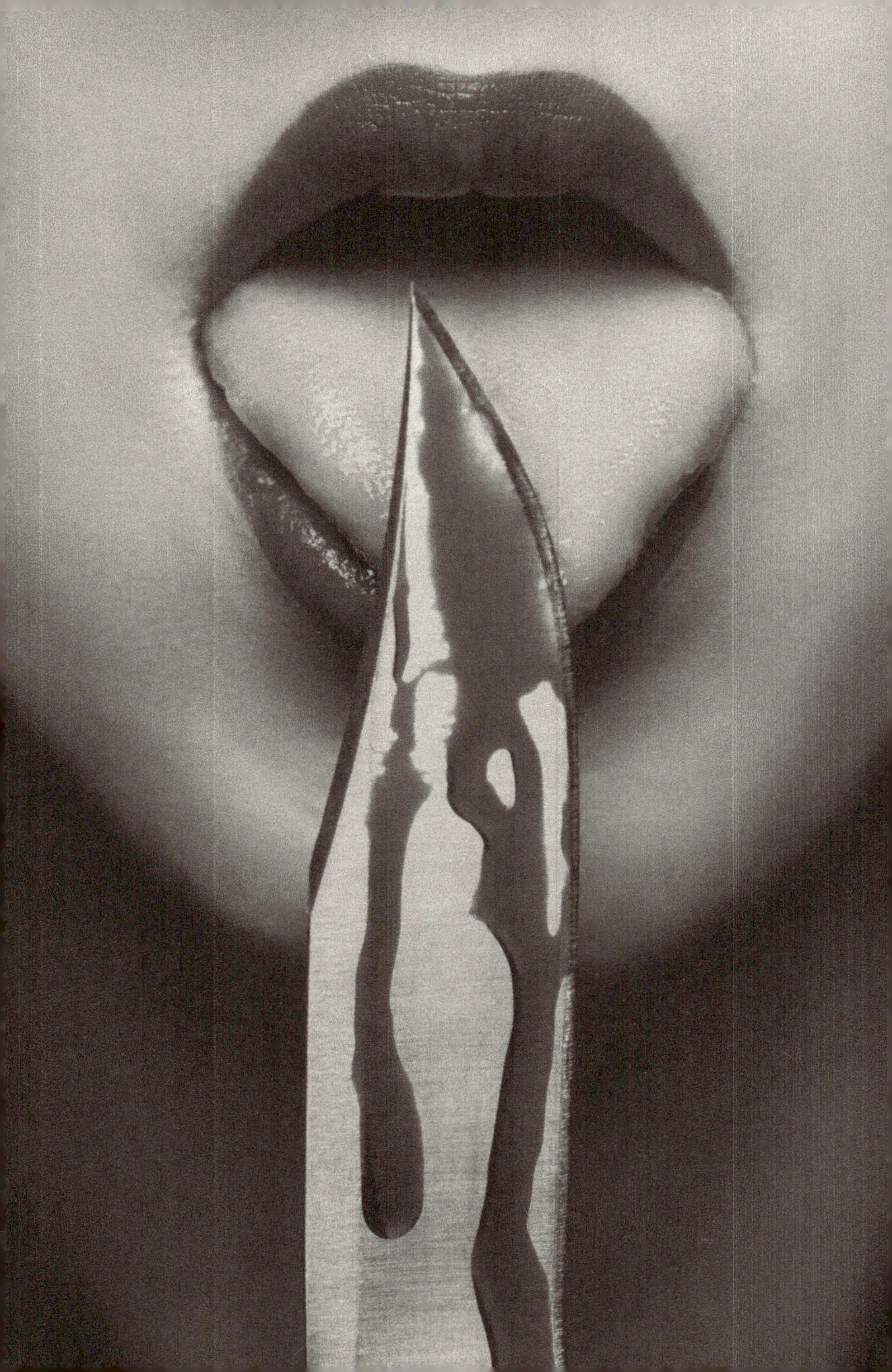

15

Mariel

Ich hatte es ihm gesagt. Keine Ahnung, warum die Worte einfach über meine Lippen gekommen waren, doch sie hatten es getan. Und es fühlte sich so gut an. *So frei.*

»Du musst hier raus, schnell.« Maksim schob mich mit einer Hand auf dem Rücken vorwärts.

Ich wehrte mich nicht, hielt seinem Tempo stand. »Warum? Ich dachte, die Kam–«

»Pscht!«, zischte er mich an. »Waren sie. Aber nicht hier draußen. Hier hat jeder gehört, was du gesagt hast.«

Darum ging es ihm? »Das war doch nichts. Ich habe nur …«

White öffnete direkt vor uns die Tür des Hochsicherheitstrakts. Die grelle Sonne schien herein, reflektierte sich auf dem Beton, blendete meine Augen. White warf einen langen Schatten vor sich. Das helle Licht bildete einen strahlenden Ring um seinen Körper, während er immer näher und näher kam.

»Er ist zu weit gegangen«, murmelte Maksim und seine Hand versteifte sich an mir.

Ich hatte keine Ahnung, was dieser Maksim hier mit Iwan zu tun hatte, aber ich war nicht auf den Kopf gefallen. Sicher gehörte er zur Mafia und war hier, um Iwan rauszuholen. Das ergab doch alles keinen Sinn! Iwan hatte sich selbst in den Knast bringen lassen, er hatte sich damals gestellt. Wieso wollte er jetzt hier raus? Was hatte seine Meinung geändert?

»Mrs. Torres, schön Sie wiederzusehen.« White entwickelte sich von der schwarzen Silhouette zu dem mir bekannten rundlichen Mann mit grauem Haar und Schnauzer. Seine Augen fuhren über mein Gesicht und kurz zuckte sein rechter Mundwinkel in die Höhe. »Treppe heruntergefallen, was? Das passiert selbst den besten Frauen.«

Ich schloss die Hände zur Faust, meine Fingernägel bohrten sich in das Fleisch der Handinnenflächen. *Er hat recht.* In mir herrschte Leere, eine einsame, erdrückende Leere, die nie wieder gefüllt werden könnte. Oder?

Wie gern hätte ich White irgendeine Bemerkung an den Kopf geknallt. Doch da war nichts, kein Kampfgeist, nur Carters Worte.

Hure.

»Oder auch Männern.« Maksims Tonfall war so eisig, dass eine Gänsehaut meine Arme heraufwanderte. Drohte er White gerade?

Dieser grinste nur. »Stehen Sie Mrs. Torres etwas zu nah? So wie unser Gefangener Pedrow?«

»Wie bitte?« Die viel zu hohen Worte waren schneller aus mir heraus, als ich über die Konsequenzen nachdenken konnte. Aber immerhin ließen sie für den Bruchteil einer Sekunde die Stille in mir verschwinden, die Erinnerungen verblassen. Ganz kurz. Ich wusste nicht, was Iwan hier plante, doch ich würde ihm nicht im Weg stehen.

»Na ja«, begann White, »das letzte Interview ging Ihnen sehr nah, oder nicht? Und heute? Einer der Männer im Kontrollzentrum meinte, dass Sie ihm etwas zugerufen haben, kurz bevor die Tür geschlossen wurde.« Er hob das Kinn, schaute von oben auf mich herab. Dieser Blick, die gerümpfte Nase, es drückte all das aus, was in meinem Kopf vor sich ging.

Schlampe. Hure. Flittchen.

Maksim holte tief Luft, um etwas zu sagen, doch ich kam ihm zuvor.

Carter hat recht. Ich bin genau das, wofür er mich hält. Ich habe ihn verletzt und dann er mich. Aber White? Nein, er hatte kein Recht, so mit mir umzugehen. »Pedrow lügt nie, das wissen Sie sicher.« Ich ging einen Schritt auf White zu. »Er wollte spielen. Eine Wahrheit für eine Wahrheit. Manche Interviewpartner sind so anstrengend.« Ich rollte theatralisch mit den Augen. »Er wollte wissen, was mir die meiste Angst bereitete, als dieses Interview in der Variety besprochen wurde.« Mit hochgezogenen Schultern schaute ich ihn an. »Es war mir peinlich, ich wollte es nicht sagen, aber er versprach mir, beim nächsten Mal eine sehr wichtige Frage zu beantworten, und dann …«

»Welche?«, platzte White dazwischen.

Ich zwinkerte ihm zu. »Niemand mag Spoiler. Lesen Sie den Artikel, wenn er fertig ist.« Ohne auf seine Reaktion zu warten, fuhr ich fort.

»Also habe ich es ihm in letzter Sekunde gesagt, so musste ich dabei wenigstens nicht sein arrogantes Gesicht sehen.«

»Sie bekamen Angst, als Sie seinen Namen gehört hatten?« White verengte seine Augen.

Nein. Ich bekam eine Gänsehaut, als ich die ersten Bilder sah. Ich empfand pure Vorfreude, endlich einem Mörder gegenüberzustehen. Ich schwebte durch diesen verdammten Korridor, nachdem ich seine Hände gesehen hatte. Und als sie mich berührt hatten?

Es war wie Magie, als würden Funken über meine Haut fliegen, als würde er mich verbrennen und gleichzeitig erlösen können.

Er war das Gift und das Leben.

Aber Angst? Niemals. Nicht vor ihm. Und genau das machte mich sicher zum dümmsten Menschen in diesem verdammten Universum.

»Ja«, log ich gezwungenermaßen und atmete schwer aus. »So sind wir Frauen, oder?« Die Worte verätzten meine Zunge, aber sie würden die Situation retten. *Das retten, was Maksim nicht riskieren will.* »Fürchterlich ängstlich, klein und zerbrechlich.« *Genauso wie Whites Genick.*

Es funktionierte, seine Augen weiteten sich und er reichte mir eine Hand. »Kommen Sie, ich bringe Sie raus.«

»Nicht nötig«, wies ich ihn ab. So weit waren wir noch lange nicht. »Sie haben sicher Wichtigeres zu tun. Jemand wie Sie ist doch die ganze Zeit unheimlich beschäftigt. Vor allem jetzt, wo *Humanity Freedom* da ist.« Ich schenkte ihm mein schönstes falsches Lächeln und ging an ihm vorbei zur Tür. »Bis morgen, Sebastian.«

Er sagte nichts, und ob er mir nachsah – keine Ahnung. Ich drehte mich nicht um, hörte lediglich Maksims Schritte hinter mir.

»Warum hast du gelogen?« Er sprach so leise, dass nur ich es hören konnte, während wir über den flimmernd heißen Beton zum nächsten Gebäude liefen.

»Ihr seid wahnsinnig«, murmelte ich ungläubig, traute mich nicht, näher darauf einzugehen. Auch hier draußen zwischen den verschiedenen Gefängnisteilen könnten Kameras sein. Ganz sicher waren hier irgendwo welche! Das Risiko war zu hoch.

Wir betraten das Kontrollzentrum, doch ich schaute nicht nach links oder rechts. Ich wollte hier raus, für einen kurzen Moment all meine Fragen an Maksim loswerden, bevor ich … nach Hause gehen würde. *Zu Carter.*

Maksim öffnete die Tür vor mir und schon standen wir auf dem Rasen. Nur noch wenige Schritte und wir wären bei der Mauer.

»Du kannst nicht nach Hause«, flüsterte er wieder, doch ich ignorierte ihn.

Das wusste ich auch! Aber wohin denn sonst?

Er öffnete die kleinere Tür in der Mauer und wir traten nach draußen. Die Hitze brannte auf der Haut, die Sonne war viel zu grell für meine Augen, doch all das rückte in den Hintergrund. Ich musste weiter, musste hier weg. Mit Maksim.

Die Bushaltestelle! Es war nicht unlogisch, wenn er mich bis dorthin begleitete, und in dem kleinen Häuschen waren wir sicher ungestört. Wenn auch nur ganz kurz.

Kaum erreichten wir den hölzernen Unterstand, an dem der Bus immer hielt, stampfte ich förmlich mit meinen Füßen in den kiesigen Boden. »Was war das bitte? Was habt ihr vor?«

Er musterte mich, von oben bis unten. Immer und immer wieder. »Wieso hast du für ihn gelogen?«

»Weil …« Ich wusste es nicht. Keine Ahnung! Es war nicht so, dass ich Gefühle für ihn hatte. Nicht direkt. Es war … anders. Das zwischen uns war anders. Er zog mich einfach an, absolut irrational und ohne greifbaren Grund. Als wäre er das hellste Licht auf diesem Planeten und ich eine verirrte Motte, die sich nach ihm sehnte, immer wieder zu ihm fliegen musste. Nur dass er die Nacht war. Dunkel, gefährlich und so wunderschön.

»Er wird Carter umbringen.« Noch immer hafteten Maksims Augen auf mir.

»Warum?« War das meine einzige Frage? Keine Sorge um meinen Ehemann? Keine Angst, Zweifel oder Skrupel? Nur diese einzige winzige Frage. *Das ist nicht normal!*

Er lachte freudlos auf. »Aus dem gleichen Grund, warum du gelogen hast.« Der Kies knirschte unter seinen Füßen, während er näherkam. »Keine Ahnung, was da zwischen euch ist, es ist mir auch egal, aber du treibst ein gefährliches Spiel, Mariel. Eins, in dem du schnell zum Opfer wirst.«

Ich schaute zu Boden, als könnten die winzigen, grauen Steinchen mir das große Geheimnis verraten. Als wüsste ich das nicht. Als hätte ich nichts Besseres zu tun, als diese verwirrenden Gefühle für einen Schwerstkriminellen zu haben. Einen verdammten Mafiaboss!

Warum, Iwan? Warum fühle ich so, sobald ich dich sehe? Wieso sitzt du so tief in meinem Kopf?

»Ich regle alles. Fahr einfach mit dem Bus nach Hause. Carter wird nicht da sein, wenn du ankommst.« Während er sprach, zog er ein Handy heraus und tippte darauf herum.

»Wo wird er denn sein?«, fragte ich zögernd und Maksim schielte über den Rand seines Smartphones zu mir herüber.

»Ich werde um 20.00 Uhr nach dir sehen, dann erkläre ich dir alles Weitere.« Er steckte es zurück in seine Hosentasche. »Bis nachher.«

»Moment!«, rief ich, als er sich bereits wieder umdrehte und Richtung Circle lief. »Wieso tut ihr sowas für mich? Und woher kennst du meine Adresse?«

Er drehte sich um, ging rückwärts weiter und streckte die Arme links und rechts von sich aus. »Es ist ein *sehr* gefährliches Spiel, Mariel.«

Solang Iwan auf meiner Seite steht, spiele ich alles. Ob als Partner oder Spielfigur. Selbst, wenn ich verlieren sollte.

Die ganze Busfahrt dachte ich darüber nach. Selbst als ich die wenigen Meter von der Haltestelle zu dem hohen Betonklotz, welches sich Hochhaus nannte, ging, drehte sich alles immer und immer wieder nur um diese eine Sache.

Vertraute ich Iwan so blind? Ließ ich mich wirklich so sehr auf das alles ein?

Obwohl *einlassen* das falsche Wort war. Immerhin war noch gar nichts zwischen uns. Ich hatte für ihn gelogen, ja, aber das hätte doch sicher jeder getan. *Oder?*

Die Gedanken verflogen, als ich den Hausflur unserer Wohnung betrat und die nicht enden wollende Treppe hinaufsah. Die Stufen kamen mir höher vor. Und weiter. Und irgendwie viel mehr. Jeder Schritt schmerzte, brachte mich so sehr außer Atem, dass es eher dem Besteigen eines hohen Gipfels glich, durch kniehohen Matsch.

In mir zog sich alles mehr und mehr zusammen, je weiter ich kam. Je näher ich *ihm* kam. Auch wenn Maksim sagte, dass Carter nicht da wäre, wieso sollte ich ihm vertrauen?

Weil ich Iwan vertraue. Warum auch immer ich das tat.

Verrückt! Es war so verrückt. Ich kannte diesen Mann drei Tage. Nicht mal ganze 72 Stunden. Und doch fühlte es sich anders an. So viel länger. *So viel tiefer.*

Der Schlüssel in meiner Hand verbrannte förmlich meine Haut. Ich zitterte, traf nicht das Schlüsselloch, kratzte an dem Metall hin und her, bis er endlich einrastete.

Bis ich ihn drehte.

Und die Tür sich öffnete.

Ich schluckte, versuchte, die Panik zu unterdrücken, die erneut durch meinen Körper kroch, nur darauf wartete, mich zu überfallen, mich einzunehmen. Normal war das alles nicht, das redete ich mir nicht mehr ein. Allein der Gedanke, Carter eventuell gegenüberzustehen … nein, das konnte ich nicht.

Schritt für Schritt ging ich tiefer in meine eigene Wohnung, die mir auf einmal so fremd und gefährlich vorkam. Wie ein Minenfeld, das mich jeden Moment in Stücke reißen könnte. Immer wieder hielt ich inne, lauschte in die Stille hinein.

Okay, tief durchatmen, du schaffst das. »Car–« Meine Stimme brach, kratzte durch meine Kehle. Ich räusperte mich. Nochmal. »Carter?« Fest klang es nicht, aber besser als vorher.

Und dann wartete ich, hielt sogar den Atem an, um kein Geräusch zu verpassen. Eine Sekunde, zwei Sekunden, drei Sekunden. Nichts. Da war nichts. Und vor allem niemand.

War er bereits tot? Ich rannte in die Küche – leer. Hatten sie es direkt hier getan? Das Wohnzimmer? Aber er lag auch nicht auf der Couch. Ob er geblutet hatte? Ich riss die Schlafzimmertür auf, starrte das Bett an, eilte in das angrenzende Badezimmer, zog den Duschvorhang zur Seite, schaute sogar hinter die Türen. Nichts! Er war nicht hier, weder tot noch lebendig.

Schade. Zu gern hätte ich in seine leblosen Augen geschaut. Zu gern hätte ich das Blut um ihn herum bewundert.

Meine eigenen Gedanken ließen mich zusammenzucken.

Nein! Er war im Recht, ich im Unrecht. Oder? Ich wusste nicht mehr, wo oben oder unten war. Was richtig und was falsch war. Wie konnte ich an Iwan, einen Mörder, denken und Carter für sein Handeln verurteilen?

Ich ging zurück ins Wohnzimmer, ließ mich auf das Sofa fallen. Ich hatte das verdient, das alles. Ich hatte Carter verletzt. Er mich. *Das ist Gerechtigkeit, oder nicht?*

Mein Blick glitt zu unserer Wanduhr. Quälend langsam zog der Sekundenzeiger seine Runden. Noch drei Stunden, dann wäre Maksim hier.

Noch drei Stunden, dann wäre Carter tot.

Noch drei Stunden und ich bin frei.

16

Mariel

19:59 Uhr. Es klingelte an der Tür, sicher Maksim.

Ich hatte mich in den letzten Stunden keinen Zentimeter gerührt, hatte lediglich auf dieser Couch gesessen und gewartet. Stumm und regungslos.

Dafür tobte mein Inneres. Die Gedanken über Carter und seine Worte, Iwan und die ausgeschalteten Kameras, Maksim und seine kryptischen Bemerkungen. Alles rannte kreuz und quer durch mich hindurch, schlug gegen mein Herz, hämmerte auf meinen Magen. Für keine Frage gab es eine Antwort. Nur noch mehr Fragezeichen!

Und ich saß hier, absolut fertig. Blinzeln glich Liegestützen vollführen, Atmen war Hochleistungssport. *Was passiert hier? Wo ist mein Leben hin?*

Ich stand auf, ging in den engen Flur und drückte den kleinen beigen Knopf neben unserer Wohnungstür, um die Haustür unten zu öffnen. Die Stirn gegen die Wand gelehnt atmete ich tief ein und aus. *Ruhe bewahren, Mariel, Ruhe!* Sicher würde Maksim gleich mit mir auf der Couch sitzen, mir im Plauderton erzählen, dass Carter tot wäre. Und dann? Würde nicht die Polizei kommen? Müsste ich flüchten und …?

Ein leises Klopfen an der Tür ließ mich hochschrecken. Es war so weit. Ich umgriff die Türklinke, drückte sie in Zeitlupe herunter, als könnte ich so noch ein paar Sekunden herauszögern, bis ich der Realität ins Gesicht blicken musste. Dabei war es gar nicht die Tatsache, dass mein Ehemann tot war. Es war das Gefühl, das ich dabei empfand. Es war zu gut.

Eine Hand schob sich in den geöffneten Spalt, drückte die Tür komplett auf. Maksim eilte in die Wohnung hinein. Sein Körper traf auf meinen und ich taumelte einen Schritt zurück, doch noch bevor ich gegen die Wand stoßen konnte, umgriff er meine Taille und zog mich an sich. »Plötzlich so schreckhaft?«

»Ist er tot?«, schoss es aus mir heraus. Selbst dass meine Brüste noch immer gegen seinen Oberkörper gepresst waren, ignorierte ich komplett. Ich wollte es wissen. Musste es! Jetzt!

Seine Finger fuhren an meiner gesunden Seite auf und ab. »Noch nicht.« Er lehnte sich zu mir, sein Atem strich mein Ohr. »Iwan hat eine Überraschung für dich.«

Allein sein Name reichte aus, dass meine Knie schwächer wurden, ein Kribbeln meinen Körper packte. Vor allem, wenn Maksim ihn mir wie ein verlockendes Angebot ins Ohr hauchte.

»Ich bringe dich hin.« Er schob mich von sich. »Jetzt. Zieh dich an.«

Ich dachte nicht einmal darüber nach, wandte mich ab und zog sofort meine Schuhe über, griff völlig automatisch nach meiner Tasche. »Wohin fahren wir?«

Er öffnete die Tür, deutete die Treppen herab. »In deine Dunkelheit, Mariel.«

Direkt vor dem hohen Gebäude, in dem sich unsere Wohnung befand, parkte ein schwarzer Sportwagen mit dunkelgetönten Scheiben und goldenen Felgen. Maksim ging darauf zu, öffnete die Beifahrertür. »Nach Ihnen.« Er zwinkerte.

Mein Blick glitt über das Auto. Alles daran sah mehr als teuer aus. Es war der pure Luxus. »Ich nehme an, du bist kein durchschnittlicher Gefängniswärter.«

Er lachte und schüttelte den Kopf. »An mir ist nichts durchschnittlich. Und jetzt steig ein, bevor hier noch einer versucht, mein Auto zu klauen.«

»So nötig haben es die Leute hier dann doch nicht«, murmelte ich und ließ mich auf den Beifahrersitz fallen, die Tasche stellte ich vor meinen Füßen ab.

Wenige Sekunden später stieg Maksim ein und startete den Motor. »Menschen sind gierig und neidisch. Sie können gar nicht anders.

Ob sie es nötig haben oder nicht, sie wollen alle das, was sie nicht haben können.«

»Und das ist dein Auto«, unterbrach ich seine Lebensphilosophie.

»Genau.« Und dann gab er Gas.

Die Geschwindigkeit drückte mich in den Ledersitz hinein, mein Kopf schien sich in der Lehne vergraben zu wollen. Ich umklammerte den Griff in der Tür, so fest ich konnte, sicherlich würde er bald herausbrechen. Wir waren mehr als nur etwas zu schnell in der Stadt unterwegs.

Doch Maksim dachte nicht einmal daran, abzubremsen. Als würde er den ganzen Tag nichts anderes machen, schlängelte er sich durch die sehr viel langsameren Autos, blinkte nicht, hupte nicht. Er war wie eine schwarze Viper, die sich mitten im größten Dschungel unbemerkt fortbewegte. Genauso schnell und genauso tödlich.

Ich schielte zu ihm herüber, ließ die Straße vor uns aber nie ganz aus den Augen. »Ich nehme an, du wurdest schon ein paar Mal von der Polizei angehalten.«

Er lachte auf, sagte jedoch nichts.

»Gut.« Tief atmete ich durch. »Bevor du mich hier drin umbringst, sagst du mir, wohin wir fahren?«

Jetzt schaute er auch noch zu mir herüber! Sein Blick streifte mich nur für eine Sekunde und doch brannte er auf mir. »Vor der Stadt gibt es ein Lagerhaus. Dort treffen wir uns mit den anderen.«

»Den anderen?«, wiederholte ich und kniff im selben Moment die Augen fest zusammen. Nur knapp wichen wir einem Auto vor uns aus. Fuck!

»Männer von Iwan. Sie warten auf dich.« Mit jedem Wort wanderten seine Mundwinkel höher und höher.

Auf mich? »Und du? Gehörst du auch zu Iwan?« Sollte ich diese Fahrt überleben, würde ich nie wieder zu Maksim ins Auto steigen! Nie, nie wieder!

Wieder lachte er auf. Ich schien ihn ja sehr zu amüsieren. »Wie viel weißt du über die Mafia?«

Ich zuckte mit den Schultern. »Es gibt einen Boss, Iwan. Und dann eben Leute, die für ihn arbeiten. Die Familie, so heißt es doch in den Filmen.«

»Wow.« Er schnaubte. »Hättest du für das Interview nicht ein bisschen recherchieren können?«

Griff er gerade meine Arbeit an? »Ich interviewe Iwan und nicht die Mafia.«

»Er *ist* die Mafia.« Angespannt atmete er durch. »Hör zu. Iwan ist der Boss, okay? Und ich …« Er lenkte abrupt nach rechts, zwängte sich in eine Lücke zwischen zwei Autos, überholte ein paar andere, nur um zwei Sekunden später wieder nach links zu ziehen. »Ich bin der Underboss.«

Das war ein albernes Wort. Und doch traute ich mich nicht, auch nur eine Bemerkung darüber zu verlieren.

»So lange Iwan in Haft ist, bin ich der Boss. Und wenn Iwan da ist, dann tue ich das, was er mir sagt.« Wieder zuckte sein Blick zu mir. »Oder ich diskutiere mit ihm, bis ich meinen Willen bekomme.«

Okay. Hatte er mir gerade erzählt, dass ich mit Iwans Vertreter in einem Auto saß? Dass ich mit einem hohen Tier der Mafia in ein Lagerhaus am Stadtrand fuhr? *Super, ich werde sterben.*

Niemals würde mich Iwan umbringen. Warum auch immer ich davon überzeugt bin. Allein die Wut in seinen Augen, als er meine Verletzungen sah. Er würde mich beschützen. Ich brauchte keine Angst haben. Selbst wenn ich nicht weiß, warum er das alles tut.

»Hier ist es.« Maksim setzte ausnahmsweise mal den Blinker und bog in eine schmale Einfahrt. Zwei Männer öffneten ein rostiges Tor und ließen uns herein. Kurz dahinter parkte er den Wagen neben einer Hauswand. Der Motor verstummte, die Lichter gingen aus und hüllten uns in Dunkelheit.

Was sollte das werden? Wen traf ich hier? Wieso war ich in dieses Auto gestiegen? Meine Hände waren schweißnass und in meinem Magen tobten Millionen von Ameisen.

»Hast du jetzt Angst?« Er legte eine Hand auf meinen Oberschenkel. Etwas zu hoch für meinen Geschmack, doch es war mir egal.

Angst? Nein. Vorfreude? Womöglich.

Ich wollte nur eins wissen. »Ist er hier?«

Seine Mundwinkel zuckten. »Wer?«

»Iwan. Habt ihr ihn befreit? Ist er hier?« Es war dumm. So dumm, dass ich annahm, er würde nach seinem Ausbruch direkt zu mir wollen. Oder mich überhaupt irgendwann wollen. Was auch immer uns in seiner Zelle verband, es war *nichts* hier draußen.

»Nein.« Er legte den Kopf schräg. »Willst du, dass wir ihn befreien?«

Ja, ja, ja!

Nein, nein, nein!

Ich weiß es nicht!

Maksim legte einen Finger unter mein Kinn, drehte mein Gesicht zu sich. »Sag mir, was du willst.«

»Warum bin ich hier?«, wich ich ihm aus und versuchte in der Dunkelheit dort draußen, irgendetwas zu erkennen.

»Komm.« Er stieg aus, ging um das Auto herum und öffnete meine Tür. Er reichte mir seine Hand, doch ich zögerte.

»Bringst du mich jetzt um? Weiß ich zu viel?« Hatte ich eben noch so etwas wie Aufregung gespürt, zog nun eine dunkle Vorahnung in mir auf. Hatte Maksim nicht genau das gesagt? Er würde es nicht für mich riskieren. Und er hatte es bereits riskiert. Was auch immer *es* war.

Eine schnelle gemeinsame Hinrichtung mit Carter, toll.

Maksim lachte, zog seine Hand zurück und stützte sich damit am Dach des Autos ab. »Iwan würde mich bei lebendigem Leib verbrennen, sollte ich dir auch nur ein Haar krümmen.«

Weil ich ihm etwas bedeute. So wie er mir.

Oder?

Ja.

Nein.

Sicher. Nicht.

Mein Blick huschte hinter ihn, wo bereits die zwei Männer vor dem Tor standen und warteten.

»Wenn der Boss sagt, du darfst nicht verletzt werden, dann sei dir sicher, dass niemand innerhalb dieser Stadt, nein, niemand an dieser verdammten Westküste dir auch nur einen Schritt zu nahekommt. Und außerdem steht sein Underboss direkt neben dir.« Er zwinkerte, reichte mir wieder seine Hand.

Gut, ich musste ihnen vertrauen. Was blieb mir auch anderes übrig? Diesmal ergriff ich sie. Ich stieg aus, ließ Maksim aber nicht los.

»Warum tut er das?«

Er löste sich aus meinem Klammergriff und legte einen Arm um meine Schultern. »Frag ihn das am besten Morgen selbst.«

Tat er es wirklich für mich? Das alles hier? War ich ihm das wert?

Die zwei unbekannten Männer nickten uns kurz zu und liefen dann hinter uns her.

»Ab hier«, sein Atem traf mein Ohr und jagte einen Schauer meinen Rücken hinab, »nur noch Russisch, Malyschka.«

Wirklich? Nannte er mich jetzt dauernd *Kleines*? Ich nickte trotzdem, als wir die Lagerhalle betraten.

Es dauerte eine Weile, bis sich meine Augen an die hellen Neonröhren an der Decke gewöhnten. Neben ihnen hingen Ventilatoren, die träge ihre Runden zogen und Schatten auf den Boden warfen. Pfützen, die trüb vor sich hin schimmerten, säumten unseren Weg in die Mitte der Halle, wo wir einem einzelnen Stuhl immer näherkamen.

Ein Stuhl, auf dem ein Mann saß.

Ich stockte, hielt augenblicklich inne. Maksim ging noch einen Schritt weiter, doch ich bewegte mich keinen Millimeter.

Der Mann trug einen schwarzen Sack über dem Kopf, aber ich erkannte ihn sofort. Das weiße T-Shirt mit dem Sportlogo seines Colleges drauf, das ich schon tausendmal gebügelt hatte. Die dunkelblaue Jeans, die ich schon unzählige Male frisch gewaschen in seinen Schrank gelegt hatte.

Vor mir saß Carter.

Maksims Atem traf meinen Hals. »Für dich, mit den besten Grüßen von Iwan.« Er ging einen Schritt von mir weg, schnipste zweimal in die Luft und schon kam einer der Männer näher, der ihm einen Brief in die Hand drückte. »Hier.«

Ich entriss ihm den Umschlag, öffnete ihn, ohne zu zögern. Er musste von *ihm* sein, von wem sonst. Das Zittern meiner Hände übertrug sich auf das Papier, doch nicht einen Moment unterbrach ich das Lesen dieser wundervoll geschwungenen Handschrift. Ich wollte alles sehen, bis zum letzten Buchstaben.

Ich kann alles auf dieser Welt
kaufen, kann dir jeden deiner Wünsche erfüllen.
Nur eines ist unbezahlbar – Freiheit.
Nicht die, die man in den Weiten des Meeres
findet oder außerhalb meiner Zelle.
Es ist die, die uns das zu tun erlaubt, was
wir wollen. Was wir wirklich und wahrhaftig
wollen. Nicht das, was wir sollen oder von
dem wir denken, es tun zu müssen.
Es geht nur darum, Mokita. Es geht nur
um dich. Tu, was du willst.
Sei frei für mich.
Ich schenke dir Freiheit, denn du bist die meine.

Iwan

Immer wieder las ich die wenigen Zeilen. Immer wieder las ich den letzten Satz. *Denn du bist die meine.* Ich? Seine … Freiheit?

Ich steckte den Zettel zusammengeknüllt in die Hosentasche und schaute zu Maksim auf. »Was wird das hier?«

Er zuckte mit den Schultern. »Sag du es mir, ich hab den Brief nicht gelesen.«

Wow, dafür wäre ich viel zu neugierig. Und doch konnte ich ihm auch mit dem Inhalt dieses Briefes nichts sagen. Keine Ahnung, was Iwan von mir wollte. Was er dachte, was *ich* tun wollte!

Er sieht es.

Er sieht mich.

Meine Dunkelheit, meine Fantasien. Der Teil von mir, der nicht da sein dürfte.

Maksim kam zu mir, strich mit dem Handrücken über meine Wange. »Du kannst alles tun, was du willst. Hier in dieser Lagerhalle bist du …«

»Frei«, vervollständigte ich flüsternd seinen Satz, senkte den Blick. Diese Freiheit hier verdiente ich nicht. Carter hatte so handeln müssen. Er konnte gar nicht anders, als mir meine Grenzen zu zeigen, mir klipp und klar zu verdeutlichen, wohin ich gehörte.

Und zu wem.

»Du zerdenkst die Sache.« Wieder legte er einen Finger unter mein Kinn, hob meinen Kopf. »Worüber zerbrichst du dir dein hübsches Köpfchen, Malyschka? Dieser Mann …«, er deutete auf Carter, »… hat dich geschlagen, dich verprügelt, dir das …«, Fingerspitzen strichen über mein Veilchen, »… angetan.«

Weil ich es verdient hatte. »Es ist nicht so einfach, ich …«

»Nein«, unterbrach er mich sofort. »Es ist die einfachste Sache der Welt. Sag es mir, warum hat er dich so zugerichtet?«

Das wusste er doch! Immerhin war er mit in der Zelle gewesen. Ich schwieg, wich seinem Blick aus.

»Wie du willst.« Er packte meine Schultern, zog mich zu sich. »Ich erklär dir was. Gedanken sind frei. Wahrscheinlich sind sie das Freiste, was wir besitzen. Sie sind frei, wenn wir an einen schönen Tag in den Bergen denken. Sie sind frei, wenn wir uns ans Meer träumen. Oder eben, wenn wir Mordfantasien hegen.« *Wie kann man bei sowas von Freiheit sprechen?* Sein Griff verfestigte sich. »Du denkst an einen anderen Mann, wenn dich jemand fickt?« Er kam mir näher, seine Lippen schwebten vor meinen. »*Egal.*«

Ich wich zurück, entzog mich ihm. Wie konnte das egal sein? Hörte er sich überhaupt selbst zu? *Ich habe Carter betrogen, wenn auch nur in meinen Gedanken, aber … war es dadurch nicht genauso schlimm?*

Maksim kam einen Schritt auf mich zu. »Die ganze Welt will uns einsperren, will uns in die Knie zwingen, will, dass wir das tun, was die Gesellschaft fordert. Nur hier …«, er tippte sich gegen die Schläfe, »… sind wir frei. Lass dir das nicht von so einem kleinen Wichser nehmen, ob du nun an einen anderen Schwanz oder an seinen Tod denkst.«

Ich lasse mir gar nichts von Carter nehmen! Oh, mein Kampfgeist schien sich langsam zu strecken und genug von dieser Motivationsrede zu haben. Aber das änderte alles nichts an der Situation! Was er da sagte, stimmte gar nicht! Ich … hatte es verdient! Ich … hatte an jemand anderen gedacht und das … war verboten? Oder doch nur meine Freiheit? *Nein, nein, nein!* Ganz zu schweigen von meinen dunklen Tagträumen!

»Maksim, ich …« Ja, was sollte ich sagen?

»Du hast nur das getan, wozu Iwan dich aufgefordert hatte.« Ich zuckte unter seinen Worten zusammen. Wie meinte er das? »Er hat dir gesagt, du sollst an ihn denken. Das hast du gemacht.«

»Und?« Es wurde immer abstruser.

»Du hast dich dazu entschieden. Du hast es gewollt. Es war dein Wille, deine *freie* Entscheidung.« Wieder kam er einen Schritt näher. »Du hast Iwan etwas sehr Wertvolles geschenkt – deine Gedanken. Und Carter wollte sie zerstören. Dich, deine Freiheit, deinen Willen.«

All seine Worte, diese Sätze, diese ganzen Dinge drehten sich in mir, raubten mir den Atem. Was, wenn ich wirklich nichts falsch gemacht hatte? Wenn, Carter nie das Recht dazu gehabt hatte? Wenn ich in dem Moment frei gewesen war und er … mich einsperren wollte?

Bereits so viele Jahre. Ich arbeitete, während er zu Hause entspannte. Ich versuchte, uns eine gemeinsame Zukunft aufzubauen, während er mein Leben als Roman verkaufen wollte. Ich habe mich von ihm leiten lassen, weil ich dachte, wir wären füreinander bestimmt, dabei hatte er sich nur an mich gekrallt, um leichter durchs Leben zu kommen. Ich sollte nie etwas anderes sein als seine kleine, hörige Frau!

Und Iwan sieht mich, meinen Schmerz, meine Fantasien und Wünsche. Er will mich nicht einsperren, er will mich befreien. Und es beginnt mit Carter. Er ist für mich hier, nur für mich.

Ich nickte, mehr zu mir als zu Maksim.

Das alles, mein Leben, meine Ehe, mein Alltag. Es waren Ketten, die mich fesselten, die mich am Boden hielten, obwohl ich fliegen müsste. Hoch oben, meine Träume leben und tun sollte, was ich wirklich wollte.

Und das war, an Iwan zu denken. *Frisches Blut an meinen Händen zu spüren. Den letzten gehauchten Atemzug auf meiner Wange zu fühlen.* Das wollte ich! Für mich. Für Iwan.

So bin ich frei. So will ich sein. Und wenn es nur für diese eine Nacht ist.

Ich ging auf Carter zu. Die Arme waren auf seinem Rücken gefesselt, sein Brustkorb hob und senkte sich so schnell, dass er sicher gleich hyperventilierte. Sollte ich nicht so etwas wie Mitleid empfinden? Da war nichts. Nur ein Gedanke.

Sei frei, für mich.

»Ich will ihn töten.« Meine Stimme hatte noch nie fremder geklungen. In mir herrschte nichts als die reinste und dunkelste Nacht. Sie nahm meine Seele ein, mein Herz, meinen Körper, färbte alles in mir tiefschwarz.

Das hier wollte ich.

Wahrhaftig.

17

Mariel

Es kam Bewegung in Carter, offenbar hatte er endlich meine Stimme erkannt. Die klaghaften Versuche, zu schreien, endeten in unverständlichen Tönen, die durch den dichtgewebten Sack zu uns drangen. Scheinbar war er geknebelt.

Maksim lachte, seine Schritte hallten durch das Lagerhaus. »Ich hatte gehofft, dass du ihn töten willst.« Mit einem Ruck zog er an dem schwarzen Stoff und gab Carters Gesicht frei.

Die Augen weit aufgerissen, sodass beinahe ein roter Rand um das Weiß entstand, starrte er mich an. Mich, seine Ehefrau, die er geschlagen hatte, um mich meiner Freiheit zu berauben.

Carter versuchte weiterhin, irgendetwas zu sagen, zappelte auf dem Stuhl hin und her, zog an seinen Fesseln. Vergeblich. Er war hilflos. Er war schwach. Er war *mein* Opfer.

»Wie soll ich ihn töten?« Es war eher ein Hauchen, das meine Lippen verließ.

»Wie du willst.« Maksim kam zu mir herum, seine Hände legten sich an meine Hüfte, zogen mich mit dem Rücken an ihn. »Du kannst ihn abknallen.« Lippen streiften meinen Hals. »Ein Schuss in den Kopf? In die Brust? Oder du schneidest seine Kehle durch, badest in seinem Blut.«

All diese Möglichkeiten. All diese Optionen.

Ich lehnte mich enger an ihn und … oh. Sein harter Schwanz drückte sich gegen meinen Po, seine Hände strichen an mir herab. »Und danach werde ich dich ficken, versprochen.«

Ohne dass ich es wollte, ließ ich mich an seinen Körper sinken, genoss das Gefühl, so sehr gewollt zu werden. So sehr begehrt zu werden. Obwohl ich mir wünschte, *er* wäre hinter mir. Es berauschte mich, setzte mich auf die härteste Droge der Welt.

Der Underboss eines Mafia-Clans wollte mich.

Ich würde jeden Moment töten.

Das war verrückt und das wohl Beste in meinem ganzen Leben!

Mein Hinterkopf ruhte an Maksims Schlüsselbein. »Ich will ihm den Kopf abtrennen.«

Er lehnte sich zu mir, seine Lippen berührten mein Ohr, zogen eine brennende Spur an meinem Hals herab. »Dein Wunsch ist mir Befehl.« Wieder schnipste er und ich vermisste bereits jetzt seine zweite Hand an mir.

Schlampe.

Nein. *Jetzt bin ich frei. Jetzt bin ich ich.*

»Für dich.« Maksim hielt ein Messer in der Hand. Er setzte die Spitze direkt auf meiner Kehle an, zog eine federleichte Spur zwischen meinen Brüsten hindurch, über meinen Bauch, bis sie an meinem Unterleib endete. »Schneid ihm alles ab, was du willst.«

Ich wand mich an seinem Körper, drückte meinen Hintern noch enger an ihn. Dieses Messer, was mich so einfach verletzen konnte, so nah an meiner Haut zu spüren, nicht zu wissen, ob er mir wehtun oder mich doch lieber verwöhnen wollte. Dazu seine Härte direkt an mir. Es machte mich wahnsinnig.

Hure.

Ja, ganz sicher. Aber scheiß drauf.

Jetzt musste Carter sterben.

Ich packte den dunklen Griff des Messers und richtete die gezackte Klinge direkt auf mein Opfer. Es war kein sehr langes Messer, aber auch nicht wirklich kurz. In der Küche hätte ich es wahrscheinlich zum Schneiden von Melonen verwendet. Und heute würde ich Carter damit ein Ende bereiten.

»Ich will ihn hören.« Das alles hier war wie ein Traum, eine Wahnvorstellung, die kaum Realität sein konnte. Sie war viel zu gut.

Einer der unbekannten Männer kam zu uns, befreite Carters Mund.

Er schnappte nach Luft, atmete schwerfällig ein und aus. »Mary, Baby, das ist doch alles ein schlechter Scherz! Wer sind die Leute? Leg das Messer weg!«

Ich löste mich schweren Herzens von Maksim, schritt auf Carter zu. »Diese Männer hier gehören zur Mafia. Zu Iwan.« Ich ging in die Hocke, damit wir uns besser in die Augen sehen konnten. »Du hattest recht. Ich bin eine Hure.«

Carter klappte die Kinnlade runter. »Was?«

»Lass uns ehrlich sein. Ich wollte dich schon immer töten, nicht erst seit gestern Abend.« Diese grausame Tatsache auszusprechen, fühlte sich so unendlich befreiend an. *Meine Freiheit.*

»Das meinst du nicht ernst. Dieser Iwan, er hat …«

»Er hat *mich* gesehen. Meine dunkelsten Fantasien.« Allein der Gedanke an diesen Moment bereitete mir eine Gänsehaut am ganzen Körper. »Ich will es wissen, Carter. Wie warm ist dein Blut? Wie fühlt es sich an? Wie sieht es aus, wenn die Augen ihren Glanz verlieren und trüb inmitten eines Gesichts liegen? In deinem Gesicht?«

Er schwieg, blinzelte immer und immer wieder. Schweiß glänzte an seinen Schläfen, rann langsam an seinen Wangen herab.

Ich fing einen der salzigen Tropfen mit der Spitze des Messers auf. »Und du solltest schon immer mein Opfer werden. Du hast mich so oft vergessen, so oft ignoriert.« Ich richtete mich wieder auf. »Als du mich gestern geschlagen hast, es war das erste Mal, dass du mich gesehen hast. Das erste Mal, dass du mir gesagt hast, was du wirklich denkst und in mir siehst. Eine Hure.«

»Mary, ich wollte nicht …«

»Lüg mich nicht an.« Ich schlug ihm mitten ins Gesicht. Sein Kopf fiel zur Seite, er stöhnte auf. *Scheiße!* Das war so gut und tat so verdammt weh! Meine Hand brannte, selbst als ich sie einige Male ausschüttelte.

Maksim trat zu mir, nahm meine schmerzenden Finger in seine, küsste jeden einzeln. »Das üben wir.«

Ich grinste, es war komisch, aber ich freute mich darauf. Auf alles mit den beiden. *Wärst du nur hier …*

»Und deshalb bringst du mich um? Weil ich dich beleidigt habe?« Carters Worte klangen abgehetzt, als würde er wissen, dass sich seine Lunge nicht mehr lange mit Sauerstoff füllen würde.

Wie bitte?

Ich lachte auf, es ging gar nicht anders. Wie ignorant war er? Ich krümmte mich vor Lachen, hielt mir sogar den Bauch. »Nein, weil du mir einfach nie zuhörst. Selbst jetzt nicht, wenn ich ein Messer auf dich richte.« Ich fühlte mich etwas irre, so lachend mit einer potentiellen Mordwaffe in der Hand. Es war der pure Wahnsinn! Wie das Glück mit dem Adrenalin durch meine Adern peitschte, mein

Herz wie ein wildgewordenes Tier immer wieder gegen meinen Brustkorb sprang.

Maksim umfasste mein Kinn und zwang mich, ihn anzusehen. »Bring ihn einfach um, das Gelaber von ihm nervt.« Seine Lippen berührten meine. Ganz leicht, nur einen Atemzug lang. Und doch war es der heißeste Kuss jemals. Ich konnte den Tod schon riechen, spürte noch immer Maksims Erregung an mir. Diese Mischung, sie machte mich süchtig.

»Haltet ihn fest.« War ich überhaupt berechtigt, Befehle zu erteilen? Doch als die beiden Männer direkt auf Carter zugingen, ihn zwischen sich fixierten, verloren sich meine Zweifel. Maksim stellte sich hinter ihn, strich durch Carters Haare.

Ich bin frei, für dich, Iwan.

Meine Fingerknöchel zeichneten sich weiß ab, so fest umschloss ich den Griff. So fest war ich entschlossen, endlich zu morden. »Danke für die gemeinsamen Jahre, Carter.«

Als hätten die Männer auf meinen stummen Befehl gewartet, rissen sie seinen Kopf zurück, entblößten Carters nackten Hals. Er wimmerte, seine Pulsader hämmerte unter der dünnen Haut.

Das Leben, so wunderschön.

Ich setzte die Klinge der Länge nach an, schnitt zaghaft durch sein Fleisch. Carter schrie auf, doch irgendeiner klappte seine Kinnlade einfach zu, sodass er verstummte.

Mein Blick hing an der schmalen Wunde. Blut lief über seine weiße Haut, tränkte das Silber des Messers. Er zappelte, versuchte, um sich zu schlagen, doch die Fesseln hinderten ihn. Die Hände der drei Männer versteiften sich an seinem Körper, Maksim packte seinen Kopf fester.

Ich sah nur auf das Blut. Das warme, wundervoll rote Blut, welches in dünnen Bahnen an ihm hinablief. Ganz vorsichtig tauchte ich meinen Zeigefinger in eine der kleinen Flüsse, fuhr daran herauf, bis ich die Wundränder traf. So warm, so weich und samtig.

Mehr, ich will so viel mehr.

Wieder schnitt ich seinen Hals entlang, diesmal fester, tiefer, mit so viel Kraft, wie ich konnte. Blut spritzte mir entgegen, flutete meine Hände. Es war warm, viel wärmer, als ich dachte, aber auch nicht heiß. Und es machte süchtig. Immer und immer wieder stieß ich durch seine Haut, durchtrennte Sehnen, Gefäße, Muskelfleisch.

Carter hustete, spuckte, wimmerte, röchelte, alles gleichzeitig, doch die Männer hielten ihn an Ort und Stelle, während ich seinen Hals durchschnitt wie frisches Brot. *Seinen Kopf, ich will seinen verdammten Kopf in meinen Händen halten!*

Carters Bewegungen wurden weniger, fahriger. Seine Arme zuckten unkontrolliert, seine Beine erschlafften. *Er stirbt! Er tut es! Ich tue es!* Das warme Braun seiner Iriden erlosch, hinterließ nichts weiter als kalten Schlamm. Seine Muskeln entspannten sich, jegliche Versuche, sich zu wehren, endeten. Noch immer hatte er die Augen weit offen, Blut lief über seine stummen Lippen. *Wunderschön.*

Doch ich war noch lange nicht fertig!

Die gezackte Klinge stieß auf seine Wirbelsäule, ratschte an dem dicken Knochen entlang, ließ kleine Splitter in die offene Wunde rieseln. So sehr ich auch drückte, mir fehlte die Kraft, die Wirbel zu durchtrennen. Meine Hände waren über und über mit Blut getränkt, der Griff des Messers rutschte mir bei jeder Bewegung fast aus den Fingern. Doch ich wollte nicht aufhören. Das hier sollte niemals enden!

Ich riss die Klinge aus der weit aufklaffenden Halswunde. Maksim neigte den Kopf noch mehr zurück. Das Geräusch von reißender Haut ließ mich erschaudern. Vor Freude.

Ich stach auf Carters dunkelroten Oberkörper ein, bohrte das Messer durch sein durchtränktes und klitschnasses T-Shirt mitten zwischen die Rippen. Manchmal traf ich sie, manchmal durchstach ich sicher seine Lunge. Keine Ahnung, Anatomie hat mir noch nie gelegen.

Sein Bauch. Ich arbeitete mich weiter hinab, durchstach seine Bauchdecke, hoffte, alle lebensnotwendigen Organe zu treffen, die man nur treffen konnte! Dabei war er schon längst tot. Doch das war mir egal.

Erst als das Messer gegen seine Kniescheiben donnerte, als sein Schienbein und seine Füße zu bluten begannen, ging ich einen Schritt zurück, schaute ihn von oben bis unten an.

Langsam.

Eindringlich.

Ich wollte es mir merken, wollte es nie wieder vergessen. Es war ein Kunstwerk, nicht wie sonst auf Papier mit einem Bleistift. Meine Leinwand war dieser Körper, meine Farbe das Blut.

Ich bin frei. Ich habe ihn getötet. Ich habe ihn geschlachtet. Und ich habe es genossen.

18

Mariel

»Sofort alle raus.« Maksims russische Worte hallten durch die Lagerhalle, ansonsten herrschte Stille um uns herum. Nur meine viel zu schnelle Atmung, das gleichmäßige Tropfen von heißem Blut auf kalten Beton, das klirrende Geräusch, als das Messer aus meiner Hand auf den Boden fiel.

»Raus! Ich habe gesagt: *raus*!«, brüllte er und endlich setzten sich die zwei anderen Männer in Bewegung. Als wäre ich ein Geist, starrten sie mich regungslos an, bis Maksims Worte sie wachrüttelten.

Wie einen Geist? Oder wie eine blutige Göttin?

Carters Kopf hing halb abgetrennt zur Seite, die letzten Sehnen spannten sich, gaben sicher jeden Moment nach. Das Muskelfleisch bestand nur noch aus zerfetzten einzelnen Strängen. Die Augen halbgeschlossen, den Mund geöffnet. Und überall diese saftige rote Farbe. Blut über Blut.

Es war vorbei. Mein Mann war tot. Der Mann, der mich geschlagen hatte. Der mich meiner Freiheit rauben wollte. Mich wegen meiner Gedanken bestraft hatte. Er war tot.

Tot. Tot. Tot!

Ich ballte die Hände zu Fäusten, bohrte die Fingernägel in mein eigenes Fleisch. *Ich habe ihn getötet.* Alles in mir rauschte, ließ mich innerlich taumeln und gleichzeitig fliegen.

Iwan. Er hat mir diesen Mord geschenkt. Mir meine Freiheit offenbart. Und sich in meinem Kopf eingenistet. *Nein, ich habe ihm dieses Nest gebaut.*

Einem Mörder. So, wie ich eine Mörderin war.

Das war falsch. Und so richtig.

Mit jedem Blutstropfen, der auf diesen verdammten Boden traf, vermischte sich die Grenze zwischen Richtig und Falsch immer weiter.

Gut und Böse, gerecht und ungerecht, schwarz und weiß. Ich verlor die Kontrolle darüber. Es war nicht möglich, zu unterscheiden. *Wo stehe ich? Wer bin ich?*

Maksim schritt um die Leiche herum, griff um meinen Hals und zog mich an sich. »Beruhig dich.«

»Es war … falsch. Und gut. Und absolut verboten.« Mir fielen noch tausend andere Dinge ein, doch nichts davon ergab einen Sinn. Meine Hände zitterten, übertrugen die Unruhe auf meinen gesamten Körper.

»Es war gut.« Maksim kam mir näher, sein Atem traf auf mein Gesicht. »Du hast diesen Mann getötet, weil er dir geschadet, dich eingeengt hat. Das war richtig.«

Mit jedem seiner Worte riss ich die Augen weiter auf.

»Er hat dich verletzt, du hast ihn dafür leiden lassen. Das war gerecht.«

Gut, richtig, gerecht.

Gut, richtig, gerecht.

»Iwan hat es für dich getan. Nur für dich.« *Für mich. Meine Freiheit. Es ist alles in Ordnung. Es war mein Wille. Meine Entscheidung. Wie konnte die falsch sein?*

Ich nickte, strich mir ein paar blutnasse Strähnen aus dem Gesicht.

Seine Nase berührte beinahe meine. »Lass mich etwas für dich tun.« Was? Was meinte er damit? »Du bist aufgebracht, es war dein erster Mord.«

Mord.

Allein das Wort brachte wieder alles in mir durcheinander.

Doch seine Hand, die sich über meinen Bauch in Richtung meiner Brüste schob, beruhigte mich augenblicklich. »In dir ist eine Menge Adrenalin, ich kann dir zeigen, wie du damit umgehen kannst. Jetzt, für die Zukunft.« Seine Lippen streiften meine Wange. »Es muss raus. Dafür bin ich da.« Sein Mund wanderte meinen Kiefer entlang. »Lass es an mir aus, Mariel. Deine Wut, deinen Hass, deine Macht, deine Lust. Alles.«

Jedes seiner Worte trieb meinen Puls noch höher. Er umgriff mein Kinn, zog mich an sich. Unsere Lippen knallten förmlich aufeinander, seine Zunge schob sich grob in meinen Mund.

Ich wollte ihn nicht abweisen, egal wie ungezügelt er gerade war.

Ich genoss es. Es war das, was ich brauchte. Das Adrenalin pumpte auf Hochtouren durch meinen Körper, beflügelte mich und suchte nach einem Ventil nach draußen. Und das war Maksim.

Der metallische Geschmack von Blut strömte in meinen Mund und erst jetzt dachte ich darüber nach, dass die Sache auch an mir nicht spurlos vorbeigegangen war.

»Vielleicht sollte ich vorher duschen«, presste ich zwischen unseren Küssen heraus. Seine Hände wanderten unter mein T-Shirt, was durchtränkt war von Carters Blut, bis sie meine Brüste erreichten. Direkt unter meinen BH griff er nach meinen viel zu steifen Nippeln.

»Ich will dich genau so, wie du jetzt bist.« Er kniff in meine Brustwarzen, drehte sie zwischen seinen Fingern hin und her. »Du schmeckst nach Leben und Tod. Besser geht es nicht.«

Ich stöhnte auf, drängte mich an ihn.

Das war verrückt, absolut und durch und durch verrückt. Neben uns hing mein Ehemann tot auf einem Stuhl und der Mann, der mir bei seiner Hinrichtung geholfen hatte, presste seinen harten Schwanz gegen meinen Unterleib, der sich beinahe schmerzhaft vor Lust zusammenzog.

Noch nie war ich so erregt.

Maksim griff nach dem Saum meines T-Shirts, zog es mir aus und schmiss es hinter sich. Genau auf Carter.

Mir egal.

Er packte meinen Hintern, hob mich an sich hoch. Sofort schlang ich die Beine um ihn, verschränkte meine Hände in seinem Nacken, ohne auch nur einmal die Lippen von seinen zu nehmen.

Er ging ein paar Schritte durch die Halle, bis uns eine Wand in meinem Rücken stoppte. Mit einem Ruck zog er die Körbchen meines BHs herunter, entblößte meine nackten Brüste. Schwer hingen sie an mir, verlangten nach seinem Mund, nach seinen Händen, nach irgendwas von ihm! *Und wenn er seinen Schwanz daran reiben will, ich brauche ihn einfach nur an mir!*

»Maksim«, stöhnte ich in seinen Mund, begann meinen Oberkörper an seinem zu bewegen, um meine Lust wenigstens etwas zu zähmen.

Er grinste und brachte ein wenig Abstand zwischen unsere Gesichter. »Ich hab doch gesagt, Ende der Woche wirst du meinen Namen stöhnen.« Sein Mund war blutrot. Das war ganz sicher kein

Lippenstift, doch noch bevor ich darüber nachdenken konnte, wanderten seine Lippen tiefer an mir herab. Er küsste meinen Hals, jagte einen Schauer nach dem nächsten über meine Haut, bis er endlich an meinen Nippeln leckte.

Ich legte den Kopf, soweit es ging, in den Nacken, stöhnte laut auf. Mit halbgeschlossenen Augen glitt mein Blick zu Carter, den ich total vergessen hatte. Mein Shirt hing halb in seiner offen klaffenden Wunde, halb auf seiner Schulter. Blut tropfte von dem Stuhl hinab in eine riesige Lache.

Und ich werde gleich daneben an einer Wand gefickt. Fuck!

Maksim biss in meine Knospe und entlockte mir einen spitzen Schrei. »Weißt du, Iwan und ich haben gerätselt, in welcher Sprache du stöhnst.« Ich spürte sein Lächeln an meiner Haut.

Wie bitte? Sie redeten über mich? Über mich und Sex?

Mir reichte es, ich wollte ihn richtig spüren, ihn richtig haben. Ganz und gar.

Ungeduldig schob ich eine Hand zwischen uns, fummelte an seinem Hosenbund rum. »Nimm mich endlich.« Alles in mir verlangte danach, ich konnte weder stillsitzen noch meine Finger bei mir behalten. Das alles hier war zu viel für mich.

Wieder grinste er, leckte den Bogen meiner Unterlippe nach. »Ich weiß genau, was du brauchst. Hier zwischen all dem Blut, dem Tod, deiner eigenen Macht.«

Es so deutlich zu hören, machte mir Angst. Angst vor mir selbst, Angst vor dem, was ich gerade fühlte. Doch ich wollte frei sein. Für ihn.

Für Iwan. Wenn nur er hier sein könnte. Wenn doch nur sein Körper mir gerade so nah wäre.

»Denk, woran du willst, Malyschka.« Maksim ließ mich herunter, öffnete seine Hose. »Oder soll ich Mokita sagen?«

Mokita. So, wie er mich nennt.

Mein Blick glitt an ihm herab, vorbei an dem Blut, an den Spuren unseres Mordes, blieb an seiner Härte hängen. Fuck, ich musste ihn kosten. Sofort ging ich vor ihm auf die Knie, küsste seine Eichel, leckte über die zarte Haut.

»Boss?«, schallte eine mir unbekannte Stimme durch die Halle.

Maksim achtete nicht weiter darauf, wickelte sich meine Haare um die Faust und drückte seinen Schwanz tief in meinen Rachen. Ich saugte an seiner Länge, kostete seinen ersten Tropfen.

»Maksim, es ist wichtig.«

Für einen Moment lockerte er den Griff und ich schaute zu ihm hoch. *Nicht aufhören!* Er zwinkerte mir zu. »Schön weitermachen«, flüsterte er und blickte über seine Schulter zu dem Mann in seinem Rücken. »Was ist los?«

Moment! Dieser Typ da, er war auch in der Halle. Er stand hinter Maksim. Er sah zu mir. Erst jetzt wurde mir klar, dass er uns überrascht hatte und zuschaute, wie ich gerade seinem Underboss den Schwanz lutschte. Ich traute mich nicht, zu ihm zu sehen, doch aus irgendeinem Grund zog sich alles in mir zusammen.

Vor Begierde.

Ob er selbst gern an Maksims Stelle wäre? Ob er auch hart war? Ob er mich auch begehrte? Oh, was passierte hier nur mit mir?

»Iwan hat eine Nachricht geschickt.«

Das war zu viel. Seinen Name zu hören, diese Erregung in meiner gesamten Blutbahn zu spüren. Ich stöhnte gegen Maksims Schwanz, wollte mich ihm gerade entziehen, fragen, ob Iwan hier irgendwo war, als Maksim fest an meinen Haaren zog und mich zurück an sich drückte.

»Und was steht drin?«, fragte er rau und dirigierte meinen Kopf vor und zurück. Immer schneller. Immer tiefer.

Ich kniete hier vor ihm wie eine Hure. Im Blut meines Ex-Mannes, in Gedanken bei Iwan, mit dem Schwanz von Maksim im Mund.

»Du sollst ihn anrufen. Jetzt sofort.«

Maksim schloss für einen Moment die Augen, atmete tief durch. »Geh, ich komme.«

Nur leider nicht in mir.

Er schob mich ein wenig zurück, bis seine Härte aus meinem Mund glitt. »Ich muss leider los, aber wir setzen das hier fort.« An meinen Haaren zog er mich ein wenig hoch, bis sein Schwanz gegen meine Brüste traf. Er umfasste seine eigene Härte, fuhr ein paar Mal daran auf und ab, direkt an meinem Nippel. »Gerade hasse ich Iwan ein bisschen. Du nicht auch?«

Jedes meiner Worte blieb in meiner Kehle stecken, ich sah nur noch zu meinen Brüsten. Sah, wie er mit ihnen spielte. Mit sich selbst spielte.

Er wurde schneller, klatschte immer wieder gegen meine harte Knospe. Und spritzte ab. Sein heißes Sperma lief über meine Brust, meinen Bauch hinab. Ich streckte die Zunge aus, leckte über seine Eichel. Das hier sollte sich nicht so geil anfühlen, es sollte mich nicht erregen, es sollte nicht … einen Scheiß sollte es. Ich wollte es. Also war es gut. Es war meine Entscheidung.

Maksim strich mir über die Wange. »Jemand wird dich in Sicherheit bringen. Ich komme nachher noch zu dir. Ruh dich aus, morgen musst du wieder zu Iwan.«

Allein seinen Namen zu hören …

Ich rutschte zurück auf die Knie, spürte nochmal kurz Maksims Spitze an den Lippen und dann zog er sich schon wieder die Hose hoch.

»Bis später.« Er fuhr mit zwei Fingern meine Wange entlang und dann ging er, ohne sich noch einmal umzudrehen, aus der Lagerhalle nach draußen.

Und ich? Ich saß halbnackt, völlig erregt, mit Blut und Sperma auf der Haut neben der Leiche meines Ehemannes mit nur einem Gedanken.

Ich war frei, für dich. Und morgen sehen wir uns wieder.

19

IWAN

Vor zehn Minuten war es so weit gewesen. Sergej, einer meiner Männer, die Maksim eingeschleust hatte, war zu mir gekommen und hatte mir alles berichtet. Carter war tot, ein Problem weniger.

Er konnte mir keine Einzelheiten nennen, immerhin blinkten die Kameras in ihren Ecken fröhlich vor sich hin. Doch in ein paar Sekunden würden sie erlöschen, für 18 Minuten und 27 Sekunden. Genug Zeit, um kurz mit Maksim und Marlena zu sprechen.

Ich ging auf und ab. Drei Schritte vor, drei Schritte zurück. Meine Zelle kam mir noch kleiner vor als sonst.

Hast du es selbst getan, Mokita? Oder war es Maksim? Nein, ich wette, du warst es. Du bist so neugierig, willst alles über den Tod und seine Finsternis erfahren. Diese Chance konntest du dir doch nicht entgehen lassen. Und danach? Maksim war sicher schon hart, bevor du auch nur ein Haar an Carter gekrümmt hattest. Fickt er dich gerade? Jetzt in diesem Augenblick, in dem ich an dich denke und du an … an wen, Mokita?

Endlich, das Schloss meiner Zellentür schnappte auf und Sergej kam herein. »Maksim ist am Telefon, die Kameras sind aus, Boss.«

Ich wedelte ungeduldig mit der Hand hin und her. »Ja, ja, gib mir das Handy.«

Er reichte mir das alte, silberne Modell und sofort presste ich es an mein Ohr. »Erzähl mir alles.«

Maksim lachte am anderen Ende der Leitung. »Sie kann blasen wie ein Engel auf LSD.«

Ich pumpe dir gleich LSD in den Arsch. »Das meinte ich nicht«, knurrte ich und erntete nur erneut ein kehliges Lachen.

»Dieser Carter hat gesungen wie eine Nachtigall um Mitternacht. Aber er stellt keine Bedrohung dar. Offensichtlich nur ein verwirrter

Autor, der …«

»Ist er tot?« Der Rest interessierte mich gerade nicht.

Das Grinsen war kaum zu überhören. »Sie hat ihn getötet.«

Ich wusste es. »Wie?«

Sein Atem rauschte durch die Leitung. »Ich hatte einiges erwartet, aber nicht, dass sie ihn köpfen wollte.«

»Bitte?« *Oh, Mokita, wie gern wäre ich bei dir gewesen, hätte dieses Messer mit dir geführt.*

»Ja, natürlich hat sie es nicht geschafft, obwohl sie weit kam. Die Wirbelsäule war der Knackpunkt.«

Wenn ich draußen bin, dann zeige ich dir, wie man köpft. Ich zeige dir, wie man den Knochen knackt. Bis ich deinen Kopf in den Händen halte.

»Und dann«, fuhr Maksim fort, »hat sie wild auf ihn eingestochen. Der Typ ist der reinste Schweizer Käse.« Mir entging nicht, dass seine Stimme immer tiefer wurde. »Sie war voller Blut. Über und über mit Blut. Es war … heiß.«

»Fass sie nicht an.« Die Worte waren schneller aus mir heraus, ehe ich darüber nachdenken konnte.

Stille. Und doch konnte ich seine Gedanken hören, wie sie mich durch die Leitung anbrüllten. »Verbietest du mir gerade, sie zu ficken?«

Tat ich das? Ich war noch nie eifersüchtig gewesen, ganz im Gegenteil. Es gibt nichts Schöneres als mehrere Pussys, mehr als einen Schwanz, mehr als einen Mund. Und auch Anastasia hatte ich geteilt, o ja. Sex ist nur körperliche Anziehung. Das Herz weiß immer, wohin es wirklich gehört.

Also, warum hatte ich das dann eben zu Maksim gesagt?

Weil du mir im Kopf herumspukst, Mokita. Ich will dich töten, so sehr, dass ich nur noch an dich denken kann. An dich und deine Wasserfall-Augen. An deine zarten Hände, deine unschuldige und doch so dunkle Seele.

Und an meine Chance, dich ein für alle Mal zu bekommen, dich ein für alle Mal zu töten.

»Maksim, hör mir genau zu«, sagte ich so ruhig wie möglich, damit er absolut nichts davon verpassen konnte.

Ich weiß jetzt, wie du dich endgültig dazu entscheiden wirst, mir zu vertrauen. Du wirst mir dein Herz, dein Leben und dein Vertrauen schenken. Nur, damit ich dir all das nehmen kann.

20

Mariel

Mir war nicht klar, dass ›in Sicherheit‹ bedeutete, mich in eine riesige Villa zu bringen. Und ich redete hier von einem absolut klischeebehafteten Herrenhaus. Ein großes, silbernes Tor öffnete sich automatisch, als wir mit dem Auto näherkamen. Der Kiesweg bis zum Anwesen war mit kleinen Hecken gesäumt, die akkurat kugelrund geschnitten worden waren. Es sah durch und durch albern aus.

Doch als ich das Haus sah, verschluckte ich mich beinahe an meiner eigenen Spucke. Es war größtenteils aus roten Steinen gemauert, die nur ab und zu durch hellere durchbrochen wurden und das gesamte Anwesen einrahmten. Weiße Marmorstufen ragten zu einer hellen Doppeltür empor, die voller goldener Verzierungen war. Wie Ranken eroberten sie die Tür, wuchsen zu Boden und kletterten wieder die Marmorsäulen hoch, welche selbstverständlich links und rechts davon standen. Das ganze Ding schrie nach Luxus, stank nach Geld und Prunk.

Doch das war mir bereits klar, als ich voller Blut in dieses teure Auto gesetzt worden war. Als ich nachgefragt hatte, ob ich nicht alles schmutzig machte, hatte der Typ nur gelacht, mir meine Tasche in die Hand gedrückt und mit der Schulter gezuckt. *Es wäre nicht das erste Mal.*

Jetzt parkten wir hier vor dieser protzigen Bude. Wenigstens hatte mein Fahrer mir eine Jacke, damit ich mich wieder anziehen konnte, und etwas Zeit gegeben, um mich – sagen wir einfach, um mich zu richten. Von Maksim hatte ich nichts mehr gehört oder gesehen. Zum Leidwesen meiner schmerzhaft sehnsüchtigen Mitte.

Der Mann stieg aus, ging um das Auto herum und öffnete mir die Fahrertür. Als könnte ich das nicht selbst. »Ich bringe Sie in Ihr

Zimmer, kommen Sie.«

So förmlich. Der Typ hatte mir beim Abschlachten meines Ehemannes geholfen, da sollte man doch denken, man wäre per du. Na ja.

Ich folgte ihm, ging die glatten, weißen Stufen hinauf, durch einen Flügel der viel zu großen Tür und stand mitten in einem Foyer, das auch locker in ein Hotel gepasst hätte. Wie im Film schlängelten sich zwei Treppen links und rechts im Raum empor, trafen sich in der Mitte auf einer Art Balkon, um dann gemeinsam in der oberen Etage zu enden. Alles war weiß, aus Marmor oder hellem Eichenholz. Den kleinen runden Tisch mit einer Spitzendecke und einer riesigen Vase voller weißer Rosen musste ich nicht extra erwähnen, oder? *Klischees so weit das Auge reicht.*

Der Mann ging die linke Treppe herauf und natürlich folgte ich ihm. *Ehe ich mich noch hier drin verlaufe.*

Oben war es nicht weniger imposant und wenn ich nicht zu müde gewesen wäre, hätte ich all die Zimmer gezählt, die an dem langen, schmalen Flur abgingen. Doch ich war ausgelaugt und es war mir auch irgendwie egal.

Er öffnete endlich eine der Türen und deutete hinein. »Maksim wird nachher vorbeikommen. Bis dahin bleiben Sie in Ihrem Zimmer.«

»Ein Befehl oder eine Bitte?«, murmelte ich und drückte mich an ihm vorbei, warf meine Tasche neben das Bett.

»Ganz, wie Sie wollen.« Mit einem leichten Grinsen im Gesicht verließ er den Raum.

Ich war allein. Allein in diesem viel zu großen Zimmer mit bodentiefen Fenstern, Marmorboden und Kingsize-Himmelbett. Nur ich, das erste Mal seit … Carter tot war. Seit *ich* Carter getötet hatte. Doch so sehr ich in mir suchte, so sehr ich es mir wünschte – da war kein Bedauern oder gar Mitleid. Ich ließ mich rückwärts auf mein Bett fallen, was echt viel zu weich war. *Ich trauere nicht mal, stattdessen kribbeln meine Finger, als würde das Messer immer noch zwischen ihnen stecken. Mit dieser kalten, silbernen Klinge, dem warmen roten Blut daran und …*

Es klopfte an der Tür und ich schaute auf. »Ja?« O Gott sei Dank! Breit grinste ich meinem Gast entgegen, biss mir jedoch schnell auf die Unterlippe. Bilder, die viel zu verboten, viel zu heiß, viel zu lange her waren, drehten ihre Runden durch meinen Kopf.

Maksim schloss die Tür hinter sich und ich musste fast aufpassen, nicht direkt wie eine räudige Hündin nach der fehlenden Erlösung von vorhin zu betteln. »Es gibt jemanden, der mit dir sprechen will.« In der Hand hielt er ein Handy.

Das meint er nicht ernst?! Ich sprang förmlich aus dem Bett, riss ihm das Smartphone aus der Hand und drückte es an mein Ohr. »Iwan?« Meine Stimme zitterte.

»Ja«, er atmete aus. »Geht es dir gut?«

Was war das für eine Frage? »Natürlich.«

»Andere stecken ihren ersten Mord nicht so gut weg.«

Ich setzte mich wieder auf das Bett. »Hast du nicht selbst gesagt, ich bin nicht wie die anderen?« Unwillkürlich musste ich lächeln und hätte schwören können, auch ihn grinsen zu hören.

»Bist du nicht, das stimmt. Ich habe nicht viel Zeit, sonst würde ich dich jetzt mit Fragen löchern. Ich wäre gern dabei gewesen, weißt du? Nicht Maksim an deiner Seite, sondern ich.«

Ein Stich fuhr durch meine Brust, wanderte in meine Magengrube. »Ich hätte dich gern dabeigehabt.«

»Lieber als ihn?«

»Ja.« Ich dachte gar nicht darüber nach, musste es nicht. Maksim war heiß, zog mich an wie kaum jemand. Aber eben nicht wie Iwan. »Ich habe mich frei gefühlt.«

»Für mich?« Seine Worte liefen wie ein Lauffeuer durch mich hindurch.

»Ja.« Meine Antworten kamen völlig automatisch. Ich war kein naiver Mensch, aber allein seine Stimme reichte, um meinen Willen wie Butter in der Sonne schmelzen zu lassen.

»Du hast für mich getötet, Mokita.« Gott, wie gut konnte so ein Satz klingen? Wie verlockend? Wie verführerisch?

Ich ließ mich nach hinten auf die weiche Matratze fallen. »Du hast mir diese Macht gegeben, Iwan.«

»Sag meinen ganzen Namen.« Ich reagierte nicht direkt, weil ich nicht wusste, was er meinte, also sagte er es erneut. »Sag meinen vollständigen Namen. Ich will ihn aus deinem Mund hören, geformt mit deiner süßen Zunge, gesprochen mit deinen vollen Lippen.«

Ich räusperte mich, diese Forderung ließ meine Kehle austrocknen und meine Mitte … die war alles andere als trocken. »Iwan Pedrow.«

Gab es etwas Schöneres, das ich jemals sagen durfte?

Ein tiefes Seufzen ertönte. »Aus diesem Grund wusste ich, dass du Russin sein musst. Wie du es aussprichst, so … wunderschön. So wie du.«

Oh, meine Wangen brannten. Ich … also …

»Ich brauche deine Hilfe.« Er wartete nicht auf meine Reaktion, sondern sprach einfach weiter. »Maksim wird dir etwas geben, es ist ein Mittel, welches nach einer gewissen Zeit meinen Körper lahmlegt, sodass ich in ein Krankenhaus muss.«

»Und damit raus aus dem Circle«, murmelte ich mehr zu mir selbst.

Er stimmte mir brummend zu. »Genau. Und dort werde ich ausbrechen. Kein Krankenhaus der Welt kann so geschützt sein wie dieser Knast.«

Doch wobei sollte ich ihm …? O nein.

»Mokita, du musst das Mittel hier reinbringen. Maksim untersucht dich und du gibst es mir in der Zelle.«

Ich sagte nichts, konnte einfach nicht. In mir drehte sich alles. Heute war ich zur Mörderin geworden. Morgen zur Schmugglerin. Und nächste Woche? Half ich Verbrechern auf der Flucht?

Iwan, ich helfe Iwan.

»Warum ich?« Ich richtete mich auf, strich mir die Haare aus dem Gesicht. »Du hast doch auch gerade ein Handy?«

Iwan lachte. »Das ist wesentlich einfacher gewesen. Es ist eins von den Wärtern aus dem Kontrollraum. Es war schon drin.«

Ich nickte, obwohl ich wusste, dass er es nicht sehen konnte. »Und wenn sie mich erwischen?«

»Macht dir das wirklich Sorgen?« Seine Stimme wurde tiefer. »Reizt dich nicht genau das? Lass uns gemeinsam frei sein, Mokita.«

Gemeinsam. Er und ich. »Und was passiert dann, wenn du frei bist?« Ich stand auf, ging vor dem Bett auf und ab. Maksims Blick brannte auf mir. »Bringt ihr mich als euren einzigen Zeugen um?«

Er schwieg. Nur wenige Sekunden, doch es war viel zu lange!

»Iwan, willst du mich dann umbringen?«, fragte ich erneut laut und deutlich. »Du sagst, du lügst nie, also beweis, ob es wirklich so ist.«

»Mokita«, er hauchte es nur durch die Leitung. Ein leises, sehnsüchtiges Flehen. »Hilf mir. Willst du nicht auch White den Kopf abschneiden?«

Ich sog die Luft ein, meine Fingerkuppen prickelten.

»Ja, Maksim hat mir schon das eine oder andere erzählt. Und wenn ich draußen bin, bei dir, dann lass ich alle Menschen dieser Welt vor dir niederknien, schlage ihnen den Kopf ab, allein, weil du es so willst.«

Meine Atmung beschleunigte sich mit jedem seiner Worte, mein Puls hämmerte durch mich hindurch, beflügelte etwas in mir, dass einer heißen Sternschnuppe glich, die durch mich rauschte. *Draußen, bei dir. Oder er bringt mich um.* »Und mein Kopf?«

»Soll ich es dir feierlich schwören?«

»Wäre ein Anfang.« Er wich mir aus. *Das war nicht gut, ganz und gar nicht gut.*

Stille. Eine Sekunde. Zwei Sekunden. Fuck.

»Ich werde Mariel Torres nicht umbringen. Zufrieden?« Es klang gepresst.

Und warum nannte er mich beim Namen? »Nicht Mokita?«

Seine Stimme kratzte. »Ich dachte, du würdest mir vertrauen.«

»Ich ...« Mein Atem entwich mir in einem einzigen großen Schwung. Das tat ich auch, oder nicht? »Was machst du nur mit mir?«

»Die Frage müsste ich dir stellen, Mokita. Du ...« Jemand sagte etwas im Hintergrund, unterbrach ihn. »Ich muss auflegen, wir sehen uns morgen.«

»Okay, bis morgen.« Ich nahm das Handy vom Ohr, wollte gerade den roten Hörer antippen, da hörte ich Iwan rufen.

»Mokita, warte!« Eilig drückte ich das Smartphone wieder an mich. »Nur noch eine Nacht, maximal zwei, dann werde ich beenden, was Maksim begonnen hat. Es wird mein Schwanz in deiner Pussy sein, es werden meine Lippen um deine Nippel sein, es werden meine Hände an deinem Arsch sein. Bis dahin wirst weder du noch Maksim dich berühren.« Jedes seiner Worte traf mich wie ein Blitz, schlug mit einer solchen Wucht in mich, dass es ein Wunder war, noch auf meinen zwei Füßen zu stehen. »Keine Ahnung, was ich mit dir mache. Aber du treibst mich in den Wahnsinn.«

Und dann legte er auf. Einfach so. Ohne sich zu verabschieden. Er konnte mich doch nicht hier so stehen lassen! Und wie meinte er das gerade? Ich durfte ja noch selbst bestimmen, ob ich mich anfasste oder ... warum machte mich ein Berührungsverbot so scharf? *Als würde er mich immer sehen können, genau wissen, was ich mit meinen Händen tat. Ob er mich bestrafen würde? Einen Versuch wäre es wert, oder nicht?*

»Das Handy.« Maksim streckte seinen Arm aus.

Ich reichte es ihm und für einen Moment streiften sich unsere Fingerspitzen. »Nur, dass du es weißt. Ich habe Anweisung von ganz oben, dich nicht mal mehr zu lange anzusehen. Also gehe ich jetzt, ehe Iwan mich am Ende köpfen lässt. Scheint ja jetzt in Mode zu sein.«

»Hat er mir gerade mitgeteilt.« Warum hatte Iwan es ihm selbst auch nochmal gesagt? Vertraute er mir nicht oder … nein. *Er will auf Nummer sicher gehen.*

»Frag mich nicht, wann er seine Eifersucht entdeckt hat. Heißt ja immer, der Knast verändert Menschen.« Maksim wandte sich ab und ging Richtung Tür.

»Und Anastasia? Da hatte er doch sicher auch … also.« Mir fehlten die Worte.

»Ein Fickverbot ausgesprochen? Natürlich.« Er zwinkerte mir zu. »Ein Underboss vertritt in sämtlichen Angelegenheiten. Nur die Ehefrauen sind heilig, Malyschka.«

»Und ich.« Wie oft musste ich nachhaken? Wie oft musste er es mir noch irgendwie sagen? Doch ich wollte es klar und deutlich hören.

»Ganz offensichtlich bist du ihm wichtig.« Wieder wandte er sich zur Tür, stockte jedoch nochmal. »Das Mittel liegt auf der Kommode neben dem Bett.« Er drückte die Klinke herunter und verschwand nach draußen.

Mein Blick glitt zu dem hellen, halbhohen Schrank. Ein kleiner Plastikbeutel mit einer einzigen weißen Tablette darin lag dort, leuchtete mir förmlich ins Gesicht.

Sollte ich das wirklich tun? Iwan zur Flucht verhelfen? *Ich könnte ihn befreien. Ihm die Freiheit schenken. Und meinen Dämonen gleich mit.*

21

Mariel

Die Sonne schien schwach durch die zugezogenen, dunklen Vorhänge, doch ich war schon viel früher wach gewesen. Gestern Abend hatte ich kaum mehr meine Augen offenhalten können. Als Maksim gegangen war, hatte ich mich beinahe im Halbschlaf abgeduscht und mich danach direkt ins Bett gelegt.

Von geköpften Ehemännern geträumt; Pinseln, die ich in Blut tauchte; Iwan, der mich beim Malen führte. Nackt.

Es war schwer, doch ich hatte es mir tatsächlich nicht selbst besorgt. All meine Gedanken waren bei ihm. Nur bei Iwan. Und bei dieser Pille. Bei seinen Worten. Bei seinen Versprechungen.

Und wenn er doch log? Was, wenn das alles nur ein Spiel war? *Nein, er hat Carter für mich gefangen genommen. Nur für mich. Er hat mir diesen Mord geschenkt. Er hat Maksim verboten, mich zu berühren. Was muss er denn noch tun, damit ich ihm ohne jegliche Zweifel vertraue? Kann man überhaupt schon von Vertrauen sprechen? Sicher, dass alles geht viel zu schnell, viel zu leichtsinnig. Doch ich will nicht nachdenken, will nicht anhalten. Ich will in dieser Achterbahn sitzen bleiben, den Rausch genießen, das Kribbeln im Bauch spüren. Frei sein. Danach kann ich mir immer noch Gedanken darüber machen, wo die Fahrt wohl endet.*

Ich schlug die Decke zurück und stand auf. Wollte ich ihn befreien? Zwei Stimmen schrien in mir, brüllten sich an, bis sie am Ende ein reiner Wirrwarr aus viel zu hohen Tönen waren.

Ich schielte auf die Uhr über der Kommode, auf der die Pille lag. Nur noch zwei Stunden, dann müsste ich im Circle sein. Und ich hatte keine Ahnung, wo wir hier waren oder wie lange wir bis zum Gefängnis brauchten.

Ich wusste gar nichts. Mein Kopf war leer. Und doch so voll mit ihm.

Anders als erwartet wurde ich zu einer Bushaltestelle in der Nähe gefahren, damit ich so unauffällig wie möglich zum Circle kommen würde. Mir wurden sogar frische Sachen aus meiner Wohnung gebracht. Alles sollte normal wirken.

Ich trug eine kurze Jeans und ein Top, hatte mich wieder geschminkt und meine Haare hochgebunden. Mit meiner Tasche um die Schultern, hier auf dem abgesessenen Bussitz neben dem Fenster, sah ich wie immer aus. Absolut wie immer.

Aber alles war anders. Ich war jetzt eine Mörderin. Ich war jetzt wie er. *Und es wäre eine Lüge, würde ich behaupten, ich würde es nicht genießen und es nicht wieder tun wollen.*

Der Bus kam ruckelnd zum Stehen und ich stieg als Einzige am Gefängnis aus. Die Hitze stieß gegen mich, doch ich bemerkte sie kaum. In mir brannte es, auch ohne diese Temperaturen hier draußen.

Ich ging die wenigen Meter bis zu der Mauer, wo bereits ein Wärter auf mich wartete. Ob er zu Iwan gehörte? Ob er loyal gegenüber dem Circle war? Ob ich ihn töten sollte?

»Hallo!«, begrüßte ich ihn knapp.

Er öffnete wortlos die Tür und ließ mich hinein.

Wenn er etwas sagen würde, dann könnte ich hören, ob er Russe ist. »Gutes Wetter heute, nicht wahr?« Super, da hatte ich direkt die dümmste Frage der Welt rausgehauen. Richtig toll!

Er brummte nur zustimmend und überholte mich, um mir die Tür zum ersten Gebäude zu öffnen. »White hat leider zu tun und wird sicher erst nachher mit Ihnen sprechen können. Mein Kollege wird Sie rüberbringen.«

Kein Russe, so viel stand fest.

Maksim stellte sich wie aus dem Nichts zu uns. Ganz nebenbei strich seine Hand meinen unteren Rücken entlang. »Kommen Sie, schnell abtasten und schon geht's zu Pedrow.«

Ich nickte und folgte ihm in das kleine Zimmer. Immer wieder zuckten meine Augen in die Ecken der Räume und Gänge, alle Kameras waren an. Alle schauten zu mir.

»Ausziehen, wie immer.« Maksim verschränkte die Arme vor sich.

Ich öffnete meine Hose, ließ sie zu Boden fallen und stieg heraus. Griff nach dem Saum meines Tops und zog es mir über den Kopf. Slip, BH, Schuhe. Alles aus. Ich war nackt.

Maksim kam zu mir, seine Hände in den Gummihandschuhen tasteten über meinen Rücken.

So oft hatte mir das hier eine Gänsehaut beschert. So oft hatte ich mir irgendwie tatsächlich gewünscht, er würde mich hier vor all den Kameras auf diesem viel zu kleinen Tisch nehmen, seine Härte in mich rammen, immer und immer wieder, bis ich heiser wäre vor lauter Stöhnen.

Nur heute nicht.

Er umfasste meine Schultern, drehte mich zu sich herum. Mein verräterischer Körper ließ meine Nippel steif werden, sie reckten sich förmlich nach seinem festen Oberkörper. »Alles gut?«, fragte er und sein Blick zuckte zu meinen Lippen.

Ich sagte nichts.

»So schweigsam heute.« Er ging vor mir auf die Knie, tastete wie immer meine Beine ab. Sein Atem stieß gegen meine Mitte, sein Blick wanderte an mir hoch. »Umdrehen.«

Ich gehorchte, ließ ihn auch meinen Po näher untersuchen und hoffte einfach, dass jegliches Keuchen in meiner Kehle stecken bleiben würde. Er richtete sich wieder hinter mir auf, kam um mich herum. Seine Augen musterten mein Gesicht. »Mund auf.«

Ich tat, was er sagte, streckte ihm sogar die Zunge raus. *Er wird mich dafür hassen.*

»Du …« Seine Augenbrauen wanderten empor, als er sich abrupt von mir abwandte und nach meinem Top griff. Er wendete den Stoff hin und her, packte meine Hose, stülpte die Taschen aus, drehte selbst die Socken daneben auf links.

Er suchte sie, die Tablette. Er wollte sichergehen.

Doch er wird sie nicht finden.

Als er begriff, dass sie nicht da war, wirbelte er zu mir herum, fixierte mich. Und da sah ich es, zum aller ersten Mal – den Hass auf diese Welt. Das eiskalte Blau, was eher an einen zugefrorenen See als an Ozeane erinnerte. Ein See, in den man jeden Moment einbrechen könnte, unter dessen dicker Eisschicht der Tod lauerte. »Mariel.« Mein

Name war eine einzige Drohung.

»Kann ich mich wieder anziehen?« Ich zuckte mit den Augenbrauen, als wäre das hier das langweiligste Gespräch überhaupt. Was wollte er schon machen? Mich in einem Knast umbringen? Hier drin war ich sicher, erstmal.

»Ja.« Er verließ den Raum nicht wie sonst, sondern wartete, bis ich wieder voll bekleidet war, beobachtete jeden meiner Handgriffe, als müsste er sich einprägen, wie man sich anzog.

»Fertig.« Er war nicht der Einzige, der böse klingen konnte!

Wie ein wütender Stier marschierte er voraus, drückte die Tür auf, bis sie gegen die dahinterliegende Wand stieß.

Scheinbar hatte ich ihn verärgert. Doch was dachte er von mir? Ich war keine Idiotin! *Obwohl …*

Ich rannte ihm förmlich hinterher, raus aus dem Kontrollzentrum, über die Betonfläche und rein in die Höhle des Löwen. Der Hochsicherheitstrakt war wie immer kühler, was einfach an der ganzen Atmosphäre lag. Alles hier war unheimlich kalt und grau.

Maksim drehte sich nicht einmal zu mir um, blieb erst vor Iwans Zellentür stehen.

Mein Herz hämmerte so laut, dass ich fürchtete, man könnte das Echo hier in diesen leeren Gängen hören. *Ob die Kameras aus sind? Ob ich ihm von Carter erzählen kann? Ob er mich berühren wird? Mache ich ihn glücklich? Oder enttäusche ich ihn?*

Tief atmete Maksim durch, bevor er seinen Finger auf den kleinen schwarzen Kasten legte und das Schloss aufschnappte. »Du spielst mit dem Feuer, Mariel.«

Ich griff selbst nach Iwans Tür und öffnete sie. »Keine Sorge, ich liebe es, zu brennen.«

22

IWAN

Wie machte sie das? Kaum trat sie in meine Zelle ein, gewann alles hier an Glanz. Selbst dieses Betonbett, worauf ich sie nur allzu gern ficken würde, erschien in einem völlig anderen Licht. So viel wärmer, so viel … schöner.

Und dann lächelte sie. Nicht verhalten, nicht eingeschüchtert. Sie grinste mich an, über beide Ohren, als hätte sie sehnsüchtig auf diesen Moment hingefiebert.

Hast du das, Mokita? Ich habe lange auf dich gewartet, habe dich lange gesucht. Und nun bist du hier und mein Ziel in greifbarer Nähe.

Maksim drückte sich an ihr vorbei und versperrte mir die Sicht auf sie. Seinem Gesichtsausdruck nach zu urteilen, war ihm unsere Reporterin ganz schön auf den Sack gegangen. »Sie …«

»Hallo«, unterbrach sie ihn, ging an uns beiden vorbei und ließ sich wie immer auf meinem Bett nieder. »Wollen wir anfangen?«

Maksim schnaubte verächtlich, doch ich achtete nicht weiter auf ihn und setzte mich zu Mariel. »Gern, nur raus mit deinen Fragen.«

»Schon mal jemanden geköpft?« Sie legte den Kopf schräg, so unendlich unschuldig, dass ich am liebsten in ihren Zopf gegriffen und sie in meinen Schoß gedrückt hätte.

Ich grinste. »Das ein oder andere Mal, es ist unheimlich blutig.« Meine Hand wanderte zu ihr herüber, ganz nebensächlich, ganz langsam, doch so, wie sie sich auf ihre Unterlippe biss, entging ihr meine Bewegung nicht eine Sekunde. Ihre Jeans war so kurz, ich würde gleich ihren nackten Oberschenkel berühren können. Doch ich schaute nicht hinab, wollte nicht einen Moment die Regungen in ihrem Gesicht verpassen. »Es ist brutal und gar nicht so einfach.«

Ihr Blick glitt hinter mich. Ja, die Kameras waren noch an.

Noch, Mokita. Schau lieber zu mir.

»Vielleicht zeig ich es dir irgendwann.« Endlich spürte ich ihre zarte Haut unter den Fingerspitzen.

Sie atmete hörbar aus, ihre Augen zuckten über mein Gesicht. »Und am Ende sitze ich hier genauso fest wie du?« Sie zog ihre Unterlippe ein, ließ für einen Wimpernschlag ihre kleine rosa Zunge darüberfahren. »Im Hochsicherheitstrakt mit Iwan Pedrow.«

Mein Name aus ihrem Mund war die reinste Poesie, Musik, ein Orchester. Gott, ich wollte es immer und immer wieder hören. Vor allem laut stöhnend. »Könnte schlimmer sein, ab und an kommen hübsche Journalistinnen vorbei und stellen kuriose Fragen.«

Wieder schenkte sie mir ein Lächeln, schüttelte den Kopf und blickte zu Boden. *Nimm Komplimente an, Mokita, du hast sie verdient. Solange du noch kannst.*

Sie holte Luft, wollte etwas sagen, doch sie schloss ihre Lippen wieder und behielt ihre Gedanken für sich.

»Eine Wahrheit für eine Wahrheit?«, fragte ich sie und diesmal lachte sie sogar leise auf.

»Hat er dir das erzählt?« Sie nickte zu Maksim.

»Ich erfahre alles, Mokita.« Meine Finger fuhren an ihrem Oberschenkel herauf über den derben Jeansstoff, stoppten erst, als ich ihren Hintern erreichte. »Immer.«

»Gut«, begann Maksim, »dann bringe ich dich direkt auf den neuesten Stand.« Er stieß sich von der Wand ab und trat einen Schritt auf uns zu. »Sie hat es nicht getan.«

Jetzt hatte er meine volle Aufmerksamkeit. Mariel schaute wieder in die Ecken und schien zu erkennen, dass die Kameras endlich aus waren.

»Ich habe keine Pille bei ihr gefunden.« Er rümpfte die Nase und blickte Mariel an, als wäre sie das ekelerregendste Geschöpf auf diesem verdammten Planeten.

Aber ich musste lachen, so laut, dass es sicher auch ohne die Kameras bis zum Kontrollzentrum drang. *Oh, Mokita, du machst mich verrückt.*

Mariel zuckte mit den Schultern. »Vielleicht solltest du eine Fortbildung belegen, als Abtaster bist du eher so mittelgut.«

Ich schnappte nach Luft, schlug mir auf den Oberschenkel. *Mokita, das macht dich so besonders. Das macht uns so besonders. Ich habe nicht einen Moment an dir gezweifelt. Du frisst mir aus der Hand und ich strecke sie dir so lange hin, bis ich deine Kehle erreiche.*

»Wo ist sie?«, presste Maksim zwischen zusammengebissenen Zähnen hervor. »Du musst sie innerhalb der nächsten zwanzig Minuten nehmen, Iwan, sonst …«

»Ja, ja, war alles umsonst«, unterbrach ich ihn und schaute zu Mariel. Diesen Teil des Plans hatte mir Maksim sicher tausendmal erklärt. Der Circle schickte die Ärzte in wenigen Stunden nach Hause und holte sie auch nicht wegen Abschaum aus dem Hochsicherheitstrakt zurück. Unmenschlichkeit war eben Whites zweiter Vorname.

Ich schaute zu Mariel, ließ meine Augen über ihren Körper gleiten, ihren flachen Bauch, ihre vollen Brüste, ihr zartes Schlüsselbein, diesen schlanken Hals, der nur allzu leicht brach und … ihr Gesicht. Diese geschwungenen Lippen, die meinen Namen förmlich sangen, die hellen Sommersprossen um ihre Nase, die bis zu ihren Augen reichten. Die Augen, in den man sich verlieren konnte. Doch so ein Mann war ich nicht.

Wo hast du sie versteckt?

Als könnte sie meine Gedanken lesen, rutschte sie näher an mich heran, lehnte sich zu mir, bis ihr warmer Atem mein Ohr streifte. »Such sie, Pedrow.«

Du spielst, pass auf, dass du nicht verlierst.

Ich packte ihre Hüfte, zog sie mit gespreizten Beinen auf meinen Schoß. Ihre Brüste drückten gegen mich, ihre Mitte pulsierte förmlich auf mir. *So nah sind wir uns noch nie gewesen und aus irgendeinem Grund machst du es mir schwer, zu atmen. Der Duft von diesem garantiert viel zu billigem Shampoo riecht gut. Zu gut.*

Ihre Hände in meinem Nacken verschränkt kam sie mir immer näher, bis sich unsere Nasenspitzen berührten. »Finde sie, so wie du mich gefunden hast.« Ihr Atem tanzte auf meinen Lippen. »Dann ist sie dein.«

Ich ließ die Hände ihren Rücken hinaufwandern, über ihre Schultern nach vorn zu ihrem Schlüsselbein. *Wie leicht es wäre, dich jetzt zu erwürgen.* »Also bist du auch mein?«

Ihre Finger schlichen sich meinen Hals entlang, bis sie mein Gesicht umfassten. »Seit ich das erste Mal in deine Augen sah.«

Oh, Mokita, ich wusste es. Du bist mir verfallen, klammerst dich an meine Hand und lässt dich von mir ziehen, selbst wenn ich dich in den

Tod führe.

Aber jetzt brauche ich diese Tablette. Und dann zeige ich dir, wie viel du mir wirklich bedeutest.

Ich drückte sie näher an mich, ließ sie meinen harten Schwanz unter ihr spüren. Diese Jeans war viel zu kurz und zu gern wäre ich mit meinen Händen darunter gefahren, hätte ihren Hintern geknetet. Vor allem jetzt, nachdem sie leise seufzen musste. Aber die Pille hatte sie dort ganz sicher nicht versteckt. An einem so banalen Ort hätte Maksim sie gefunden, mit Leichtigkeit.

Ich neigte mich näher zu ihr. »Hast du es dir gestern selbst besorgt? Oder warst du ein braves Mädchen?« Meine Lippen streiften ihren Hals. *Wo ist die Tablette?*

Sie schüttelte den Kopf, wobei ihr Pferdeschwanz hin und her schwang. »Ich habe auf dich gehört, Iwan.«

Nicht nur ihre Antwort brachte mich zum Grinsen. Etwas war heute anders als sonst. *Gefunden.* Ich griff in ihre dunklen Haare, löste den Zopf. Sie legte den Kopf in den Nacken, schüttelte ihre Haare aus, aber die Tablette kam nicht zum Vorschein. Gerade als ich dieses Haargummi mit den bunten Kugeln dran neben mich legen wollte, hielt ich inne. Natürlich.

Ich hob sie hoch, direkt zwischen unsere Gesichter. »Clever, Mokita.«

Sie grinste, nahm mir das bunte Teil ab, kam mir dabei so nahe, dass ich ihre Lippen jeden Moment auf meinen erwartete. Doch sie küsste lediglich meine Wange, flüsterte an die stoppelige Haut. »Jackpot, Pedrow.« Sie öffnete eine der Kugeln für mich und die weiße Tablette kam zum Vorschein. »Ist das wirklich ungefährlich?« Ihr Blick zuckte zwischen der Pille und mir hin und her.

Ich strich über ihre Wange, die wieder unter viel zu vielen Schichten Make-up lag. »Ganz bald bin ich bei dir und …« *Scheiß drauf, Mokita.*

Ich küsste sie, drückte meine Lippen auf ihre. Keine Ahnung, warum ich es jetzt tat. Wir hatten keine Zeit und waren noch immer in meiner Zelle. *Und du hast so viel Besseres verdient.* Aber die Sorge in ihren Augen, das Lächeln um ihre Lippen und die Begierde, die ihr ganzer Körper ausstrahlte – ich musste sie endlich für mich haben, ganz und gar.

Ich leckte über ihre weichen Lippen, drang in ihren Mund ein, während meine Hände fest um ihrem Kopf lagen, in ihren dichten dunklen Haaren verschwanden, um sie enger an mich zu drücken. Sie stöhnte auf, schloss die Kugel an dem Haargummi wieder und ließ es zwischen uns fallen.

Soweit das überhaupt noch ging. Da war kein Platz, nicht mal mehr ein Millimeter Abstand. Ihr Körper presste sich gegen meinen, jeder einzelne ihrer Muskeln schmiegte sich an mich. Und es fühlte sich viel zu gut an. Sie zu küssen, sie zu schmecken, sie zu spüren.

Sie griff um meine Schultern, klammerte sich an mich, als würde sie ohne unsere Küsse ertrinken. Und vielleicht war es tatsächlich so.

Das hier ist Freiheit. Ich küsse dich, weil ich es will. Ich fühle dich, weil ich es will. Ich will dich haben, obwohl ich dich töten … will. Oder muss? Wie viel Freiheit steckt wirklich in dieser Wahrheit?

Maksim räusperte sich. »Falls ich euch stören dürfte, wir haben keine Zeit für sowas.«

Ich biss in ihre Unterlippe und umfasste ihr Kinn, um sie von mir zu schieben. Nur für einen winzigen Zentimeter. »Morgen haben wir so viel Zeit, wie wir wollen.«

Sie nickte, küsste mich erneut. »Morgen sind wir frei.«

Das werden wir sein, Mokita. Wir beide, bis in deinen Tod.

Ich griff zwischen uns, nahm ihr Haargummi. »Frei«, murmelte ich und schaute noch einmal kurz zu ihr auf. »Bis …« Was war das?

Jemand hämmerte gegen meine Zellentür. So laut und so stark, dass der Stahl leicht vibrierte. Maksim schreckte auf, eilte zur Tür. Mariel rutschte wieder von mir herunter, ihr Blick huschte durch die Zelle, blieb nirgends hängen.

Wer war das? Die Kameras waren noch aus und …

Die Zellentür wurde aufgerissen. Zwei Männer, vermummt und völlig in Schwarz gekleidet, stürmten hinein.

Maksim zog seine Waffe, feuerte, doch sie schlugen gegen seinen Arm und er schoss in die Decke. Fuck!

Ich drückte Mariel hinter mich. »Tu, was ich dir sage.«

Sie nickte, verkroch sich in die hinterste Ecke meines Bettes, während Maksim mit seinen Fäusten auf die zwei Eindringlinge einschlug.

Ich ging dazwischen, schlug dem Linken mit der Faust mitten ins Gesicht. Er spuckte Blut neben sich, holte direkt aus, zielte auf meinen Bauch. Ich wich zur Seite aus, er stolperte an mir vorbei. Meine Chance. Mit dem Ellenbogen hämmerte ich auf seinen Rücken;

einmal, zweimal, viele Male, bis er zu Boden ging.

Maksim schrie auf. Ich wirbelte herum. Ein Messer steckte in seinem Arm, ausgerechnet im rechten! Nur zwei Schritte, dann war ich bei ihm, stieß den Angreifer aus meiner Zelle raus. Rückwärts fiel er zu Boden, kroch zurück, doch die Wand stoppte seinen jämmerlichen Fluchtversuch. Maksim richtete sich auf, trat zu ihm heraus. »Wichser.« Er zog das Messer aus seiner Wunde, sprang auf ihn. Immer wieder verschwand die Klinge in dem unbekannten Mann, verteilte feine Blutspritzer auf dem Betonboden, bis nur noch ein leises Röcheln zu hören war. *Einer weniger.*

»Iwan.« *Mokita!*

Ich drehte mich um. *O nein, das würde er bereuen.* Der Typ am Boden war aufgestanden und saß nun auf meinem Bett. Doch das war nicht das Problem. Es war sein Arm, den er um Marlenas schmale Taille schlang. Das Messer, welches er an ihre Kehle drückte. Die Augen weit aufgerissen starrte sie mich an, flüsterte erneut meinen Namen. *Du Arschloch wirst dir noch wünschen, diesen Tag nie begonnen zu haben.*

Ohne den Blick abzuwenden, trat ich die Zellentür hinter mir zu. Maksim kam draußen klar und ich konnte mich hier ganz und gar um diesen jämmerlichen Wichser kümmern, der seine Pfoten an meine … *Frau? Wie sollte dieser Gedanke enden? Egal!* Niemand tat ihr weh. Nur ich.

Mariel schluckte und das Messer fuhr über ihren schmalen Hals auf und ab.

Na dann, lass uns spielen.

Ich grinste, verschränkte die Arme vor der Brust und ging einen Schritt auf die beiden zu. »Weißt du, wer sie ist?«

Der Hurensohn lächelte. »Ich kenne mich bestens aus im Stammbaum der Familie Smirnow.«

Das war nicht sein Ernst? Ich lachte auf, laut und herzlich. Das alles gerade war doch ein schlechter Scherz. »Du gehörst zu ihrem Clan«, stellte ich fest und ging noch einen Schritt näher. »Also wirst du sie nicht umbringen.« *Manche Probleme lösen sich echt von allein.*

»Aber du wirst es tun.« Das Messer an ihrer Kehle lockerte sich. Immerhin ein Fortschritt. »Du willst nichts weiter, als sie töten.«

Mariel runzelte die Stirn und ich konnte die Fragen in ihrem Kopf förmlich bis zu mir schreien hören.

Diese Sache mit der Wahrheit, niemals zu lügen, ja, manchmal störte es. Vor allem in solchen Situationen. »Puh.« Tief atmete ich aus, verdrehte dramatisch die Augen. »Immer wissen alle ganz genau, was ich will und was nicht.«

»Iwan, nimm es.« Ihre Stimme zitterte nicht mal. Natürlich war mir klar, was sie meinte. Und ich wusste auch, dass sie recht hatte!

Mir blieb nicht mehr viel Zeit, doch dieser Schuss von Maksim, der garantiert von jedem gehört worden war, die Leiche vor meiner Zellentür und ein Smirnow-Soldat in meinen eigenen vier Wänden? Ob er Mariel nun töten wollte oder nicht. Wer wusste, wie es im Circle gerade aussah? Oder ob nicht längst ein Sondereinsatzkommando den Laden hier hochgenommen hatte. Gemeinsam mit meinen Männern.

Und dann wärst du allein, Mokita. Ich wäre nicht in der Lage, dich zu schützen, Maksim vielleicht schon verhaftet und dieser Smirnow-Typ, er wird dich mir wegnehmen. Ob tot oder lebendig.

Scheiße! Es sollte mir egal sein, Mokita! Ich sollte an mich denken, nicht an dich! Höchstens an deinen Tod! Aber fuck, fuck, fuck!

»Halt den Mund«, zischte der Arsch hinter ihr und drückte sie noch enger an sich.

Du hast mich gefragt, was ich mit dir mache, Mokita? Die Frage ist, was du aus mir machst.

»Weißt du, was das Problem mit der Mafia ist?« Ich ging direkt auf den Idioten zu. »Das sind alles protzige Schwanzlutscher, die denken, sie beherrschen die Welt. Dabei haben sie gar nichts.«

Er presste das Messer enger gegen ihre Haut und gerade, als ich ihn – wie auch immer – angreifen wollte, grinste mir Marlena entgegen und ließ mich in der Bewegung innehalten.

Sie drückte ihren Hals gegen die Klinge, bis es in ihre Haut schnitt, das Blut in dünnen Bahnen an ihr hinablief. *Warm und tiefrot. Wie ein Collier aus Rubinen legt es sich um deinen schlanken Hals.*

»Scheiße!« Der Typ riss das Messer weg.

Sie griff danach, rammte es, ohne zu zögern, in seinen Oberschenkel.

Mein Mädchen.

Er schrie auf, riss es aus seinem Fleisch. »Scheiße!«

Mariel befreite sich aus dem Griff des Wichsers, stellte sich hinter mich. Ihre Hand ruhte auf meinem Rücken. *Ich bin bei dir. Doch erst kümmere ich mich um diesen Abschaum.*

Er richtete sich wieder auf, zielte mit der Klinge direkt auf mich.

»Wirklich?« Manche Menschen waren einfach durch und durch dumm.

Er rauschte auf mich zu, das Messer fest in seiner Hand.

Ich blockte seinen Angriff mit dem linken Unterarm ab, schlug ihm mit der rechten Faust direkt auf seine verfickte Nase. Sie knackte, Blut lief über seine Lippen. *Das fühlt sich so gut an!* Ich packte ihn am Nacken, warf ihn vor mich auf den Boden, trat in seine Seite.

»Iwan, du hast keine Zeit mehr.« Mariel eilte zum Bett, griff nach ihrem Haargummi, dann nach meiner Hand. »Du musst …«

Der Typ stand erneut auf, fluchte auf Russisch, was das Zeug hielt. Er sollte sich von Mariel fernhalten, für immer. Ich schob sie von mir, die Tablette musste warten. *Er wollte dir wehtun, jetzt muss er sterben. So wie alle, die auch nur daran denken. Du gehörst mir. Ich bestimme über dich! Nur ich!*

Mit all meiner Kraft trat ich gegen die Wunde an seinem Oberschenkel. Er sackte in sich zusammen, ließ das Messer klirrend fallen.

Das war ein Fehler, *mein Freund.* Ich nahm es, stieß es von unten nach oben durch seinen Kiefer, bohrte es durch sein Hirn. Knochen knackten wie die Scheren eines Hummers.

Ohne einen Schrei, ohne auch nur irgendeinen Laut aus seinem Mund, atmete er das letzte bisschen Leben aus sich heraus. Blut lief aus seiner Wunde, flutete meine Hände, lief herab auf den Zellenboden.

Wie meine Wut. All das, was mich eben wie einen wildgewordenen Stier angetrieben hatte, mein blinder Hass, meine L– … keine Ahnung. Aber es floss aus mir heraus, es suhlte sich an dem Tod dieses Mannes, badete in seinem Blut. *Ich habe ihn wirklich für dich getötet. Fuck.*

Ich schob ihn an den Rand der Zelle, da nahm er weniger Platz weg. Meine Schuhe schmatzten in den roten Blutlachen. *Ob das hier dann jemand wegwischen würde?*

Ich schaute zu Mariel, die das mal wieder alles andere als besorgniserregend fand. Wie konnte man so ruhig bleiben?

Sie kam zu mir, nahm meine Hand in ihre, legte die Tablette hinein. »Du hast sonst keine Zeit mehr.«

Du willst es, Mokita. Du willst mich wirklich befreien, mir die Freiheit schenken. Wenn du nur wüsstest, was sie dich kostet. Ich wünschte, es wäre anders. Du und ich. Doch Wünsche sind albern, Wünsche sind nicht für

Männer wie mich gemacht.

»Nein.« Ich schloss die Hand, verdeckte die Pille – meinen einzigen und vielleicht letzten Weg hier raus. »Ich weiß nicht, was da draußen abgeht. Was der Smirnow-Clan hier will oder ob Maksim bereits mein Zellennachbar ist.«

»Iwan, bitte.« Sie umgriff meine Finger, versuchte sie aus meiner Faust zu lösen, doch ich gab nicht nach. Sie zog an den blutigen Gliedern, die eben noch gemordet hatten und die sie nun so gern berühren würden.

»Hey«, ich fing ihre Hand ein. »Ich …«

Tränen rannen an ihren Wangen hinab, vermischten sich mit dem Blut an ihrem Hals und machten mich für einen Herzschlag lang sprachlos. *Ich ertrage es nicht, wenn du weinst. Ich ertrage es nicht, die Wahrheit zu sagen und mich zu belügen. Wünsche sperren uns ein, Mokita. Sie sind nur eine Illusion, dabei sollten wir uns einfach nehmen, was wir wollen. Auch wenn es dumm ist.*

Ich küsste ihre Wangen, nahm ihr jede einzelne Träne. »Ich riskiere nicht dein Leben für meine Freiheit.«

Warum habe ich dir das gesagt? Es muss eine Lüge sein, es muss eine verdammte Lüge sein. Doch noch nie hatte sich eine Wahrheit besser angefühlt.

Mokita, was machst du nur mit mir?

23

Mariel

Er hatte ihn umgebracht.

Er hatte ihn für *mich* umgebracht. Erst Carter. Dann diesen Typen hier. Und jetzt nahm er diese verdammte Tablette nicht, aus Angst um … mich?

Nein, nein, nein.

Ich schob ihn von mir. Scheinbar hatte er das nicht erwartet, denn er stolperte ein paar Schritte zurück, fiel beinahe über die Beine des toten Kerls am Boden. »Wieso?« Die Frage brannte sich in mein Hirn, drehte und wendete sich, ergab nie einen Sinn. »Wieso hast du Carter für mich gefangen nehmen lassen? Wieso wollten die Smirnow-Leute *mich* entführen? Wieso bringst du diesen Typen hier um?« Ich deutete auf die Leiche in der Ecke. »Wieso nimmst du die Tablette nicht?«, brüllte ich ihn mittlerweile an, wischte mir die nassen Spuren aus dem Gesicht. »Wieso ist dir mein Leben wichtiger als deine Freiheit?« *Das sollte es nicht sein.*

Iwans Mundwinkel zuckten. »Vielleicht atmest du erstmal tief durch?«

Das meinte er nicht ernst! »Wie bitte?« Ich ging auf ihn zu, tippte immer wieder mit meinem Finger gegen seine Brust. »Sag mir nicht, was ich tun oder lassen soll, sondern antworte auf meine Fragen, sonst …«

»Sonst was?« Er neigte seinen Kopf zu mir herunter. »Drohst du mir, Mokita?« Dieses verdammte Grinsen konnte er sich sparen!

Ich versuchte, ruhig zu bleiben, tief durchzuatmen, doch das Adrenalin pumpte noch immer durch mich hindurch, und seine Lippen so nah an meinen zu haben, war nicht sehr hilfreich. Aber er wollte eine Drohung? Bitte! Die konnte er bekommen!

»Falls ich es muss, um Antworten von dir zu hören …« Ich wirbelte herum, ging zu der Leiche und zog das Messer mit einem Ruck aus dem Kopf dieses Typen heraus. »Dann ja, offensichtlich drohe ich dir.« Wieder wandte ich mich an Iwan, die Klinge direkt auf ihn gerichtet.

Sein Lächeln verschwand, stattdessen verwandelte sich sein Gesichtsausdruck in das eines Jägers. Er kam auf mich zu, langsam, Schritt für Schritt. Seine Brust traf auf die silberne Spitze des Messers, doch er drückte sich nur noch enger an sie. »Denkst du, ich würde dir nicht wehtun? Überschätz dich nicht, ich …«

»Ja, ja, du hast deine Frau getötet.« Das war mir schon immer egal. »Nimm einfach die Tablette.« Es interessierte mich nicht, ob er jetzt kurz sein Ego polieren, den großen Boss raushängen lassen musste. Mir war ja selbst nicht klar, was ich hier gerade tat. Er sollte sich nur hier raus retten, in seine Freiheit. *Mit mir.* »Bitte.«

Seine Augenbrauen zuckten, sein Blick senkte sich herab zu dem Messer. Mit beiden Händen umschloss er meine Finger, die den Griff fest in sich hielten. »Sprich niemals leere Drohungen aus, Mokita.« Er drückte zu, stieß sich die Klinge selbst durch sein weißes T-Shirt, bis es auf seine Haut traf. *Warum tut er das? Warum kann er nicht einfach an sich denken! Statt an mich.*

»Ich hasse dich.« Wieder brannten Tränen in meinen Augen, wieder rannen sie leise an mir herab.

»Tust du nicht. Du …« Sein Blick zuckte hinter mich. Er entriss mir mit Leichtigkeit das Messer, warf es auf die Leiche in der Ecke.

Was sollte das denn? Ich schaute über meine Schulter zurück. Die Kameras waren wieder an, blinkten im Sekundentakt vor sich hin. Doch um uns herum herrschte noch immer Stille, man hörte nicht mal Maksim vor der Tür. Scheinbar war alles außerhalb dieser Zelle absolut außer Kontrolle. Oder White wollte gar nicht aufräumen und genoss das Leid in seinem kranken Reich.

Und niemand kam zu uns, holte mich hier raus. *Will ich das überhaupt? Ich war allein mit ihm. Allein. Ich hatte ihn geküsst oder er mich? Seine Lippen, seine Hände, seine Härte unter mir. Und eben hielt ich noch ein Messer gegen seine Brust gedrückt!*

»Es ist mir egal, Iwan.« Ich schloss den Abstand zwischen uns, legte eine Hand auf die Stelle, an der eben noch die Klinge in seine Haut geritzt hatte. Blut benetzte meine Handinnenfläche, so warm, so rein. »Zeig ihnen, wie kaputt ich bin, wie verrückt und …«

Er umfasste mein Kinn, zwang mich, ihn anzusehen. »Das bist du nicht. Du bist vollkommen, du musst nur hinsehen.«

So wie er es tat. Meinen dunklen Fantasien entgegenblicken, sie annehmen, mich akzeptieren, so wie ich war. Mich nicht weiter als falsch betrachten.

Wieder neigte er den Kopf zu mir, sein Atem tanzte auf meinen Lippen. »Deine Dunkelheit ist das Schönste an dir. Carter war blind, die Welt ist blind. Aber nichts an dem, was du wirklich *willst*, kann falsch sein. Es ist dein Wille.« Seine Augen zuckten zu meinem Mund. »Ob es nun ein Mord oder Sex ist, so lange du es willst, ist es deine Freiheit.«

Mein Wille. Der sich nur noch um warmes Blut drehte, um das Töten, um das Köpfen und um … Iwan. Immer und immer wieder nur um Iwan.

Die Wahrheit? Ich fühle dich nicht nur, ich bestehe nur noch aus Sehnsucht nach dir. Und es ist verrückt, denn ich kenne dich nicht. Und doch möchte ich mein Leben in deine Hände legen, mein Schicksal, meine … Gefühle. Ob du sie zerquetschst oder nicht, sie gehören dir. Ich gehöre dir. Warum auch immer.

Ich ging auf ihn zu. »Sie sollen es hören.« Nicht einen Moment dachte ich über meine Worte und deren Konsequenzen nach. So war es immer, wenn er in meiner Nähe war. *Es gibt kein Richtig und Falsch mit dir, nur noch dich und mich.* »Sie alle.« Ich drehte mich herum, blickte genau in die schwarze Linse dieser kleinen Kamera, beobachtete das rote Licht, wie es an- und ausging. Mein Puls hämmerte mindestens doppelt so schnell durch die Venen.

Iwan hatte recht. *Ich bin, wer ich bin. Niemand außer mir muss mich akzeptieren oder gar lieben. Meine Dunkelheit, meine Schatten – sie gehören genauso zu mir wie das Licht. Das eine existiert nicht ohne das andere. Ich lebe nicht für die Leute da draußen, nicht für eine Gesellschaft und ihre Erwartungen – nur für mich und meine eigene Freiheit.*

»Ich bin kein guter Mensch«, rief ich den Männern auf der anderen Seite der Kamera zu. Wer weiß, ob da überhaupt noch wer saß. »Nicht mal im Ansatz!« Meine Atmung ging immer schneller und schneller, die Gedanken flogen mit Überschall durch mich hindurch, mein ganzer Körper stand unter Strom. »Ich habe Fehler gemacht, aber keiner davon war falsch. Denn das war ich, mein Wille, meine Freiheit. Ich …«

»Zieh dich aus.« Nur drei Worte, nur drei so winzige Worte und ich stand in Flammen. »Jetzt.«

Ich drehte mich zu ihm herum, bemerkte, dass Iwan mich fixierte, dass seine eigene Atmung komplett außer Takt geraten war. *Du begehrst mich. So wie ich bin.*

Er schüttelte den Kopf, nickte zur Kamera. »Wir wollen nach deiner kleinen Ansprache doch niemandem die Show verderben.«

Das meinte er nicht ernst. Aber sein leicht gesenkter Blick aus den dunklen Gewitterwolken, dieses gefährlich schiefe Grinsen, es ließ keine Widerworte zu. *O mein Gott.* Ich wandte ihm wieder den Rücken zu, schaute nach oben in die Linse. Sie sahen mich, sie würden alles sehen.

»Mokita, ich warte nicht gern. Es ist mir egal, ob gleich jemand kommt. Ich genieße jede Minute, die wir haben. Also tu, was ich dir sage.« Die Ungeduld in seiner Stimme trieb meinen Puls nur noch höher. Ganz sicher konnte er ihn an meinem Hals pochen sehen. Und jeder Schlag galt ihm, ganz allein ihm.

Fuck, fuck, fuck!

Ich griff nach dem Saum meines Tops, zog es über den Kopf. *Verdammt!* Der Stoff schob sich schwer über meine Brüste, ließ die Körbchen des BHs an meinen viel zu steifen Nippeln reiben. Unwillkürlich biss ich mir auf die Unterlippe, verfluchte mich selbst, mir das Top nicht richtig ausziehen zu können und vermisste gleichzeitig die Berührung an meinen Brüsten.

Ich zuckte zusammen. Warme Finger fuhren meine Wirbelsäule empor, zogen eine Gänsehaut mit sich. Iwan stoppte an dem BH-Verschluss, öffnete ihn. Sein heißer Atem stieß gegen meinen Hals. »Du bist so schön.« Noch während er sprach, schob er einen Träger nach dem anderen von meiner Schulter. »Warum erkennst du es nicht?« Er streifte den BH von mir, bis meine Brüste nackt und schwer an mir hingen.

Bis sie jeder sehen konnte.

Er strich meine Arme empor, über mein Schlüsselbein, bis er meine Brüste umfassen konnte. Seine Hände legten sich um sie, seine Handfläche drückte gegen meine festen Knospen, während seine Finger meine zarte Haut kneteten.

Mein Kopf fiel an seine Schulter. »Iwan.« Ich stöhnte auf, zerfloss förmlich wie heißes Wachs unter seinen Händen.

»Ja?« Er verstärkte den Druck, nahm meine Brustwarzen zwischen zwei Finger, zog sie in die Länge.

»Nicht«, keuchte ich auf, drückte mich an ihn, an seine Härte, an seine Lust.

Ich spürte sein Grinsen an meinem Hals. »Dann soll ich aufhören?« Noch immer hielt er meine Nippel in seinen Fingern.

Nein, ja, natürlich, niemals! Ich schüttelte den Kopf.

»Dachte ich mir.« Er löste sich von meinen Brüsten, ließ meine Knospen zurückschnippen. Es tat weh und doch nicht. Es verbrannte mich schmerzlich und doch wollte ich sehnlichst lichterloh in Flammen stehen. *Ich weiß nicht, was ich will. Außer dich. Dich, dich, dich.*

Wieder wollte ich mich zu ihm drehen, doch er hielt meine Hüfte fest. Stattdessen griff er um mich herum, öffnete den Knopf und den Reißverschluss meiner Jeans. Ich drückte mich enger an ihn, stellte die Beine völlig automatisch weiter auseinander. Er sollte mich berühren, sollte mich schreien lassen. *Seinen Namen, nur seinen Namen.*

Eine seiner Hände verschwand unter dem Stoff meines Höschens, glitt zu meiner Mitte, die ihn so sehnsüchtig erwartete. Ich keuchte auf, wölbte mich ihm entgegen. Endlich berührte *er* mich, endlich war wirklich *er* es, der meine Klit umspielte, sie umkreiste, mich in den Wahnsinn trieb. *Kein Tagtraum, keine Illusionen. Du bist es, an mir, in mir, bei mir.*

Doch genauso schnell, wie das Kribbeln über meine Haut wanderte, so schnell zog er sich wieder aus mir zurück. »Das geht erst weiter, wenn du nackt bist.« Sein feuchter Finger zog eine prickelnde Spur meinen Bauch hinauf, über den Hals, bis er auf meine Lippen traf und sich mir in den Mund schob. »Du weißt, was du tun sollst.«

Iwan ließ mich los, ging an mir vorbei, bis er an seinem Bett stehen blieb und begann sich auszuziehen. Das, was ich die ganze Zeit tun sollte. Und auch wollte! Aber zu sehen, wie seine Sehnen an den Händen arbeiteten, während er nach dem Bund seines Shirts griff. Wie er es mit einer einzigen, viel zu geschmeidigen Bewegung auszog, seinen Bizeps spannen ließ – es brachte mich absolut aus dem Konzept.

Die Tattoos ragten über seine Schulter, zogen sich über seine Brust bis zu seinem Bauch. Obwohl, Sixpack traf es wohl besser. Die Linien wurden dünner, sammelten sich unterhalb des Bauchnabels zu einem dickeren Strich und …

Er öffnete seine Hose. »Gefällt dir, was du siehst?«

Ich schaute auf, die Gewitterwolken in seinen Augen zogen sich förmlich zu einem Orkan zusammen. Sein Blick brannte auf mir, ich konnte ihm nicht länger standhalten. Ich beobachtete, wie seine Hände den Reißverschluss öffneten, wie er die Hose fallen ließ. Und dann auch seine Shorts.

Ich biss mir auf die Unterlippe. Völlig automatisch bohrten sich meine Zähne tief hinein, als ich seine Tattoos weiter betrachten konnte.

Die gesammelten Linien zogen sich seinen Unterleib entlang, zeichneten seine Lenden, seinen Hüftknochen nach, um dann wieder in einzelnen schwungvollen Mustern seine Oberschenkel bis hin zu seinen Füßen hinabzuwandern. *Ja, er ist auch* da *tätowiert. Und noch nie habe ich etwas Schöneres gesehen.*

Rückwärts ließ er sich auf das Bett fallen, die Beine auseinander, die Faust um seinen Schwanz. »Ich bin kein Mann, der gerne wartet.« Immer wieder fuhr er an seiner Länge auf und ab, immer wieder wünschte ich, es wäre meine Hand und nicht seine. *Oder meine Zunge, die selbst dort die feinen, tätowierten Linien entlangleckte.* »Und vergiss deine Zuschauer nicht. Sie sehen dich alle.« Seine Augen wichen nicht einen Moment von mir, die Kamera schien einzig und allein nur auf mich gerichtet zu sein.

Und doch zog ich mich aus. *Oder eher gerade deswegen.* Die Jeans fiel um meine Knöchel herab, ich stieg heraus.

Iwans Bewegungen wurden schneller, schienen sich meiner viel zu abgehetzten Atmung anzupassen. Obwohl ich still auf der Stelle stand, hatte ich das Gefühl, zu rennen.

»Mariel.« Den Kopf leicht in den Nacken gelegt hauchte er meinen Namen, meinen richtigen und nicht diesen Kosenamen, den er für mich hatte. Noch nie hatte ihn jemand so ausgesprochen, so flehend, so verlangend.

Ich gebe dir alles, Iwan.

Ich zog mein Höschen aus, ließ es wie die Hose einfach auf dem Boden liegen. Sicher würde es sich mit dem Blut des toten Kerls in der Ecke vollsaugen, würde meine reine Kleidung mit dem Tod beschmutzen. Doch alles, was wichtig war, saß gerade nackt und hart vor mir.

Er streckte die Hand nach mir aus. »Komm her.«

Ich ergriff sie, wollte mich endlich auf ihm niederlassen, ihn tief in mir spüren.

Doch er stoppte mich in meiner Bewegung, drückte mich vor sich auf die Knie. »Du hast mich warten lassen, Mokita. Dann muss ich dir wohl zeigen, wie qualvoll das sein kann.« Er griff in meine Haare, positionierte mein Gesicht direkt vor seiner Härte und doch zu weit weg.

Ich schluckte, streckte die Zunge heraus, traf federleicht auf seine Spitze.

Scharf sog er die Luft ein, hielt mich jedoch weiter auf Abstand, was mich mehr zu foltern schien als ihn.

Meine Hände fuhren seine Oberschenkel herauf, griffen nach seiner Härte. Ich rutschte näher an ihn heran, roch bereits seinen herben Duft. Seine Spitze glänzte, und falls irgendwann so etwas wie Selbstbeherrschung in mir existiert hatte, war sie nun gänzlich verschwunden. Ich wimmerte förmlich, leckte immer wieder federleicht über seine Spitze. Dabei sollte er endlich in mir versinken, tief und so fest.

»Du tust nur das, was ich dir sage. Immer.« Ganz langsam lockerte er den Griff. »Lutsch ihn tief, sonst muss ich nachhelfen.«

Er ließ los, endlich. Ohne zu zögern, nahm ich ihn in meinen Mund auf, spürte ihn gegen meinen Rachen stoßen und versuchte ihn noch tiefer in mich gleiten zu lassen. Ich umkreiste ihn mit meiner Zunge, saugte an seiner Eichel, um ihn dann wieder in mich zu stoßen.

Iwan packte meine Haare, verwehrte mir, mich wieder aufzurichten, drückte mich stattdessen weiter herunter. »Tiefer.«

Ich krallte mich in seine Oberschenkel, ignorierte meinen Würgereiz oder die Tränen, die ganz automatisch in meine Augen traten, und lutschte seinen Schwanz, so tief und fest es ging. Immer wieder stöhnte er auf, sein Griff wurde mal schmerzhafter und mal lockerer, doch nie erlaubte er, dass ich ihn komplett aus meinem Mund entließ.

Und das wollte ich auch nicht. Ich genoss jeden einzelnen Stoß zwischen meine Lippen, genoss jedes Zucken seiner Härte, jedes tiefe Aufstöhnen aus seiner Kehle.

»Fuck, Mariel.« Mit einem Ruck zerrte er meinen Kopf zurück, entzog sich mir komplett. Er umfasste selbst seine Härte, fuhr mit ihr die Konturen meiner Lippen nach.

Ich wollte meinen Mund öffnen, doch er ließ meine Haare los, umgriff mein Kinn und zwang mich einfach nur seine Lust an mir zu spüren. *Wann wurde es dermaßen geil, einem Schwanz so nahe zu sein?* Sein raues Lachen ließ mich nach oben blicken.

Er lächelte, die Augen halbgeschlossen, ließ von mir ab. »Knie dich auf das Bett, Arsch zu mir.«

Ich tat es, kniete mich auf die dünne Matratze des Betonbetts. Ohne nachzudenken oder mich über diesen Befehl aufzuregen. *Ich will das alles, ich will dich. Dir gefallen, dir entsprechen.*

Die Erkenntnis traf mich wie ein Schlag. Sie durchzuckte meinen Körper, ließ mich kurz klarsehen. Er war ein Mörder, er war ein Mafia-Boss, neben uns lag eine Leiche und …

Seine Hände spreizten meinen Po und ich keuchte auf. Er setzte seine Spitze an meinem Hintern an, ließ sie in meiner Spalte hinabgleiten, bis sie gegen meinen mehr als feuchten Eingang pochte. »Was willst du wirklich, Mokita?«

Ich drückte mich ihm entgegen, wollte mir selbst seine Härte einführen, doch seine Finger bohrten sich in meinen Po, hielten mich zurück.

»Sag es mir.«

Es gab vieles, was ich wollte. Und noch viel mehr, was ich wollen sollte! Die Wahrheit, ein ruhiges Leben, Antworten und … ihn. Ich wollte ihn. Ganz und gar. *Und gerade jetzt am besten tief in mir.*

Wieder lehnte ich meinen Po etwas zurück, zeigte ihm, wonach ich mich so sehr sehnte.

»Nein, nein«, seine Stimme floss durch mich hindurch wie der reinste Spiritus. »Sag es mir.« Seine Berührungen waren die letzten heißen Funken, die mich lichterloh aufbrennen ließen.

Ich schaute zu ihm zurück, kaute meine Unterlippe vermutlich bald blutig. Wie er da hinter mir stand, seine Hände fest auf meinem Körper, seine Härte so nah an meiner Lust. Und doch nicht nah genug.

»Dich, Iwan Pedrow«, antwortete ich ihm auf Russisch und für einen Moment schloss er die Augen. Als würde er jede einzelne Silbe genießen.

Und dann tat ich es, ich nutzte seine minimale Unachtsamkeit und ließ seine Härte in mir versinken. Ich stöhnte auf, mein Kopf fiel nach vorn, während ich begann mich an ihm zu bewegen. Mich selbst an ihm zu ficken. Immer wieder stieß ich ihn in mich, fand meinen eigenen Rhythmus.

Bis ein dunkles Lachen mich stoppen ließ. »Oh, du musst dringend lernen, nicht mit mir zu spielen.« Er entzog sich mir, rammte stattdessen kurz zwei Finger in mich, bis auch diese wieder verschwanden. »Egal wie viele Männer du noch köpfen wirst, du tust immer, was ich sage.« Er zeichnete erneut mit seiner Härte die Konturen meines Hintern nach, klatschte sie ein paar Mal dagegen. »Hat Carter dich überall gefickt?« Seine Spitze fuhr durch mich, drückte gegen meinen Anus. »Ist mir auch egal.«

Ich hielt die Luft an, konnte nicht weiter atmen. Meine Lunge streikte, mein Herz hämmerte viel zu schnell.

»Du gehörst mir.« Sein Schwanz wanderte hinab, drückte sich wieder gegen meine Mitte. »Überall, immer. Also hör auf, mit mir zu spielen.« Eine Hand zwischen meinen Schulterblättern presste mich herunter, die andere hielt meine Hüfte weiter oben an seiner Härte. Mit nur einer Bewegung versank er gänzlich in mir, gab mir nicht die Chance, mich an seine Größe oder sein Tempo zu gewöhnen. Er fickte mich, nahm mich, so wie er es brauchte, so wie er es wollte. *So wie ich ihn wollte.*

Sein Becken schlug gegen mich, ließ immer wieder seine komplette Härte in mir verschwinden. Er füllte mich aus, dehnte meine Mitte. Mein Gesicht drückte auf die kalte Matratze, meine Nippel rieben über den rauen Stoff. Doch all meine Empfindungen waren nur auf seine Berührungen ausgerichtet.

»Fuck, Marlena, du bist so eng.«

Marlena? Wer war Marlena? Ich versuchte, mich aufzurichten, doch er drückte mich nur noch fester hinab auf sein Bett.

Er griff mit seiner freien Hand um mich herum, umspielte meine Klit.

An wen hast du gedacht? Wieder stützte ich mich gegen die Matratze, doch er stieß so unnachgiebig in mich, dass ich kaum über seine Worte nachdenken konnte. Es war zu gut, er war zu gut und überhaupt – das könnten wir später klären. Ich war gar nicht mehr in der Lage, mich ihm zu widersetzen.

Es war nicht mehr nötig, dass er mich nach unten drückte, ich gab mich ihm hin. Ganz und gar. Er nahm mich von hinten, so schnell und so tief er konnte, stimulierte gleichzeitig den wohl empfindlichsten Punkt an meinem Körper, dass ich einfach vergaß, warum ich mich gerade hatte aufrichten wollen, warum ich diese Sache hatte beenden wollen.

Seine Hüfte klatschte gegen meinen Po, seine Härte versank immer fester in mir.

Ich konnte nur noch stöhnen, meine Finger in das Laken vergraben und all das genießen. Der Geruch von Blut in der Luft, der Gedanke, dass hinter den Kameras – vor den Monitoren – unzählige Männer saßen, die gerade ihre Härte umschlossen, mir zusahen, wie *er* mich nahm.

Iwan, einer der gefährlichsten Männer der Westküste.

Iwan, der seine Frau ermordet hatte, der Boss des Pedrow-Clans.

Und Iwan, der mich vor Carter geschützt hatte, der ihn für mich gefangen genommen und der mir diesen Mord geschenkt hatte. Iwan, der mich sah, wie ich wirklich war. Der meine dunkelsten Fantasien erkannte.

Und der sich unaufhaltsam von hinten in mich stieß, der mich seinen Namen schreien ließ, meinen ganzen Körper zum Kribbeln brachte, als könnte ich jeden Moment fliegen. Meine Zehen verkrampften sich, meine Wände zogen sich um seinen Schwanz zusammen.

Er schien es zu bemerken und zog sich zurück. »Leg dich auf den Rücken.«

Natürlich tat ich es sofort, rollte mich herum, spreizte die Beine so weit wie möglich und öffnete mich ihm. Lange würde ich es ohne seine Berührungen nicht aushalten.

Iwan legte sich zwischen meine Beine, küsste meinen Bauch empor, jeden meiner Finger, die sich um meine Brüste schlossen, bis er endlich meine feste Knospe in den Mund nahm. Seine Zunge strich darüber, umkreiste sie ganz sanft.

»Fuck!« Ich wand mich unter ihm, schrie auf, als er meinen Nippel zwischen seinen Zähnen in die Länge zog und daran saugte.

Sein Lachen, so dunkel, so verführerisch, hüllte mich ein und trug mich davon. So, so weit. »Sag es mir endlich, Mokita.« Er küsste mein Schlüsselbein entlang, meinen Hals herauf, bis er auf meine gesunde Wange traf.

Ich schloss die Augen, hob mein Becken an, um seine Härte endlich wieder zu spüren. *Ich tue alles, was du willst.* »Was soll ich noch sagen, was du nicht längst spürst?« Jedes Wort kratzte durch meine Kehle.

»Ich will es aus deinem Mund hören.« Er leckte über meine Lippen, schob seine Zunge in mich, neckte meine eigene. »Dein Russisch ist einfach perfekt.«

Du bist perfekt. Ich nahm sein Gesicht in die Hände. »Fick mich, Iwan Pedrow.«

Seine Zähne blitzten auf, als er breit grinste. »Beim nächsten Mal sagst du es gleich oder ich nehme deinen Mund so lange, bis du nicht mehr sprechen kannst.«

Ob er lächelte oder nicht, er meinte es ernst. Und genau das machte diesen Mann einfach zu dem, dem ich mich so gern hingab. Dem ich mehr gab, als vermutlich gesund war. Mein Her–

Er stieß in mich, füllte mich endlich wieder aus. Nicht zärtlich, nicht liebevoll. Er wollte mir keine Gefühle offenbaren, keine Sehnsüchte zeigen, er nahm sich lediglich, was ihm gehörte. Und was ich ihm freiwillig gab. *Es ist mein Wille, Iwan.*

Immer und immer wieder versank er in mir, bestimmte selbst das viel zu schnelle Tempo. Er stöhnte auf, murmelte meinen Namen.

Ich krallte mich an seinem Rücken fest, kratzte an seiner Haut entlang, was ihn nur noch weiter antrieb. Seine Stirn sank auf meine herab. Seine Augen, so dunkel wie der tiefste Sturm, blickten so intensiv in meine, dass ich fürchtete, er könnte durch mich hindurchsehen. Oder mitten in mich hinein. In meine dunklen Fantasien, die er mir alle erfüllen konnte. Und vielleicht sogar wollte. *Ich will es.*

Seine Härte begann zu zucken, sein Tempo nahm minimal ab, doch dafür pumpte er umso stärker in mich.

Er schloss die Augen. »Mariel«, stöhnte er direkt an meine Lippen, während er noch einmal tief in mir versank, in mir verharrte und sein Sperma in mich spritzte.

Ich lockerte die Hände an seinem Rücken, fuhr federleicht an ihm auf und ab, bis eine Gänsehaut seine Arme bedeckte. Das war der beste Sex, den ich jemals gehabt hatte. Aber es war nicht nur das, Iwan. Du warst das.

Ich küsste ihn, umfasste sein Gesicht und küsste, küsste, küsste ihn. Nicht wie all die anderen Male davor. Inniger, leidenschaftlicher, zärtlicher und … *ich traue es mich nicht mal zu denken, Iwan.*

Als hätten wir das hier schon unzählige Male getan, als würden wir jeden Abend so in seiner Zelle liegen. Eng beieinander, verschwitzt, neben einer Leiche.

Er erwiderte den Kuss, nicht stürmisch wie die letzten Momente zwischen uns, sondern so zart und beinahe keusch, wie ich es ihm gar nicht zugetraut hätte. Er passte sich mir an, erlaubte mir, hier und jetzt, für diesen Moment das Tempo zu bestimmen.

»Zeit für das Finale«, flüsterte er an meinem Mundwinkel und rutschte an mir herab. »Wir sollten ihnen«, er nickte zur Kamera, »einen würdigen Abschluss geben, bevor der Vorhang fällt.«

Ich runzelte die Stirn, wand mich gleichzeitig unter ihm.

Er griff um meine Knie, stellte sie auf. »Schau in die Kamera, Mokita. Nicht einen Moment bewegen sich deine Augen woanders hin.« Er pustete gegen meine Scham und brachte mich allein damit zum Stöhnen. »Verstanden?«

Ich nickte.

»Ich habe dich nicht gehört.« Er biss in meinen Oberschenkel, ließ mich aufkeuchen. »Hast du mich verstanden?«

»Ja.« Es war ein Stöhnen, ein kratziges, heiseres Stöhnen. Wie er es mir befahl, wanderten meine Augen von ihm zu der kleinen schwarzen Linse. Unwillkürlich musste ich lächeln. Sahen sie uns wirklich zu? Sahen sie mir zu? *Mache ich euch an? Gefällt euch, was ihr seht? Berührt ihr euch wegen mir?*

Iwan ließ sich zwischen meinen Beinen nieder, sein Atem stieß gegen meine Mitte. »Sei frei für mich.« Seine Zunge fuhr durch meinen feuchten Spalt, traf auf meinen Kitzler.

Fuck! Ich schloss die Augen, umschloss meine Brüste.

»Augen auf.« Iwan kniff in meinen Po, jagte einen bittersüßen Schmerz über mich, während seine Zunge mich verwöhnte.

Ich öffnete sie wieder, knetete meine Brüste fester, als könnte das all die Lust kompensieren, die in mir wütete.

Aber nicht für einen Moment ignorierte ich seinen Befehl. Ich tat, was er sagte, hypnotisierte förmlich die Kamera, stöhnte für sie auf, räkelte mich noch mehr, nur für sie. Für all die, die davorsaßen und mir zuschauten. Die an mich dachten, während ihre Schwänze ganz hart wurden. Für mich, nur für mich.

Weil sie mich alle begehren. Sie alle. Und ich könnte sie alle töten, denn der mächtigste Mann in diesem Land liegt direkt zwischen meinen *Beinen.*

Meine Empfindungen, meine Gedanken, alles drehte sich in mir. Vermischte sich mit dem Kribbeln und Prickeln, das Iwans Zunge an mir auslöste. Er umkreiste meine Perle, saugte an ihr, tauchte mit seiner Zunge in mich. Er wiederholte es, immer und immer wieder.

Und dann überrollte es mich. Meine Beine wurden heiß und kalt, meine Zehen verkrampften, mein Rücken bog sich durch, während in meinem Magen die reinste Lava überkochte und durch meinen Körper floss. »Iwan«, stöhnte ich seinen Namen und schaute direkt in die Kamera. Prickelnde Wellen fegten über mich hinweg, raubten mir jeglichen klaren Gedanken, benebelten alles mit der puren Lust. Ein letztes Mal umkreiste seine Zunge meine Klit, was mich zum Zucken brachte, dann ließ er von mir ab. Mit unzähligen Küssen auf meinem Körper arbeitete er sich wieder empor zu meinem Mund, nahm von ihm Besitz, als würde all das hier ihm gehören. *Ich gehöre ihm.*

Er rollte sich von mir herunter, zog mich mit sich, sodass nun ich auf ihm lag. Seine Hände fuhren an mir herab, bis er nach einer Decke griff und sie über uns zog.

Mein Kopf ruhte auf seiner Brust, sein Herz klopfte stark und schnell gegen meine Wange. »Ich bin dein«, flüsterte ich. »Das habe ich vorhin nicht nur so gesagt.«

Er strich über meinen Rücken, bis seine Hand auf meinem Po zum Liegen kam. »Ich weiß.«

24

IWAN

Es wurde dunkler, die Sonne ging unter, doch es kam kein Wärter zu uns. Es beunruhigte mich, immerhin war Maksim da draußen. Und doch war es ein Geschenk.

Mariel lag noch immer auf mir, ihr zarter nackter Körper direkt an meinem. Ihr Kopf ruhte auf meiner Brust, ihre Atmung tanzte über meine Haut.

Es fühlte sich zu gut an. Sie fühlte sich zu gut an. Viel, viel zu gut. *Du bist gefährlich. Du nimmst dir Sachen, die dir nie gehören sollten.*

Ich strich ihre Wirbelsäule herab, legte meine Hände um ihre Hüfte, die noch immer sehr nah an meiner lag. Der Sex war gut gewesen, okay, er war mehr als *gut* gewesen. *Aber nicht gut genug für dich.* Hier in diesem Knast, hier in dieser Zelle. Sie war eine Smirnow und so sollte sie leben. Sie sollte frei sein, sie sollte in einem richtigen Bett liegen, mit Satinlaken und weichen Matratzen. Und dann sollte sie *meinen* Namen schreien.

Ich kenne dich, Mokita, und doch kenne ich dich kein bisschen. Ich muss dich töten, ich muss, ich muss, ich muss.

Deine Finger tippten gegen meine Brust, genau zwischen zwei meiner Tattoos. »Was wollte der Smirnow-Clan hier?« *Natürlich, irgendwann musstest du neugieriges Wesen damit anfangen.*

Ich zuckte mit den Schultern. »Ich sitze hier drin fest, keine Ahnung. Maksim hatte nichts erzählt.«

»Hmm.« Ihr Hirn qualmte förmlich. »Und warum wusstest du, dass der Kerl mir nichts tun würde? Was meinte er mit Stammbaum? Oder damit, dass du mich töten willst?«

Das Problem mit ihr war, dass sie immer die richtigen Fragen stellte. Die Wahrheit einzuhalten, war schwieriger als sonst. »Ich habe dir schon einmal gesagt, dass ich Mariel Torres nicht töten werde.«

Aber Marlena Smirnow.

Die Antwort genügte ihr nicht. Sie stemmte ihr Kinn auf meine Brust, schaute zu mir auf. »Du hast gesagt, er gehört zu meinem Clan. Wie hast du das gemeint? Ich bin in keinem Clan oder …«

Wir brauchten dringend einen Themenwechsel! Ich umschloss ihr Gesicht, lehnte mich zu ihr und küsste sie. *Halt deinen schönen Mund.* »Ich habe all das gesagt, um dich zu retten. Um dich nicht an ihn zu verlieren, Mokita.« *Komm schon, konzentrier dich auf die romantische Scheiße. Die nur halb so scheiße war, wie sie sein sollte.*

Sie küsste meine Wange, legte sich zurück auf meine Brust. »Warum Mokita? Ich habe es im Internet gesucht und verstehe es trotzdem nicht.« Sie machte eine kurze Pause. »Denke ich.«

Geht doch. Unwillkürlich zuckten meine Mundwinkel. Nicht zu diesem drohenden Lächeln, das ich jedem schenkte. Beinahe fühlte es sich aufrichtig an. »Was denkst du denn?«

»Eine Wahrheit, die jeder kennt und niemand ausspricht.« Sie legte sich wieder hin. »Entweder bin ich die Wahrheit und du verheimlichst es mir. Oder du weißt etwas und sagst es nicht.«

Du bist die Wahrheit. Du bist die Wahrheit, die Freiheit, meine Erlösung von all dem Scheiß. Und doch würde ich zu gern wissen, was du denkst, dass ich dir verschweige.

»Wenn ich es dir sagen würde, könnte ich dich nicht mehr so nennen.« Ich küsste ihre Stirn. »Das wäre schade.«

Wieder schaute sie zu mir herauf. »Dann muss ich es wohl selbst herausfinden.«

Dieser Blick, so offen, so neugierig, so fasziniert und doch herausfordernd. *Mokita, das ist nicht gut.* »Als zukünftiger Boss eines Clans aufzuwachsen, ist keine leichte Sache.« Warum erzählte ich ihr das gerade? Es schoss einfach aus mir heraus. Fast so, als würde ich ihr gern eine Wahrheit anvertrauen. Keine verbogene, eine richtige. »Die Kinder meiden dich in jungen Jahren, die Männer fürchten dich später und die Frauen wollen alle nur die Macht kosten.« Sie schwieg, wartete, ob ich weitersprechen würde. »Ich hatte ein Kindermädchen, es kam aus Papua-Neuguinea. Sie …« Ich holte tief Luft. »Sie war wohl meine erste Liebe, nehme ich an.«

Mariel schaute auf, den Mund weit offen. »Du hast dich in deine Babysitterin verliebt?«

Ich schnalzte mit der Zunge. »Dreht dein romantisiertes Hirn schon durch?«

»Ein bisschen.« Sie grinste. »Wie alt warst du da?«

»15.« Es lag eine kleine Ewigkeit zurück und wirkte dennoch so unheimlich lebendig in meinem Kopf. »Sie war 21 und eher darauf spezialisiert, andere zu töten, die mir zu nahekamen, und weniger darin, mich ins Bett zu bringen.«

»Und doch hat sie es getan.« *Deine kleine schmutzige Zunge.*

»Hat sie. Heute würde man sagen, dass wir eine lockere Affäre hatten. Für mich war es mehr.« Immerhin war ich erst 15 und sie war wunderschön. »Sie nannte es unser Mokita. Wir beide wussten es, meine Freunde wussten es, ihre wussten es. Selbst meine Familie wusste es. Doch keiner sagte etwas.«

Mariels Wange berührte wieder meine Brust. »Eure Liebe war ein Geheimnis, das jeder kannte, aber niemand aussprach.«

»Ja.« *Deine ruhige Atmung und dein doch viel zu schneller Puls am Hals. Wie leicht man deine Gedanken in die richtige Richtung lenken kann, Mokita. Du musst lernen, hinter die Wahrheit zu sehen. Denn selbst die kann dich täuschen. So wie ich dich. Deine Neugier ist gestillt, dabei hast du doch noch gar nicht erfahren, wie ich sie tötete.*

»Was bedeuten die Sterne?«, sie fuhr mein Tattoo am Schlüsselbein nach, bis sie auf die drei Sterne traf. Scheinbar war das Mokita-Thema beendet.

»Sie symbolisieren den Rang innerhalb des Clans. Jeder hat andere Symbole. Wir haben diese Sterne.« Ich zuckte mit der Schulter. »Die Smirnows zum Beispiel zwei aufeinanderliegende Dreiecke.« Sie zeichnete jeden der drei Sterne einzeln nach. »Ich bin der Boss.« Ich nahm ihre Hand in meine, zwinkerte ihr zu. »Zwei Sterne stehen für einen Underboss, Maksim. Seine hast du sicher schon bemerkt.« Ich war nicht eifersüchtig, aber irgendwas in mir verfluchte die Tatsache, dass sie seine Sterne zuerst gesehen hatte. *Absolut kindisch und lächerlich.*

»Nein.« Sie richtete sich auf, küsste meinen Kiefer. »Ich will nicht sagen, dass zwischen uns nichts lief. Aber ich habe ihn nicht *so* gesehen.« Ihre Lippen streiften mein Ohr. »Nicht so wie dich.«

Und das ist gut so. Ich sagte nichts, mir reichte schon, dass ich mich fühlte wie ein Idiot.

»Und das hier?« Sie entzog mir ihre Hand, fuhr meine Finger nach. »Wofür stehen die ganzen Symbole?«

Du bist eine der mächtigsten Frauen der Mafia und hast so absolut keine Ahnung von all dem. Vielleicht sollte ich dich darum beneiden.

Ich streckte ihr die Oberseite meines Daumens hin, auf dem inmitten von den vielen geschwungenen Linien eine Uhr ohne Zeiger war. »Das steht für eine sehr lange Haftstrafe, habe ich direkt nach dem Urteil bekommen.«

Sie öffnete ihren Mund und ich wusste sofort, was sie fragen wollte.

»Ja, für mich kam ein Tätowierer in die Zelle.« Da konnte auch White nichts dagegen tun. Ich grinste und zeigte ihr meinen Zeigefinger. »Ein Messer, um das sich eine Schlange schlingt. Es bedeutet, dass ich bereits innerhalb meiner eigenen Reihen getötet habe.« Ich schämte mich nicht dafür oder hatte gar ein schlechtes Gewissen, es war zum Schutz des Clans gewesen, der nun mal an erster Stelle stand. Immer, egal was kam.

Sie küsste das kleine Tattoo. »Würdest du mich auch töten, wenn du müsstest?«

Ich strich mit der freien Hand die Haare aus ihrem Gesicht. »Ja. Ich muss alles tun, um meinen Clan zu schützen.«

»Und würdest du es auch wollen?« Der Wasserfall in ihren Augen versuchte mich zu verschlingen und … schaffte es irgendwie.

Ich zeigte ihr meinen kleinen Finger, ohne den Blick von ihr abzuwenden. »Eine Träne, nur die Form, keine Füllung, weil meine geschworene Rache noch nicht getan ist.«

»Das beantwortet nicht meine Frage!« Sie biss in den Finger und ich lachte auf.

»Was willst du hören?« Ich nahm ihr Kinn und zwang sie dazu, mich anzusehen. »Sag es mir, Mariel.«

So schnell wie die Leichtigkeit zwischen uns gekommen war, verschwand sie auf einmal wieder. »Wer ist Marlena?«

Fuck. Mir war es vorhin direkt aufgefallen, dass ich sie so genannt hatte. Doch was sollte ich tun? Die Zeit zurückdrehen konnte ich nicht.

Was soll ich dir jetzt sagen? Die Wahrheit? Deinen Untergang? Deinen Tod? Soll ich dich jetzt umbringen, die Sache beenden? Und warum tue ich es nicht einfach, sondern quäle mich mit solchen belanglosen Fragen?

»Marlena ist …«, begann ich langsam, doch Mariel unterbrach mich direkt.

»Lüg mich nicht an, verstanden?« Der strenge Tonfall ihrer Stimme amüsierte mich beinahe. »Sag mir die Wahrheit.«

So putzig ihre zusammengezogenen Augenbrauen auch waren, allein die Unterstellung, dass ich sie anlügen würde, ließ mich innerlich kochen. »Ich lüge niemals. Wirf mir so etwas noch einmal vor und ich komme auf deine letzte Frage zurück.«

Sie schluckte sichtbar, doch anstatt Angst in ihren Augen zu erkennen, verschleierten sie sich bereits wieder vor Lust. Ihre Zunge befeuchtete ihre Lippen, ihr Körper wand sich auf meinem.

Du spielst viel zu gerne mit mir. Ich sollte es dir austreiben. Doch die Wahrheit ist, ich genieße es. Beinahe.

Ihre Finger zogen ein paar Linien meines Tattoos nach, ihr Blick senkte sich. »Bringst du mich dann um?«

»Willst du das?« Ich griff um sie, drehte uns herum, sodass nun wieder ich auf ihr lag. Ihre steifen Nippel drückten gegen meine Haut. »Willst du, dass meine Hände es tun?« Ich umfasste ihren Hals, fuhr mit dem Daumen ihre Kehle entlang. Genauso wie ihr verdammter Ex-Mann es getan hatte. *Nur habe ich das Recht dazu!*

Wieder hüpfte ihr kleiner Kehlkopf und ich verstärkte den Druck. *Ich könnte es tun, jetzt sofort. Ich könnte dich erwürgen, dir die Luft zum Atmen nehmen. Sie würden dich wie den toten Typen neben uns wegbringen. Meine Rache wäre getan und den Ausbruch schaffe ich schon irgendwie allein.*

Ich bemerkte gar nicht, dass ich immer mehr Druck auf ihre Kehle ausübte. Ihre zarten Finger umfassten meine Unterarme, bohrten sich in meine Haut. Doch ihr Rücken wölbte sich, sie streckte mir ihren Körper entgegen. Fuck, das alles hier machte sie an. Dabei war es ein Leichtes, ihr Leben zu nehmen. Und ich wäre frei.

»Iwan Pedrow«, mein Name kam kaum über ihre Lippen, ihre Atmung ging abgehackt und schwer, ließ mich augenblicklich hart werden.

Noch einmal müsste ich den Druck verstärken, noch einmal müsste ich meinen Daumen tiefer in die kleine Kuhle drücken. Sie wäre tot.

Und für immer weg.

»Verdammt.« Ich ließ von ihr ab, rutschte ein wenig höher und versank mit nur einer Bewegung in ihrer Nässe. Sie fühlte sich so gut an, so scheiße gut.

Ihre Beine schlangen sich um meine Hüfte, drückten mich fester an sie heran. Immer wieder stieß ich ihn sie, immer wieder spürte ich ihre Enge um meine Härte.

Meine Stirn sank auf ihre. Sie war wunderschön, ihre Augen ein reiner Wasserfall, ihre Lippen so voll und geschwungen, während mein Name über ihre Zunge rollte. Ich nahm die blauen Flecken in ihrem Gesicht gar nicht wahr. Ignorierte alles um uns herum. Es gab nur sie, so wie sie wirklich war.

»Küss mich«, hauchte sie gegen meine Lippen und ich tat es, ohne darüber nachzudenken. Ihre Zunge traf auf meine, umtanzte sie, während mein Schwanz immer schneller und schneller in ihr versank. Ihre Fingernägel kratzten über meinen Rücken, zogen heiße Spuren bis zu meinem Steiß und wieder herauf, bis sie … dieses kleine Biest.

Ihre schlanken Hände legten sich um meinen Hals, zeichneten nun meine Kehle nach.

Hättest du die Kraft, es zu tun, Mokita?

Ihr Daumen drückte gegen meine Haut, in die kleine empfindliche Mulde, die über Leben und Tod entscheiden konnte. Doch es ließ mich lediglich lächeln. Nein, sie würde mir nie etwas tun. Dafür … ja was? Liebte sie mich zu sehr?

Ich bin kein Mann zum Verlieben. Nicht für andere Frauen und erst recht nicht für dich, Mokita. Mich zu lieben, bringt immer den Tod. Früher oder später.

Ich beschleunigte das Tempo, ihre Hände wanderten an mir entlang, packten meine Schultern, als würden sie Halt suchen, bevor sie tief herabfiel. Vielleicht sogar direkt in meinen Abgrund hinein.

Meine Lenden zogen sich zusammen, mein Schwanz begann zu zucken. Das hier war viel zu geil für Sex in meiner Zelle, dabei nahm ich sie in der wohl langweiligsten Stellung, die es überhaupt gab. Und doch wettete ich, dass White auch jetzt wieder vor der Kamera saß und sich einen wichste.

Aber die Frau, die sie alle sahen, die sie alle haben wollten – sie lag unter mir. Sie gehörte mir. *Mir ganz allein.*

Mariel stöhnte auf, wölbte sich mir entgegen und schien unter mir zu explodieren. Ihre Fingernägel gruben sich in meinen Hals, die Augen halbgeschlossen, wand sie sich unter mir, bis auch ich meinen Höhepunkt erreichte, mich in ihr ergoss.

Wieder sank meine Stirn gegen ihre. »Du machst mich verrückt, Mariel.« Noch ein paar Mal stieß ich in sie, dann drehte ich uns erneut herum. So gern ich ihren Körper auf meinem spürte, es wurde Zeit, dass ich sie in einem größeren Bett ficken konnte.

Schweiß glänzte auf ihrer Stirn. Mit den Unterarmen stützte sie sich ab, schaute zu mir auf. Irgendwie hatte ich einen lustvoll befriedigten Blick erwartet, doch gerade starrten mich zwei Eiskristalle an. »Wer ist Marlena?«

25

Mariel

Mir war klar, dass es die gesamte Stimmung vermieste. Und ja, wir hatten es eben schon wieder getan, als wäre es das Normalste der Welt, in einer Gefängniszelle gefickt zu werden. Doch ich war nicht dumm. Ich war keine Barbie, die ihm hinterherlief, sobald er nach mir rief.

Okay, vielleicht lief ich ihm etwas hinterher. Vielleicht faszinierte er mich etwas zu sehr. Aber bisher hatte ich gedacht – oder gehofft – ihm ginge es genauso.

Mokita – eine Wahrheit, die jeder kennt, aber niemand ausspricht. Seine Liebe damals, seine Liebe heute? Meint er wirklich seine Faszination mir gegenüber? Seine … Gefühle?

Aber er hatte an jemand anderen gedacht. So wie ich bei Carter. Und ich wusste, was das bedeutete. Ich saß nicht annähernd so in seinem Kopf, wie er bei mir. *Geschweige denn im Herzen.*

Er nahm meine Hand, küsste meine Fingerspitzen. »Hast du je darüber nachgedacht, dass du einen russischen Namen haben würdest, hätten dich deine Eltern nicht weggegeben?«

Wie kam er denn jetzt auf sowas? »Das war nicht meine Frage, Iwan.«

»Ich habe nicht an eine andere Frau gedacht, wenn das deine eigentliche Frage ist.« Er ließ den Kopf nach hinten sinken, sodass ich ihm nicht mehr in die Augen sehen konnte.

»Ach, dann hast du einfach begonnen, dir russische Namen auszudenken, die dir besser für mich gefallen?« *Weil ich nicht genug bin?* Ich setzte mich auf, so gut es hier auf dem kleinen Bett eben ging. Meine Beine hingen über seiner Hüfte, mein Rücken lehnte an der Wand.

Er schnalzte mit der Zunge. »Würde es dir besser gehen, wenn ich dich anlüge?«

Okay, das reichte! Ich stand auf, kletterte über ihn drüber und suchte meine Sachen auf dem Boden zusammen. *Das Doofe an einem One-Night-Stand in einer Gefängniszelle? Rausschleichen ist nicht.*

Und es war auch nicht unbedingt einmalig. Eher wünschte ich mir, es würde sich wieder und wieder wiederholen. Gott! Wie dumm war ich?

Ich zog meine Hose ohne Slip an. »Die Wahrheit zu verschweigen, ist nichts anderes, als zu lügen.«

Nun richtete er sich auch auf, die Decke lag über seinem Schoß, die Füße standen auf dem kalten Beton. »Ich habe sie dir nicht verschwiegen.«

»Dann sag mir, wer sie ist!« Ich wollte nicht brüllen, aber es machte mich rasend.

Seine Mundwinkel zuckten. »Du bist eifersüchtig.«

Dachte ich eben schon, es reichte? Nein! Er übertraf sich! »Wer hat mir denn verboten, Maksim zu vögeln?«

Jetzt lachte er sogar! »Wolltest du es so sehr?«

»Ja. Ich wollte es so sehr.« Ich stoppte in meiner Bewegung, ging einen Schritt auf ihn zu. Er wollte mir nicht die Wahrheit sagen? Bitte, das Spiel konnte ich auch. »Ich wollte, dass er mich an der Wand fickte, direkt neben meinem toten Ehemann. Ich wollte, dass er mich nahm, dass er *seinen* Schwanz tief in mir versenkte.«

Iwans Lächeln verblasste. »Ist das so?« Ich war keinen Meter mehr von ihm entfernt, als er aufstand und den Abstand zwischen uns schloss. »Und an wen hättest du dann gedacht, Mariel?«

Ich lachte freudlos auf. »An Maks–«

Er umfasste meinen Nacken, zog mich an sich. Seine Hände griffen um meinen Hals, zogen die Konturen meiner Kehle nach.

Doch ich hatte keine Angst vor ihm, das konnte er vergessen! Schon vorhin, als er schmerzhaft gegen die roten Striemen von Carter gedrückt hatte, hatte mich nur ein Wunsch verfolgt. Auch wenn es absolut dumm von mir gewesen war.

Zeichne mich, nimm mir seine Male und schenke mir deine. Deine Fingerabdrücke, deine Kraft. Selbst mein Schmerz und meine Wunden sollen dir gehören.

Meine Brüste drückten sich gegen seinen nackten Oberkörper,

doch alles, was ich fühlte, war der Druck um meinem Hals. Das Ziehen in meiner Mitte. Ich hasste meinen Körper gerade!

»Marlena ist niemand. Ich habe an dich gedacht. Und wenn du die Wahrheit willst, Mariel, ich denke viel zu oft an dich.« Sein Daumen drückte sich tiefer in die zarte Haut.

»Warum ist es so schwer, dir zu glauben, obwohl du niemals lügst?« Und warum glaubte ich ihm so leicht, obwohl mein Kopf schrie, ich sollte weit wegrennen?

Er lockerte den Griff, zwang mich, ihn anzusehen. »Mariel, ich …«

Die Zelle wurde hell, so hell, dass ich die Augen zusammenkniff. Es war bisher nicht stockdunkel gewesen, aber jetzt war es, als würden tausend Scheinwerfer hereinleuchten und selbst den hintersten Winkel mit gleißend weißem Licht überfluten.

»Sie kommen dich holen.« Seine Stirn sank an meine. »Du schaffst das. Ich bin bald bei dir.« Er sagte es so leise, dass nur ich es hören konnte. »Du gehörst mir, hörst du, nur mir.«

»Und du?«, schoss es aus mir heraus. Warum war ich so in seiner Gegenwart? So verletzlich, so zart. Und gleichzeitig so ohne Furcht.

»Ich?« Er schloss seine Augen. »Das …«

Jemand hämmerte gegen die Zellentür, Schreie ertönten. Männer brüllten kreuz und quer. Ich verstand kein Wort und doch liefen sie mir alle eiskalt den Rücken herunter.

Iwan griff nach seinem T-Shirt auf dem Boden, hielt es mir hin. »Zieh dich an. Sie sollen dich nicht nackt sehen.«

Ich zog es mir über. »Haben sie doch schon.«

Sein Blick verdunkelte sich, als er mir meine Schuhe reichte. »Das ist nicht das Gleiche.« Erneut hämmerte es gegen die Tür, das Schloss schnappte auf und wieder zu. Scheinbar war es kaputt.

Zum Glück. Ich will hier nicht raus. Ich will hier nicht weg. Nicht weg von dir! Eilig zog ich mich komplett an, versuchte, das Kribbeln meiner Kopfhaut zu ignorieren.

»Hör mir zu.« Er griff um mein Kinn. »Sollte Maksim nicht unter den Männern draußen sein, dann gehst du ohne Umwege von hier aus ins *d'yavol*. Weißt du, wo die Bar ist?«

Ich nickte.

Er tat es mir gleich. »Dort fragst du nach Nadia Pedrow. Sie werden dich abweisen, du musst Russisch sprechen und ihnen sagen, dass ich dich schicke.« Er sprach so schnell, dass ich kaum hinterherkam.

»Und warum sollten sie mir glauben?« Das klang alles nach einem richtig schlechten Plan!

»Weil du etwas weißt, was nur meine engsten Vertrauten wissen.« Kurz schloss er die Augen, als würde er mit sich ringen, ob er es mir wirklich sagen sollte. »Anastasias fehlende Herzhälfte … sie steht vergoldet auf meinem Kaminsims.«

Ich blinzelte. Einmal, zweimal. Tausendmal! »Sowas geht?«

Er lachte, so laut, dass es sogar die Männer vor der Tür übertönte. »Das ist die erste Frage, die dir dazu einfällt, Mokita?« Er wartete meine Reaktion nicht ab. »Genau das ist der Grund, warum ich nur an dich denke.«

Ich umfasste sein Gesicht, drückte meine Lippen so fest an seine, dass ich nicht wusste, wo seine begannen und meine endeten. Es war ein jämmerlicher Versuch, die Zeit anzuhalten, uns anzuhalten, alles hier! Als könnte man mich nicht vom ihm lösen, wenn ich ihn nur fest genug küsste.

Die Tür wurde aufgerissen, das halb getrocknete Blut des Typens in der Ecke schrappte auf dem Boden zurück. Wärter kamen hereingestürmt, packten mich um die Taille.

Ich schrie, griff nach Iwans Hand, versuchte, mich an ihn zu klammern.

Ein anderer Wärter kam, umfasste Iwans Schultern und drückte ihn auf den Boden. Sein Gesicht schlug auf dem Beton auf, beinahe in eine der Blutpfützen. »Sie hat nichts getan.« Er wehrte sich nicht, schrie lediglich die Männer um uns herum an, fixierte mich mit seinem Blick. »Ich bringe jeden persönlich um, der ihr weh tut! Jeden Einzelnen.«

Der Wärter in meinem Rücken verstärkte den Griff, hob mich mit dem Rücken an sich gepresst hoch. Ich trat um mich, schlug blind auf ihn ein, doch es dauerte keine zwei Sekunden, da hatte er mich aus der Zelle getragen.

Iwan schrie auf, es war nicht mein Name, es war nicht aus Verzweiflung. Es war der pure Schmerz. Jeder einzelne Ton war wie Säure in meinen Ohren und floss qualvoll durch meinen Körper.

»Nein!« Tränen fluteten mein Gesicht, versperrten mir die Sicht. »Nein, nein, nein!« Maksim! Er musste doch irgendwo sein. Ich versuchte, mich loszureißen, strampelte wie ein Kleinkind, doch der Wärter ließ nicht locker. »Lass mich verdammt nochmal runter, du Drecksack!«

Wir verließen den Hochsicherheitstrakt. Der ganze Betonhof war ausgeleuchtet, erstrahlte im grellen Neonlicht. Und offenbarten das Ausmaß. Links von mir türmten sich Leichen. Schwarze Wärteruniformen, weiße Häftlingskleidung. Ich konnte weder zählen noch schätzen wie viele Menschen dort lagen. Es waren zu viele. Viel zu viele. *O mein Gott. Maksim!*

Ich versuchte, mich immer und immer wieder loszureißen, wollte in die Arme des Mistkerls beißen, doch es gelang mir nicht mal annähernd. Einzelne Wärter marschierten über den Hof, große schwarze Gewehre auf Anschlag. Was war hier passiert?

Wir kamen im Kontrollzentrum an und endlich setzte er mich ab. Ich musste hier raus, und zwar schnell!

»Mrs. Torres?« White kam gerade um die Ecke gebogen, sein Schnauzer bog sich mit seinem Lächeln und bescherte mir den Würgereiz des Jahrhunderts. »Schöne Nacht verbracht?« Er gluckste auf. »Eine Hure, wie alle Frauen.«

Ich sammelte in meinem Mund so viel Speichel wie möglich und spuckte es ihm mitten ins Gesicht. »Fick dich!«

Mit dem Handrücken wischte er sich über die Wange, die Nase und die Stirn, doch die fast klare Flüssigkeit verteilte sich nur noch mehr in seiner dreckigen Visage. »Ficken können Sie ja gut, hat Pedrow direkt mal getestet. Denken Sie, Sie sind etwas Besonderes für ihn?« Er lachte auf. »Früher hatten wir hier mal weibliche Wärter, wissen Sie?«

Jedes seiner Worte ekelte mich an. Wie meinte er das? Hatte Iwan schon mehr als einmal jemanden hier drin in seinem Bett gehabt?

»Ich wollte Ihre Zweisamkeit nicht stören und ehrlich gesagt, hatten wir auch Besseres zu tun, als Ihren nackten, vollgewichsten Arsch zu retten. Ein kleiner Zwischenfall, der unsere volle Aufmerksamkeit benötigte. Leider länger als erwartet.« Für den Bruchteil einer Sekunde presste er die Lippen fest aufeinander. »Aber jetzt, wo wir endlich wieder Herren der Lage sind, dachte ich mir, dass es Zeit wird, ihren albernen Traum platzen zu lassen.« White kam einen Schritt auf mich zu. »Haben Sie nicht von einem Ehemann erzählt, der zu Hause auf Sie wartet? Na, da gibt es sicher wieder Ärger.« Er hob die Hand, wollte über meine verletzte Wange streichen, doch ich stieß ihn von mir. Rückwärts taumelte er ein paar Schritte, bis er gegen einen Schreibtisch im Kontrollzentrum stieß. Seine Nasenlöcher blähten sich auf. »Angriff auf den Gefängnisdirektor.« Seine Augenbrauen zuckten. »Sie haben wohl wirklich das tiefe Bedürfnis, hierzubleiben. Neben Iwan ist sicher noch was frei.« Er nickte dem Wärter zu, als würde er ihm tatsächlich gerade diesen Befehl erteilen.

Nein! Das konnte er nicht tun! Oder? Nein, das ging gar nicht! Ich hatte doch ein Recht auf eine Verhandlung!

Der Wärter trat auf mich zu. Ich wich zurück, riss die Augen auf, starrte zu White. »Das können Sie nicht machen!«

»Natürlich! Das war ganz klar Körperverletzung.« Sein Grinsen war das Ekelerregendste, das ich jemals gesehen hatte. »Zuckersüß, wie Iwan um sich schrie, niemand solle Ihnen etwas antun. Glauben Sie wirklich, dass er Sie von hier aus schü–«

Ein Knall. Etwas Heißes zischte an meinem Kopf vorbei, brachte meine Ohren zum Klingeln.

White stolperte zurück, auf seiner Stirn sammelte sich Blut und … was zur Hölle? Ein großes, klaffendes Loch tat sich in seiner Stirn auf, Gewebe hing in Fetzen daran, verdeckte die buschigen Augenbrauen.

Der Wärter. Ich drehte mich um, analysierte förmlich sein Gesicht. Nein, nicht Maksim, keiner der Männer, die mir bei Carter geholfen hatten. Smirnow oder Pedrow? Smirnow oder Pedrow! »Wer bist du?« Meine Stimme zitterte.

Seine Mundwinkel zuckten und er schob das T-Shirt von seiner Schulter. Ein Stern, ein einziger Stern prangte dort direkt an seinem Schlüsselbein. »Sergej.« Er deutete eine Verbeugung an. »Ich bringe dich hier raus.«

Er ließ den Stoff wieder zurückschnippen, doch ich starrte noch immer an die Stelle, die er mir eben offenbart hatte. »Du gehörst zu Iwan«, bestätigte ich das, was so offensichtlich war. *Und er rettet mich. Iwan rettet mich. Immer und immer wieder.*

Mit einer Hand in meinem Rücken schob mich Sergej vor sich in Richtung des Ausgangs. »Wir müssen uns beeilen, bevor jemand merkt, dass White tot ist.«

»Wo ist Maksim?« Ich drehte mich im Laufen um, doch er reagierte nicht auf meine Frage. Seine Lippen waren ein einzelner, schmaler Strich. »Und Iwan? Was werden sie ihm antun?« Wieder sagte er nichts.

Wir überquerten den Grünstreifen bis zur Mauer. Hier türmten sich keine Leichenhaufen, hier war nichts hell erleuchtet. Alles war so wie immer. Selbst der verdammte Basketballkorb stand friedlich in der Ecke. Als würde es das große Chaos im Hochsicherheitstrakt gar nicht geben. Die Toten, das Verderben, die Folter.

Sergej öffnete die Tür in der Mauer und deutete auf ein Auto, welches den Motor startete, sobald wir darauf zugingen. Die Lampen leuchteten auf, erhellten die Straße vor uns. »Wo bringt ihr mich hin?«

»Wohin du willst. Unser Auftrag war nur, dich rauszubringen.« *Wann immer sie diese Anweisung auch bekommen haben.*

»Ins *d'yavol.*« Dort würde man mir weiterhelfen, allein schon, wenn ich mit Männern von Iwan aufkreuzte. Ich öffnete die Beifahrertür und ließ mich auf den Sitz fallen.

»In die Bar«, sagte er dem Fahrer auf Russisch und schlug meine Tür zu. Und dann fuhren wir los.

Mitten in die Dunkelheit.

Mitten ins Ungewisse.

Und weg von dir.

26

Mariel

Das *d'yavol* war eine bekannte russische Bar am Stadtrand. Sie sah von außen eher heruntergekommen aus, allerdings täuschte der Eindruck. Jeder wusste, da drin saßen die reichen Männer, hübsche Frauen auf ihren Schößen und Zigarren zwischen ihren Lippen.

Man ging nicht einfach ins *d'yavol*, außer man kannte dort jemanden und wollte Geschäfte machen. Oder man war wie ich und suchte Hilfe von Nadia Pedrow.

Iwans Mutter. So wie ich die Sache verstanden hatte, war Maksim als Underboss sein Vertreter. Doch weder Iwan noch ich wussten, ob er überhaupt am Leben war. Also kam wohl der Nächste in der Rangfolge dran, seine Mutter.

Wir brauchten ungefähr zwanzig Minuten, bis das Auto direkt vor dem *d'yavol* hielt. Es hing keine Leuchtreklame an der Außenfassade, keine großen Scheinwerfer oder Werbetafeln. Es wirkte fast einsam und verlassen.

»Danke«, murmelte ich dem Fahrer zu, als ich ausstieg. Kaum berührten meine Füße den Gehweg, fuhr er weiter. *Also kommt wohl keiner mit rein.*

Die dunkle Holztür sah nicht sehr einladend aus, aber es war meine einzige Chance. Wohin sollte ich sonst? Zur Polizei? Klar.

Mein Blick glitt nach oben zu den Sternen, die bereits nach und nach ihren Platz für die Sonne räumten. Es musste irgendwann früh am Morgen sein. War überhaupt noch jemand hier?

Ich drückte die Klinke herunter und zu meiner Überraschung öffnete sich die Tür fast von allein. Einen Schritt vor den anderen ging ich tiefer in die Bar hinein. Die Lichter waren alle an, es wirkte nicht mysteriös oder geheimnisvoll. Es war eine Bar, in der jeden Moment die Putzfrau mit einem Mopp um die Ecke biegen könnte.

»Was willst du hier?« Eine Frau trat aus einer schmalen Tür neben der Theke hervor, stemmte ihre Hände auf den Tresen. Ihre kurzen, grauen Haare waren nach hinten gegelt, ihre Lippen waren kirschrot geschminkt und um den Hals trug sie eine große, goldene Kette, die tief im Ausschnitt ihrer weißen Bluse verschwand. Doch ihre Augen – ich hatte sie sofort erkannt. Nadia Pedrow.

»Iwan schickt mich, ich bin …«

»Ich weiß, wer du bist«, unterbrach sie mich. *Gut, das erspart mir das vergoldete Herz.* »Maksim hat mir von dir erzählt.«

Maksim! Sie hatte von ihm gehört. »Lebt er?«

Ihre Augenbrauen zuckten in die Höhe. »Sollte er das nicht?«

Doch. Sollte er. Er sollte, sollte, sollte!

Alles in mir überschlug sich, hämmerte mit all den grauenhaften Erinnerungen der letzten Stunden auf mich ein. Ich wollte keine Schwäche zeigen, immerhin stand vor mir eine Frau, die eine solche Stärke ausstrahlte, dass es mich beinahe blendete. Doch in mir schien gar nichts mehr die Kraft zu besitzen, überhaupt gerade stehen zu können. Ich schluchzte laut auf, presste mir eine Hand vor den Mund, meine Tränen liefen einfach darüber. »Im Circle. Der Smirnow-Clan hat Iwan angegriffen und …«

Sie lachte auf, hell und klar. Ja, die beiden waren definitiv verwandt. Als würde ich gerade nicht wie ein nervliches Wrack vor ihr stehen, drehte sie sich um, griff nach zwei Kristallgläsern und einer Flasche Wodka. »Setz dich, Kleine, und erzähl mir alles.«

Ich wusste lange nicht, wo ich beginnen sollte. Meine Gedanken drehten sich, wirbelten umher. Ohne Anfang, ohne Ende. Erst als ich den dritten Wodka getrunken hatte, beherrschte ich meine Sprache wieder. *Unsere Sprache, Russisch.*

Ich erzählte ihr alles. Okay, fast alles. Dass Leute vom Smirnow-Clan kamen, dass Iwan den einen und Maksim den anderen getötet hatte. Dass ich nicht wusste, warum sie überhaupt da gewesen waren.

Was sie wollten. Und dass Iwan seine Chance auf Flucht vertan hatte. Dass White tot war und ich nun hier saß.

»Iwan ist noch immer im Circle. Ich weiß nicht, was sie ihm dort antun.« Seine Schreie hallten in mir wider. Sein Schmerz, seine Qualen. »Und Maksim, ich habe ihn nirgends gesehen. Doch da waren Leichen … unzählige Leichen.« Ich griff erneut nach dem kleinen Glas voller Wodka. Die klare Flüssigkeit brannte bis in meinen Magen hinab, doch es war nichts im Vergleich zu dem Gefühl, Iwan dort im Circle zurückgelassen zu haben.

»Und du machst dir Sorgen um«, sie wedelte mit der Hand hin und her, »Iwan? Oder Maksim?«

Was sollte denn so eine Frage? »Um beide. Ich mache mir um beide Sorgen.«

»Schließlich hattest du sie auch beide im Bett, nicht wahr? Immer dasselbe.« Sie leerte ihr Glas, schüttelte den Kopf. »Pass auf, …«

»Was? Nein! Ich war nie mit Maksim im Bett.« Also, nicht direkt. Warum verteidigte ich mich eigentlich gerade vor ihr? Und warum war das das Einzige, was sie wirklich interessierte?

»Bis jetzt.« Seine tiefe Stimme schlang sich um mich, drückte mir fast die Luft ab und ließ mich doch aufatmen. Die schwere Tür fiel hinter ihm ins Schloss. »Noch ein Plätzchen an der Bar frei?«

Ich wirbelte herum, sprang auf und rannte auf ihn zu. »Maksim!« Kaum hatten sich seine Arme um mich gelegt, stiegen mir wieder die Tränen in die Augen. »Wie hast du es da rausgeschafft?«

»Zu Fuß.« Er schob mich ein Stück von sich, musterte mich. »White hielt mich für einen loyalen Wärter, weil ich den Smirnow-Idioten getötet hatte. Und dann habe ich mich rausgemogelt.« Er zuckte mit der Schulter. »War nicht sonderlich schwer. Die Wärter hatten alle Hände voll zu tun. Die *Angreifer*«, er malte Gänsefüßchen in die Luft, »hatten alle Zellen geöffnet.« *Die Leichenberge.* Ich erschauderte, während Maksim weitersprach. »Es war das reinste Chaos. Da Iwan seine selbst wieder geschlossen hatte, hatte er keine Priorität.«

»Ich scheinbar auch nicht.« Wow, White war so ein Arsch.

Maksim lachte auf, legte einen Arm um mich, schob mich zur Bar. »Schien dir und Iwan zu gefallen.«

Und da war er. Der Schluchzer, der mich packte, allein bei der Erinnerung von uns beiden in seiner Zelle. »Iwan, sie haben ihn und ...« Ich drückte eine Hand gegen meinen Mund. »Er hat geschrien. So geschrien.«

Er strich über meine Wange. »Keine Sorge, er hat schon viel Schlimmeres überlebt.«

»Seine Ex-Frau zum Beispiel«, warf Nadia ein und lachte. »Was war da los, Maksim?«

Er setzte sich mit mir an die Theke, nahm eins unserer Gläser und füllte es bis zum Rand. Mit einem Zug leerte er es und knallte es zurück auf die polierte Oberfläche der Bar. »Wie gesagt, der Smirnow-Clan. Sie haben versucht, Iwan zu töten und dabei ...«

»Nein«, fiel ich ihm ins Wort. »Sie wollten Iwan nicht töten. Sie waren wegen mir da.«

Maksim schloss für einen Moment die Augen, doch Nadia grinste ihn an wie eine Hyäne, die endlich vor dem wimmernden Kaninchen saß. *Genau wie du. Sie hat dasselbe Lächeln.* Nur, dass sie mir fast Angst machte.

Ich senkte den Blick. »Aber der Typ wollte mich auch nicht töten, nur ... entführen?« Es war mehr eine Frage als eine Feststellung.

Nadia seufzte. »Das hat er jetzt davon, wir sollten ...«

»Mariel beschützen«, unterbrach Maksim sie. Ich war mir nicht sicher, ob seine Gedanken auch ihre waren.

Ihre Augen weiteten sich für einen Moment, als würde sie verstehen, was hier passierte. »Iwan hat sie unter seinen Schutz gestellt.«

Er nickte. »Entscheidung von ganz oben.«

Ich schaute zwischen den beiden hin und her, die sich anstarrten, als könnten sie nur in ihren Gedanken miteinander kommunizieren, und kapierte absolut gar nichts mehr. »Was bedeutet das?«

Maksim legte einen Arm um meine Schultern. »Malyschka, du bist unantastbar.«

»Na ja, es gibt genug, die auf Iwans Anweisungen scheißen.« Nadia stand auf, stellte ihr Glas in die Spüle. »Aber du scheinst ihm wichtiger zu sein, als gesund für dich wäre.«

Mir gingen ihre Bemerkungen langsam auf den Sack! »Wie gut, dass ich sowas selbst entscheiden kann.«

»Kannst du nicht. Er hat für dich entschieden. Und das weißt du.« Ihre Augen gruben sich in mich, als würden sie etwas in mir suchen und ... nein, als würde sie mir etwas sagen wollen, aber nicht können. »Man hat keine Wahl. Die Pedrow-Männer nehmen sich, was sie wollen. Sie geben dir, was sie wollen. Den freien Willen gibt es nur in deiner Fantasie. Iwan ist der Boss, immer. Wie sein Vater.« *Aber … das stimmt so nicht, du lässt mich doch machen, was ich will. Oder nicht?*

Maksim senkte den Blick. »Er ist nicht im Geringsten wie Wladislaw.«

Nadia tat so, als hätte sie seine Bemerkung nicht gehört, streckte mir ihren Arm hin. »Komm, ich bringe dich zu ihm nach Hause. Dort wirst du definitiv in Sicherheit sein.«

»Zurück in diese Villa?«, hakte ich nach, doch Nadia runzelte nur die Stirn.

»Das war sein Ferienhaus«, erklärte Maksim. »Iwan wohnt in der Innenstadt.« *Wohl auch in so einem Glaspalast.*

Warum konnte ich nicht wieder in die Villa? Was sollte ich bei ihm zu Hause? In Iwans Bett schlafen? In seinem Zuhause rumlaufen, während er im Knast saß? Während er litt?

»Keine Sorge, Iwan packt das.« Maksim legte seine Hand auf meine, doch ich entzog sie ihm.

Wie konnte er das wissen? Nach der Aktion durfte er sicher selbst nicht mehr in den Circle und … Iwan war allein. Ich rutschte von dem Barhocker, wollte sie alle beide am liebsten anschreien, doch da packte mich Nadia bereits am Unterarm und zog mich mit sich.

»Wir sehen uns«, murmelte Maksim, goss sich einen weiteren Wodka ein.

Nadia und ich gingen um die Theke herum. Sie schob einen schweren, dunklen Vorhang zur Seite und wir kamen in ein Hinterzimmer voller Kartons und Bierfässer.

»Was ist mit Maksim?«, fragte ich und stolperte beinahe über ein paar leere Bierkisten auf dem Boden.

»Er wird in seine Wohnung fahren.« Sie drehte sich nicht einmal zu mir um, als wäre ich nur ein lästiger Parasit, den sich ihr Sohn zugezogen hatte.

Okay, nein, so nicht. »Stopp!« Ich stemmte meine Beine in den Boden.

Langsam drehte sie sich zu mir um. »Wie bitte?« Den Blick konnte sie sich sparen, der zog auch bei Iwan nicht.

»Ich habe für deinen Sohn alles getan, habe Dinge in diesen Knast geschmuggelt, habe ihn vor White geschützt.« Tief atmete ich durch. All die Sachen waren in den letzten Tagen passiert und es kam mir wie eine halbe Ewigkeit vor. »Und er … er hat mir Wünsche erfüllt, die ich mich nicht mal im Traum getraut habe, auszumalen.«

Sie beobachtete mich, fixierte meine Augen mit ihren, die roten Lippen locker aufeinander.

»Und ich hätte noch viel mehr für ihn getan. Also, was hast du für ein Problem mit mir?« Gut, ich würde jeden Moment in diesem Hinterzimmer sterben.

Nadia schloss die Augen, ließ die Schultern hängen. »Gar keins. Es ist nur, du … Anastasia hatte ihm nicht gutgetan.«

Anastasia, seine Frau? »Ich glaub nicht, dass uns sowas Tiefes wie die beiden verbindet, ich meine …«, stammelte ich vor mich hin, bis sie mir das Wort abschnitt.

»Iwan ist ein sehr mächtiger Mann. Er ist grausam, brutal und skrupellos.« Ihre Mundwinkel hoben sich voller Stolz, ihre Augen glänzten. »Aber er spielt die ganze Zeit.« Ihre rechte Schulter zuckte. »Und hat ein dummes Herz.«

»Ich bin nicht wie sie«, flüsterte ich, unsicher, was ich damit bezwecken wollte. Seine Beziehung zu Anastasia war etwas ganz anderes als unsere. Er hatte sie geheiratet, mich … gefickt. Ende.

Sie trat einen Schritt auf mich zu, fuhr mit ihren Fingern durch meine Haare. »Du bist ihr ähnlicher, als du denkst.« Mit diesen Worten drehte sie sich um und ging weiter voran.

Ich starrte ihr hinterher. Anastasia war das Gegenteil von mir. Absolut, ganz und gar! Hatte sie vergessen, wie sie aussah? Oder meinte sie etwas anderes? Seine Gefühle für mich? *Liebst du mich, Iwan? Liebe ich dich?*

Nadia rannte förmlich weiter, bis sie hinter der nächsten Tür verschwand. Verdammt! Ich eilte ihr hinterher, stemmte die Tür auf und …

Jemand schlang seine Arme von hinten um mich, drückte mich an seinen Körper. Dunkelheit, ein Sack wurde über meinen Kopf gezogen. Ich sah nichts mehr, schrie auf, trat um mich.

Etwas wurde gegen mein Gesicht gedrückt, jemand zischte beruhigend durch die Stille. Mein Kopf dröhnte, alles begann sich zu drehen. Bis nichts mehr da war, wo es sein sollte. Bis ich fiel, mitten in die tiefste Schwärze, die ich jemals gesehen hatte.

Iwan, rette mich.

27

IWAN

Meine Lunge brannte bei jedem Atemzug. Meine Seite schmerzte, meine Arme fühlten sich an, als wären sie aus Blei. Mit Betonmantel. Unter der Erde.

Stöhnend drehte ich den Kopf zur Seite, versuchte, die Augen zu öffnen. Nein, ich musste sie jetzt öffnen!

Fuck, mein Kopf dröhnte, meine Ohren klingelten. Es war dunkel, aber ich war noch immer in meiner Zelle und lag auf dem Bett. Allein.

Mariel.

Als hätte jemand auf Play gedrückt, spulte der Horrorstreifen vor meinem inneren Auge ab. Wie sie nach mir rief, wie die Männer sie packten, sie von mir wegbrachten.

Doch ich hatte ihn erkannt, Mokita. Sergej hielt dich im Arm, trug dich hier raus. Keine Sorge, sonst wäre ich Amok gelaufen.

Die anderen Wärter kannte ich nicht. Sie hatten mich geschlagen, getreten, was auch immer. Hauptsache, sie ließen dich in Ruhe, taten dir nicht weh. Irgendwann hatte ich mein Bewusstsein verloren. Welcher Tag war heute? Wie lange lag ich hier schon?

Ich richtete mich auf, stöhnte bei jedem Ziehen meiner Muskeln. Gott, es fühlte sie an, als hätten sie mir alle Knochen gebrochen. Mit den Händen fuhr ich mir mehrere Male über das Gesicht, als könnte ich damit den Nebel in meinem Hirn vertreiben.

»Wär–«, ich räusperte mich. Meine Stimme war nur ein leises Kratzen. »Wärter!« Schon besser. Irgendeiner musste mich doch gerade beobachten und jemanden vorbeischicken. »Keiner da heute?« Alles Hurensöhne.

Nach wenigen Minuten hörte ich das vertraute Geräusch des Schlosses meiner Zellentür. Ein Wärter trat ein, starrte mich ausdruckslos an. »Was?«

»Dir auch einen schönen guten Morgen«, murmelte ich und erhob mich. Fuck, so steif war beim Aufstehen sonst nur mein Schwanz. »Welcher Tag ist heute?«

Er grinste über beide Ohren. »Du willst wissen, wie lange du gepennt hast?«

Ich nickte, schloss dabei die Augen.

»Zwei Tage.« Er kam einen Schritt auf mich zu. »Und in diesen paar Tagen hat sich einiges geändert.«

»Dann gab es endlich diese Mitarbeiterschulung für euch? Schwanzlutschen leicht gemacht?« Ich fletschte die Zähne beim Grinsen und prompt bekam ich eine Ohrfeige.

Genau so. Gib mir mehr, du verdammter Wichser. Erweck mich zum Leben.

»White ist tot.« Er packte mich am Kragen, zog mich zu sich. »Deine kleine Schlampe, die sich uns allen in den Kameras angebiedert hat, hat ihn erschossen.«

Wie bitte? Ich lachte auf, legte den Kopf in den Nacken, ignorierte das tiefe schmerzhafte Brummen in mir. »Sonst köpft sie immer nur.«

»Was?« Er ließ mich los, stieß mich von sich.

»Ach, ich meinte nur, wie schade es ist, dass ich nie dabei bin, wenn sie mordet. Ich wette, sie sieht heiß dabei aus.« Ich taumelte zurück, bis mich die Wand im Rücken stoppte.

»Ihr seid alle so krank.« Er drehte sich um, ging Richtung Tür. »Aber Gott sei Dank hat sich jemand um deine Hure gekümmert.«

»Wie meinst du das?« Ich hasste es, nachzufragen und dabei so jämmerlich zu klingen. *Doch bei dir kann ich gar nicht anders, Mokita.*

Er wandte sich wieder zu mir. »Es war der Smirnow-Clan. Das Gefängnis wurde von ihnen überrannt. Häftlinge, Wärter, sie haben jeden getötet, der ihnen im Weg stand.« Dann waren da draußen weniger Wachen als sonst? Gut zu wissen. »Aber du lebst, nicht wahr? Und deine Schlampe ist nicht hier bei dir, also …«

Natürlich. Ich stützte mich von der Wand ab, ging auf ihn zu. »Du bist kein normaler Wärter.«

»Wir sind nicht alle aufgeflogen.« Er grinste breit mit all seinen Zähnen. »Du bist Abschaum, Pedrow. Der Smirnow-Clan wird sich erheben. Die letzte Rache wird endlich ausgeführt und dann ist Tatjana frei von all der Last.« Er kam wieder zu mir. »Dann bist du fällig,

Wichser.«

Ich schüttelte den Kopf, ignorierte all seine dummen Versuche, mich zu beleidigen. In mir dröhnte es. *Die letzte Rache wird endlich ausgeführt.* »Nur ich darf Marlena töten, um die Blutrache zu beenden.«

Sein verdammtes Lächeln ging mir auf den Sack. »Aber du bist im Knast und schon geht die Rangordnung weiter.«

Was redete er da für einen Müll? »Mein Underboss? Dann bestell Tatjana schöne Grüße und viel Spaß beim Warten.« Niemals würde Maksim mich verraten. Wir waren mehr als Boss und Underboss, wir waren Brüder.

»Weißt du, was das Problem daran ist, wenn man nur die Wahrheit sagt? Man erkennt die Lügen der anderen nicht mehr. Erst wird er die kleine Marlena ficken und dann töten. Maksim freut sich schon.« Er leckte sich über die Lippen, als wäre er selbst gerne dabei. Beim Sex oder beim Mord, vielleicht sogar bei beidem.

Aber das war mir absolut egal. Das, was gerade in mir hochkochte, war nicht mit Worten zu beschreiben. Maksim stellte sich gegen mich? Nach all dem wollte er Mariel töten? Und dann? Natürlich, mich. Meine Blutlinie wäre vorbei, meine Mutter würde die Anführerin des Clans werden und ganz sicher ihn als Nachfolger ernennen. Dieser Drecksack!

Niemand verrät mich, Mokita. Diesen Fehler hatte Ana gemacht, diesen Fehler begeht scheinbar gerade meine eigene Familie. Doch du wirst nicht durch ihre Hand sterben. Ich komme, Marlena.

Breit grinste ich ihm entgegen. »Newsflash, Iwan Pedrow hat den Circle verlassen.« Ich trat in seinen Bauch. Damit hatte er nicht gerechnet. Er flog zurück, knallte rückwärts auf den Boden. Ich sprang auf ihn, zog die Pistole aus seinem Holster, presste sie gegen seine Stirn, bis kleine Hautfältchen um den Lauf der Waffe lagen. »Do svidaniya.« Ich drückte ab, Blut spritzte mir ins Gesicht, die Kugel bohrte sich durch sein Hirn, bis sie dumpf in den Betonboden schlug.

Ich stand auf, eilte aus der Zelle, ab jetzt lief die Zeit gegen mich. Zwei Wärter bogen um die Ecke, richteten ihre Waffen auf mich. Doch ich gab ihnen nicht mal die Chance, zu entsichern. Zwei Schüsse, zweimal direkt zwischen ihre Augenbrauen.

Ich lief zu ihnen, nahm den Idioten die Waffen ab, steckte sie in meinen Hosenbund. Es herrschte absolute Stille, als wäre das alles hier nie passiert.

Dabei war ich mir sicher, dass draußen mindestens ein Sondereinsatzkommando auf mich wartete. Ich ging zu der Tür, durch die die Wärter immer hereinkommen mussten. Als ich in den Circle gebracht worden war, hatte ich eine Augenbinde getragen, damit ich außer meiner Zelle nichts weiter hatte sehen können. Doch es war die einzige verdammte Tür, bis auf die, die auf den ›Hof‹ führte. Dort musste es rausgehen!

Fuck, Fingersensor. Ich rannte zurück zu einem der Männer, klopfte ihre Hosen ab, öffnete ihre Schuhe. Kein Messer. Gut, dann eben blutiger.

Ich breitete die Arme des einen Kerls aus, stellte einen Fuß auf seine Handfläche ab, feuerte so lange auf das Handgelenk, bis mein Magazin leer und seine Hand abgetrennt war.

Ich warf die leere Waffe zu den Leichen, schnappte mir die einzelne Hand und legte einen der Finger auf den Sensor. Die Tür ging auf und ich trat heraus.

Scheiße, es war verdammt dunkel hier draußen. Ich brauchte einen Moment, um mich zu orientieren. Die Hitze ließ sofort den Schweiß auf meine Stirn perlen, der mir in die Augen lief und die Sache nicht leichter machte. Doch weit und breit kein Einsatzkommando. Ich rannte über den Beton, presste die Hand auf den nächsten Sensor.

Und stoppte. Die Tür ging kaum auf, irgendein toter Typ lag im Weg. Immer wieder stemmte ich mich dagegen, bewegte sie Millimeter für Millimeter. *Komm schon.* Schnell zwängte ich mich durch den schmalen Spalt der Tür und betrat … was war das hier? Überall waren Gitter, hinter denen Monitore standen und … noch mehr Leichen lagen?

»Iwan!« Ich wirbelte herum, suchte die Stimme, die nach mir schrie.

Sergej, er stand mit zwei weiteren Männern am Ende des Raumes. Ihre schwarzen Wärteruniformen waren durchtränkt von Blut. Sie kamen auf mich zu. »Als wir bemerkt haben, dass du Leute abknallst, haben wir mitgemacht.«

Was auch sonst? Ich nickte, schaute vom einen zum anderen. Sergej, Andrej, nur den Dritten kannte ich nicht. Also sind auch nicht alle meiner Männer aufgeflogen.

Der Unbekannte lud seine Waffe nach. »Wie kommen wir hier raus?«

»Durch die Vordertür.« Ich grinste, die Wut in mir beflügelte mich. *Ich komme zu dir Mokita, ich hole dich. Und dann töten wir gemeinsam jeden, der sich uns in den Weg stellt. Zu allererst Maksim.*

Die Augen der anderen weiteten sich, doch ich hatte keine Zeit für Zweifel oder gar große Besprechungen.

»Kommt.« Sie folgten mir, als ich durch die nächste Tür ging. Rasen, echtes Gras unter meinen Schuhen und überall Sportgeräte. Hatte nicht erwartet, dass hier irgendwas beinahe human wirkte.

»Da sind sie!« Irgendeiner brüllte durch die bedrückende Stille. Keine Sekunde später erhellten Scheinwerfer den Platz vor uns, suchten mit ihren Lichtkegeln nach uns.

Wir drehten uns herum, zogen unsere Waffen und feuerten. Ohne zu überlegen, es war der reine Überlebenswille. Die Schüsse hallten durch die Luft, der Geruch von Schießpulver füllte unsere Nasen.

»Renn, Iwan.« Andrej brüllte über den Krach hinweg.

Noch mehr Männer kamen von links und rechts auf uns zu, zogen ihre Pistolen, auf denen winzige Taschenlampen befestigt waren. Ein Wall aus kleinen Sternen raste auf uns zu.

Fuck! Wir alle rannten los, Andrej und Sergej feuerten wild nach hinten, versuchten, so viele Wärter wie möglich in den Tod zu reißen.

Es musste doch irgendetwas geben, um uns hier rauszuholen. Mein Blick flog über den Platz, aber hier war nichts außer Basketballkörbe und verfickter Rasen. Und … Gas. Einer der Scheinwerfer erhellte für den Bruchteil einer Sekunde einen großen Gastank.

Gott segne die Gasheizung! Ich griff nach der anderen Waffe in meinem Hosenbund, schoss alles, was ich hatte auf das Fass voller Gas. »Zurück!«, schrie ich meinen Männern zu, die sofort verstanden und ebenfalls auf mein Ziel feuerten.

Die Kugeln flogen uns um die Ohren, der mir unbekannte Mann von uns schrie auf, fiel auf den Boden. Blut sickerte aus seinem Körper, sammelte sich auf dem Rasen. Die Wärter schossen weiter auf ihn ein, bis sein Leichnam nur noch durch den Aufprall der Schüsse zappelte. *Wichser.*

Aber wir rannten weiter, befeuerten diesen verdammten Tank. *Komm schon, gib einfach nach.*

Ein Zischen, furchtbar leise, kaum hörbar durch all den Krach.

Noch ein Schuss.

Und dann? Dann flog uns das ganze Ding um die Ohren.

Der Tank zerbarst unter dem Druck, explodierte in alle Richtungen. Ich schoss noch einmal, traf das weiße Metall erneut, erzeugte damit Funken und entflammte das Gas. Die Wärter sprangen zur Seite, flohen, suchten nach Schutz. Und schrien. Sie schrien um ihr Leben, brüllten vor Schmerz, während ihre Uniformen Feuer fingen. Einige rollten sich auf dem Boden, andere gerieten in Panik und fielen einfach in sich zusammen. Doch all das, es war ein Konzert für mich. Der Tod schlängelte sich wie die Flammen über den Hof, an dem Haus entlang und verschlang alles Brennbare. Hinterließ nichts als Asche.

Wir nutzten die Chance, flüchteten über den Rasen, bis wir die Mauer erreichten. »Wie kommen wir hier raus?« Ich drehte mich zu Sergej um.

»Einen Schlüssel, wir brauchen den Schlüssel.« Er klopfte sich den Oberkörper ab. Andrej tat es ihm gleich.

»Wo ist er?«, brüllte ich die beiden an.

»Fuck, den hatte Juri.« Andrejs Blick wandte sich ab, suchte den Platz nach dem verlorenen Mann ab. »Dort.« Ohne ein weiteres Wort zu sagen, rannte er los.

Die Explosion hatte einige Wärter getötet und noch mehr aus der Fassung gebracht. Doch es kamen immer wieder neue, sie formierten sich, suchten nach uns. Und fanden Andrej.

Sergej und ich zogen unsere Waffen, gaben ihm Rückendeckung, feuerten auf alles, was wir sahen. Auf alles, was lief, atmete oder nur annähernd lebendig wirkte. Bis unsere Pistolen leer klickten. Andrej hockte neben Juri, wühlte in seinen Taschen, öffnete jeden Reißverschluss.

»Fuck!« Ich schmiss die Pistole vor mir ins Gras. Doch da riss Andrej endlich den Arm hoch, hielt den Schlüssel in seiner Hand und rannte zu uns zurück.

»Lauf!«, schrie Sergej. Unsere Munition war leer, wir hatten nur noch uns und unsere Fäuste.

Wir kamen Juri entgegen, streckten unsere Arme nach ihm aus, wollten ihn zu uns ziehen, als wären wir kugelsicherer als er.

Aber es brachte ihm nichts. Er riss die Augen auf, fiel vor uns auf den Bauch. Blut sickerte aus einer Wunde an seinem Rücken, er röchelte, hustete.

Ich packte ihn an den Schultern. »Steh auf! Los!« Doch seine Beine brachen immer wieder unter seiner eigenen Last zusammen, sein Körper begann zu zittern.

»Lass mich hier, lauf.« Seine Stimme kratzte durch seinen Hals.

Sergej griff nach meinem Unterarm, schnappte sich den Schlüssel aus Andrejs Hand und zog mich mit.

Zwei Männer lagen blutend und sterbend auf diesem verdammten Rasen. Zwei meiner Männer hatte dieser Knast nun schon auf dem Gewissen. Ich würde wiederkommen und dann würde ich diesen ganzen Schuppen in die Luft jagen! Bis keiner dieser jämmerlichen Wärter mehr stehen könnte.

Sergej steckte den Schlüssel in das Schloss, rutschte ein paar Mal ab, kratzte am Metall, bis er endlich die Tür öffnen konnte. Sofort rannten wir hinaus, sprinteten die Straße entlang.

Wir waren aus dem Circle raus, aber noch lange nicht in Sicherheit. Ich schaute mich um, meine Augen zuckten hin und her, suchten die Umgebung ab. Hier war nichts, nichts außer einer Straße und einer Bushaltestelle. Wie sollten wir hier wegkommen?

Autos heulten hinter uns auf, ein Tor öffnete sich mitten in der Mauer. Die Scheinwerfer zogen umher, leuchteten nun auch den Teil vor dem Circle aus.

Nochmal werde ich nicht da reingehen, nochmal kriegen sie mich nicht. Vor allem jetzt nicht. Du brauchst mich. Maksim muss sterben. Und Tatjana gleich mit.

»Was jetzt?«, schrie Sergej mir zu. Seine Atmung ging genauso abgehackt wie meine.

»Renn.« Vor ein paar Minuten hatte ich mir nicht mal vorstellen können, das Bett zu verlassen, und jetzt rannte ich um mein verficktes Leben. War es das überhaupt wert?

Du bist es wert. Wenn dich jemand tötet, dann ich.

Die Bäume und Büsche um die Straße herum wurden dichter, es war nicht wirklich ein Wald, aber eine Chance. Hier in der Dunkelheit könnten wir uns verstecken, wenn auch nur für einen Moment und … Was und? Fuck! Allison, sie war unser einziger Ausweg.

»Hast du ein Handy?«

Ohne anzuhalten, drückte Sergej es mir in die Hand. Eine größere

Hecke säumte die Straße ein. »Komm.«

Wir eilten dahinter, drückten uns auf den Boden. Ich holte das Handy heraus, tippte meine Notfallnummer ein. Niemals würde ich diese Zahlen vergessen. Niemals wählte ich sie einfach so. Es klingelte in der Leitung. Einmal, zweimal. Endlich.

»Ja?« Die Stimme der Frau klang viel zu hoch, wie immer, wenn sie sich sorgte. Sie dachte sicher das Gleiche wie ich. *Er ist am Arsch.*

»Circle Prison, ich bin raus und bräuchte eine Mitfahrgelegenheit.« Ich schielte über die Büsche. Autos fuhren mit lauten Sirenen an uns vorbei, Hunde bellten. Es würde nicht mehr lange dauern.

Sie legte auf, ohne ein weiteres Wort zu sagen.

Sergej schaute zu mir. »Und jetzt?«

»Jetzt warten wir.« Ich versuchte, etwas durch die dichten Blätter in der Hecke zu erkennen.

»Auf den Tod?«

Mein Blick zuckte zu ihm. »Möglich.«

Er stöhnte auf, begann zu beten. Vielleicht sollte ich das auch versuchen. Wobei, Lucifer und ich könnten uns gut verstehen. *Ich könnte zu dir beten, dass du noch lebst, dass du auf mich warten kannst, dass du und ich zusammen … ich bin wohl wirklich in Todesangst, wenn ich mir eine gemeinsame Zukunft für uns ausmale.*

»Fuck!« Sergej riss den Kopf nach oben. »Hubschrauber, das war's.«

Noch nicht ganz. »Hier entlang.« Ich stand auf, rannte, so schnell mich meine Füße tragen konnten. Der Dreck unter mir flog kreuz und quer, die Wiese gab an manchen Stellen nach. Doch ich richtete meine Augen starr auf den Hubschrauber. Auf unsere Rettung.

»Dort drüben!« Jemand brüllte so laut, dass es selbst die Sirenen übertönte. Sofort jaulten die Hunde hinter uns auf.

»Weiter, Sergej!«, rief ich durch all den Lärm. Der Hubschrauber verlor an Höhe, kam immer tiefer und öffnete die Seitentür. Zwei Seile flogen heraus, hingen knapp über dem Boden.

Unsere einzige Chance hier raus.

Wieder begannen die Leute vom Circle zu schießen, Kugeln durchlöcherten die Luft, schlugen neben uns in den Boden. Und wir rannten, rannten, rannten.

»Tut irgendwas, verdammt!«, schrie ich dem schwarzen Hubschrauber zu, als würde das irgendetwas bringen.

Tatsächlich brachte es etwas. Er schwenkte um, änderte seine Position, bis die Spitze direkt auf uns deutete. Am Boden fuhren zwei große runde Zylinder aus, die sich immer schneller zu drehen begannen, bis sie melodisch summten. *So klang wirklich das Lied vom Tod. Und aus diesem Grund lande ich in der Hölle, Mokita.*

Der Hubschrauber feuerte auf all die Leute hinter mir, auf die Wärter, auf die Autos mit den verdammten Sirenen, auf die Hunde und die Polizisten am anderen Ende der Leinen. Schreie, Jammern, Wimmern, es füllte die Luft und meine Lunge.

Ich drehte mich nicht um, sprintete weiter zu dem Seil. Und ergriff es endlich. Mit all meiner übriggebliebenen Kraft zog ich mich daran hoch, kletterte schmerzhaft einen Zentimeter nach dem anderen empor.

»Sergej, komm!«, rief ich herunter, als auch er am Seil ankam.

Und in sich zusammenfiel. Es war ein glatter Durchschuss. Die Patrone traf seinen Hinterkopf, glitt durch seinen Schädel hindurch und flog mit einer blutigen Fontäne aus seiner Stirn wieder heraus.

»Nein!« Mein Hals schmerzte, meine Hände taten weh, jeder meiner Muskeln brannte.

Mein Seil wurde hochgezogen, doch mein Blick haftete auf dem Schlachtfeld unter uns. Die Lichtkegel fuhren über unzählige Männer, die auf dem Rasen lagen und mit ihrem eigenen Blut das frische Grün verdeckten.

Meine Männer. Drei Männer mussten sterben. Weil Maksim uns verraten hatte.

»Iwan!« Himmel, wie froh ich war, ihre Stimme zu hören. Ich schaute hoch, ergriff ihre ausgestreckte Hand und brachte mich endlich in Sicherheit.

Sie schloss die Seitentür, wandte sich an den Piloten. »Flieg los!« Augenblicklich wendete der Hubschrauber, flog davon.

»Das nächste Mal etwas schneller, Alli.« Schwer atmend fiel ich rückwärts in einen der leeren Sitze. Scheiße, sogar das war anstrengend.

»Ich hab dich auch vermisst, Iwan.«

Ich lachte auf. Nicht nur, weil Allison ihre langen blonden Haare zickig nach hinten warf, sondern auch, weil der Circle unter uns immer kleiner und kleiner wurde. Ich war draußen.

Und bald, Mokita, würde ich wirklich frei sein.

28

Mariel

Mein Kopf dröhnte, meine Arme und Beine schmerzten bei jeder noch so kleinen Bewegung. Fuck, ich fühlte mich wie von einem Laster überfahren.

Krampfhaft versuchte ich, meine Augenlider zu öffnen. Das Letzte, woran ich mich erinnern konnte, war ein schwarzer Sack über dem Kopf. Und sowas endete nie gut, dafür hatte ich genug Filme gesehen und viel zu viel Kontakt mit Iwan gehabt.

Also, Augen auf.

Das Licht blendete mich, doch ich blinzelte nur wenige Male und behielt die Lider offen. Ich wollte sehen, wo ich war, musste es!

Ich lag auf einem Bett. Es war nicht sonderlich weich, roch modrig und die graue Bettwäsche sah genauso trostlos wie das schwarze Bettgestell aus. Dunkelblaue Vorhänge waren halb zugezogen, hingen bis auf den alten Dielenboden runter. Die rosa Tapete blätterte an einigen Stellen ab. Wow, hier war ein Innenarchitekt am Werk gewesen.

Ich schlug die Decke weg, versuchte ein Bein nach dem anderen aus dem Bett zu schwingen. Zitternd gehorchten sie mir, doch sobald ich meine Knie belastete, fiel ich zurück auf die Matratze.

Fuck! Ich stemmte mich an dem Bettgestell auf, nutzte es wie ein Geländer, um tiefer in den Raum zu gelangen. Sage und schreibe einen ganzen Meter. Wo zur Hölle war ich?

Die Tür öffnete sich und ich zuckte augenblicklich zusammen. Innerlich wie äußerlich. Ich hatte keine Waffe an mir, könnte sie wahrscheinlich eh nicht benutzen, aber hier gab es nicht mal was, um auf andere einzuschlagen!

Ich brauche dich. So, so sehr, Iwan.

»Du bist wach.« Nadia. Sie trat in das kleine muffige Zimmer und reichte mir ihre Hand. »Komm, ich helfe dir.«

»Mit einem weiteren schwarzen Sack?« Das konnte sie vergessen. Einmal war ein Fehler, zweimal Dummheit.

Sie lächelte das typische Pedrow-Lächeln. »Nein. Es war nur eine Vorsichtsmaßnahme, um dich sicher hierherbringen zu können.«

Ich ließ mich wieder auf das Bett fallen. Scheiß drauf, sollte sie mich hier abstechen, wenn ihr danach war. Mir tat eh alles weh. »Und warum weiß ich dann nichts mehr?«

»Ach, das.« Sie kam zu mir, setzte sich und nahm meine Hand in ihre, als wäre sie meine Mutter. »Der Sack, er war mit Chloroform getränkt. Sicher ist sicher.« Sie zwinkerte mir zu, verzog ihre kirschroten Lippen immer mehr zu einem Grinsen.

Ich kenne dieses Lächeln, es ist wie deins. Und es sieht genauso gefährlich aus.

»Aha.« Mehr fiel mir dazu nicht ein. »Du hast mich entführt.«

»Nein!« Sie tätschelte meinen Handrücken. Alles an ihr war so absolut anders als im *d'yavol*. Ihre Schultern hingen herab, waren leicht nach vorn gebeugt, ihre Augen blickten schon beinahe traurig in meine. »Ich habe dich hierhergebracht, weil dich hier niemand finden kann. Weder die, die gerade alle Immobilien des Pedrow-Clans auf den Kopf stellen, noch Iwan selbst. Ich habe ein verlassenes Haus gesucht und na ja …« Ihre Mundwinkel zuckten. »… gefunden.«

Sah ganz danach aus. Und doch traute ich ihr keinen Meter über den Weg. »Ich will mit Iwan sprechen. Oder mit Maksim.«

Nadia stand auf, ging auf und ab. »Mein Sohn ist im Circle und so, wie es aussieht, bis auf Weiteres nicht ansprechbar. Und Maksim …« Die Pause gefiel mir ganz und gar nicht. »Wir müssen davon ausgehen, dass er ein Spion der Smirnows ist.«

Wie bitte? Das konnte nicht ihr Ernst sein! Er war doch der Underboss und Iwans engster Vertrauter. Er hatte versucht, Iwan zu befreien, und sollte jetzt ein Verräter sein?

»Glaub mir, die Sache ist noch viel heikler, als du denkst.« Nadia blieb stehen, schaute zu mir. »Iwan und Maksim sind enge Freunde. Sie sind gemeinsam aufgewachsen, zusammen mit diesem anderen Mädchen aus der Straße … wie hieß sie noch gleich?« Sie schloss die Augen, rieb ihre roten Lippen aufeinander. »Allison, genau. Sie haben viel miteinander erlebt. Die beiden Männer verbindet eine Menge, nicht zuletzt die Frauen.« Ihr Blick fraß sich in mich. »Oder?«

Wieder so eine sinnlose Bemerkung! »Kann ich dir nicht sagen, Nadia.« Sie wollte mich provozieren, ganz offensichtlich. Was sollten ihre Anspielungen sonst bewirken?

»Oh, dann durfte wohl nur Ana in den Genuss der beiden mächtigsten Männer des Clans kommen.« Sie senkte den Blick. »Mafiosi sind ein komplizierter Typ Mensch.«

Anastasia? In den Genuss beider? Aber … Maksim hatte mir doch gesagt, dass Iwan für sie und *mich* ein Verbot ausgesprochen hatte. Er durfte uns – durfte mich nicht mehr berühren, weil ich Iwan etwas bedeute und … oh. *Du hast mich belogen.*

»Du wusstest es nicht.« Es war eine Feststellung, keine Frage. »Was haben sie dir erzählt?«

»Maksim sagte, dass …«, stammelte ich vor mich hin, unsicher warum ich es überhaupt laut aussprach. Es ging sie nichts an! Doch jedes ihrer Worte war wie Säure und verwandelte das warme Gefühl, sobald ich an Iwan dachte, in eine kochende Hitze, die alles unter sich erstickte. *Eine Lüge. Wie war das? Du lügst nie?*

»Manipulative Idioten, das sind sie alle.« Nadia kam zu mir, strich die Haare aus meinem Gesicht. »Lass dir eins sagen, Mädchen, in diesem Business regieren wir Frauen. Die Männer prügeln sich rum, vergleichen ihre mickrigen Schwänze. Aber wir Frauen, wir halten alle Strippen in der Hand, lassen sie tanzen, so wie wir es wollen.«

Ich wich ihrem Blick aus, ertrug es nicht, dass sie meine Enttäuschung sah. »Ich dachte immer, er würde nie lügen.« *Würde mich nie belügen.*

»Iwan? Ha!« Sie lachte. »Er ist ein Meister darin, die Wahrheit für sich zu nutzen. Versteh mich nicht falsch, er ist mein Sohn, ich liebe ihn. Aber er ist wie all die anderen Mafiosi. Nicht mehr und nicht weniger.«

Die Worte von Maksim flogen durch meinen Kopf. Er dürfte mich nicht anfassen, so wie Anastasia. Maksim hatte es mir klipp und klar gesagt, ich hatte doch sogar wie eine Idiotin nachgefragt! Iwan hatte nicht selbst gelogen, er hatte lügen lassen!

Du hast es mir nie persönlich gesagt. Deine Worte waren wohl bedacht, gut überlegt. Maksim sollte mich nicht anrühren, bevor du es tun kannst. Es war wörtlich gemeint. Keine Lüge, nur eine erdrückende Wahrheit.

Ich vergrub das Gesicht in meinen Händen. Hieß das, ich bedeutete ihm nichts? Oder … vielleicht ja nur am Anfang nicht?

»Warum dann das alles?«

Sie löste meinen Griff um die Wangen, umschloss meine Handgelenke. »Ist das nicht offensichtlich?«

Wenn diese erdrückenden Kopfschmerzen nicht wären, könnte ich vielleicht für einen Moment nachdenken, warum Iwan mich so … o mein Gott. »Er hat mich benutzt«, flüsterte ich durch die Stille zwischen uns. Er brauchte mich, um die Pille reinzuschmuggeln, um ihm bei seiner Flucht zu helfen. Nicht mehr und nicht weniger. »Aber wieso jagen mich jetzt die Smirnows? Warum stellt er mich unter seinen Schutz?« Immerhin war ich nichts für ihn. Absolut gar nichts. Außer seine Chance, aus dem Knast zu entkommen. Gott! So langsam ergab das alles einen Sinn! Oder nicht?

Nein. Denn du hast die Tablette nicht genommen – um mich zu schützen. Ich muss an meinem Vertrauen zu dir festhalten. Woher soll deine Mutter die Wahrheit über uns wissen? Wie sollte sie? Dann war das vielleicht eine Lüge von Maksim. Nicht direkt von dir, Iwan. Oder die Sache mit White. Du hattest nie behauptet, nicht auch andere Frauen in deiner Zelle gehabt zu haben. Und du hast Carter für mich getötet, weil er mir wehtat. Du hast ihn für mich gefangen genommen. Mir diesen Mord geschenkt. Nur für mich. Weil du mich siehst, wie ich wirklich bin.

Nadia legte den Kopf schräg. »Scheinbar konnte er den Smirnow-Clan genauso gut täuschen wie dich.«

Wie mich? »Er hat mich nicht getäuscht. Er …« Nein, mir fiel keine sinnvolle Antwort ein. Nicht, nachdem ich dieses Puzzle-Stück voller Wahrheit bekommen hatte. »Aber was wollen die von mir?«

»Oh, Mariel. Das ist eine lange Geschichte.« Nadia setzte sich wieder zu mir, rutschte auf dem Bett zurück und machte es sich bequem, während ich noch immer am Rand saß und auf ihre Erzählungen wartete. »Hat Iwan dir von seinem Vater erzählt?«

Ich schüttelte den Kopf. Er hatte ihn niemals erwähnt.

»Sein Vater, Wladislaw – er war ein mächtiger Boss. Aber auch ein Mann, durchtrieben und lüstern. Ich kann dir nicht sagen, wie oft er mich betrogen hatte.« Ihre Lippen wurden schmal. »Es gab keinen Krieg damals mit dem Smirnow-Clan. Matjew Smirnow war ein guter Boss. Aber seine Ehefrau, Tatjana, hatte schon lange ein Auge auf meinen Mann geworfen und bei jeder noch so kleinen Party versucht, mit ihm zu verschwinden. Doch so sehr er andere Frauen begehrte, die Ehefrau eines Clananführers war heilig.« Wie Maksim es mir gesagt hatte, wenigstens war das scheinbar keine Lüge. *Auch wenn Anastasia zwischen euch beiden lag.* »Doch Tatjana war besessen von Wladislaw, der sie immer wieder abwies. Irgendwann hatte sie Matjew erzählt, dass er sie *unsittlich* berührt hätte.« Nadia schnaubte. »Matjew war außer sich, stürmte in unser Haus und tötete meinen Mann. Iwans Vater.«

Das Blut in meinen Ohren rauschte. *In was für einer Welt bist du nur groß geworden, Iwan?* »Wie alt war er da?«

»Ungefähr 11.« Nadia schloss die Augen, tauchte in eine andere Zeit. »Es war grauenvoll. Matjew war wie ein Tier. Wladislaw hatte an dem Abend eigentlich vor, der kleinen Allison Schach beizubringen. Gott sei Dank war das arme Mädchen noch nicht da. Iwan fand seinen toten Vater, über ihm den mit Blut durchtränkten Matjew. Ich höre die Schluchzer meines Kindes noch immer in den Ohren.«

Bilder erhoben sich aus dem Nebel in meinem Kopf, schmerzten bis tief in meine Brust. Ein kleiner Junge, Augen wie Gewitterwolken und sein Herz voller Trauer. *So eine Kindheit hattest du nicht verdient.*

»Und dann schwor er sich Rache«, flüsterte ich. Nadia musste es nicht sagen, ich wusste es. Dafür kannte ich Iwan schon viel zu lange. *Wenige Tage. Es waren nur wenige Tage.* Ich rieb mir über die Arme, als könnte ich die Kälte um mich herum verdrängen, dabei waren es weit über 25 Grad.

»Offiziell wurde die Blutrache erst, als Iwan volljährig war. Doch noch im selben Jahr, in dem Wlad brutal ermordet worden war, starb Matjew bei einem Autounfall.«

»Wer wurde der neue Boss? Tatjana?« Konnte eine Frau es werden? War das überhaupt möglich? Und wem galt dann Iwans Rache?

Nadia schüttelte den Kopf, kam wieder zurück ins Hier und jetzt. »Nein. Dieser Titel kann nur in der Blutlinie weitergegeben werden. Es wurde Marlena, die kleine Tochter von Tatjana und Matjew. Sie war gerade vier.«

»Marlena?« Das durfte nicht wahr sein. Es war ihr Name, er hat ihren Namen gestöhnt, während er und ich … nein, nein, nein. *Du hast sie begehrt. Die Frau, die du töten willst, seit du deinen Vater verloren hattest. Nicht mich. Vielleicht sogar niemals mich.*

»Ja, Marlena. Iwan schwor Rache an einem unschuldigen Mädchen. Doch Matjew versteckte sie vor seinem Tod, aus Angst. Als hätte er gewusst, dass er sie nicht mehr schützen könnte.« Tief atmete sie durch. »Er tat es so gut, verriet niemandem, wo sie war, dass selbst Tatjana, ihre eigene Mutter, sie lange nicht finden konnte.« Die ganze Geschichte kam mir wie in einem Krimi vor. »Iwan verbrachte so viele Jahre damit, nach ihr zu suchen. Er verzweifelte daran, bis er Anastasia traf. Er schien wie verwandelt, ein anderer Mensch. Es gab wieder einen richtigen Sinn in seinem Leben. Aber seine einzige große Liebe war ein Spion des Smirnow-Clans.«

»Wie bitte?« Ich hatte mir schon so etwas Ähnliches gedacht. Doch nachdem ich die Bilder gesehen, Iwan über sie reden gehört hatte … nein, da hatte ich diesen Gedanken so weit weg wie möglich geschoben. Er hatte sie so geliebt und war derart betrogen worden.

Wie musst du nur gelitten haben?

»Ja, es war schrecklich. Die ganze Welt wollte nur, dass er endlich Marlena tötete, um den guten Wladislaw zu rächen. Alle setzten ihn so unter Druck, den nur Ana lindern konnte. Und dann gehörte sie zum Feind.« Nadia schüttelte den Kopf, strich sich durch die kurzen, grauen Haare.

Deshalb hatte er sich gestellt. Alles ergab Sinn. Er wollte frei sein, doch seine Familie, sein Status, sein Clan und diese ganzen Regeln ließen ihn nicht. Und da brach er aus, mitten in den Knast. *Ich verstehe dich so gut. Du hast mich ausbrechen lassen, aus meinem Leben, aus meinem Alltag. In deine Arme.*

Ich räusperte mich, um den Kloß in meiner Kehle zu verdrängen. »Und Marlena? Hatte er sie aufgegeben?« Sie musste bereits erwachsen sein, eine junge Frau, die nichts weiter kannte als die Flucht. Ihr Leben klang nicht besser als seins. Und doch dachte er an sie, während er mich vögelte.

»Nein, er schwor sich ewige Rache.« Ewige Rache oder kranke Besessenheit, die ihn anmachte? Nadia setzte sich wieder auf. »Dein Russisch ist perfekt, woher kommen deine Eltern?«

Das schien echt eine wichtige Frage zu sein, immerhin hatte Iwan sie mir auch schon gestellt. »Sie kamen aus den USA. Ich wurde adoptiert, als ich noch klein war.« Ich zuckte mit den Schultern. »Meine biologischen Eltern waren wohl Russen und ihre Sprache blieb an mir haften.«

»Manche Dinge gehören zu einem, ob man will oder nicht.«

Wieder nahm sie meine Hand, strich mit den Daumen darüber. »Weißt du, wer deine richtigen Eltern sind?«

Ich schüttelte den Kopf. »Nein. Sie haben nie nach mir gesucht, warum sollte ich es dann für sie tun?« Und warum erzählte ich ihr das gerade? Ihre Augen, ihr Lächeln, alles erinnerte mich viel zu sehr an ihn. Gab mir ein Gefühl von Vertrautheit. Durfte ich dem trauen?

»Ich kenne deine Mutter.«

So musste es sich anfühlen, wenn ein Hirn implodierte. Dieser eine Satz. So wenige Worte, so viel Bedeutung. Er rauschte durch mich hindurch, erfasste mich wie ein Güterzug auf Vollgas.

»Was?« Meine Stimme kratzte durch den Hals.

»Ich kannte sogar deinen Vater.« Nadia drückte meine Hand fester. »Marlena.«

Moment. Sagte sie da … niemals! Ich stand auf, nein, ich sprang auf. Meine Muskeln spannten sich alle an, verkrampften, doch nichts schmerzte. Alles war taub. Nur ihre Worte existierten noch in mir.

Die Tür in meinem Rücken ging auf. Eine Frau, in etwa so alt wie Nadia kam herein. »Hallo, mein Kind.«

Mein Mund war trockener als die Wüste Gobi, mein Kopf leerer als jedes Vakuum. Ich konnte nur noch die Frau anstarren, die mich gerade so angesprochen hatte, als wäre ich tatsächlich ihr Kind. Ich. Und nicht nur irgendeins, Tatjana Smirnows.

Dünne, graue Haare rahmten ein faltiges Gesicht ein, blaue Augen, die an einen Gletscher erinnerten, blickten zu mir. Ihre lila geschminkten Lippen verzogen sich zu einem schmalen Lächeln, dass ich nicht erwidern konnte. An ihren Ohren und Fingern waren unzählige Ringe, die bei jedem Schritt, den sie auf mich zutrat, klimperten.

»Ich lass euch allein.« Nadia stand auf, doch ich schnappte nach ihrem Arm.

»Nein.« Wieso sollte ich dieser fremden Frau trauen? Wieso sollte ich Nadia mehr trauen? »Was spielt ihr hier?« *Das kann nicht die Wahrheit sein. Kann es einfach nicht!*

Tatjanas Lächeln verblasste. »*Wir* spielen nichts. Die Männer um uns herum spielen. Sie benutzen und manipulieren uns. Aber wir«, sie holte tief Luft, »wir wollen nur Gerechtigkeit. Wir wollen nur, dass zusammen ist, was zusammengehört.«

»Eine Tochter zu ihrer Mutter.« Nadia löste meine verkrampften Finger von ihrem Unterarm. »Ein Kind zu ihrer Familie.«

»Das ist verrückt.« Ich sprang auf, stieß mit dem Steiß gegen den Schreibtisch. »Ihr lügt! Warum sollte ich euch glauben?« In mir drehte sich alles, die Gedanken überschlugen sich, fuhren das schnellste Karussell, das ich kannte. »Deine Leute«, ich deutete auf Tatjana, »waren quasi eben noch bei mir, wollten mich töten!«

»Das stimmt nicht.« Ihre Stimme klang dünn, als wäre sie nichts weiter als fragiles Glas. »Sie sollten dich retten. Niemand hätte dir etwas angetan.«

»Vor wem? Iwan?« Ich lachte hysterisch auf. »Das soll doch ein …« Und dann fiel er, der berühmte Groschen. Das letzte Puzzlestück platzierte sich und präsentierte mir das Ausmaß dessen, was ich gerade erfahren hatte.

Ich war Marlena. Ich war das Mädchen, dass er töten musste. Die Rache, die er sich geschworen hatte. Und er wusste es die ganze Zeit.

Nein, nein, nein! Du hast es für mich getan! Alles für mich! Weil ich dir etwas bedeute, weil ich dir wichtig bin. Weil uns etwas verbindet, etwas Tiefes und … verdammt, Iwan. Jedes deiner Worte, all deine Taten – nur um mich zu benutzen und dann zu töten. Ich war diejenige mit dem dummen Herz, nicht du.

»Es tut mir leid.« Nadia kam zu mir, hob die Hand, ließ sie jedoch wieder sinken. »Als ich das erste Mal in deine Augen sah, wusste ich, was er dir bedeutet.« Viel zu viel! Er bedeutete mir viel zu viel! »Deshalb meine ruppige Art. Ich sah mich in dir. Manipuliert durch einen Pedrow, der nur seinen Willen durchdrückt und es hinter einer kaputten Freiheitsphilosophie versteckt.«

Tatjana legte den Kopf schief. »Nadia hat mir alles erzählt. Er brauchte dich nur zur Flucht und dann wollte er dich sicher …« Ihre Stimme brach.

»Töten«, flüsterte ich durch die Stille des Raumes. Er wollte mich umbringen. Seine schönen Hände sollten auch mein Leben nehmen.

Von Anfang an war das sein Ziel. »Das meintest du, als du mich mit Anastasia verglichen hattest. Sie gehörte zu den Smirnows, wie ich. Wir sind uns ähnlich«, wandte ich mich an Nadia und sie nickte. »Aber warum hilfst du Tatjana? Oder mir? Sie ist schuld am Tod deines Mannes?«

Waren das Tränen in Nadias Augen? »Wir waren jung, wir alle. Für vieles *zu* jung. Doch niemand hat es verdient, sein Kind zu verlieren. Deine Mutter hat durch die unfreiwillige Adoption von dir genug gelitten, um jegliche Rache zu beenden.«

»Ich habe nie aufgehört, nach dir zu suchen, Marlena.« Tatjana kam zu mir, griff nach meiner Hand. »Aber dein Vater, Matjew, er hat dich mir weggenommen. Dich so gut versteckt, dass ich dich nicht finden konnte. Bis jetzt.«

Mein Blick glitt zu meinen Händen. Ihre hellen Finger mit den Falten an den Gelenken und den bunten Ringen lagen um meine. Meine Mutter hielt meine Hand. Ich hielt die Hand meiner Mutter.

Meiner *richtigen* Mutter.

Ich hatte nie ein besonders inniges Verhältnis zu meinen Adoptiveltern gehabt, hatte nicht einmal sehr um sie getrauert. Es hatte sich bei ihnen immer falsch angefühlt, als wäre ich nie wirklich *zu Hause*. Und jetzt saß sie bei mir, meine wahrhaftige Familie. Wenn auch nur der klägliche Rest.

Tatjanas Daumen strich über meinen. »Du musst dich nicht verstecken. Nicht vor Iwan und erst recht nicht vor den Smirnows. Du bist ihr Boss und …«

»Nein«, unterbrach ich sie. »Ich hab keine Ahnung von der Mafia und … will es auch gar nicht. Ich kenne das alles doch gar nicht.«

»Das ist okay, mein Kind.« Ihre Stimme, sie schwang mit so viel Vertrauen durch mich hindurch, wie es nur eine Mutter schaffte.

Keine Ahnung, ob sie die Wahrheit sagte. Doch der Wunsch, dass es Realität war, dass alles hier der Wirklichkeit entsprach und ich meine richtige Heimat fand, war so übermächtig, dass ich jegliche Zweifel nach hinten schob. *Ich will ihr vertrauen!* Und wenn ich eins in den letzten Tagen gelernt hatte, dann, dass mein eigener Wille nie falsch sein konnte. Egal wohin er mich führte.

Tatjana drückte meine Hand. »Ich kann es sein, der Boss des Clans. Du ernennst mich und dann hebe ich die Blutrache endlich auf.«

»Aufheben?« Ging das so einfach? *Warum hast du es nie getan? Wolltest du es nicht? Oh, Iwan, wie sehr hast du mich nur getäuscht?*

Sie nickte, während ihre hellblauen Augen über mein Gesicht fuhren, an meiner mittlerweile grünlichen Schläfe hängenblieben. »War er das?«

»Was? Nein, er würde mir nie …« Carter starb, weil er mir *weh* tat. Dabei wollte Iwan so viel mehr – mein Leben. »Und du kannst diese Rache einfach aufheben? Wieso hast du es dann nicht getan?« Immerhin brauchte sie mich ja scheinbar nicht dazu.

»Weil ich noch immer nur der Underboss bin. Deine Vertretung. Ich gehöre nicht in die Blutlinie der Smirnows, so wie du.« Sie drückte meine Hand fester. »Aber jetzt, jetzt ist es möglich. Und du wärst frei.«

»Frei«, murmelte ich. *Sei frei für mich. Du Lügner! Du bist ein Boss! Du hättest es mir sagen können, du hättest es auch tun können! Du hättest uns wirklich befreien können.* »Wie geht das? Ich tue es, sofort.«

Tatjana zog mich an sich, drückte mich, so fest es ging. Ihre Arme lagen um meinem Körper, ihr Geruch von Nikotin und irgendetwas Fruchtigem stieg mir in die Nase. Er kam mir so unheimlich bekannt vor und brachte tiefe Erinnerungen an die Oberfläche, die lang unter Schutt und Asche geruht hatten. Ein Stein nach dem anderen rollte zur Seite, machte Platz für Geborgenheit, Sicherheit und Liebe. Oder sowas Ähnliches.

Tatjana küsste meinen Scheitel. »Wir bereiten alles vor. Bis dahin bleibst du hier bei uns. Wir passen auf dich auf.«

Nadia legte eine Hand auf meinen Rücken, fuhr daran immer wieder auf und ab. »Keiner von unseren Clans weiß Bescheid. Wir Frauen regeln das allein und lassen die Männer für all ihre Lügen büßen.«

»Wir Frauen der Mafia halten zusammen«, flüsterte Tatjana in meine Haare.

Frauen der Mafia. Ich war eine von ihnen. Mit einem Scherbenhaufen mitten in der Brust.

29

IWAN

Allison setzte mich irgendwo am Stadtrand ab, an dem bereits ein dunkler Van auf mich wartete.

Sie ging die paar Schritte zwischen dem Hubschrauber und dem Auto mit mir mit. »Das nächste Mal rufst du nur an, wenn du gute Neuigkeiten hast.«

»Abgemacht.« Ich lachte, legte einen Arm um ihre Schultern, zog sie an mich und küsste ihre Schläfe. Sie fehlte mir. Uns beiden. »Wer hat dir einen Hubschrauber geschuldet?« Kurz drehte ich mich nochmal um, bewunderte das glänzende Teil in der Sonne.

Sie schnalzte mit der Zunge. »Ärztliche Schweigepflicht, Pedrow.«

»Dir fehlt immer noch das weiche *›D‹* in der Mitte.« Wieder drückte ich sie an mich.

Alli schüttelte den Kopf, schaute zu Boden. »Ich hatte wohl einen miesen Lehrer. Wie geht's ihm?«

Oh, bitte frag nicht nach Maksim. »Ich werde ihn besuchen gehen und nachsehen«, presste ich zwischen zusammengebissenen Zähnen hervor.

»Du willst ihn umbringen?« Das war sie wieder, ihre viel zu hohe Stimme, wenn sie sich sorgte. Und ihre Fähigkeit, meine Gedanken zu lesen. Das hatte sie schon immer gekonnt, auch, als wir noch Kinder gewesen waren. Dafür musste sie keinem Clan angehören oder Russin sein. Sie gehörte einfach zu uns. Bis … ja, bis irgendwas passiert war. Weder Alli noch Maksim sprachen mit mir darüber. Er hatte mir einmal erklärt, dass ein Boss nicht alles wissen musste, und obwohl ich das etwas anders sah, hatte ich ihm damals recht gegeben. Ich wollte keine Fehde gegen einen der beiden führen, eher würde ich meinen Clan ausrotten. Denn diese zwei Menschen waren meine eigentliche Familie. *Du würdest sie mögen, Mokita. Deine Eifersucht amüsiert mich jetzt schon.*

»Hallo?« Alli riss mich aus meinen Gedanken. »Noch anwesend?«

Ob ich ihn umbringen würde? »Mal sehen.« Ich öffnete die Tür des Vans.

Sie lachte freudlos auf. »Schick mir seine Leiche, wenn du fertig bist.« Sie klang nicht annähernd so kühl, wie sie wollte.

Ich nickte und stieg ein, doch Alli hielt meine Tür auf, fixierte mich. »Warum jetzt?«

Es ging nicht anders, ich verdrehte die Augen und sofort wusste ich wieder, wie anstrengend eine Frau in den eigenen Reihen war. Ich stellte mich dumm. »Was meinst du, Honey?«

Sie zuckte augenblicklich zusammen. Maksims Kosename für sie, jetzt hatte sie genug Zeug zum Nachdenken und ließ mich in Ruhe. *Ich bin ein Arsch, Mokita.*

Alli beugte sich zu mir ins Auto, umgriff mein Kinn. »Für wen auch immer du ausbrichst, versuch, sie diesmal am Leben zu lassen.«

»Vielleicht ja für dich? Wollte dich mal wieder sehen. Die Besuchszeiten im Circle sind schrecklich.« Ich versuchte zu lächeln und scheiterte.

»Du bist schrecklich, Pedrow.« Sie küsste meine Stirn. »Lass ihn am Leben, bitte. Ich will mich nicht mit dir streiten müssen.«

Tief atmete ich durch, schob sie von mir. Wieso verteidigten sich diese zwei Idioten bis aufs Messer und sprachen nicht ein Wort miteinander? »Wenn Maksim sie umgebracht hat, dann nicht. Sollte sie noch leben, bekommt er einen Allison-Bonus.« *Deshalb hasse ich Alli. Sie ist wie eine kleine Schwester, der man keinen Wunsch abschlagen kann.*

»Ich kenne dich zu gut, um deine Wahrheit dahinter nicht zu erkennen. Und du kennst mich.« Sie schloss die Tür zwischen uns und wir fuhren los.

»Ins *d'yavol* nehme ich an?«, fragte mich mein Fahrer, doch ich verneinte.

»Nein, bringen Sie mich zu meinem Underboss.«

Bei Maksim vorbeizufahren, war keine unbekannte Route für mich. Anastasia war so vernarrt in diesen Typen gewesen, dass sie sogar oft genug allein hierhergekommen war.

Doch heute hatte das Ganze hier keinen guten Grund. Heute stand ich kurz davor, meinen engsten Vertrauten, meinen wohl einzigen wahren Freund zu töten. Alli saß mir noch immer im Nacken, aber sollte es stimmen, sollte er wirklich versucht haben, Mariel umzubringen, dann würde er sterben. Sein Allison-Bonus? Vorsprung, zehn Minuten.

Mein Blick glitt an dem hohen Stadthaus empor, in dem *mein Bruder* wohnte. Die weißen Wände mit den großen Fenstern und dunkelblauen Rahmen. Es wirkte unheimlich modern, obwohl Maksim selbst eher der altmodische Typ war. Im Schlafzimmer schimmerte das Licht durch die zugezogenen Gardinen.

Ich drückte den schwarzen Klingelknopf, immerhin war ich kein unhöflicher Mensch und wartete. Sekunden vergingen, doch in dem Haus bewegte sich gar nichts.

Okay, ich hatte es versucht. *Du weißt, ich bin ein ungeduldiger Mensch.*

Ich trat gegen die Tür, einmal, zweimal, endlich gab sie nach, fiel in die Flur hinein. Ohne mich umzusehen, lief ich über sie drüber, marschierte die Treppe hoch Richtung Schlafzimmer.

Die Tür wurde aufgerissen. Maksim trat splitternackt heraus, richtete die Pistole direkt auf mich. Und ließ sie sinken. »Iwan?«

»Das hattest du nicht erwartet, hmm?« Ich stieß gegen seine Schultern.

Er fiel zurück ins Schlafzimmer, die Pistole rutschte aus seiner Hand unter das Bett. »Spinnst du?«

Ich ging ihm hinterher. Eine Frau schrie auf, wickelte sich in eine Decke und versuchte, ihre Brüste zu verbergen. Natürlich, er war mal wieder am Ficken. Wie einfach immer!

Ohne Maksim zu beachten, ging ich an sein Bett, riss der Frau die Bettdecke weg und deutete auf die Tür. »Drei Sekunden, dann bringe ich dich um.«

»Pedrow.« Maksim konnte sich seinen warnenden Tonfall in den Arsch schieben!

Die Hure riss die Augen auf, bewegte sich jedoch keinen Zentimeter.

»Eins«, begann ich und legte den Kopf schräg. Wann hatte ich das letzte Mal gejagt? Vielleicht wurde es mal wieder Zeit? »Zwei.«

Sie sprang aus dem Bett, stolperte über ihre eigenen Füße und rannte aus dem Haus heraus. *Schade eigentlich.*

Maksim richtete sich auf. »Kannst du mir mal verraten, warum du frisch aus dem Knast hier reinkommst und eine so geile Frau aus meinem Haus scheuchst?« Er schnalzte mit der Zunge. »Wir hätten sie doch beide nehmen können.«

Ich rauschte auf ihn zu, umfasste seinen Hals und zog ihn hoch. »Wo ist sie?«

Für einen Moment schien er mich nicht zu verstehen, doch dann grinste er mich an. Er grinste! »Vielleicht hättest du erst bei dir im Bett nachschauen sollen und nicht bei mir? Sie tut erschreckend oft, was du sagst.«

Ich drückte meinen Körper an seinen, dirigierte ihn durch den Raum, bis wir gegen die Wand stießen. Die gerahmten Bilder neben seinem Kopf wackelten.

»Mann! Seit wann bist du so eifersüchtig? Ich dachte, du bringst das Mäuschen einfach um, sobald du draußen bist.« Maksim griff nach meinen Händen um seinem Hals, doch ich drückte nur noch stärker zu.

»Genau, ich bringe sie um. Nicht du!« Ich zog ihn zurück, nur um ihn mit all meiner Kraft gegen die Wand zu schlagen.

»Fuck!« Er stöhnte auf, blinzelte unzählige Male.

»Wo ist sie, Maksim?« Ich kam ihm näher, berührte beinahe seine Nasenspitze. »Ich schwöre bei Gott, wenn sie tot ist … ich bringe alle um, die dir was bedeuten. Alle.«

Er reagierte nicht, sein Blick zuckte zwischen meinen Augen hin und her. »Iwan, wovon …?«

»Allison. Ich steche sie ab, zerteile ihren kleinen zerbrechlichen Körper«, zischte ich ihm entgegen. Feine Speicheltröpfchen flogen in sein Gesicht. »Du weißt, sie ist für *mich* nur einen Anruf entfernt. Sie springt, sobald *ich* nach ihr rufe. Und dann werde ich sie vor deinen Augen ausweiden, ihre Gedärme in deinen Mund stopfen, bis du erstickst.«

Jetzt hatte ich seine volle Aufmerksamkeit. Er hob das Knie, rammte es in meine Eier. Fuck, das tat scheiße weh. Ich krümmte mich, hielt mir die Nüsse fest.

Maksim kam einen Schritt auf mich zu. »Noch ein Wort über Allison und ich zeig dir ein paar nette Tricks mit deinen Eingeweiden. Wir beide wissen, du fasst sie nicht an. Also, was ist dein verficktes Problem?«

»Du hast Mariel weggebracht.« Ich rannte los, rammte meinen Schädel direkt in seinen Bauch. Er schnappte nach Luft, griff um mich herum, warf mich auf den Boden.

»Iwan!« Er packte meine Handgelenke, fixierte sie über mir. »Ich habe sie in Sicherheit gebracht, deine Anweisung!«

Natürlich! Sah so Sicherheit aus? Unter der Erde? Ich spuckte ihm ins Gesicht. »Verräter.«

Er lockerte seinen Griff. »Wie bitte?«

Ich nutzte die Chance, rollte mich herum, schlang die Arme um ihn, bis er in meinem Klammergriff festsaß. »Hast du sie bereits getötet? Oder hältst du sie hier irgendwo gefangen? Wartest darauf, dass Tatjana dir das Signal gibt?«

»Du bist verrückt«, krächzte Maksim, rang nach Atem. »Deine Mutter hat sie zu dir nach Hause … gebracht. Ich habe sie … seit … Tagen nicht gesehen.«

Meine Mutter? Was? Ich ließ ihn los.

Er sank zu Boden, rollte sich von mir weg. »Was ist dein Problem, verdammt?«

Hatte der Smirnow-Wärter gelogen? *Fuck! Sobald es um dich geht, werde ich blind! Blind vor Wut, blind vor Emotionen und Gefühlen! Selbst Maksim hatte ich so schnell misstraut, weil du mir viel zu viel bedeutest, weil du viel zu viel Platz in mir einnimmst.*

Krampfhaft versuchte ich, meine Gedanken zu sortieren. Die Rangfolge … nach mir kam Maksim. Und nach ihm … meine Mutter. Aber dafür musste er erst sterben, bevor sie … nein. Sie würde sich mir niemals derart widersetzen!

»Was hast du meiner Mutter über Mariel erzählt?« Ich ließ mich auf seinem Bett nieder. Der Geruch von Sex umhüllte mich, doch ich konnte nur an eins denken. *Hat meine Mutter mich verraten?*

»Nadia?« Maksim rieb sich den Hals. »Das, was ich für wichtig hielt. Dass du sie um den Finger wickeln willst, sie uns zur Flucht hilft und du sie dann tötest.«

Warum sollte sie das dann tun? »Hat sie Mariel getroffen?«

Er nickte. »Ja, im *d'yavol*. Da hat deine Mutter sie mit zu dir genommen.«

Das ergab doch alles keinen Sinn. »Ich bin ausgebrochen.« Ich vergrub mein Gesicht in den Händen.

»Offensichtlich.«

»Hör mir zu!« Ich schaute zu ihm auf. »Ein Wärter war bei mir, er kam vom Smirnow-Clan und hat erzählt, dass Marlena von dir getötet werden soll, um die Blutrache zu beenden. Was, wenn er mich nur getäuscht hatte?« *Er hat dich gegen mich benutzt, hat meine dumme Wut ausgenutzt, um einen Krieg zwischen mir und Maksim anzuzetteln.* »Doch wen meinte er dann? Er faselte was von Rangfolge und … Fuck!«

»Deine Mutter …« Er klang nicht annähernd so entsetzt, wie ich mich fühlte. »Ich weiß nicht, Mann. Vielleicht hat der Wichser dich angelogen und die Kleine sitzt bei dir zu Hause, froh und munter? Außerdem müsste Nadia erstmal mich töten, um die Rache beenden zu dürfen.«

Kaum hatte er diesen Satz ausgesprochen, hallte ein Schuss durch das Schlafzimmer. Gemeinsam warfen wir uns auf den Boden, suchten den Ursprung des Knalls.

Das gibt's doch nicht! Die Hure von eben! Sie stand noch immer nackt im Türrahmen und zielte erneut auf Maksim.

Er rollte sich herüber, suchte Deckung hinter seinem Bett. »Verdammte Frauen!« Mit der Hand fuhr er sich über den Arm, Blut quoll zwischen seinen Fingern hindurch. »Streifschuss.«

»Gut.« Die Sache hier ging mir langsam gehörig auf den Sack. Ich griff unter das Bett, suchte nach der verfluchten Waffe. Fusseln, Dinge, die ich nicht zuordnen konnte … Gott, wo war diese beschissene Pistole?

Endlich. Ich ergriff sie, zog sie zu mir.

»Ich habe viel Geld bekommen, es ist nichts Persönliches«, stammelte die Schlampe und kam ums Bett herum. Die Waffe zitterte in ihrer Hand, zielte auf Maksim.

»Genau genommen ist es ein Wunder, dass du die erste Hure bist, die versucht, mich umzubringen.« Er griff zu seinem nackten Schwanz. Klar, das hier machte ihn alles an. *Ich bin von bekloppten Leuten umgeben!* Immerhin war sie keine Killerin, unser Glück. Sonst hätte

Maksim nun ein weiteres Loch in seinem Körper.

»Tut mir leid, Süße, aber man legt sich nicht mit uns an.« Ich hob die Waffe und feuerte ab. Die Kugel durchbrach ihren Hals, Blut spritzte umher. Die Pistole fiel zu Boden. Sie drückte ihre Hände auf die Wunde, doch ihre schmalen Finger konnten die Blutung nicht stoppen. Hustend und röchelnd brach sie zusammen, versuchte, die Massen von Blut zu schlucken, die ihren Rachen spülten, aber ertrank am Ende daran.

Maksim stand auf, die Hände in die Hüfte gestemmt. »Warum sind alle Frauen so mordlustig?«

Sein Schwanz baumelte mir direkt vorm Gesicht und war noch viel zu steif. »Zieh dich an. Wir fahren zu mir.«

»Ja, Iwan ist ausgebrochen.« Maksim saß neben mir auf dem Beifahrersitz und telefonierte. »Na ja, keine Ahnung. Vielleicht kann man ja was auf Kaution aushandeln.« Er hielt das Telefon ein Stück von seinem Ohr weg, die Stimme am anderen Ende hallte leise durch das Auto. »Ist ja gut! Das nächste Mal rufen wir an, bevor wir so einen Plan durchziehen, okay?« Ich konnte das Grinsen in seinen Worten förmlich hören. »Ich kann dich auch mal so wieder anrufen, Malyschka. Wir beide, wie damals in Vegas?«

Ich war mir nicht sicher, ob er Linda Miller so überzeugen konnte, uns zu helfen.

»Ja, klar kenne ich die Vikings.« Er schnaubte. »Was soll mit denen …? Oh.« Ich schaute kurz zu ihm herüber und er zwinkerte mir zu, als hätte er alles unter Kontrolle. »Also, regelst du das? Bitte? Du bist die Beste, wie in allen Dingen.« Gott, warum schnurrte er nicht direkt in den Hörer rein? »Dein Mann muss doch nichts erfahren.« Er lachte und legte auf.

»Und?«, fragte ich und hielt an einer roten Ampel an.

»Sie kann sich noch sehr gut an Vegas erinnern.«

Irgendwann würde ich ihn umbringen. »Das meinte ich nicht.«

Er lachte. »Sie telefoniert mit der Polizei hier, schleust ein paar falsche

Zeugen ein, die behaupten, du wärst Richtung Mexiko geflohen. Sie verschafft uns zwei bis drei Tage, in denen wir nach Kanada flüchten können.«

Kanada. Mir wäre am liebsten, Linda regelt das und wir könnten hier einfach weiterleben. Vielleicht ein paar Tage zusammen, bis du deinem Schicksal erliegst, Mokita. Nur ein paar Tage, bis uns die Ewigkeit trennen wird.

»Wirst du sie umbringen?« Maksim riss mich aus meinen Gedanken.

Wir fuhren weiter. »Meine Mutter? Möglich.« Ich setzte den Blinker und bog links ab. Nur noch wenige Kreuzungen, dann wären wir da. In meinem Zuhause. Ein Ort, an dem ich viele Jahre nicht mehr gewesen war. Ein Ort, den ich nie wirklich als Heimat betrachtet hatte.

»Und Mariel?« Er rutschte tiefer in den Sitz hinein. »Oder Marlena oder doch deine kleine Mokita, wie soll ich sie nennen?«

Die Frage aller Fragen. »Nenn sie, wie du willst.«

»Du weichst mir aus.« Maksim schloss die Augen, als würde er ein kleines Nickerchen machen wollen.

Ich weiß es nicht, Mokita. Ich weiß es einfach nicht. Dein Leben ist kostbarer, als ich dachte. Doch meine Freiheit ebenso. Könnte ich dich töten? Oder bringst du vorher mich um?

»Denkst du, sie ist noch bei mir zu Hause?« Ich ignorierte seine eigentliche Frage weiterhin, es ging ihn nichts an. Auch wenn er der Einzige war, der mich verstehen könnte. Immerhin gab es Allison für ihn. *Und dich für … mich? Nein, dafür sind wir nicht gemacht.*

»Jaja, weich mir nur weiter aus.« Er lachte auf. »Keine Ahnung. Vielleicht ist sie gar nicht mehr am Leben?«

Ich versteifte mich, die Hände fest um das Lenkrad gekrallt. Ein Wunder, dass ich es nicht jeden Moment aus der Verankerung riss.

So viel zu der Frage, ob ich dich töten werde. Allein der Gedanke an deinen Tod macht mich rasend vor Wut und … was ist das? Trauer? Mitleid? Jämmerlich!

Gott sei Dank waren wir da und dieses Gespräch beendet. Ich fuhr in die Tiefgarage, auf den Parkplatz, auf dem ich seit Ewigkeiten nicht mehr gestanden hatte. Und der leer war. »Wo ist mein Auto?« Die weißen Striche auf dem grauen Boden verhöhnten mich förmlich. »Maksim, wo ist mein McLaren?«

Er grinste. »Bei mir. Wo sonst?«

»Natürlich.« Ich seufzte und stieg aus.

Er tat es mir gleich, ging bereits Richtung Fahrstuhl.

Ich jedoch blieb stehen, blickte mich um. Keine engen Wände, keine Gitter, keine Betonbetten. Die Luft war selbst hier unten frischer als in meiner Zelle. Und da oben wartete … mein Mädchen? War sie das? Sie war kein kleines Mädchen, sie war … keine Ahnung. *Meine Rache. Meine Freiheit. Du bist viel zu viel!*

»Kommst du?« Maksim stand im Fahrstuhl, den Arm zwischen den Türen, damit sie offenblieben.

Ich stieg in den Aufzug und gab meinen Türcode auf dem kleinen Touchpad ein. Eine Zahlenkombination, die ich noch immer kannte, die noch immer die gleiche war und immer so bleiben würde. Der beste Tag in meinem Leben.

Der Todestag meines Vaters.

30

IWAN

Der Fahrstuhl war komplett verglast, befand sich an der Außenfassade des hohen Gebäudes, sodass wir genau sehen konnten, wie hoch wir fuhren. Die Menschen auf den Gehwegen wurden kleiner, die Autos nur noch Punkte im Abgrund.

Maksim sagte nichts und auch ich schwieg die wenigen Sekunden, bis die Glastüren auseinanderglitten und mein Penthouse offenbarten.

Hier sah alles aus wie immer. Keine Ahnung, was ich erwartet hatte. Als ob irgendwer hier eine Putzkolonne durchgejagt hätte, glänzte der frisch polierte Marmor noch genauso grell wie vor drei Jahren. Die dunkle Holzkommode stand wie immer im Eingangsbereich und selbst das Hochzeitsfoto mit einer strahlenden Anastasia hing noch groß gerahmt darüber.

Es war mir egal. Ich wollte nicht über die Vergangenheit nachdenken. Ich wollte mir meine Gegenwart holen.

Die Fensterfront flutete das Wohnzimmer mit fahlem Mondlicht. Maksim drückte auf den Lichtschalter, vertrieb den silbrigen Glanz.

Auf dem Sofa saß sie schon mal nicht, wäre auch zu schön gewesen. Ich ging in die offene Küche, keine Spur von ihr. Nicht mal ein benutzter Teller stand in der Spüle! Eine Tür nach der anderen öffnete ich, das Schlafzimmer mit meinem Kingsize-Bett, das Badezimmer mit Whirlpool, selbst die verdammte Besenkammer. Doch nirgends war Marlena zu finden.

Mokita, wo bist du? Wo hat meine Mutter dich versteckt?

»Hier ist sie nicht.« Maksim stand im Wohnzimmer, drehte sich im Kreis, breitete die Arme aus. »Bisher weiß kaum jemand, dass du draußen bist. Deine Mutter könnte sie überall hingebracht haben.«

Unter die Erde. Tief, tief unter die Erde, wo ich dich nie wieder sehen kann, Mokita. Dafür würde ich sie qualvoller töten, als sie sich jemals ausmalen könnte.

Nein, das durfte nicht sein. Sie war irgendwo. Meine Mutter konnte sie nicht einfach umbringen, ohne sicherzugehen, dass Maksim wirklich tot war. Alles andere wäre ungültig und die Rache wäre nicht vollzogen. Und wenn meine Mutter eins ehrte, dann die Regeln und Gesetze der Mafia. Offensichtlich etwas zu sehr, immerhin riskierte sie ihr eigenes Leben, nur um ihren Mann, meinen Vater zu rächen. *Das hat er nicht verdient, nicht einen Moment lang.*

»Gib mir dein Handy.« Ich ging auf Maksim zu und hielt ihm meine Hand hin, ließ zwei Finger zucken, um die Dringlichkeit zu verdeutlichen.

Er kramte in seiner Hosentasche. »Hier.«

Ich nahm es und suchte nach der Nummer meiner Mutter. Nadia Pedrow, den Smiley dahinter ignorierte ich. Was jetzt? Sie anrufen und einfach fragen, wo sie war? Warum sollte sie mir die Wahrheit sagen? Wenn all das hier ein großes Spiel war, dann musste ich anders an die Sache rangehen. Vorsichtiger.

»Wer ist zur Zeit der Fahrer meiner Mutter?« Ich schaute nicht von dem Display auf.

Maksim brummte. »Puh, ich glaub Sila.«

Ich tippte ein *S* in die Suchleiste ein, scrollte ein wenig, bis Silas Nummer auftauchte. »Dann wollen wir doch mal hören, wo er so langfährt.« Das Handy wählte, es klingelte. Einmal, zweimal, dreimal. *Geh ran, verdammt!*

»Maksim?« Endlich. »Was ist los? Es ist mitten in der Nacht.«

»Hier ist Iwan.« Meine Stimme klang tiefer als sonst, doch es war mir egal. »Du sagst mir jetzt sofort, wo meine Mutter ist.«

»Iwan? Bist du … aber … was?«, stotterte er und ich stöhnte auf.

»Wo ist Nadia?« Wenn er es mir nicht gleich sagte, würde ich ihn durch das Telefon ziehen, seinen Kopf mit meinen eigenen Händen abreißen und ihn den Hunden zum Fraß vorwerfen!

Etwas raschelte auf der anderen Seite, sicherlich setzte er sich im Bett auf. »Kennst du das alte Haus am Stadtrand? Sunview Lane 32?«

Immer und immer wieder dachte ich über diese Adresse nach, doch ich war noch nie dort gewesen. *Egal, Maksim oder mein Navi würden es schon kennen.* »Sag ihr nichts, ich will sie überraschen, ja?«

»Ich weiß nicht, Iwan. Sie ist da nicht allein, wollte nicht gestört werden und …«

Ich unterbrach ihn. »Zweifelst du an meinen Entscheidungen, Sila? Zweifelst du an deinem Boss?«

Maksim atmete tief durch. Er dachte genau das Gleiche wie ich. Sila war Geschichte!

»Nein, nein. Ich sage nichts.«

Ich legte ohne ein weiteres Wort auf. »Lass ihn umbringen, jetzt gleich.«

»Jawohl, Chef.« Er nahm wieder sein Handy in die Hand, tippte eine kurze Nachricht ein. »Schade, er war einer der besseren Einparker.«

»Kennst du das Haus in der Sunview Lane 32?«

Er nickte. »Ja, ist sie da? Das ist unser neustes … na ja, wie sag ich das jetzt, ohne dass du ausrastest?«

»Maksim!«

Seine Mundwinkel zuckten. »Es ist das neue Silver Street 78.«

Das war nicht sein Ernst! »Es ist unser Bloodhouse?« Meine Mutter brachte sie also direkt zur Schlachtbank. Super! »Wir holen sie da raus.«

»Ich nehme an, das beantwortet meine Frage von vorhin, ob du sie …«

»Schnauze.« Ich ging an ihm vorbei, drückte den Knopf des Aufzugs. »Wir fahren da hin. Jetzt sofort.« *Und ich gehe erst wieder, wenn du in meinen Armen liegst. Tot oder lebendig.*

Die Sunview Lane war von meiner Wohnung aus ungefähr 40 Minuten mit dem Auto entfernt. Die Sonne flimmerte am Horizont, kämpfte die Nacht nieder und rang um den Tag, konnte jedoch noch nicht ganz gewinnen.

Ich stieg aus dem Auto aus. Das graue Haus lag dunkel in einem dichten Wald vor uns, wirkte beinahe verlassen, wären da nicht die zwei Autos, die daneben zwischen ein paar Bäumen parkten.

»Wir gehen rein, holen sie und verschwinden wieder.« Noch nie zuvor hatte sich ein Plan dermaßen in mein Hirn gebrannt. Es reichte, zu blinzeln, und ich sah mein Ziel klar und deutlich vor mir.

Sehe dich klar und deutlich vor mir.

»Oder du tötest sie direkt da drin. Das würde einige Probleme lösen.« Maksim lehnte sich gegen die Motorhaube. »Es sei denn, du bist endlich ehrlich zu dir und …«

»Klappe.« Seine Psychoanalyse konnte er für sich selbst aufsparen, da gab es genug zu tun. »Ich töte sie, wann ich es will.« Wann immer das auch sein würde. »Erst hole ich zurück, was mir gehört.«

Er ging an mir vorbei, Richtung Haus. »Na dann, worauf warten wir noch?«

Ich folgte ihm. Mein Blick zuckte umher, suchte nach Männern, die Wache standen, doch hier war absolut nichts los. Und das beunruhigte mich.

Maksim drehte den rostigen Türknauf, aber er gab wie zu erwarten nicht nach. »Moment«, murmelte er vor sich hin, holte aus seiner Hosentasche einen kleinen Dietrich. »Sesam öffne dich.«

Das Schloss knackte, die Tür ging auf und … blieb an einer dünnen eisernen Kette hängen.

Ich schnalzte mit der Zunge, nahm die feinen Glieder zwischen meine Finger. Es war neu, glänzte mir förmlich entgegen und passte absolut nicht zum Rest dieses ganzen Hauses. »Sie sind hier.«

»Geh zur Seite.« Ich hatte gar nicht bemerkt, wie Maksim zum Auto gegangen war und einen kleinen Seitenschneider geholt hatte. »Als ob mich jemand hindern könnte, für die Liebe alle Türen zu öffnen.«

»Noch ein Wort und ich öffne deinen Torso.« Ich presste die Zähne aufeinander.

Er kappte die Kette, ließ die Tür nach innen aufschwingen. »Stell mein goldenes Herz bitte auf deinen Nachtschrank, ja?«

»Ich schicke es Alli.« Grinsend ging ich an ihm vorbei.

Freudlos lachte er auf, verkniff sich eine weitere Bemerkung. Besser für ihn.

Kaum betrat ich das Haus, stockte ich. Vor mir präsentierte sich der schäbige Hintergrund der grauen Fassade. Der Flur war eng und alt, die Tapete hing in den Ecken herunter und der Teppich unter meinen Schuhen war so hart wie so manche Morgenlatte.

»Du unten, ich oben.« Ich wandte mich der Treppe zu, nahm bereits die erste Stufe, die leise knarzte.

»Natürlich, immerhin sind oben sicher die Schlafzimmer.«

Maksim schnaubte und ging tiefer in das Haus hinein.

»Ich rufe dich, wenn's heiß wird.« *Oder ich meine Mutter getötet habe.*

Seine gemurmelte Antwort verstand ich nicht mehr, mein Blick, meine Konzentration, einfach alles von mir, war auf die Treppe ausgerichtet. *Auf den Weg zu dir.*

Nichts hier drin bewegte sich. Nicht mal die Stufen gaben weitere Töne von sich! Lieber sollten dreißig bewaffnete Männer auf mich zurennen, als dass ich im Dunkeln in einem ruhigen Haus nach der Gefahr suchte. *Vor allem, wenn ich etwas zu verlieren habe.*

Oben sah es genauso aus wie unten, absolut heruntergekommen. Ein schmaler Flur mit drei weißen Türen, an denen die Farbe abblätterte, erstreckte sich vor mir.

Liegst du hinter einer? Hinter welcher, Mokita, hinter welcher?

Logisch, ich musste die Sache logisch angehen. Im ersten Zimmer würde meine Mutter schlafen wollen. Immerhin würde sie so immer mitbekommen, wenn jemand kam oder ging. Das letzte Zimmer? Nein. Dort musste einer von meinen Männern sein, Mariel zwischen ihnen eingekesselt.

Ich schlich durch den Flur, umfasste die Klinke der mittleren Tür.

Drückte sie herunter.

Zog die Tür zu mir heran.

Bitte, lass sie noch leben.

Und ging herein.

Mein Puls hämmerte durch mich hindurch, als würden all meine Zellen im gleichen Takt schlagen. Das Zimmer war verdammt dunkel. Es roch muffig, sah alt und abgewohnt aus. Ich schloss lautlos die Tür hinter mir, ging weiter in den Raum hinein. Bis alles erstrahlte.

Du bist hier. Und ich bin bei dir.

Ihre dunklen Haare lagen wie ein Fächer um ihren Kopf herum, rahmten ihr viel zu schönes Gesicht ein. Das schwache Tageslicht zauberte einen solchen Glanz über ihre Lippen, über ihre Wangen, ihre geschlossenen Augen, dass es mir fast die Luft nahm und ich nichts mehr wollte, als sie genauso für immer anzusehen.

Was machst du mit mir?

Sie drehte sich auf die Seite, brummte verschlafen und zog die Decke noch enger um sich. Wie sollte ich da widerstehen? Ich ging zu dem Bett und legte mich zu ihr. Einen Arm unter ihren Kopf geschoben, den anderen fest um ihre Taille geschlungen, zog ich sie an mich, spürte jeden ihrer Muskeln an meinen. Meine Hände glitten an ihrem Bauch entlang, unter dieses viel zu große T-Shirt, bis an den Ansatz ihrer Brüste.

»Hmm«, sie lehnte sich an mich, rieb ihren Hintern an meinem Schwanz, der die Botschaft sofort verstand.

Mein Daumen fuhr über ihre Nippel, doch meine andere Hand wanderte an ihr herab, umkreiste ihren Bauchnabel, bis sie zwischen ihren Beinen versank.

Und sie sich versteifte. Ruckartig drehte sich Mariel um, riss die eben noch ruhig geschlossenen Lider weit auf. Sämtliche Emotionen dieser Welt spielten sich in ihrem Gesicht ab, ihr Blick zuckte von meinen Augen zu meinem Mund und wieder zurück.

»Hey«, flüsterte ich, umgriff ihren Hinterkopf und schloss den Abstand zwischen uns. Ihre Lippen, so süß und unwiderstehlich, legten sich auf meine. Einen Moment schien ich sie zu überrumpeln, doch dann erwiderte sie den Kuss, schlang ihre Arme um mich.

Ich rollte auf den Rücken, zog sie mit mir. Sie setzte sich rittlings auf meine Hüfte, umschloss mein Gesicht und küsste mich, als könnte sie all die Momente ohne mich wieder zurückholen.

Vielleicht hast du mir auch gefehlt. Vielleicht hat der Gedanke, du könntest tot sein, mich wahnsinnig gemacht. Vielleicht bedeutest du mir mehr, als ich zugeben möchte. Und vielleicht rede ich mir seit Tagen selbst die größte Lüge überhaupt ein. Doch du musst sterben, Mariel. Ob ich will oder nicht.

Sie stöhnte gegen meinen Mund, rieb ihre Mitte auf meiner Härte. »Du bist hier. Bei mir.«

»Ich bin hier.« Ich lächelte, ohne meine Lippen von ihren zu nehmen. »Bei dir, Mokita.«

Sie sprang auf, als hätten wir gerade nicht wie zwei Ertrinkende aneinandergehangen, die sich zum Überleben bräuchten. Sie taumelte rückwärts, bis sie gegen einen Tisch stieß.

Ich richtete mich ebenfalls auf, ging auf sie zu. »Was ist los?« In ihren Augen – da war keine Liebe, kein Verlangen, keine Angst. Da stand … die pure Enttäuschung und flammende Wut.

»Raus.« Ihre Worte klangen mehr als nur eiskalt. »Sofort.«

Doch ich bewegte mich nicht einen Millimeter. Was sollte das alles?

Warum benahm sie sich so? Die ganze Zeit waren ihre Gedanken auf dem richtigen Pfad gewesen, bei mir, bei uns. Und nun versuchte sie tatsächlich, mich zu hassen? Warum …? Nein. *Ich bringe sie alle um.* »Was hat sie dir erzählt?«

»Die Wahrheit. Etwas, was du nicht kannst!« Ihre Hände krampften sich um die Tischkante.

Was sagte sie da? »Ich habe dich nie belogen.«

Sie rauschte auf mich zu, blieb nur wenige Zentimeter vor mir stehen. »Wirklich? Ist das dein Ernst?«

Ich blickte auf sie herab, unterdrückte den Drang, meine Hände um ihren Hals zu legen, so lange zuzudrücken, bis sie wieder klar denken konnte! »Ich lüge nie. Ich sage immer die …«

Ihre flache Hand klatschte in mein Gesicht. »Lügner! Du würdest mich nie umbringen? Wie war das nochmal?«

Meine Wange brannte, doch das, was in mir tobte, war nichts dagegen. Ein Inferno aus glühend heißen Flammen, die ihren sicheren Untergang bedeuteten! »Mariel Torres würde ich nie töten, gegen sie hege ich keine Rache.« Ich umgriff ihren Hals, hob sie daran hoch, bis sie auf ihren Zehenspitzen tänzelte. »Pass besser auf, wie du mit mir sprichst.«

»Sonst was?«, krächzte sie mit dem kläglichen Rest Sauerstoff in ihrer Lunge hervor. »Du machst mich doch so oder so kalt. Egal, wie du mich nennst!«

Haben sie dir wirklich alles gesagt? Das darf nicht wahr sein! Ich erzähle es dir, wenn ich will! Ich töte dich, wenn ich will! Niemand widersetzt sich mir! Und jetzt? Jetzt bringe ich sie alle um, Mokita. Für dich, nur für dich.

»Maksim durfte mich nicht anrühren? So wie Anastasia? Eine Lüge!« Sie spuckte mir die Worte entgegen, als ob sie dafür gar keine Luft benötigte. »Die anderen Frauen im Knast? In deiner Zelle!« Woher wusste sie davon? »Und Marlena? Sie ist niemand?« Den Namen aus ihrem Mund zu hören, ließ mich den Griff lockern. Sie schnappte nach Luft, atmete tief durch.

»Sie ist niemand. Du bist Mariel.« *Mariel!*

»Du weißt genauso gut wie ich, dass das nicht stimmt. Unsere Mütter haben mich befreit, sie haben mich gerettet! Vor dir!« Was redete sie da bitte? »Wir lösen diese Blutrache und dann bin ich frei.«

»Das können sie nicht.« Meine Stimme war nicht mehr als ein

Flüstern. Wie kamen diese verrückten Weiber auf sowas? Wie sollte das gehen? *Was auch immer sie dir erzählt haben, es ist der größte Bullshit überhaupt.*

»Lügen! Nichts weiter als Lügen!«, brüllte sie mich an und befeuerte meine Wut nur noch mehr. »Du wolltest es nur nie aufheben! Aber ich brauche dich nicht, ich kann es allein. Denn *ich* bin Marlena und *ich* gehöre zum Smirnow-Clan.«

Wie bitte? Etwas in mir verglühte, zog eine brennende Spur durch meinen Körper, bis selbst meine Seele lichterloh brannte. *Du gehörst zum Smirnow-Clan? Zu denen, die dich mir nehmen wollten? Ich zeige dir, wo du hingehörst, Mokita. Ein für alle Mal.*

Ich warf sie rückwärts auf das Bett, schaute auf sie herab. »Du hast doch gar keine Ahnung von der Mafia! Du hast keine Ahnung von deinem eigentlichen Leben oder von meinem! Oder von irgendwas!« Alles brach aus mir heraus, während sie mich mit großen Augen anstarrte. »Du gehörst zum Smirnow-Clan? Ich scheiß auf deinen Namen, auf deine Herkunft.« Ich trat an sie heran, packte ihre Knie, spreizte ihre Beine, stellte mich dazwischen. »Du gehörst mir. Tot oder lebendig – das bestimme ich.« Ich griff um ihre Knöchel, drehte sie herum, bis sie auf dem Bauch lag. »Und das wirst auch du noch lernen.«

Sie versuchte, von mir wegzukrabbeln, doch ich hielt sie an der Hüfte fest, hob ihren Arsch hoch. »Lass mich los oder ich schreie um Hilfe!«

Du schreist höchstens meinen Namen, Mokita.

Ich öffnete meine Hose, ließ sie zu meinen Füßen herabfallen. Über die Schulter schaute sie zu mir zurück, ihre Augen wanderten an mir herab, blieben an meinem Schwanz hängen. Ja, ich war bereits hart gewesen, als ich dieses verdammte Bett mit ihr gesehen hatte.

Ich schob ihr Höschen zur Seite, rammte mich in sie, ohne auch nur darüber nachzudenken, ihr vorher etwas Gutes zu tun. Sie war mein und das würde sie am Ende dieses Tages ein für alle Male verstehen.

Ihre Hände vergruben sich in dem Laken, ihr Rücken drückte sich durch.

»So schreist du also nach Hilfe?« Ich lachte auf, rammte mich in sie.

»Du …« Ich ließ sie gar nicht weitersprechen, stieß so fest in sie, dass sie nicht anders konnte, als aufzustöhnen.

Immer wieder versank ich in ihrer Nässe, immer wieder füllte ich sie komplett aus. Sie wimmerte, atmete gepresst ein und aus, um sich das Stöhnen zu verkneifen, doch nicht eine Sekunde zweifelte ich daran, dass sie das hier nicht wollte. Ich wusste immer, was sie wollte. Was sie brauchte.

Wir waren frei, zusammen.

Ich fickte sie weiter von hinten, knetete ihren Hintern durch und genoss ihren Anblick. Sie wand sich vor mir, vergrub mittlerweile das Gesicht in der Bettdecke, um nicht laut vor Lust zu schreien. Sie war so wunderbar eng. So warm. Ich dehnte sie mit jedem meiner Stöße, während sie mir ihren Arsch entgegenstreckte.

Mein Schwanz begann zu zucken, viel zu schnell, denn das hier war viel zu geil, doch ich war noch nicht fertig mit ihr. Sie sollte es sagen, sie sollte es verstehen. Sonst würde ich ihr loses Mundwerk so lange stopfen, bis sie gar nicht mehr sprechen konnte!

Ich entzog mich ihr, packte ihre Schultern und zerrte sie hoch, bis sie vor mir auf der Bettkante saß. Eine Hand um ihr Kinn zog ich ihr den Mund auf, schob meinen Schwanz zwischen ihre Lippen, bevor sie auch nur einen Ton von sich geben konnte. Augenblicklich saugte sie daran, neckte mit der Zunge meine Spitze. Ihre Hände wanderten meine Oberschenkel entlang, umfassten meine Eier.

Ganz genau, Mokita, weil du mich willst. Du kannst gar nichts dagegen tun. Ich sitze in deinem schönen Köpfchen, sitze in deinem dunklen Herzen. Also sag es mir!

Ich packte in ihre Haare, riss ihren Kopf zurück. »Wem gehörst du?«

Sie lächelte schief, schüttelte den Kopf. *Du hältst das hier für ein Spiel, Mokita? Pass auf, dass du nicht der Einsatz bist!* Ich schob meine Härte in ihren Rachen, sie würgte, doch ich hörte nicht auf. Ich fickte ihren Mund, bis Tränen über ihre Wangen liefen, sich um ihre Lippen und meinen Schwanz sammelten. Nicht für einen Moment stemmte sie sich gegen mich, stattdessen gruben sich ihre Fingernägel tief in meinen Hintern.

Wieder riss ich sie zurück, sodass sie in meine Augen sehen musste. *Fuck! Warum schaust du mich so an? Wieso lässt du mich so etwas fühlen? Wieso, Mokita, wieso?*

Ich neigte mich zu ihr herunter. »Es gab andere Frauen, es gab wilde Nächte mit Anastasia. All die Dinge habe nie *ich* dir verschwiegen.

Ich habe dich nie belogen.« Ich verstärkte den Griff in ihren Haaren. »Du willst die Wahrheit, Mokita? Die Wahrheit ist, dass ich viel zu oft über dich nachdenke. Dass ich den Knast in die Luft gejagt habe, als niemand wusste, wo du warst. Dass ich deinen Ex-Mann tot sehen wollte, nachdem er dir wehgetan hatte. Dass ich Maksim töten wollte, nur weil es das *Gerücht* gab, er hätte dich ermordet!« Meine Atmung ging viel zu schnell, meine Gedanken überschlugen sich. »Scheiß auf die Blutschuld! Die Wahrheit ist, dass du eine Macht über mich hast, die niemand haben sollte. Doch du hast sie dir einfach genommen.« Wieder schob ich ihr meine Härte in den Rachen, pumpte ein paar Mal in sie, bis ich mich ihr erneut entzog. »Mokita, wem gehörst du?«

Sie atmete einige Male tief durch, blickte mit offenem Mund zu mir herauf. »Nenn mich beim Namen.« Ihre Zunge befeuchtete die Lippen. »Sag ihn, Iwan Pedrow.«

Ich bin absolut machtlos, wenn du das tust. Meinen Namen sagst, vor mir sitzt, mein Schwanz so nah an deiner Zunge.

Mit meiner freien Hand zeichnete ich ihre Wange nach. »Wem gehörst du, Marlena Smirnow?«

Das Lächeln, was sie mir schenkte, so offen, so ehrlich und ohne jegliche Scheu, berauschte mich. »Dir, ich gehöre dir.«

Ich lehnte den Kopf in den Nacken, genoss ihre Worte, die heiß durch mich flossen wie der beste Wodka der Welt. »Wer bestimmt über dein Schicksal?«

Sie umfasste meine Härte, fuhr daran auf und ab. »Du, Iwan.«

Ganz genau, Mokita. Nur ich.

Sie beschleunigte ihre Bewegung, leckte um meine Eichel, während sie es mir mit ihren zarten Händen besorgte.

Du bist mein.

Meine Härte zuckte in ihrer kleinen Faust, mein Sperma spritzte auf ihre Zunge, lief ihren Mundwinkel entlang. Sie schluckte, saugte an meiner Eichel, küsste die zarte Haut.

Du bist so schön, Mokita, so unendlich schön.

Ihre Hände wanderten gemeinsam mit ihrem Körper an mir herauf, bis sie auf meiner Brust ruhten, ihre Lippen auf meinen lagen. »Und du? Wem gehörst du?«

Ich lächelte, küsste ihren Mundwinkel. »Dir, Marlena. Ganz allein dir.«

31

Marlena

Warum hatte ich das gesagt? Wieso hatte ich ihm einfach so diese Macht über mich gegeben?

Weil ich seine habe. Weil irgendetwas mit uns beiden nicht stimmte. Etwas so Starkes hielt uns zusammen, dass es fast wehtun müsste. Als gäbe es ein samtiges Band, welches uns immer wieder zueinander zog, uns umschloss. Warm und rotschimmernd, wie frisches Blut.

Iwan zog seine Hose hoch, gerade als die Tür aufging und Nadia hereinkam. »Marlena, du musst hier weg, Maksim ist …« Ihre Augen zuckten zwischen mir und ihrem Sohn hin und her. »… hier. Das ging schneller als erwartet.«

Ich zog mein Shirt weiter runter, als könnte sie dadurch nicht erahnen, was hier gerade passiert war. Vor allem, wo sich Iwan gerade alle Zeit der Welt ließ, um seine Jeans zu schließen.

Er lächelte ihr strahlend entgegen. »Mutter, wie schön, dich zu sehen.« Jeder Blinde erkannte, dass er es nicht ernst meinte.

Ihre Augen wurden schmal. »Marlena, komm zu mir. Er will dich nur wieder manipulieren, um dich dann zu töten!«

»Nein.« Ich ließ meine Hand in Iwans gleiten. »Wird er nicht.«

Sie lachte auf. »Er muss die Blutschuld begleichen!«

»Warum?« Ich verstand nicht, warum sie sich so gegen ihren Sohn wehrte. »Vielleicht will er mich gar nicht töten und stimmt dem Deal mit Tatjana zu und …«

»Tatjana ist hier?« Iwan klang alles andere als begeistert. »Wo?« Wie schaffte er es immer wieder, dass einzelne Töne schärfer waren als jede Klinge dieser Welt?

»Iwan, sie ist meine Mutter.« Ich versuchte, so viel Verständnis wie möglich in meine Stimme zu legen, doch sein Blick blieb hart.

»Es gibt einen Plan. Ich ernenne sie zum Boss der Smirnows, denn aufgrund komischer Blutlinien-Regeln bin ich das wohl gerade, und sie beendet die Blutrache und du musst nicht …«

Er strich mit seiner freien Hand durch meine Haare, seine Augenbrauen fest zusammengezogen »Mokita, das … so funktioniert es nicht.« Wie meinte er das? »Wer hat dir das erzählt? Meine Mutter? Deine? Es stimmt nicht. Man kann die Schuld nicht einfach einvernehmlich beenden.« Fingerspitzen strichen über meine Wange. »Sonst hätte ich es längst getan.«

Sie hatten mich belogen. Nadia und Tatjana, sie hatten mich benutzt und jetzt … stand ich neben Iwan. Der mich auch nur benutzt hatte. Alle, sie alle hatten mit mir gespielt.

Iwan schaute wieder zu seiner Mutter. »Zwei Möglichkeiten. Du lässt mich mit Marlena gehen und ich lasse dich am Leben. Oder …« Er ließ eine kurze Pause. »Oder ich bringe dich vorher um.«

»Du dummer Junge.« Sie kam auf uns zu, Schritt für Schritt, wie eine Raubkatze, elegant und absolut tödlich. »Hat es diesmal nur deinen Schwanz gebraucht, um sie hörig werden zu lassen? Oder war noch eine Lüge nötig? Sie wird dich zerstören, so wie Anastasia es tat.«

Ich stand wie ein Geist zwischen den beiden, konnte kaum folgen, worüber sie sprachen. Zerstörte ich ihn wirklich? Würde er mich umbringen? Worte, es waren einfache Worte aus seinem Mund, die ich geglaubt hatte. Genau wie ihre. Auf welcher Seite stand ich? Pedrow? Smirnow?

Er lachte auf. »Du verstehst gar nichts.«

Es sind nicht nur Lügen zwischen uns. Da gibt es auch eine große Menge Wahrheit. Du hättest die Blutrache beendet, wenn du gekonnt hättest. Du hast es eben gesagt! Du hast mich vor Carter gerettet, aus meinem Alltagsgefängnis. Ich gehöre nicht zu den Smirnows und auch nicht zu den Pedrows. Ich gehöre zu dir wie du zu mir.

Er hatte recht, Nadia verstand absolut gar nichts. Er würde mich nicht töten, warum auch immer ich mir da so sicher war.

»Hat er dir von Carter erzählt?« Sie wandte sich an mich. »Hat er dir gesagt, wieso er wirklich sterben musste?«

»Mutter.« Iwan fauchte sie förmlich an, ging einen Schritt auf sie zu.

Doch ich legte eine Hand auf seine Brust, stoppte ihn, bevor er sie jeden Moment erwürgen würde. »Carter? Was hat das denn mit ihm zu tun?«

»Was hat er dir gesagt? Dass dein Ehemann dafür büßen wird? Dass er sich um ihn kümmern würde? Für dich?« Nadia kam näher, streckte ihren Arm aus, um mich zu berühren, doch Iwan schlug ihn davon. »Weil er dich geschlagen hat?«

»Noch ein Wort und …«

Ich drehte mich zu Iwan um. »Was meint sie?« Er hatte ihn doch für mich getötet. Er hatte die Gitter meines Gefängnisses zerschmettert, hatte mir geholfen, nachdem mir so wehgetan worden war. Er hatte mich gesehen, meine dunkelsten Fantasien und hatte sie mir gegeben. Das gegeben, was ich wirklich brauchte. Meine Freiheit, an diesem Abend, in dieser Nacht. Er hatte ihn mir geschenkt, diesen Mord. Er tat Dinge für mich, die noch nie jemand für mich tun wollte. Ich konnte ihm doch vertrauten! All seine Handlungen, seine Taten, sie alles waren für mich, nur für mich.

Iwans Blick ruhte auf seiner Mutter und ich konnte seine Mordgedanken und die Horrorszenarien in seinen Augen förmlich erkennen. Doch er sagte nichts.

Nein, nein, nein. Tu das nicht.

»Iwan, antworte mir.« Ich legte eine Hand unter sein Kinn und er zuckte förmlich darunter zusammen.

»Ja, antworte ihr.« Nadia in meinem Rücken klang wie eine gehässige Hexe.

Tief atmete er ein und aus. »Ich hatte Carter gefangen nehmen lassen, kurz nachdem du eure gemeinsame Wohnung verlassen hattest.« Das ergab keinen Sinn, da wusste er noch nichts von meinen Verletzungen. Er wusste noch nichts von dieser Nacht. Er wusste es nicht! »Er hatte nachgeforscht in der Mafia. Ich hielt ihn für einen Spion der Smirnows und habe ihn jagen lassen.«

»Nicht für mich.« Dieses Geständnis, es war wie ein Orkan, der durch meinen Kopf wütete, alles mit sich nahm, bis nur noch Leere übrigblieb. Nichts weiter als Leere. Mein Herz setzte aus, ja, selbst meine Atmung verstummte. Er hatte es nicht für mich getan. Niemals war dieser Mord für mich vorgesehen gewesen. Nicht eine Sekunde lang. *Du bist wie die anderen. Ich bin nur ein kleines Rädchen in deiner Welt.*

»Da fehlen die wichtigen Details.« Nadia umfasste meinen

Unterarm, zog mich zu sich, weg von Iwan. »Er hatte Angst, dass Carter herausfinden könnte, dass du Marlena bist. Dass er nur nach Beweisen suchte, um es dir zu erzählen. Doch als Maksim den armen Mann ausquetschte, kam heraus, dass er lediglich ein mittelklassiger Autor war, der etwas zu gut recherchierte.« Sie umfasste meine Schultern, drehte mich zu sich.

Jedes ihre Worte schlug auf mich ein, mit jedem folgenden Satz spürte ich, wie etwas in mir weiter und weiter zerbrach. *Es kam dir lediglich gelegen, dass er mich windelweich prügelte. Es war eine glückliche Fügung für deinen eigentlichen Plan. Ich war dir egal.* Tränen brannten in meinen Augen, ließen meine Sicht verschwimmen. *Du hast mich benutzt. Immer und immer wieder. Niemals wolltest du es für mich tun. Nur für dich.*

»Mariel.« Iwan berührte meinen Rücken, doch ich wich ihm aus, stolperte auf Nadia zu.

Sie umfasste mein Gesicht. »Es ging ihm nie um dich. Es ging nur um sein Wohl. Um sein Ziel, dich endlich zu töten.«

Die Wahrheit glich einem Vorschlaghammer, der gegen mein Herz donnerte. Es zerfiel in Scherben, regnete in mir herab, zerschnitt alles, was es dabei erreichen konnte.

Ich war ihm egal gewesen. Ich war immer nur ein Mittel zum Zweck gewesen, niemals wichtig für ihn. Nur für seinen Ausbruch, seine Rache, seine Freiheit. Es ging nie um *uns*. Oder doch? *Warum hält noch immer etwas in mir an dir fest?*

»Stimmt das?« Meine Stimme bebte, als ich mich wieder zu Iwan drehte. »Stimmt das?«, wiederholte ich lauter, schlug gegen seine Brust.

Er schaute mich an. Er schaute mich einfach nur an. Die Gewitter in seinen Augen schienen mich zu durchwühlen, suchten nach irgendwas. Nach Vergebung? Nein, ich war mir nicht mal sicher, ob er sowas überhaupt empfinden konnte.

Er schluckte sichtbar. »Ja.«

Und dann brach es. Einfach so. Der Rest meiner Würde, meines Stolzes, meiner Liebe. *Ich bin so dumm und blind.*

Ich stieß ihn von mir, hämmerte mit den Fäusten gegen seinen Oberkörper. »Du hast mich benutzt! Selbst jetzt! Selbst nachdem du draußen warst, hast du mich benutzt. Das, was du eben gesagt hast, es war alles eine Lüge? Nur um mich zu töten?« Ich schluchzte auf, konnte nicht mehr an mich halten. »Warum tust du es dann nicht endlich?! Bring mich einfach um!« Mein Leben schien für niemanden von Bedeutung zu sein.

Iwan packte meine Handgelenke, presste sie an sich. »Ich habe dich nie belogen! Und es ist nicht wichtig, worum es am Anfang ging, sondern, worum am Ende. Ich wollte Carter schon vorher tot sehen, aber als du in meine Zelle kamst, als ich deine Verletzungen sah, da …«

»Da hat es dich gestört, dass jemand dein Eigentum verletzt?« Nadia lachte auf. »Als wäre sie eins deiner Autos.«

»Nein!«, brüllte Iwan. »Da wurde mir klar, dass sie … Das geht dich absolut nichts an, Mutter!«

»Wieso sollte ich dir glauben?«, schrie ich ihn so laut wie irgend möglich an, als könnte ich dadurch all meine Wut herauslassen. »Wieso?«

»Weil ich niemals lüge, Mokita.« Seine Stimme wurde leise. So, so leise. »Für niemanden.«

»Nenn mich nicht so.« Ich schniefte, entriss ihm meine Hände, wischte mir die Tränen von den Wangen. Abstand. Ich brauchte eine Menge Abstand! Zu ihm, zur Mafia, zu diesen hinterlistigen Frauen hier! »Lasst mich alle in Ruhe! Ihr alle!«

Ich drehte mich um, prallte fast gegen Nadia, drängte mich an ihr vorbei und stürmte aus dem Raum heraus.

Iwan sagte kein Wort. Er schaute einfach nur zu, wie ich ging. Und genau so viel war ich ihm wert. Absolut und überhaupt gar nichts.

Nadia folgte mir, rief, dass ich warten sollte. Doch sie war nicht ein Stück besser als ihr Sohn! Ganz im Gegenteil!

Ich betrat den schmalen Flur und die Tür des Nachbarzimmers wurde geöffnet. Tatjana kam heraus, wickelte den weißen Morgenmantel enger um sich. »Was ist hier los?«

Am liebsten hätte ich sie allein mit meinem Blick vergiftet. »Du bist wie sie alle! Eine verdammte Lügnerin!«

Ihre Augen wurden groß, starrten mich in Grund und Boden.

Ich rauschte auf sie zu. »Du bist nicht meine Mutter! Du bist einfach nur eine heuchlerische, intrigante, manipulative, …«

Nadia umfasste meine Schultern, ich wehrte mich, doch sie ließ nicht locker. »Iwan ist hier. Wir haben keine Zeit mehr. Plan B!«

»Lass mich verdammt nochmal los!« Ich schlug um mich,

versuchte sie zu treten, doch sie hielt mich für ihr Alter verflucht gut an Ort und Stelle.

Tatjana kam auf uns zu, langsam, wie ein Henker zu seinem Opfer. »Du bist es nicht einen Moment wert, den Namen Smirnow zu tragen, du Hure!«

Wie bitte? Ich trat erneut um mich, schrie auf und verstummte augenblicklich wieder. Der Lauf einer Pistole drückte gegen meinen Hinterkopf.

Nadia kam zu mir herum, ließ die Waffe um meinen Kopf wandern, bis er gegen meine Stirn presste und sie in meine Augen sehen konnte. Sie dirigierte mich daran durch den Flur. Mein Rücken traf auf eine der schäbigen Wände.

»Was soll das?« Meine Stimme zitterte.

Doch Nadia lachte nur. »Du hast absolut keine Ahnung, Kind.« Sie kam einen Schritt auf mich zu. »Die Rache wird ein für alle Mal beendet.«

Mein Blick zuckte zu Tatjana. »Ihr wolltet mich retten! Mich schützen! Ihr seid nicht besser als eure Männer!«

Tatjana rümpfte die Nase. »Du bist es nicht wert. Nur Abschaum steigt mit einem Pedrow ins Bett. Ich schäme mich, deine Mutter zu sein!« Sie spuckte mir auf die Füße.

Tränen rannen mir abermals die Wangen herab, verätzten förmlich mein Gesicht. Aber es ging einfach nicht anders. Meine Gefühle kochten über. Das alles war zu viel, viel zu viel! »Ihr seid verrückt.«

»Da sind wir einer Meinung.« Iwan schien aus meinem Zimmer gekommen zu sein. Doch anders als ich mich fühlte, klang seine Stimme absolut ruhig und gelassen.

Ich schielte zu ihm herüber. Die Hände in den Hosentaschen kam er auf uns zu, lehnte sich mir gegenüber an die Wand, direkt hinter seiner Mutter.

Das war nicht sein Ernst! Das konnten die alle hier gerade nicht ernst meinen!

»Lange nicht gesehen, Iwan.« Tatjanas Worte schmerzten mir in den Ohren.

Er wandte den Blick nicht eine Sekunde von mir ab. »Ich war viel beschäftigt die letzte Zeit. Eheprobleme, Knast, Rachegelüste, das übliche Bossleben.« Als würde er vom Wetter erzählen!

Die Waffe brannte sich förmlich in meine Haut, verschmolz mit den feinen Schweißperlen auf meiner Stirn.

Tatjana lachte leise auf. »Und nebenbei hast du meine Tochter um den Finger gewickelt.«

Nun schaute er doch zu ihr. Er bewegte sich keinen Millimeter, nur seine Augen zuckten herüber. »Gut, dass du es ansprichst.« Er stieß sich von der Wand ab, lächelnd stellte er sich neben seine Mutter. »Ich habe bis eben nicht verstanden, was ihr hier spielt. Und dann hat es einfach klick gemacht.«

Nadias Finger begannen zu zittern. Ich würde jeden Moment sterben. Nur noch ein paar Minuten, vielleicht Sekunden und mein Hirn würde an diese Wand klatschen.

Iwan fuhr unbeirrt fort. »Hier sind weit und breit keine Männer von mir. Also hat Tatjana sicher schon nach Verstärkung gerufen. Wir sollten uns beeilen.« Er zwinkerte mir zu. »Beinahe wärst du tatsächlich Boss geworden, Tatjana. Klar, die eigene Tochter zu hintergehen, ist hart. Aber Menschen ohne Seele machen so etwas, nehme ich an. Oder, Mutter?« Allein sein Blick könnte Nadia auf der Stelle töten.

»Als würdest du mehr Skrupel besitzen.« Tatjana spuckte ihm die Worte entgegen.

»Offensichtlich.« Seine Augen zuckten zu mir. »Ihr hättet Marlena so oder so getötet. Lasst mich raten, was euer Plan B ist.« Hatte er nicht gesagt, wir haben keine Zeit? »Wie wird man Boss mit dieser verdammten Blutlinie?« Iwan schüttelte den Kopf, senkte den Blick. »Die zu umgehen, ist nicht leicht. Du dürftest Marlena nicht selbst töten, denn dann würde meine Blutrache einfach auf dich übergehen und ich … ich würde dich, ohne zu zögern, töten. Also musste es einer von meinem Clan tun.« Er schaute auf, zu seiner Mutter. »Maksim zum Beispiel. Ich saß im Knast, er hätte es tun dürfen, aber er hatte von mir andere Anweisungen bekommen. Schade.« Maksim? Wer wollte mich hier nicht tot sehen? »Meine Mutter war die letzte Option. Nadia darf als Wladislaws Frau die Blutrache ausführen, wenn Tatjana zustimmt. Danach wäre es anstrengender, Boss zu werden. Matjew hatte doch Geschwister, oder? Aber der erste Stein deines blutigen Weges wäre gelegt.«

Tatjana knirschte mit den Zähnen, schwieg allerdings.

Iwan ging noch einen Schritt auf Nadia zu, sein Atem traf sicher auf ihren Hals. »War es deine oder ihre Idee, sie zu mir in den Knast zu schicken?«

Das alles, es war ein böser Traum. Sicher würde ich jeden Moment aufwachen, hätte keine Waffe an der Stirn, würde neben Carter liegen und nichts von Mafiageschäften und Blutrachen mehr hören. Oder von Müttern, die ihre Kinder aufgrund von Machtgelüsten auslieferten.

»Du bist schlau.« Tatjana lehnte sich neben mich an die Wand. *Berühr mich nicht, bitte berühr mich nicht!* Es reichte schon, dass ich ihre Stimme ertragen musste. »Es war meine Idee mit dem Interview, deine Mutter war anfangs schwer zu überzeugen. Wer hätte gedacht, dass du plötzlich ein weiches Herz bekommst, statt deiner Wut freien Lauf zu lassen und Maksim den einzig sinnvollen Befehl zu erteilen?«

Ein weiches Herz? Iwan? Wohl kaum.

Nadia stöhnte auf. »Iwan, wir müssen deinen Vater endlich rächen.«

»Meinen Vater?« Er lachte, laut und herzlich, was seine Mutter zusammenzucken ließ und mir einen Herzinfarkt bescherte. Verdammte Scheiße! »Du meinst den, der besoffen nach Hause kam und mich verprügelte? Der die Finger nicht von Allison lassen konnte, obwohl sie erst fünfzehn war? Der Maksims Hand als Aschenbecher nutzte? Redest du von diesem Mann?«

Jedes seiner Worte ließ mich nach Luft schnappen. Ich konnte die Augen nicht von ihm abwenden. Der tiefe Schmerz, die blanke Wut, das alles stand so offen in seinem Gesicht.

Iwan ging an Nadia vorbei, lehnte sich neben mich an die Wand. Ich war eingekesselt. Rechts von mir meine Mutter, die nur darauf wartete, dass ich starb.

Links der Mann, der mich töten sollte und dem ich mein Herz geschenkt hatte, ohne es zu bemerken. Und der es nun brach.

»Bevor du der hübschen Marlena allerdings den Kopf wegpustest, solltest du noch etwas wissen.« Seine Fingerspitzen berührten meine. Ich wollte zurückzucken, doch er fing sie ein, strich darüber. »Wir haben einen Schwur geleistet, im Gefängnis.«

»Was?« Nadia und Tatjana schrien es förmlich im Chor.

Die Treppe knarzte. »Ich war ihr Zeuge.« Maksim! Er war auch hier! Als würde keine Waffe auf mich zielen, als würden hier nicht zwei verfeindete Clans stehen und gerade um mein Leben feilschen, kam er zu uns herüber, schaute vom einen zum anderen. »Schöner Schwur.

Ihr kennt ja Iwan, hört sich selbst gern reden.«

Von welchem verdammten Schwur sprachen die beiden?

»Du lügst.« Tatjana stellte sich neben Nadia. »Er lügt!«

Iwan lachte auf. »Ich lüge nie. Für *niemanden*. Hast du das nach drei Jahren bereits vergessen?«

Nadia verstärkte den Druck gegen meine Stirn. »Wie verbiegst du diesmal die Wahrheit, hmm?«

»Gar nicht. Ich kann es dir auch gern offen sagen.« Er drückte meine Hand stärker. »Ich, Iwan Pedrow, habe vor dem Zeugen Maksim Sorokin geschworen, sie …« Er neigte den Kopf. »… jetzt wird es kompliziert … Mariel Torres, Marlena Smirnow – nenn sie, wie du willst – zu meiner Frau zu nehmen.«

Seiner Frau? Was redete er da? Das hatte er nie gesagt und ich hätte da ganz sicher niemals … Moment. Er log. Das alles war eine Lüge. Es dauerte eine Weile, bis all seine Worte bei mir ankamen, nach und nach Form annahmen, bis ich erkannte, was er da tat. Er log, so absolut offensichtlich und vollkommen, dass ich es kaum glauben konnte. Er log, für mich.

Du brichst deine größten Prinzipien, deine oberste goldene Regel. Für mich. Für mich, für mich, für mich. Weil ich dir wirklich etwas bedeute, dir und deinem eiskalten Herzen.

»Blödsinn!« Tatjana schüttelte den Kopf, doch Nadia starrte ihren Sohn in Grund und Boden.

Er löste sich von mir, schob sich zwischen mich und seine Mutter, die Waffe noch immer an meiner Stirn. »Wagst du es, deinen Boss anzuzweifeln?« Er hätte ihr genauso gut den Tod androhen können, seine Tonlage triefte vor Hass.

Maksim räusperte sich. »Sie hat übrigens ja gesagt. Nicht, dass jemand etwas anderes erwartet hatte, nur der Vollständigkeit halber.«

Iwan grinste Nadia entgegen, wie eine Giftschlange, die ihre Beute einlullte und nur auf den entscheidenden Biss wartete. »Sie ist die zukünftige Ehefrau deines Clananführers, das hebelt all diese zusammengereimten Mafia-Gesetze auf. Niemand darf die Blutrache beenden. Nicht du, nicht Maksim.« Er umfasste die Pistole, drückte sie herunter. »Nur ich ganz allein.«

Am liebsten hätte ich erleichtert aufgeatmet, als die Waffe nicht mehr meine Haut berührte. Aber noch standen wir viel zu nahe an meinem Tod. Das alles hier, es war eine Lüge, eine reine Inszenierung, um mich zu retten.

Du tust es immer und immer wieder. Du beschützt mich, rettest mich, dabei bist du mein größter Feind. Dem ich immer gehören werde. Selbst nachdem ich die Wahrheit weiß, bin ich noch immer dein. Und ich hasse es, hasse dich, hasse mich. Und doch nicht.

Tatjana schnappte nach Luft. »Du kannst dir nicht einfach meine Tochter nehmen!« Jetzt war ich auf einmal wieder ihre Tochter?

Nadia stand noch immer vor uns, schaute zwischen uns allen hin und her. »Dein Vater braucht Rache, mein Junge.« Sie versuchte, die Waffe wieder zu heben.

Doch Iwan hinderte sie daran, drückte ihren Arm nach unten. »Das würde ich nicht tun.«

Sie seufzte. »Ich habe dich verraten. Du tötest mich so oder so.«

Stille. Beinahe so, wie in der Zelle bei unserem Interview. Nur diese wog tonnenschwer, ließ selbst das letzte Staubkorn in der Luft erstarren, den Atem anhalten. Die Welt schien zu verharren, traute sich nicht mal ungeduldig zu werden, während sie wartete, auf Iwans Reaktion. Auf die vom Boss.

»Stimmt.«

32

IWAN

Ein Schuss. Er hallte überlaut durch diesen viel zu engen Flur, ließ alles für einen Moment verstummen. Ich packte Marlena, drückte sie an mich, während das Hirn meiner Mutter den Gang entlang spritzte, Blut mein und auch ihr Gesicht benetzte.

»Das ist für Alli.« Maksim grinste, die Waffe noch immer oben, obwohl meine Mutter bereits tot auf dem Boden lag. Er wandte sich an mich. »Fuck! Du weißt gar nicht, wie lange ich das schon tun wollte.«

Ich konnte es mir vorstellen.

»Ihr …« Tatjana presste sich mit dem Rücken gegen die Wand, atmete viel zu schnell ein und aus. »Meine Männer sind jeden Moment hier und …«

»Meine Waffe braucht nicht mal eine Sekunde.« Maksim richtete seine Pistole auf sie. »Die Zeit haben wir.«

»Nein.« Es würde ihrem Clan nur einen weiteren Grund geben, uns zu jagen. Einen Arm um Marlenas Taille zog ich sie mit mir Richtung Treppe. »Wir gehen.«

Er seufzte auf, ließ die Waffe jedoch sinken. »Noch einmal lasse ich mir diese Chance nicht entgehen, Smirnow.« Dann hörte ich endlich seine Schritte hinter uns.

Wir eilten die Treppe herunter, die jetzt viel lauter knarzte als vorhin, doch meine Konzentration richtete sich in eine andere Richtung. Autos fuhren vor, Bremsen quietschten, Türen knallten.

Marlenas Finger waren noch immer in mein T-Shirt gekrallt. »Deine Mutter … sie ist …«

»Tot, ja«, vervollständigte ich ihren Satz, zog sie weiter, bis wir vor der alten Eingangstür standen. Die Lüge, die meine Lippen verlassen hatte, tat mehr weh, als die Leiche meiner Mutter zu sehen. *Vielleicht weil ich mir wünsche, sie wäre wahr, Mokita. Ich wünschte, ich könnte dich ewig an mich binden, die Schuld beenden. Doch auch wenn ich kein großer Romantiker bin, einen Antrag in einer Zelle? Nein, das hättest du nicht verdient.*

Marlenas Atemzüge beschleunigten sich, sie löste sich von mir, ging ein paar Schritte auf und ab. »Du …«

Ich drehte mich zu ihr. »Alles in Ordnung?«

Sie schaute zu mir auf. Auf ihren Wangen glänzten blutige Sommersprossen, ihre Lippen waren tiefrot. *Wie gern ich dich jetzt küssen will, Mokita.*

»Ja«, flüsterte sie und lächelte. Sie lächelte! *Du bist ein Monster, so wie ich.*

Maksim stellte sich zu uns, nickte zur Tür. »Hört ihr das?«

Klar und deutlich. Diese kleine unscheinbare Holztür trennte uns gerade vor dem sicheren Tod. Schritte raschelten durch das Gras, Befehle wisperten durch die Stille.

»Komm.« Ich griff nach Marlenas Hand, deutete mit der freien in das Haus herein. »Es muss doch einen Hinterausgang geben oder …«

Über uns polterten Schritte. »Hilfe!« Fuck, Tatjana hatte uns jetzt auch noch gefehlt. »Hilfe! Die Pedrows sind hier!«

»Ich hätte sie abknallen sollen!« Maksim überholte uns und wir folgten ihm in die Küche. Er drückte sich an die Wand, schielte aus den Fenstern. »Scheiße!«

Das konnte er laut sagen. Ich ließ Marlena stehen, duckte mich, bis ich die schmale Hintertür mit dem gardinenverhangenen Fenster erreichte. Nur wenige Millimeter schob ich den vergilbten Vorhang beiseite. »Sie haben das Haus umstellt.«

»Fuck!« Maksim trat gegen die Küchentheke und die Schranktür daran fiel krachend zu Boden.

Meine Gedanken drehten sich. Das hier war nicht unser Ende. Ich würde irgendwann sterben und sicher mehr als qualvoll bei all den Feinden, die sich um mich scherten, aber nicht durch einen Smirnow-Wichser. Nein, niemals. *Und du auch nicht.*

»Ich bin Marlena.« Sie drückte meine Hand, doch ich konnte den Blick nicht von der Hintertür abwenden. »Iwan!« Zwei Finger um mein Kinn zwang sie mich, sie anzusehen. »Ich bin eine Smirnow! Nimm mich als Geisel, bis zum Auto – ihr seid doch mit einem gekommen?«

»Malyschka, sehe ich wie ein Wanderer aus?« Maksim stützte sich mit den Unterarmen auf dem Tresen ab. »Aber die Idee ist gut. Du oder ich?« Er schaute zu mir.

»Wir stürmen das Haus, in fünf …!«, brüllte jemand von draußen.

Die Idee war gut? Wie bitte? »Und dann erkennen sie Marlena nicht und knallen uns alle ab.«

Er zuckte mit den Schultern. »Wenn wir noch ein wenig diskutieren, können wir auch direkt unsere Beerdigung planen. Sag Alli, sie soll nicht um mich trauern und ich möchte unbedingt weiße Rosen auf dem Sarg.«

Ich hasste diesen Mistkerl.

»Vier!«

Marlena umfasste mein Gesicht, wischte das Blut meiner Mutter von meinen Wangen. »Es ist unsere einzige Chance. Entweder wir überleben zusammen oder gehen gemeinsam unter.«

Ich würde wieder für dich lügen. Immer und immer wieder. Mein Herz ist nicht weich, es ist dumm. Und voll von dir.

»Drei!«

Sie hatte recht. Ich nickte, küsste Marlena für den Bruchteil einer Sekunde auf ihre vollen Lippen, packte ihre Hüfte und drehte sie herum. Einen Arm um ihre Kehle geschlungen presste ich sie an mich. Ich griff nach der Waffe in meinem hinteren Hosenbund, ließ sie an ihrem Hals entlang gleiten, schob mit dem Lauf ihre dunklen Haare zurück. »Gibt schlechtere Positionen für dich.«

Sie lachte leise auf, rieb ihren Hintern an mir. »Entführ mich, Iwan Pedrow.«

»Nichts lieber als das, Marlena Smirnow.« Ihr Kopf fiel an meine Schulter. Das leise Seufzen aus ihrem Mund reichte, um mich all die Männer da draußen vergessen zu lassen. Alles, woran ich denken konnte, war ihre süße Zunge an meinem Schwanz. Wie sie daran leckte wie ein kleines Kätzchen.

»Zwei!«

»Ich trete jetzt die Tür auf, ob ihr dann fickt oder mitspielt, mir egal.« Maksim drehte sich um, blickte zur Tür. »Showtime.«

Ich drückte die Waffe an Marlenas Schläfe, ein Finger auf dem Abzug, nur ein Zucken von ihrem Tod entfernt.

Das hier, wir beide, jetzt gerade. Das ist perfekt. Das sind wir. Es ist ein Impuls, Mokita. Ich weiß nicht, warum ich das gleich tun werde. Doch es ist richtig. Und es ist die reinste Wahrheit, die ich dir geben kann.

»Ich liebe dich.«

Maksim trat krachend die Tür ein. Sie flog aus den Angeln, direkt auf den Boden vor ungefähr fünf Männer des Smirnow-Clans. Mit erhobener Waffe verließ er langsam das Haus, zielte mit der Pistole hin und her, als könnte er alle auf einmal abknallen.

»Ich hasse dich.« Marlenas Worte waren wie Musik in meinen Ohren.

Ich drückte sie enger an mich, bis sie aufkeuchte und meinen Schwanz zum Zucken brachte. *Dieses Spiel gefällt mir bisher am besten zwischen uns.* Wir traten heraus, folgten Maksim. »Das hier ist Marlena Smirnow und ich …« Wollte ich mich gerade vorstellen? »Sollte auch nur einer daran denken, auf uns zu schießen, wird sie auf der Stelle sterben.«

Wir schlichen, immer mit dem Blick zu ihnen, an all den Männern vorbei. Ihre Augen hafteten auf uns, zuckten hin und her. Sie hatten keine Ahnung, was sie tun sollten. Ich hielt ihren Boss in den Armen. Eine Frau, die sie zwei Jahrzehnte lang nicht gesehen hatten und nun offensichtlich von mir entführt wurde. Die Läufe ihrer Pistolen verfolgten jeden unserer Schritte.

Es waren nur wenige Meter bis zu unserem Auto, vielleicht zehn oder elf, doch gerade kam es uns wie ein Marathon mitten auf einem Minenfeld vor. Maksim wandte mir den Rücken zu, nickte in Richtung unseres Wagens. Marlena fest an mir marschierte ich förmlich darauf zu. Noch fünf Meter, noch vier.

Die Eingangstür flog auf. Tatjana hing noch mit einer Hand an der Türklinke, als ihre Augen uns auch schon fanden. Und da sagte nochmal einer, dass ich böse lächeln würde.

»Lauf!« Ich stieß Marlena Richtung Auto, sprintete ihr hinterher.

»Tötet sie! Tötet Marlena! Sie ist eine Verräterin!« Tatjanas Schreie zerschnitten die Stille, beendeten die Ruhe. Die Blutrache war ihr egal, sie wollte nur noch jemanden leiden sehen. Die Kugeln flogen uns um die Ohren. Es knallte und zischte durch die Luft, während wir zum Auto rannten.

»Du fährst!« Marlena riss den Kopf zu mir herum, eilte jedoch ohne Widerworte zur Fahrertür. »Ich schieße besser, Mokita.« Ich zwinkerte ihr zu, erleichtert, dass sie bereits sicher im Auto saß. Wir schafften es hier raus, wir alle!

Ein Schrei. Er fuhr durch mich hindurch, klammerte sich an meine Knochen, als könnte er sie jeden Moment unter sich zermalmen. Ich wirbelte herum.

Maksim. Er brüllte, fiel auf die Knie. Zwei Männer kamen, rissen ihn zu Boden, schlugen auf ihn ein. *Nein, nein, nein!*

Ich rannte auf ihn zu, zog meine Waffe. Und schoss. Blind, einfach in die Masse der Männer. Jeder von ihnen hatte es verdient! Mit jedem Schlag gegen Maksims Brust, mit jedem Tritt gegen seine Seiten unterzeichneten sie nur noch fetter ihr Todesurteil.

»Iwan!« Ich schaute über meine Schulter zurück. Marlena hatte sich im Auto eingesperrt. Drei Wichser versuchten, die Scheiben zu zerschlagen, doch ihre Fäuste prallten daran ab. *Wenn auch nur einer sie anfasst, jage ich diesen ganzen Wald in die Luft!*

»Hau ab!« Maksim konnte noch so laut rufen! Ich wollte es weder verstehen oder begreifen!

Doch ich musste mich entscheiden.

Fuck! Ich drehte mich zum Auto um, knallte die drei Idioten ab, rannte zu ihr.

Sie lehnte sich rüber, öffnete die Beifahrertür. Ich schnappte das von Schüssen zerbeulte Metall, riss sie auf und fiel auf den Sitz. »Fahr! Los!«

Große Wasserfall-Augen starrten mich an. »Maksim, ist er …?«

»Marlena, fahr!«

Sie zuckte zusammen. Ob es meine laute Stimme war oder die Kugeln, die gegen die Seite des Autos donnerten, kein Plan.

»Verdammt.« Sie gab Gas, preschte den geschotterten Weg entlang, den wir hergekommen waren.

Doch die Smirnows waren nicht dumm. Motoren heulten hinter uns auf, Schüsse knallten gegen die Rückscheibe des Autos. Sie war kugelsicher, aber auch nicht für immer!

Ich öffnete das Handschuhfach, suchte nach einer weiteren Glock, nach einem Messer, nach irgendwas! Nichts, absolut nichts! *Maksim, dafür wirst du den Anschiss deines Lebens bekommen!*

Marlena fuhr in die Kurve, schlitterte herum. »Ich kann das nicht!«

»Doch!«, brüllte ich erneut, ließ die Fensterscheibe neben mir herunter. »Du kannst das, du bist immerhin bald *meine* Frau.«

Sie lachte, hysterisch, aber sie lachte. *Und das, Mokita, ist so viel wert.*

Ich lehnte mich zur Seite raus, feuerte auf die Autos hinter uns. Der Fahrwind peitschte mir ins Gesicht, doch ich behielt die Augen offen. Es waren drei dunkle SUVs, die uns immer näher und näher kamen. Wir brauchten irgendein Wunder, um die alle abzuhängen!

Ich zielte auf die Reifen. *Ruhe, Pedrow.* Daneben. *Komm schon.* Daneben. *Verdammte Scheiße!* Endlich, ein Zischen ertönte!

Einer der Wagen kam ins Schleudern, krachte in einen Baum. *Da waren es nur noch zwei.* Ich schoss erneut auf eins der Räder. Fuck! Marlena wich irgendetwas aus, verwackelte den Schuss. Nochmal drückte ich ab und ... hörte nur das leere Magazin klicken.

Fuck, fuck, fuck!

Mit all meiner Kraft schmiss ich die Waffe nach hinten, als könnte sie noch irgendwas anrichten, außer an der Frontscheibe des linken SUVs abzuprallen!

»Munition alle.« Ich ließ mich wieder auf den Sitz gleiten, schloss das Fenster.

»Und jetzt?« Die Panik in ihrer Stimme trieb meinen Puls höher und höher. Noch nie hatte ich Angst bei ihr gesehen oder gar gehört.

Ich beschütze dich. Ich habe gelogen, um dich zu retten, nicht um dich danach zu verlieren.

Endlich lichtete sich der Wald um uns herum. Hier musste es doch irgendwas geben, eine Rettung, eine Abfahrt, eine ... Brücke!

Ich richtete mich auf, presste mich gegen die Scheibe und schaute hinab. Die Brücke war relativ hoch, darunter lag ein großer, ruhiger See. *Es ist riskant, aber so ist das Leben nun mal, nicht wahr?* »Vertraust du mir?«

»Ja.« Sie dachte nicht mal darüber nach. Und das nach allem, was sie heute erfahren hatte. *Weil uns etwas verbindet, was die anderen nicht verstehen. Niemals verstehen würden. Dafür ist es zu groß.*

»Fahr die Brücke herunter.«

Ihr Blick zuckte zu mir.

»Jetzt.«

Und dann riss sie das Lenkrad rum.

Das Geländer der Brücke gab nach, als wäre es nichts weiter als ein Konstrukt voller Zahnstocher. Wir brachen hindurch, stürzten in den Abgrund, fielen in den Tod.

Ich wollte nicht auf das Wasser sehen, brauchte nicht den Aufprall mitzubekommen. Ich wollte sie sehen. Nur sie. Marlenas Haare flogen umher, verdeckten ihr schönes Gesicht.

Ihre Augen fanden meine. *Und wieder überraschst du mich. Keine Angst, keine Furcht, keine Zweifel. Du folgst mir. Und ich folge dir. Selbst in den Tod.*

Ich legte den Kopf in den Nacken, lachte auf. *Wir sind beide so krank, Mokita.* Ich nahm ihre Hand in meine, küsste ihre Finger. »Du bist meine Freiheit.«

Die Räder krachten zuerst in das Wasser. Wir schleuderten herum, schlugen mit den Köpfen gegen das Dach des Wagens. Der Ruck schüttelte unsere Körper, raubte uns die Macht über uns selbst.

Wasser spritzte meterhoch an dem Auto empor, die Fontäne verschluckte uns unter sich, rieselte prasselnd herab.

Mein Hirn fühlte sich wie Brei an, meine Arme waren ein einziger Krampf. Ich öffnete die Augen, rieb mir die Stirn. Ich lebte. Noch. In kleinen Bächen stürzte das Wasser kühl zu uns herein, umschloss uns langsam, aber sicher.

Marlena. Ich packte ihre Schultern, rüttelte sie. »Schau mich an, schau mich an!« *Du hast das überlebt, so wie ich! Du musst überlebt haben!*

Sie blinzelte, öffnete flatternd ihre Augen. »Wir leben.« Eine vage Feststellung, aber ja, wir lebten. Sie lachte auf, erst ganz leise, als könnte sie den Lauten in ihrer Kehle nicht trauen, bis es so laut war, so herzlich, dass mein Kopf augenblicklich zu dröhnen begann.

Doch ich stimmte mit ein. Das Wasser stand uns bis zu den Knöcheln, strömte immer schneller herein. Und wir lachten, lachten, lachten.

Marlena kletterte hinter dem Lenkrad hervor, über die Armatur des Wagens, bis sie auf meinem Schoß saß. Ich schlang die Arme um sie, drückte sie an meine Brust. Wir mussten warten, bis das Auto volllief, um die Türen öffnen zu können. Schüsse wurden auf das Dach abgefeuert, doch wir waren so weit weg, dass sie lediglich wie große Hagelkörner wirkten, die versuchten, zu uns durchzudringen. *Und dabei halte ich dich, so eng bei mir, dass es ein Traum sein muss.*

»Du hast für mich gelogen.« Ihre Stimme war so leise, dass das Wasser sie beinahe verschluckte.

Ich nickte. »Ich hätte noch so einiges mehr getan, wenn sie dich erschossen hätten.« *Keine Lüge, die pure Wahrheit.*

Ihre Augen erkundeten meine, als könnte sie jegliche Unwahrheiten darin erkennen. »Gibt es noch mehr, was ich wissen sollte?«

»Außer, dass ich dich umbringen muss?« Sie verdiente die Wahrheit, nichts weiter als die Wahrheit.

»Musst oder willst?«

Gefährliche Frage, Mokita. »Musst.«

Sie lehnte ihre Stirn an meine. »Als du vorhin … also, bevor Maksim die Tür …«

»Wahrheit«, unterbrach ich sie. »Ich würde die Welt für dich belügen, wenn es sein müsste, aber du verdienst die reinste Ehrlichkeit, die ich dir geben kann.« *Es ist alles wahr, du besitzt eine gefährlich große Macht über mich. Die Frage ist nur, ob es dich in den Abgrund reißt oder dich fliegen lässt.*

Sie küsste meine Wange, fuhr mit ihren Lippen meinen Kiefer entlang. »Du hast mich benutzt, du hast mich manipuliert. Und jetzt sitze ich mit dir in diesem sinkenden Auto, höre mir deine Gefühle an und küsse dich.« Ihre Nase berührte meine. »Was stimmt nicht mit mir?«

Ich umgriff ihr Kinn. »Ich wollte dich töten, als du das erste Mal vor meiner Zelle saßt. Ich wollte dich für jeden Tag, den ich vergeblich nach dir gesucht hatte, bluten lassen. Und jetzt habe ich für dich gelogen, etwas, was ich seit über 20 Jahren nicht mehr getan habe. Und ich würde es immer wieder tun.« Ich ließ meinen Daumen an ihrem zarten Hals entlang streichen. »Was stimmt nicht mit mir?«

Ihre Lippen legten sich auf meine. Zart und so unschuldig, dass ich unwillkürlich lächeln musste. Diese Frau war alles andere als zart und unschuldig. Sie war eine der wildesten, dunkelsten und brutalsten, die ich jemals hatte kennlernen dürfen. *Die ich jemals geliebt habe.*

Das Wasser umschloss eiskalt meine Hüfte. Doch alles, was ich fühlte, waren ihre Küsse. Waren ihre Hände in meinen Haaren, war ihr Körper so nah an meinem. So konnten wir sterben, so war es perfekt.

Ihre Haarspitzen hingen bereits im Wasser, das Rauschen versiegte, wurde zu einem stummen Todesbringer unter der klaren Oberfläche. »Das mit deinem Vater, deine Kindheit … es tut mir leid.«

Ich legte den Kopf in den Nacken. »Wir sitzen in einem sinkenden Auto unter Beschuss und du beginnst eine Therapie mit mir?«

Sie umschloss mein Gesicht, zog mich wieder zu sich heran.

»Ich beginne, dich zu lieben.«

Sag es nochmal. Sag es wieder und wieder. Wie ein Idiot lächelte ich ihr entgegen, drückte meine Lippen so fest auf ihre, als könnte ich jedes ihrer Worte daran schmecken. *Du treibst mich in den Wahnsinn, Mokita.*

Die Wasseroberfläche berührte mein Kinn, kämpfte sich zu meinen Ohren.

Sie grinste an meinen Mund. »Luft anhalten.«

Gemeinsam atmeten wir tief ein, doch selbst als das Wasser uns komplett umschloss, konnte ich nicht die Lider schließen. Ihre Haare schwammen um sie herum, ihre Augen leuchteten unter den kühlen funkelnden See noch heller als sonst. Die Sonne brach sich in der Oberfläche, schimmerte auf ihrer Haut und ließ sie einfach wie eine wunderschöne Göttin wirken. *Meine Göttin.*

Ich griff zu der Türklinke, öffnete die Beifahrertür, als gäbe es das Wasser um uns herum gar nicht und schob Marlena von mir. Sie drückte sich vom Auto ab, schwamm in großen Zügen Richtung Oberfläche.

Und ich? Mein Körper wurde schwer wie Blei. Es wäre ein Leichtes, hier zu sterben. Ein paar Minuten und ich würde ohnmächtig werden. Es wäre vorbei. So wie für all die Männer, die Anastasia verraten hatte. So wie für all die Männer, die mir beim Ausbruch geholfen hatten. So wie für Maksim. Was brachte mir die Welt da draußen noch, außer Leid, Schmerz und Pflichten?

Doch als ihre Augen meine trafen, sie nichts sagen brauchte, ich einfach verstand, stieß ich mich ab und folgte ihr. *Du wärst bei mir geblieben. Für immer, auf eine kranke Art und Weise. Aber so sind wir. Vielleicht verpassen wir gerade die perfekte Chance für unser Ende.*

Zusammen, für immer, in Freiheit.

33

Marlena

Das weite T-Shirt, welches ich nur zum Schlafen trug, klebte wie eine zweite Haut an mir. Das Wasser lief in schmalen Bahnen an meinen Beinen herab, sammelte sich zu einer Pfütze auf dem Boden.

Es schoss niemand mehr auf uns und als ich zur Brücke hinaufschaute, konnte ich auch keine weiteren Männer erkennen. Wir waren in Sicherheit. Erstmal.

»Keine Sorge. Um bis hier runter zu kommen, brauchen sie mindestens eine Stunde. Die Brücke führt sie in eine ganz andere Richtung und die nächste ist gesperrt. Es wäre leichter, sie würden springen.« Iwan kämpfte sich aus dem Wasser. Seine Kleidung hing schwer an ihm und er brauchte ein paar Versuche, um sich ganz aufrichten zu können. »Außerdem werden sie sich zunächst um … na ja, um Maksim kümmern müssen.« Er packte den Saum seines Shirts und zog es über den Kopf, wobei der nasse, schwere Stoff schmatzende Geräusche von sich gab.

Fast hätte mich der Anblick, wie die feinen Wassertropfen an seiner Brust entlang perlten, von meinem eigentlichen Anliegen abgelenkt. Doch kaum sah er mir in die Augen, wusste ich wieder ganz genau, was ich wollte. Gerade war mir sowohl der Smirnow-Clan als auch Maksim egal!

Ich stampfte auf ihn zu, stieß gegen seine Schultern. »Du Idiot!«

Iwans Mundwinkel zuckten und er schmiss sein T-Shirt neben sich auf ein paar Steine. »Wir haben doch überlebt, die Brücke war …«

»Das meine ich nicht!«, unterbrach ich ihn und schlug gegen seine Brust. »Du wolltest sterben! Gerade eben!«

Er packte meine Handgelenke mit einer solchen Wucht, dass es mir wehtat. Es war nichts gegen den Schmerz in meiner Brust, den ich empfunden hatte, als er mich unter Wasser angesehen hatte. Sein Blick war ein stummer Abschied gewesen. *Für immer.*

»Du wolltest sterben«, flüsterte ich erneut, versuchte, in seinen Augen voller Gewitter irgendwas zu erkennen.

Er schluckte sichtbar, sein Blick zuckte in meinem Gesicht hin und her. »Es ist nicht so einfach.«

»Doch.« Ich wollte all diese Worte nicht hören. »Ist es! Du kannst mir nicht sagen, dass du mich liebst, für mich deine größten Prinzipien brechen, mich *so* küssen, mich *so* berühren, mich *so* … in Besitz nehmen!« Meine Stimme überschlug sich und brach augenblicklich in sich zusammen. »Und dann abhauen.« Nein, so lief das nicht.

Er löste seinen Griff, ging einen Schritt zurück. »Weißt du, warum ich Ana das Herz herausriss?«

So eine Frage hatte ich nicht erwartet. Seine Mutter hatte mir einiges erzählt, aber nichts traute ich laut auszusprechen. Wer wusste schon, was davon eine Lüge gewesen war?

»Man kann mit einem gebrochenen Herzen nicht leben. Das hat sie mir anschaulich demonstriert.« Er klopfte sich auf die Brust. »Also habe ich ihres genommen und mit meinen eigenen Händen zerstört.« Sein Blick glitt zu Boden, verschleierte sich, als würde er durch die Zeit reisen, wieder vor ihrer Leiche stehen. »Sie hatte um Gnade gefleht, mir ihre Liebe immer und immer wieder gestanden. Aber in mir regte sich nichts. Nichts, außer Hass.«

»Iwan.« Ich schloss den Abstand zwischen uns, legte meine Arme um seine Taille und zog ihn an mich.

Doch er wehrte sich, ging einen Schritt zurück. Das Wasser umspülte seine Knöchel. »Ich wollte nicht mehr lieben, nie wieder! Dich nicht, keine andere. Ich wollte nur frei sein. Von all den Schmerzen, den Pflichten, von jedem der schwanzlutschenden Wichtigtuer, denen ich absolut egal bin.« Er lachte freudlos auf. »Es geht immer nur um Macht, Macht, Macht. Niemand fragt dich als Boss, was du wirklich willst.« Seine Stimme wurde ganz leise. »Es wird dir eh genommen. Wieder und wieder.«

»Nein.« Ich ging zu ihm, ignorierte die Kälte an meinen Füßen, das Wasser, das über meine Zehen lief. »Niemand kann *mich* dir nehmen. Nicht mal du selbst.« Ich schlang meine Arme um ihn, drückte mich an seinen nassen Oberkörper.

Und er ließ es zu.

Sein Kinn ruhte auf meinem Kopf. »Ana … sie hatte mich damals verraten, die ganze Zeit. Unser Kennenlernen, unsere Ehe, es war alles eingefädelt, alles geplant. So viele Einsätze gingen schief, so viele Leute mussten sterben. Alles nur, weil sie den Smirnows Infos weitergab.«

»Das tut mir leid. Ich weiß, dass du sie sehr geliebt hast.« Wassertropfen verfingen sich zwischen meiner Wange und seiner Brust. »Es tut weh, wenn Menschen, die wir lieben, Dinge tun, die einen verletzen.« Meine Gedanken schweiften zu Carter, zu seinen Ausreden, zu all seinen Worten. Zu seinen Schlägen und Tritten. *Noch immer bin ich von ihm gezeichnet, auch wenn nun deine Hände an mir waren. Seine waren vorher da und werden wohl nie ganz verschwinden.*

Iwan räusperte sich. »Und jetzt halte ich nicht nur eine Spionin, sondern eine waschechte Smirnow in den Armen.« Er lachte auf, küsste meinen nassen Scheitel. »Man kann mir schon leichte selbstzerstörerische Tendenzen zusprechen.«

Ich schaute auf. »Und ich? Ich liebe den Mann, der mich umbringen will.« Er zog die Augenbrauen so fest zusammen, dass die Falte auf seiner Stirn eher an einen Krater erinnerte. »Ich will es nicht.«

»Aber du musst.« Ich küsste seine Brust mit all den Tattoos, schloss die Augen, lauschte seinem Herzschlag.

Er schwieg. Wir beide kannten die Wahrheit, nur war hier gerade kein Platz dafür. Nicht jetzt. Und vielleicht auch noch nicht morgen.

Meine Hände fuhren in seine dunklen Haare. »Lass mich nie allein, okay? Tu das nie wieder.« Ich küsste ihn. »Schau mich nie wieder so an wie vorhin.«

»Wenn ich untergehe, dann nur mit dir zusammen.« Es war das wohl giftigste und schönste Versprechen, das ich jemals bekommen hatte. *So wie wir. So wie du. Das tödlichste und verlockendste Gift der Welt.*

»Gut und wie kommen wir *hier* gemeinsam wieder weg?« Ich löste mich von ihm, blickte mich um. Es war nicht wirklich ein Strand hier unten an dem See, eher eine wilde Wiese, die an einen Wald grenzte. Weit und breit war niemand zu sehen.

Iwans Augen fuhren über meinen Körper. Ich folgte seinem Blick. Das weiße T-Shirt an mir war mehr durchsichtig, als dass es irgendwas verdeckte. Doch in mir kam nicht mal der Drang auf, etwas vor ihm zu verstecken.

Ich legte den Kopf schief, biss mir auf die Unterlippe. »Wir können natürlich auch unsere Sachen ausziehen und sie zum Trocknen in die Sonne legen.«

Ohne ein weiteres Wort kam er zu mir, presste seine Lippen auf meine. »Zu gern, Mokita.« Seine Stimme schwang durch mich hindurch. »Doch zuerst sollten wir von dieser Brücke verschwinden.«

»Du hast eine Stunde gesagt!« Ich zog die Linien seiner Tattoos auf dem Brustkorb nach, seinen Hals herauf, bis mein Finger auf seinem Kinn ruhte.

»Die wir haben, um in Sicherheit zu kommen. Glaub mir, Mokita, es fällt mir schwer, dich gerade abweisen zu müssen.« Er schob mich weit von sich, griff nach seinem T-Shirt auf dem Boden und ging an mir vorbei. »Los, ehe ich den Rest meiner Selbstbeherrschung verliere.«

Er hatte recht, das wusste ich. Doch das hieß nicht, dass ich es auch so sah. Ich drehte mich um und folgte ihm. Jeder Schritt ließ mein T-Shirt erneut tropfen, während wir den Bäumen am Ende der Wiese näher kamen. »Und wenn ich nicht tue, was du sagst? Werde ich sterben oder gefickt?«

»Beides.« Er lachte nicht, schaute nicht zu mir zurück.

Die Vorstellung gefällt dir und mir besser, als es gesund für mich wäre.

Ich rannte los, holte Iwan ein und hakte mich bei ihm unter. Dann gingen wir eben tropfnass zusammen durch den Wald, auch schön.

Der Vorteil, in dieser Hitze zu leben? Man fror nicht mit nassen Sachen. Auch nicht, wenn man gefühlt mehrere Kilometer durch einen Wald stapfte. Selbst Iwan hatte sich wieder sein T-Shirt übergezogen und auf Abkühlung gehofft. Irgendwann musste doch mal eine Straße oder so kommen!

Und tatsächlich, das vertraute Brummen von Motoren drang an meine Ohren. Nur ungefähr hundert Meter vor uns befand sich eine vielbefahrene Straße.

»Lass mich das machen.« Ich schaute zu Iwan auf. »Ich sehe richtig fertig aus und bin eine Frau, die Leute werden anhalten.«

»Und dann breche ich ihnen das Genick.« Er legte einen Arm um mich, zog mich an seine noch immer feuchte Brust. »Oder du? Ich kann es dir zeigen.«

Einen Genickbruch? Ein innerer Rausch packte mich, als würde eine Sternschnuppe durch meinen Körper zischen, all die Wünsche und gleichzeitig ihre Erfüllungen mit sich bringen. »Haben wir für sowas überhaupt Zeit?«

Er hielt an, drückte mich seitlich an sich. »Immer, Mokita.« Seine rechte Hand fuhr an mir herauf, legte sich um mein Kinn, die andere um meinen Hinterkopf. »Du musst den Kopf richtig packen.« Jeder seiner Finger verbrannte meine Haut unter sich, seine Hüfte an meiner. »Und du brauchst Kraft. Die Hand ...« Er verfestigte den Griff an meinem Kinn. Scharf sog ich die Luft ein. »... wirft den Kopf zurück, die andere sorgt nur für den perfekten Winkel.« Ganz leicht drückte er gegen meinen Kiefer, ich wehrte mich nicht eine Sekunde.

Ich vertraue dir, du tötest mich nicht. Noch nicht. Stattdessen genoss ich es, wie sich mein Hals schräg nach hinten dehnte, ich förmlich in seine andere Hand fiel. Sicher und doch so gut wie tot.

Seine Lippen schwebten über meinen. »Und dann wäre dein schönes Genick gebrochen.«

Fuck. Ich klammerte mich an seinen Nacken, zog ihn an mich und küsste ihn. »Ich will es tun.«

Er lächelte an meinem Mund. »Sprich es aus.«

Alles, was du willst. »Ich will jemandem das Genick brechen.« Allein der Klang dieser Worte ließ mich erschaudern.

»Das wirst du, Mokita.« Seine Nase berührte meine. »Ich lasse dir so viele Opfer bringen, wie du willst. Sie sollen vor dir knien, sie alle.«

Ich schloss die Augen, ließ seine Worte wie Honig durch mich hindurchfließen.

»Aber erst suchst du uns ein schönes Auto.« Flüchtig küsste er mich auf den Mund, richtete uns gemeinsam auf.

Ich strich über seine Wange, löste mich und rannte vor zur Straße. Immer wieder drehte ich mich auf dem Weg, breitete die Arme aus, lachte ihm entgegen.

D*u beflügelst mich, gibst mir das Gefühl von Freiheit. Kein Alltag, keine Gefangenschaft. Nur unser eigener Wille. Wie du mich gerade* *anschaust. Dieses zaghafte Lächeln, das das Ehrlichste ist, welches ich jemals an dir gesehen habe. Es steckt nicht voller Gefahr, voller Drohungen oder Ironie. Es steckt voller Gefühl, voller Iwan. Und ich liebe es.*

Ich betrat die geteerte Straße, doch ein Wagen nach dem anderen zischte an mir vorbei. Niemand schien mich sonderlich zu beachten. Ich stellte mich an den Straßenrand, kämmte meine feuchten Haare mit den Fingern durch. Sicherlich sah ich aus wie ein Opfer aus irgendeinem Horrorstreifen.

Die nächsten drei Autos fuhren einfach vorbei, doch dann bremste ein dunkelblauer Volvo neben mir ab, die Scheibe heruntergelassen. »Hey! Brauchst du Hilfe?«

Ich nickte. »Ich bin vor meiner Familie geflüchtet und weiß nicht, wo ich bin.« So hätte wahrscheinlich auch Iwan die Wahrheit zurechtgebogen, ohne zu lügen.

Er stieg aus, kam um sein Auto herum zu mir. Er war ungefähr so alt wie ich, sah nicht übel aus. Seine kurzen, dunkelblonden Haare, die hellblauen Augen und der Dreitagebart – unter anderen Umständen, hätte ich ihn wohl auf eine besondere Art und Weise angelächelt. Aber jetzt wollte ich nur seinen Tod.

»Wie grauenhaft«, fing er an. »Ich kann dich in Sicherheit bringen. Bei mir zu Hause? Für ein paar Tage?« Seine Hand schloss sich um meinen Unterarm. »Wir einigen uns schon wegen der Miete und so.« Er musterte mich, fuhr mit den Augen an mir entlang, blieb an meinen Brüsten unter dem nicht mehr ganz so durchsichtigen T-Shirt hängen.

Wow, er sah nur nett aus. Alles andere war einfach widerwärtig.

»Das Wichtigste habe ich dir noch gar nicht erklärt«, begann Iwan und trat wie aus dem Nichts hinter den blonden Typen. »Greife immer von der Seite an.« Blondie wirbelte herum, doch Iwan packte ihn bereits, legte eine Hand um sein Kinn und die andere an seinen Hinterkopf. »So hast du die meiste Kraft.«

Ich beobachtete seine Finger, wie sie an dem ekelhaften Typen lagen und ihm jeden Moment das Genick brachen. Wie der Kerl die Augen aufriss, die Todesangst in ihnen glänzte. Mein Blut pumpte heiß wie Lava durch meine Venen. *Ich entscheide über sein Leben.*

»Tu es«, flüsterte ich heiser.

Iwan grinste. »Für dich, Mokita, bringe ich sie alle um.« Er riss den Kopf des blonden Typens zurück, sein Genick knackte. Das Geräusch ging mir durch Mark und Bein, jagte einen Schauer über meinen Körper, der jedes noch so kleine Härchen an mir zum Stehen brachte.

Ich hatte keine Angst, keine Furcht oder empfand Reue. Es war die pure Ehrfurcht vor diesem Mann, der mit seinen so schönen Händen Leben nahm und mich gleichzeitig mit ihnen auf Wolke sieben schickte. Oder doch eher in die heiße Hölle?

Iwan schmiss den leblosen Kerl in die Büsche neben uns und öffnete mir die Beifahrertür. »Wollen wir?«

»Nein, ich will etwas ganz anderes.« Ich rannte förmlich auf ihn zu, sprang an ihm hoch und klammerte mich an ihn. Unsere Lippen knallten aufeinander, während seine Arme um mich lagen.

»Ich will dich spüren«, murmelte ich zwischen unseren Küssen. »Deine Hände, die Richter über Leben und Tod sind.« Ich leckte den Bogen seiner Unterlippe nach. »Deine Finger, deine Härte, deine Zunge … all das soll in mich tauchen wie in warmes, frisches Blut.«

Er drehte uns ruckartig um und drückte mich gegen die Seite des Autos. »Du schmeckst besser als alles Blut dieser Welt.« Langsam ließ er mich ab, ging vor mir auf die Knie. Sein warmer Atem traf auf meine eh schon überhitzte Haut und brachte alles an mir zum Kribbeln. »Und ich will dich kosten.« Er griff neben mich, öffnete die Beifahrertür.

Ich ließ mich auf den Ledersitz nieder, wobei meine Füße noch immer den Asphalt der Straße berührten und seine Worte jeglichen klaren Gedanken aus meinem Kopf verbannten. Selbst die kleinen Kiesel unter meinen Zehenspitzen nahm ich nur am Rande wahr.

»Zieh dein T-Shirt aus.« Iwan kam zu mir, umfasste meine Knöchel, fuhr meine Beine herauf, stoppte erst an meinem Slip, während ich mit entblößtem Oberkörper vor ihm saß. Beinahe sanft griff er nach dem Stoff meines Höschens, zog daran, bis ich meine Hüfte hob und es freigab.

Meine Augen wichen nicht eine Sekunde von ihm ab, als er es anhob, es an seine Nase drückte und tief einatmete. »Genau so riecht Freiheit, Mokita.«

Genauso bringst du mich um den Verstand, Iwan.

Seine rauen Hände wanderten wieder an mir empor, spreizten meine Beine, damit er sich endlich zu mir beugen, meine Innenschenkel küssen konnte.

Jede noch so leichte Berührung seiner Lippen trieb mich in den

Wahnsinn, entfachte ein solches Feuer in mir, dass ich mich unwillkürlich vor ihm wand, nicht einen Moment ruhig halten konnte. Ich lehnte mich, so gut es ging, zurück, schob ihm mein Becken entgegen.

Seine Lippen wanderten immer weiter, immer näher an meine Mitte heran. Und dann traf er endlich auf sein Ziel. Seine Zunge fuhr durch meine nasse Spalte, leckte über meine Klit.

Ich stöhnte auf, viel zu laut, presste mir sofort eine Hand auf den Mund. Sicher standen wir hier nur am Straßenrand und es würde auch garantiert kein Förster durch das Dickicht zum Vorschein kommen. Doch wir waren trotzdem irgendwie in der Öffentlichkeit und an uns fuhren selbst so früh am Morgen dauernd Autos vorbei!

Iwan stoppte und schaute zu mir auf, während zwei seiner Finger in mir versanken. »Ich will dich hören, Mokita. Jeden einzelnen Laut.«

Ich wölbte mich ihm entgegen, wollte seine Zunge wieder an meiner Mitte spüren. »Und wenn jemand anhält und nach uns sieht?«

Ich spürte sein Grinsen an mir. »Dann darf er mitmachen oder ich bringe ihn um, deine Entscheidung.«

Fuck, wieso sagst du immer so unglaublich heiße Sachen?

Allein seine Worte brachten mich zum Stöhnen und als er wieder meine Klit berührte, setzte er mich vollends in Brand. Ich keuchte auf, öffnete meine Beine immer weiter für ihn, bis meine Knie durch die geöffnete Autotür begrenzt wurden.

Er strich an meinem Körper empor, umfasste meine Brust, kniff in meinen Nippel. Seine Zunge umspielte die wohl empfindlichste Stelle an mir, sein Finger stieß wieder und wieder rhythmisch in mich, seine Hände raubten mir den Verstand. Und nahmen anderen das Leben, brachen anderen das Genick oder rissen Herzen heraus. *Es sind die schönsten Hände, die jemals meinen Körper berühren durften.*

Ich konnte mich gar nicht mehr beherrschen. Völlig ungeniert stöhnte ich auf, bebte unter all den Gefühlen, die er in mir auslöste. Der glatte Ledersitz klebte an meiner Haut, die heiße Luft um uns herum flimmerte förmlich und löste eine Gänsehaut an meinen Armen aus. Und Iwan leckte mich, hier in diesem fremden Auto, kurz nachdem wir all die Scheiße überlebt hatten und er jemanden für mich getötet hatte.

Vielleicht sollte es mich nicht anmachen, vielleicht sollte ich jetzt nicht diese Hitze spüren. Doch sie kochte in mir über, breitete sich von meinem Magen über die Beine aus, erreichte selbst meine Zehenspitzen. Und überkam mich. All meine Muskeln spannten sich an, fühlten sich tonnenschwer und federleicht zugleich an. Ich schwebte, er ließ mich schweben, während mich der Orgasmus überrollte.

»Iwan«, stöhnte ich, rutschte ein Stück zurück, bis mein Rücken gegen die Mittelkonsole stieß.

Er küsste meinen Venushügel, meinen Bauch herauf. Seine Zunge leckte über meinen Nippel, das Schlüsselbein entlang, bis sie meine Lippen traf und ich mich wieder zu ihm lehnte. Ich kostete meine eigene Lust, spürte seine Härte an meiner Mitte.

»Was willst du, Marlena?« Seine Stimme, so tief, so elektrisierend, dass sie ein warmes Prickeln über meine Haut zog.

»Dich, Iwan Pedrow.« Die Worte kratzten durch meine Kehle.

Er grinste. Und richtete sich auf!

Warum? Warum entzog er sich mir? Ich streckte die Hand nach ihm aus, wollte ihn wieder bei mir haben, als ich mitten in der Bewegung stockte. Sein Blick nahm mich gefangen, die Gewitter in seinen Augen zogen sich zu einem riesigen Unwetter zusammen.

»Steig aus.« Nichts davon ließ Platz für Widerworte.

Was? »Aber … da fahren Leute vorbei und …«, stammelte ich vor mich hin.

Iwan zog seine Hose aus, ließ sie herabfallen und kickte sie zur Seite. Seine Härte reckte sich empor, schrie förmlich nach mir und meinem Mund. »Ich sage es nur einmal höflich, dann packe ich dich und ficke dich auf der Motorhaube, bis du für sehr lange Zeit nicht mehr stehen kannst.«

Ich leckte mir über die Lippen, spürte seine Worte noch tief in mir nachhallen. *Tu es, Iwan.*

»Mokita.« Wie erlösend konnte ein Wort klingen? Als hätte er nach so langer Zeit gefunden, was er suchte. *Freiheit.* Seine Gewitteraugen fixierten mich. »Du bist perfekt.« Mit seinem gefährlichen Lächeln im Gesicht packte er meine Schultern, zog mich aus dem Auto heraus. Völlig nackt stolperte ich in seine Arme. Er ließ mir keine weitere Zeit und drückte mich mit dem Bauch auf die Motorhaube.

Meine Brüste schienen auf dem heißen Metall förmlich zu verbrennen, doch meine pochende Mitte schmerzte noch viel mehr, so sehnlichst wollte ich ihn endlich spüren. *Komm zu mir, bitte.* Mein Becken schob sich von ganz allein in seine Richtung. Selbst die vorbeifahrenden Autos waren mir jetzt egal.

Sollen sie mich doch sehen, Iwan. Sollen sie sehen, was dir gehört und was sie begehren. Mich, ganz allein mich.

»Arsch schön zu mir.« Seine Hände wanderten von meinen Schulterblättern hinab zu meinem Hintern, zeichneten die Rundungen nach, glitten durch die Spalte.

Fuck, er machte mich nicht nur wahnsinnig. Er trieb mich direkt in eine Psychiatrie!

Seine Härte schob sich von hinten zwischen meine Beine, pulsierte an meinem Eingang. *Ich bin bereit, so bereit, für dich.*

Und dann stieß er endlich zu. Mit nur einer einzigen Bewegung versank er komplett in mir, füllte mich aus, dehnte mich. Ich keuchte auf, drückte mich ihm entgegen, um ihn noch tiefer in mich aufzunehmen.

Er griff in meine Haare, zog meinen Kopf zurück, bis die Muskeln am Hals schmerzten. Doch ich konnte nur an seinen Schwanz in mir denken, der aus mir glitt, um erneut umso schneller in mich zu stoßen. Immer wieder klatschte seine Hüfte gegen meinen Po, immer wieder spürte ich ihn so tief in mir, dass ich nicht mehr wusste, ob ich atmen oder stöhnen sollte.

Meine harten Nippel scheuerten über den Lack, meine Hände suchten irgendwo nach Halt, den sie nirgends finden konnten. Ich fiel, war hilflos und doch mit Iwan so sicher wie noch nie zuvor in meinem Leben.

Er ließ eine Hand meinen Rücken entlangwandern, glitt weiter herab, streichelte meinen Hintern, schob sich zwischen unsere Körper. Und dann drückte seine Fingerspitze gegen meinen Anus.

Ich schrie auf, wollte mich ihm entziehen, doch nach vorn gab es keine Möglichkeit. Iwan riss mich an den Haaren zurück an Ort und Stelle.

»Mir gehört alles an dir.« Er rammte seine Härte in mich. »Mir gehört dein Körper, dein Herz, deine verdammte Seele.« Sein Finger schob sich wieder zwischen meine Backen. »Kein Safeword, keine Auswege, kein Flehen oder Bitten. Nur unser gemeinsamer Untergang.«

Er schob sich in mich, füllte mich von hinten in allen erdenklichen

Konstellationen aus. Meine Nervenenden drehten durch, ja, selbst mein Hirn gab das Denken auf! Sein Schwanz versank in mir, sein Finger dehnte eine noch viel empfindlichere Stelle, während er meinen Hals überstreckte und mich gegen dieses Auto fickte.

Das, was über meine Lippen kam, war kein Stöhnen. Es war kein Keuchen. Es war ein Wimmern, voller Lust und Verlangen.

Iwan lachte grollend auf, seine Bewegungen wurden immer schneller und fester. Und diese tiefen Töne, diese stummen, gefährlichen Versprechen dahinter, gaben mir den Rest.

Meine Beine wurden schwach und ich sackte langsam auf der Motorhaube zusammen. Iwan löste den Griff um meine Haare, packte meine Hüfte und drückte sie an sich, während er mich weiter von hinten nahm und der zweite Orgasmus über mich rollte wie ein flammendes Inferno. Es verschluckte mich, betäubte all meine Empfindungen und verstärkte sie gleichzeitig. Es war eine Achterbahn, die niemals enden sollte.

Auch er grollte leise auf, presste sich fest an mich, bis er ebenfalls seinen Höhepunkt erlebte, sich zuckend in mir ergoss und mich losließ.

Ich blieb für einen Moment halb auf dem Auto liegen, spürte wie seine und meine Lust an meinen Schenkeln hinablief. Jeder meiner Muskeln fühlte sich bleischwer an und doch war jede Zelle mit so viel Leichtigkeit versehen, dass ich glaubte, zu fliegen. Noch immer mit zitternden Knien richtete ich mich auf, ließ mich auf den Beifahrersitz fallen, rutschte schweratmend darauf zurück.

Iwan zog sich seine Hose wieder an und schmiss mir meine Sachen zu. »Zieh dich an, wir fahren los.« Er ging um das Auto herum und stieg ein.

»Gib mir zwei Minuten.« Noch immer atmete ich wie ein Marathonläufer unmittelbar nach seinem härtesten Training.

Iwan startete den Motor, schaute kurz zu mir herüber. Sein Blick fand meinen und zum ersten Mal wirkte das Gewitter in seinen Augen fast schon friedlich. »Ich gebe dir alle Zeit der Welt.«

Bis du mich tötest.

Du wirst es tun, früher oder später. Doch die Stunden, Tage oder vielleicht Monate, die ich so mit dir leben darf, sind ein reines Geschenk. Unsere Zeit ist begrenzt, doch sie existiert. Und das ist mehr, als ich mir je erträumt habe.

34

IWAN

Ich hatte nicht einmal annähernd eine Ahnung, wo wir waren, doch nach ein paar Minuten hatte ich eine Hauptstraße erreicht und konnte mich besser orientieren. Zum nächsten Safehouse, was wir erreichen könnten, wäre es dennoch eine kleine Weile.

Marlena schloss die Augen, noch bevor wir überhaupt ganze zehn Minuten unterwegs gewesen waren. Völlig ruhig und entspannt hing ihr Kopf zur Seite, ihr Mund leicht geöffnet, die Lider geschlossen. *So würdest du auch aussehen, wenn du tot wärst. Wunderschön. Nur dass dein Brustkorb sich dann nicht mehr heben oder senken würde. Und ich mich ewig hassen würde.*

Noch immer verfolgten mich ihre Augen, ihr Blick, den sie mir zugeworfen hatte, als ich den Kerl zwischen meinen Händen gehalten hatte. Wie sehnsüchtig sie darauf gewartet hatte, dass ich ihn umbrachte. Wie sie die Macht gespürt hatte, die förmlich auf ihrer Haut geglänzt hatte. Und schon wurde ich hart. Diese Frau machte mich fertig.

Es wurde Nachmittag, die Sonne brannte in das Auto und zu unserem Bedauern hatte diese Karre keine Klimaanlage. Warum auch immer man sowas hier in dieser Gegend kaufte. Aber es waren eh nur noch ein paar Kilometer, bis wir unser Ziel endlich erreichen würden.

Ich war seit vielen Jahren nicht mehr dort gewesen, ich wusste ja nicht mal, ob dort noch Männer wohnten, immer bereit für das Worst-Case-Szenario. Es war eine Hoffnung, eine notdürftige Zwischenstation, mehr nicht.

Ich würde Marlena dort abliefern, sie überwachen lassen und dann zurück zu Tatjana fahren. Maksim musste nach Hause kommen, zu seiner Familie. *Wir müssen ihn beerdigen und …*

Beerdigen. Etwas, was ich seit unserer Flucht ignoriert hatte. Er war tot. Mein bester Freund seit Kindheitstagen war tot. Er war für mich gestorben, für Marlena. Für die Pedrows.

Alles um mich herum verdunkelte sich. Die Straße zog wie im Tunnelblick an mir vorbei, während all meine Erinnerungen mit Maksim auf mich einschlugen. Wie er als einziger Junge keine Angst vor dem zukünftigen Boss des Pedrow-Clans hatte. Wie wir mit Brausepulver im Bauch auf den Wiesen lagen. Wir das erste Mal Kontakt zu Mädchen hatten. Und wie wir sie uns das erste Mal geteilt hatten. Er war mein Trauzeuge gewesen. Mein Bruder.

Allison. Fuck! Ich schlug gegen das Lenkrad. Wie sollte ich ihr das sagen? Wie sollte ich ihr sagen, dass sie jahrelang nicht miteinander gesprochen hatten und sie der Tod jetzt für immer trennen würde?

Ich sah ihn genau vor mir, als wäre es gestern gewesen. Maksim, der sich jede Nacht zu ihr schlich, versuchte, ihr Russisch beizubringen. Als einziges amerikanisches Mädchen im Russenviertel hatte sie es nicht leicht gehabt, doch ihr Vater war der Buchhalter meines Clans gewesen. Wie wütend der immer geworden war, wenn er Maksim morgens beim Abhauen erwischt hatte. Und dann war alles von heute auf morgen zwischen ihnen vorbei gewesen. Niemand hatte mich mehr bei den gemeinsamen Filmabenden frühzeitig rausgeworfen, niemand hatte sich mehr heimlich in der Hütte neben dem Football-Feld verabredet.

Doch Alli fragte mich dauernd nach Maksim. Und er? Jede der Frauen in seinem Bett glich ihr und …

Und es wird nie wieder eine in seinem Bett geben. Scheiße, scheiße, scheiße!

Marlena brummte vor sich hin, streckte sich und schaute zu mir herüber. »Wie spät ist es?«

Ich wischte mir mit dem Handrücken über die feuchten Augen, umfasste anschließend ihren nackten Oberschenkel. »Du hast ungefähr eine Stunde geschlafen.«

Wieder gab sie ein brummendes Geräusch von sich, kippte zur Seite um, bis ihr Kopf an meiner Schulter lag. »Wie lange fahren wir noch?«

»Wir sind gleich da. Es ist nur ein kleines Safehouse, aber dort können wir uns waschen und kurz ausruhen, bis die Flucht weitergeht.« Ich küsste flüchtig ihren Scheitel.

»Flucht wohin?« Sie gähnte.

Ich setzte den Blinker, bog rechts ab. »Kanada. So war Maksims

Plan.«

Beim Klang seines Namens zuckte sie zusammen, versteifte sich neben mir. »Er ist …«

»Tot.« Ich schluckte. »Ja.«

»Es tut mir leid.« Die Trauer in ihrer Stimme, dieses ehrliche Mitgefühl, es ließ ausnahmsweise mal nicht meinen Schwanz, sondern mein Herz zucken.

»Schon gut.« Dabei war gar nichts gut. Absolut nichts.

Die restlichen Kilometer schwiegen wir, hingen beide unseren eigenen Gedanken nach, bis endlich das Safehouse vor uns auftauchte.

»Wir sind da.« Ich lenkte den Volvo auf die Kiesauffahrt zu, parkte ihn neben dem Haus.

Marlena richtete sich auf, presste fast ihre Nase gegen die Scheibe. »Das nennst du klein?«

Ich beugte mich vor, schaute das Haus von unten bis oben an. »Na ja, verglichen mit den anderen.«

»Iwan, das ist eine Villa.« Völlig entgeistert wanderte ihr Blick zu mir.

Ich zuckte mit den Schultern, stieg aus und öffnete auch ihre Tür. Dankend nickte sie mir zu, stellte sich auf die Zehenspitzen und küsste meine Wange.

Gott, wenn ich dadurch nicht immer so dumm grinsen müsste, könnte ich mich dran gewöhnen.

Ich griff nach ihrer Hand und zog sie mit mir ins Haus. Die dunkle Tür war nicht verschlossen, doch in der Eingangshalle war weit und breit kein Mensch zu sehen.

»Hallo?«, rief ich und wünschte, an meinem Gürtel würde wieder eine geladene Glock hängen. Entweder versteckten sie sich mit ihren Waffen oder es war einfach niemand hier.

»Iwan?« *Wir sind nicht allein, zum Glück!*

Ich drehte mich herum, schaute durch den halbrunden Durchgang in die Küche, aus der ein Mann mittleren Alters heraustrat. »Alexander.« Wie lange hatte ich ihn nicht mehr gesehen? Ich ließ Marlena los, ging auf ihn zu, drückte ihn an mich.

Er klopfte auf meinen Rücken. »Du Hund brichst einfach aus. Ohne was zu sagen!«

Meine Stirn ruhte an seiner. »Es war eher eine kurzfristige

Entscheidung.«

»Ich nehme an, den Grund dafür hast du mitgebracht.« Sein Blick glitt hinter mich, tief atmete er durch. »Du hast einen miserablen Frauengeschmack.«

Wie recht er damit doch hatte. Wir entfernten uns voneinander und ich wandte mich wieder Marlena zu. »Das ist Alexander. Maksims Vertreter und ein sehr wichtiger Capo im Pedrow-Clan.« An ihrem Gesicht konnte ich klar erkennen, dass sie nicht die leiseste Ahnung hatte, wovon ich sprach, und ich besaß keine Geduld, es ihr ausführlich zu erklären. »Er ist einfach sehr mächtig.«

Sie lächelte verlegen.

»Nicht annähernd so mächtig wie sie.« Er nahm ihre Hand, hauchte einen Kuss darauf. Der Kerl war wirklich mehr als nur alte Schule. »Schön, dich endlich kennenzulernen, Marlena.«

Ihr Blick glitt zu mir und ich nickte ihr zu. Er würde ihr nichts tun, jedenfalls, solange ich nichts anderes anordnete.

»Danke.« Sie entzog ihm seine Hand, zupfte am Saum ihres Shirts herum. Ihr war das Ganze sichtlich unangenehm.

»Die Treppe hoch, die zweite Tür links.« Ich ging an Alexander vorbei zu ihr, strich die Haare aus ihrem Gesicht. »Das ist mein Zimmer, dort sind auch Sachen von mir. Bedien dich.«

Sie nickte, küsste mich flüchtig auf den Mund und eilte förmlich die Treppe herauf. Ich schaute ihr nach, sah, wie sich der Stoff um ihren Hintern schmiegte, den Ansatz ihres prallen Arsches offenbarte und doch gerade so ihre Rundungen verhüllte. Rundungen, die ich mir heute sicher noch zu eigen machen würde.

»Wenn du fertig bist …«, Alexander trat an mich heran, legte einen Arm um meine Schultern, »… müssen wir reden. Allein. Es geht um Maksim. Er lebt.«

»Was?« Mein Kopf schnellte zu ihm herum. »Wo ist er?«

Ich saß auf dem ledernen Bürostuhl direkt hinter einem Mahagonischreibtisch. Unterlagen türmten sich darauf, alles Zeug, was Alexander hier so erledigte. Er lebte allein hier, sah es quasi als sein Zuhause an, was absolut in Ordnung für mich war. Doch heute saß er auf der anderen Seite des Tisches, denn ich war im Haus – sein Boss.

Ich stützte die Ellenbogen auf die Tischplatte auf, vergrub mein Gesicht in den Händen. Das durfte alles nicht wahr sein! »Du willst mir also sagen, dass Maksim lebt und die Smirnows ihn als Geisel halten?«

Er nickte. »Ja. Sie haben vor ungefähr zwei Stunden ein Bild rausgeschickt. All ihre Soldaten sollten es weiterleiten. So erreichte es mich relativ schnell.« Alexander griff in seine Hosentasche, holte ein Handy heraus und hielt es mir entgegen.

Maksim. Er saß gefesselt mit ordentlichen Veilchen auf grauem Beton inmitten von trüben Pfützen. Und grinste mit erhobenem Mittelfinger in die Kamera. *Ich hol dich da raus.*

Die Smirnows hatten meinen Underboss. Meinen Vertrauten. Meinen engsten Freund.

»Diese Wichser!« Mit einer Handbewegung wischte ich den gesamten Papierkram, alle Stifte und Notizen von dem Schreibtisch herunter. »Wir stürmen die Bude!« Es war keine Frage nach dem wie oder wann. Es war ein Befehl.

Alexander lehnte sich nach vorn. »Wenn wir ihre Forderung erfüllen, dann können wir ihn uns einfach abholen.«

»Eine Forderung?« Das konnte nichts Gutes sein. Ich stand auf, stemmte meine Fäuste auf den leeren Tisch.

»Es geht um Marlena.« Tief atmete er durch. »Ich weiß nicht, was da bei dir läuft, Iwan. Ob du sie nur vögelst oder ob da …«

»Du hast nicht nur keine Ahnung, dich geht es auch absolut nichts an.« Jedes meiner Worte hätte seine Kehle durchschneiden können.

Er hielt meinem Blick stand. »Du weißt, dass sie die Blutschuld beendet.«

Ich stöhnte auf. Darum ging es hier also! Tatjana war einfach eine hinterlistige Schlange. »Lass mich raten.« Ich tippte theatralisch an meine Stirn. »Ich soll Marlena töten und wir bekommen Maksim in einem Stück wieder.«

Er nickte, legte eine Hand auf den Schreibtisch. »Es ist eine Win-win-Situation. Du musst sie eh töten, um deine Pflicht zu erfüllen.«

»Meine Pflicht?« Ich schnaubte. *Und genau aus diesem Grund war ich noch nie frei.*

Alexander ignorierte mich. »Wir müssen nicht in den Krieg gegen die Smirnows ziehen.«

Wenn du es nur hören könntest, Mokita. Ich muss *dich töten. Ich muss gar nichts! Jeder schwafelt nur davon, dass ich der mächtigste Mann der Westküste bin … und dann? Dann machen sie mir Vorschriften. Erzählen mir was von Pflichten. Pah! Das ist keine Freiheit. Das hier ist nicht besser als der Knast.*

Und doch hatte er recht. Das war das größte Problem. Ich musste sie töten. Nicht wegen irgendeiner Blutschuld oder Rache an meinem verdammten Vater. Für Maksim – ich musste meinen Freund da wieder rausholen. Und wollte es auch. Wie oft hatte er mich gerettet? Jetzt war ich dran. *Selbst wenn ich dich dadurch verliere.*

Über uns rumpelte es. Sicher suchte sie krampfhaft zwischen meinen Sachen nach irgendetwas, was ihrem schmalen Körper annähernd passen könnte.

Eine Nacht, Mokita. Wir haben diese eine Nacht. Und in der sind wir frei.

35

Marlena

Die Tür hinter mir ging auf und Iwan trat in sein Zimmer ein. Obwohl, Suite beschrieb dieses Luxusding wohl besser. Himmelbett, separates Badezimmer mit Whirlpool und ein Kleiderschrank, in dem ich mich verlaufen könnte.

Und weit und breit nicht eine Jogginghose! Warum hatte man so viel Geld, wenn man keinen Wert auf Bequemlichkeit legte?

»Du hast ja immer noch keine Hose an.« Er grinste bei jedem Wort ein wenig mehr, seine Augen fuhren meine nackten Beine entlang.

»Na ja«, ich zuckte mit den Schultern. »Ich wusste nicht, dass man als großer Boss nur Hemden und Anzüge trägt.«

Nun musste er wirklich lachen. »Kleider machen Leute, Baby.«

»Was soll das denn heißen? Immerhin hab ich dich auch mit Jeans und Sneakern rumgekriegt.« Ich ging wieder zurück in das riesige Ankleidezimmer.

»Knappe Sache.«

»Oh!« Ich schmiss einen dieser furchtbar hässlichen schwarzen Lacklederschuhe nach ihm. »Wolltest du nicht aufhören, zu lügen?«

Sein Lachen hallte durch das ganze Zimmer, erfüllte es mit einer solch tiefen Tonlage, dass es bis in mich hineinvibrierte. Bis in mein Herz.

»Womit verdient der Pedrow-Clan eigentlich sein Geld? Dein Ferienhaus ist eine Villa und dieses Safehouse ist nicht viel kleiner.« Gab es überhaupt etwas Schlichtes oder Bescheidenes hier?

»Hmm, unser Geschäft ist nicht jedermanns Sache.« Er neigte den Kopf. »Menschenhandel. Wir besorgen dir Prostituierte, ein Kindermädchen oder lassen unerwünschte Familienmitglieder verschwinden.«

»Das ist … heftig.« Sofort fluteten wilde Bilder meinen Kopf.

Junge Frauen in Containern, Männer, die wie Sklaven gehalten werden.

Doch Iwan zuckte nur mit den Schultern, kam zu mir in den angrenzenden Raum und lehnte sich an den Türrahmen. »Angebot und Nachfrage. Wir machen auch so typische Dinge. Schutzgeld, Auftragsmorde. Das Übliche.«

»Das Übliche«, wiederholte ich. Ich wünschte, es würde mich abstoßen, das alles. Seine Worte, seine Taten. Doch stattdessen wuchs die Anziehung zu diesem mächtigen Mann nur noch mehr.

Seine Augen fuhren über mich, blieben an dem Saum meines Shirts hängen. »Du kannst auch einfach nackt bleiben.«

Ich schüttelte den Kopf. Natürlich! War ja nicht so, als würde da unten sein Capo rumlaufen und wahrscheinlich jeden meiner Schritte hören.

»Willst du, dass er mitmacht?« Ich konnte Iwans Gesichtsausdruck nicht deuten.

»Wie kommt es, dass ich manchmal das Gefühl habe, du schaust direkt in meinen Kopf, angelst dir aber nur das heraus, was du hören willst?« Es machte mir Angst und amüsierte mich zugleich.

»Das deute ich als nein.« Lächelnd ging er an mir vorbei, öffnete eine Schublade und hielt mir eine Stoffhose entgegen.

»Danke.« Ich wollte sie nehmen, doch er zog sie mir sofort wieder weg.

»Erst gehen wir baden.« Ohne Vorwarnung griff er unter mich, hob mich hoch und lief mit mir durch den viel zu großen Raum, bis wir vor der Badezimmertür standen.

Ich lachte, verschränkte meine Hände in seinem Nacken und schaute zu ihm auf, direkt in seine grauen Augen. »Was ist?«

Sein Blick schlich sich regelrecht in mich, wie ein dunkler Schatten, der sich nach und nach in mir ausbreitete. Nur, dass diese Dunkelheit so schön war wie eine sternenklare Nacht.

»Nichts.« Er klang heiser. Und traurig.

»Ist es wegen Maksim?« Ich strich seine Wange entlang, durch die dichten Stoppeln.

Er schwieg. Entweder, weil er mich nicht anlügen wollte oder weil ihn die Wahrheit selbst zu sehr schmerzte. Ich wusste es nicht. Aber ich wollte ihn keinen Moment länger so leiden sehen.

Er ließ mich runter. Ich öffnete die Badtür, ging hinein. Der Raum war mindestens genauso groß wie das Ankleidezimmer. Die weißen Fliesen erstrahlten förmlich, wurden nur durch kleine mattschwarze Mosaike in den Fugen durchbrochen, was alles in einem unheimlich luxuriösen Licht glänzen ließ.

Ich drehte mich zu Iwan, streifte mein T-Shirt über den Kopf. Bereits jetzt zogen sich meine Brustwarzen schmerzlich zusammen, sehnten sich nach seinen Fingerspitzen. Doch er bewegte sich nicht einen Schritt auf mich zu. Als würde ihn das Ganze null reizen, lehnte er mit der Schulter am Türrahmen, beobachtete mich lediglich. *Langweilst du dich, Iwan?*

Ich fuhr mit den Händen unter den Stoff meines Höschens, schob es die Beine herab, bis ich heraussteigen konnte. Komplett nackt stand ich vor ihm, aber mehr als ein müdes Zucken eines Mundwinkels bekam ich nicht. *Dein Schwanz hat dich schon lange verraten.*

Von mir aus. Sollte er sich doch in seiner engen Hose quälen. Ich wandte mich ab, ging so lasziv wie irgend möglich zu der viel zu großen Dusche mit dem noch viel größeren Duschkopf. Wüsste ich nicht, dass Iwan weiß Gott keine Probleme hatte, würde ich vermuten, hier müsste jemand etwas kompensieren.

Ich drehte das Wasser auf, wartete, bis es eine angenehme Temperatur hatte, und stellte mich darunter. Es hüllte mich ein wie ein Kokon. In Fäden regnete es auf mich herab, umspülte meine Brüste, floss meinen Bauch hinab bis zu meinen Zehenspitzen. Ich schloss die Augen, genoss das prickelnde Gefühl der Wärme auf meiner Haut.

Und Iwans Blick. Den Kopf in den Nacken gelegt hingen meine Haare schwer und nass meinen Rücken herunter. Ich fuhr mit meinen Fingern hindurch, spürte die Haarspitzen an mir kleben.

Meine Hände wanderten an mir entlang, um meinen Hals, umfassten meine Brüste. Wenn er mir nicht geben wollte, was ich brauchte, dann musste ich selbst dafür sorgen.

Mit dem Daumen umspielte ich meine festen Knospen, meine Zähne gruben sich in meine Unterlippe. Meine andere Hand glitt hinab, wurde magisch von dem einen Punkt an meinem Körper angezogen, der nur danach schrie, endlich berührt zu werden. Ich spürte meine Hüfte, spürte meine Scham, spürte …

Iwans Finger, die mein Handgelenk eisern umschlossen. »So läuft das also?« Ich öffnete die Augen, sah, dass er völlig nackt nur eine

Handbreit von den Wasserstrahlen entfernt stand. »Du bekommst nicht, was du willst, und sorgst dann selbst dafür?«

»Sieht so aus.« Ich versuchte, seinen Blick zu erwidern, aber nichts in mir konnte diesen dunklen Gewitterwolken entsprechen. *Oder doch?*

Sein Körper presste sich gegen mich. Darauf war ich nicht vorbereitet. Mein Rücken knallte förmlich an die kühle Fliesenwand, seine feste, warme Brust drückte sich an mich.

»Dann aktualisiere ich die Regeln gern für dich.« Mit der Nase strich er meinen Kiefer entlang, bis seine Lippen mein Ohr trafen. »Du berührst dich, wenn ich es sage. Du erlebst, was ich befehle. Und du wirst kommen, wenn ich es will.«

Jedes seiner Worte war nur ein weiterer Funke für das Feuer in mir. Ich lehnte mich an ihn, wollte mehr von ihm hören, mehr seiner sinnlichen Drohungen. »Und wenn ich dir nicht gehorche?«

Er legte den Kopf schräg, grinste mich an. Doch nicht aus Freude oder weil ich ihn amüsierte. Es war die blanke Mordlust. »Dann bringe ich dich um.«

Das war zu viel. Das war kein Funke, das war eine in Spiritus getränkte Fackel! »Darf ich dich küssen, Iwan Pedrow?«

Ich spürte sein Lächeln an meiner Wange. »Nein.«

»Das meinst du nicht …«

Er biss in meinen Hals, ließ mich aufkeuchen und all die Widerworte vergessen. Seine Zähne drückten sich so fest in meine empfindliche Haut, dass ich befürchtete, es würde jeden Moment heißes Blut an mir entlanglaufen. *Ich hoffe es, Iwan. Lass mich bluten, lass mich schreien, lass mich bei dir sein.*

Er umfasste meine Handgelenke, schob sie über meinen Kopf. Das Wasser lief an seinen Schläfen herunter, benetzte seine unzähligen Tattoos, tropfte von seinen Lippen, die ich nicht küssen durfte! Es war ein albernes Verbot und doch feuerte es mich nur noch mehr an.

Mit einer Hand fixierte er mich, mit der anderen umschloss er meine Brust, spielte mit meinem Nippel. »Willst du meine Lippen spüren?«

Ich nickte, betete, dass er nichts weiter hören wollte.

Er lehnte sich zu mir, senkte seinen Mund auf mich hinab, küsste mein Dekolleté entlang, während seine Finger meine Knospe zwirbelten.

Ich keuchte auf, drückte mich ihm noch mehr entgegen. Ich wollte mehr! So viel mehr!

Doch er ließ sich alle Zeit der Welt, leckte gemeinsam mit den Bächen auf meiner Haut mein Schlüsselbein entlang. Endlich. Seine Hand hob meine Brust an, seine Zähne umspielten meinen Nippel, reizten mich bis aufs Letzte.

»Iwan.« Die kalte Fliesenwand in meinem Rücken verbrannte mich. Ich wand mich unter ihm, wimmerte vor Lust. Meine Mitte schmerzte, verkrampfte sich immer wieder, bettelte nach Aufmerksamkeit. *Berühr mich oder lass mich es tun!* Doch meine Hände hatte er in Besitz genommen und seine waren nicht mal annähernd auf dem Weg nach unten.

Er wechselte die Seite, spielte nun mit meiner anderen Brust und es trieb mich schier in den Wahnsinn. Die Wassertropfen hämmerten gegen die absolut ausgereizte Brustwarze, als würden sie alle auf seiner Seite stehen. Meine Haut schien elektrisch aufgeladen und jede noch so kleine Berührung ließ mich zusammenzucken, ließ alles in mir erbeben.

Endlich lockerte er den Griff um meine Handgelenke, löste sich von mir und ließ beide Hände an mir herabgleiten. Er umfasste meinen Hintern, hob mich an sich hoch. Seine Härte pochte an meiner Mitte, meine Lippen legten sich auf seine und …

Hände umschlossen meinen Hals, Daumen drückten in meine Kehle. »Was hatte ich dir gesagt?«, zischte er mir durch das Wasser entgegen.

Ich erbebte. Was war das in mir? Angst? Erregung? Zweifel? Lust? Es war ein Mix aus allem, floss heiß durch meinen Körper, während Iwan den Druck verstärkte.

Ich stöhnte auf, spürte seinen Schwanz überdeutlich an mir, wollte ihn endlich in mir spüren. Immer wieder zappelte ich mit meiner Hüfte hin und her, ignorierte die Todesdrohung an meiner Kehle.

Wassertropfen verfingen sich in seinen Wimpern, rannen ihm langsam an den Wangen entlang. »Hast du Angst?«

»Nein.« Ich sagte es so leise, doch es kratzte durch mich hindurch, als würde ich es ihm entgegenschreien.

Seine Mundwinkel zuckten. Am Hals hob er mich ein wenig empor, bis seine Spitze gegen meinen Eingang stieß. »Solltest du aber.« Er ließ mich auf sich sinken, drückte seine Daumen noch stärker gegen meine Kehle. Mir blieb kaum mehr Luft und die letzte ging für ein Keuchen drauf. Doch es war mir so egal. *Ich liebe es, ich liebe dich. Wie du mich berührst, wie du mich fühlen lässt.*

»Du bist verrückt, Mokita.« Er löste seinen Griff, packte meine Hüfte fester und rammte sich immer und immer wieder in mich.

Meine Brüste stießen gegen seinen festen Oberkörper, meine Finger krallten sich in seine Schulter. Ich musste es einfach wieder tun, musste ihn wieder reizen, musste den Tod an mir spüren. *Ich muss, muss, muss.*

Meine Lippen trafen auf seine, nicht zärtlich, sondern forsch und ohne Rücksicht auf irgendwelche Regeln. Ich wollte ihn schmecken, wollte ihn wahrnehmen, mit all meinen Sinnen. *Ich will dich, deine Wut, deinen Willen, deine Macht, dein Herz.*

Er griff mir in die Haare, zog meinen Kopf zurück, bis er dumpf gegen die Fliesen knallte. »Du musst unbedingt besser zuhören.« Seine Zähne gruben sich in mein Kinn. »Was mache ich jetzt nur mit dir?«

Ich war unfähig, auch nur ein Wort zu sagen. *Nimm mich. Ganz und gar, stoß mich in den Abgrund, tauche mich in die tiefste Dunkelheit. Gib mir alles von dir.*

Er stellte das Wasser ab. Die letzten Tropfen perlten von uns, fielen herab zu unseren Füßen. »Niemand widersetzt sich mir.« Seine nassen Lippen streiften meinen Hals. »Ich habe die Kontrolle, immer und überall. Außer bei dir. Allein deswegen sollte ich dich töten.«

Ich bewegte meine Hüfte, wollte seinen Schwanz noch tiefer aufnehmen. »Oder lieben.«

»Da hast du dir den Falschen ausgesucht.« Er ging mit mir auf dem Arm aus der Dusche heraus. Seine nassen Füße zeichneten jeden unserer Schritte. Er warf mich auf das Bett. Die Laken saugten sich mit der Feuchtigkeit voll, meine Augen hingen an Iwan.

Er ging an einen der kleinen Nachtschränke, holte eine schwarze Pistole hervor. »Knie dich auf den Boden.«

Ich schluckte, mein Blick zuckte zwischen ihm und der Waffe hin und her. *Tötest du mich jetzt?* Nein. Oder? Fuck, meine Lust lief sicher jeden Moment meine Beine herab. Ich rutschte an den Rand des Bettes, ließ mich auf den Boden sinken. Meine Knie berührten den weichen

Teppich. *Warum fühlen sich deine Befehle wie Freiheit an?*

»Hände auf den Rücken.« Er kam auf mich zu. »Blick zu mir.«

Ich tat, was er sagte, konnte die Augen jedoch nicht von der Waffe nehmen. Er ließ sie durch meine nassen Haare gleiten, verteilte lauwarme Tropfen auf meiner Haut. Und dann drückte er sie gegen meine Schläfe.

»Schau. Mich. An.« Seine Worte jagten einen eiskalten Schauer über meinen gesamten Körper, der mich gleichzeitig derart verbrannte, dass ich jeden Moment zu Asche zerfallen musste.

Ich blickte auf, zu Iwan, direkt in den tiefsten Sturm.

»Mund auf.« Jeder seiner Gesichtszüge war wie in Stein gemeißelt, nichts verriet irgendeine Emotion.

Ich öffnete den Mund, konnte ihn förmlich bereits auf meiner Zunge spüren, als … als der kühle Lauf der Pistole meine Lippen berührte. Ich sollte Angst haben, ich sollte wegrennen, mich nie wieder umdrehen.

Doch ich küsste das schwarze Metall, leckte am Lauf entlang, bis ich seine Fingerspitzen am Abzug erreichte.

Zischend atmete er aus. »Fuck, Marlena.« Er schob sie mir in den Mund, glitt mit dem Finger am Abzug entlang. *Wir tanzen gemeinsam am Abgrund. Das hier ist kein Drahtseilakt mehr, die Frage ist nicht, ob wir fallen, sondern wie tief.*

So schnell wie die Waffe in meinen Rachen stieß, verschwand sie auch wieder zurück an meine Schläfe. Er umgriff seinen Schwanz, schob die Spitze zwischen meine Lippen und drang in mich. Viel langsamer als erwartet bewegte er sich weiter und weiter vor, bis er fast vollständig in mir versank. Ich würgte, wich zurück, doch der Lauf der Pistole wanderte um mich herum, drückte gegen meinen Hinterkopf. *Ich bin gefangen, zwischen dir und dem Tod.*

»Ich würde mich anstrengen, sonst ist der Abend schneller beendet, als du es dir vorstellen kannst. Oder gar dein Leben.« Es klang ernst, nicht eine Silbe verriet unser heißes Spiel. *Wir spielen doch, oder, Iwan?*

Aber die Todesangst in mir beflügelte meine Lust nur noch mehr. Ich umkreiste seine Härte mit meiner Zunge, ließ ihn hauchzart meine Zähne spüren. Immer wieder leckte ich über seine gesamte Länge, saugte an seiner Spitze und küsste die zarte Haut. Die Waffe drückte mich fest an ihn, ließ mich seine Härte so tief aufnehmen, dass ich mit den Tränen kämpfte. Und die ganze Zeit sah ich Iwan in die Augen.

Deine Augen, die keine Emotion verraten, die mich eiskalt mustern, abwägen, ob du mich töten oder lieben sollst.

Sein Schwanz zuckte in mir und ich wurde schneller. Ich wollte mich anstrengen. Nicht um zu überleben, sondern um ihm zu gefallen. Weil ich ihn liebte. Auf eine kranke und ungesunde Art und Weise.

Er zog die Pistole weg, drückte sie gegen meine Stirn und schob mich zurück, bis sein Schwanz aus meinem Mund glitt. Ich streckte meine Zunge aus, wollte ihn erreichen, doch er umfasste selbst seine Härte, fuhr daran auf und ab. Schneller, fester.

»Marlena.« Mein Name aus seinem Mund, gab es etwas Schöneres? Seine Faust berührte immer wieder meine Lippen, während er sich selbst verwöhnte und ich ihn einfach nur zurück in mir haben wollte. Und ihn auch bekam. Er rammte sich in meinen Mund, stieß so tief zu, dass augenblicklich Tränen in meine Augen schossen. Doch ich war nur mit Schlucken beschäftigt. Sein heißes Sperma spritzte gegen meinen Rachen, lief in mir herab.

»Leg dich aufs Bett.« Iwan ging einen Schritt zurück, wischte seinen Schwanz an meinen Lippen ab, ließ die Waffe auf den Boden fallen. »Los.«

Ich fuhr mir mit dem Handrücken über den Mund, richtete mich auf und kletterte auf das Bett. Die feuchten Laken waren kühl in meinem Rücken, doch nichts konnte die Hitze in mir zähmen.

Er kam zu mir, legte sich neben mich. Mit einer Hand fuhr er meinen Körper entlang, führte eine Gänsehaut an, die mich erschaudern ließ. »Wie kann jemand, der so unschuldig aussieht, eine so dunkle Seele haben?«

Ich wollte ihm antworten, als seine Finger meine Mitte trafen. Er umspielte meine Klit, versank danach immer wieder tief in mir. All meine Worte gingen in einem einzigen Stöhnen unter.

»Was stellst du dir vor, Mokita?« Sein Atem kitzelte mein Ohr. »Wie uns Alexander heimlich beobachtet?«

Wie er mich sah. Mich begehrte. Nur mich.

»Wie damals im Gefängnis, als die Kameras nur für dich liefen?«

Ich hatte sie alle in der Hand. Ich war in jedem Kopf. Sie hatten nur Augen für mich.

»Und doch gehörst du nur mir.« Es war keine Feststellung, es war die verführerischste Drohung, die ich jemals gehört hatte.

Ich wölbte mich ihm entgegen, wollte ihn tiefer, intensiver, fester spüren. Er küsste an mir entlang, biss in meinen Nippel, fingerte mich auf eine Art und Weise, wie noch niemand zuvor mich berührt hatte. Meine Klit pulsierte unter seinen Fingerspitzen, meine Wände zogen sich um ihn zusammen. Und er ließ nicht eine Sekunde von mir ab.

Das Feuer in mir ließ mich brennen, die Flammen züngelten an mir empor, bis es mich übermannte und ich lichterloh brannte. Alles in mir wurde heiß und kalt, schwer und leicht. Ich stöhnte seinen Namen, krallte mich in die feuchten Laken und genoss den Orgasmus bis zur letzten Sekunde.

Iwan küsste meine Schläfe, gegen die er eben noch eine Waffe gedrückt hatte, und entzog sich mir. Er griff nach einer Decke und vergrub uns darunter. »Schlaf, Marlena. Morgen wird ein langer Tag.«

Ich drehte mich zu ihm, kuschelte mich an seine Brust. Es war das erste Mal, dass wir uns ein Bett teilten, was groß genug für uns beide war. Und doch lagen wir so eng beieinander, dass die zweite Hälfte einsam und unbenutzt neben uns ruhte.

Tief atmete ich seinen Geruch ein, vernebelte mir selbst alle Sinne. Könnte ich eine Droge erschaffen, dann würde ich genau diesen Rausch wollen. Einen Rausch voller Iwan – Gefahr, Lust, Tod, Liebe.

Er küsste meine Stirn, die Arme eng um mich geschlungen. »Du bist Freiheit, Marlena. Die pure Freiheit.«

Ich schaute zu ihm auf, legte meine Lippen auf seine. »Dann lass uns für immer frei sein.«

36

Marlena

Ein Arm um meine Taille, den anderen unter meinem Kopf, lagen wir eng aneinander in diesem viel zu großen Bett. Die Sonne kämpfte sich gerade durch die dunklen Nachtwolken, als ich blinzelnd die Augen öffnete. Iwans gleichmäßiger Atem schlug immer wieder gegen meinen Nacken, ließ meine Haare an meiner eigenen Haut kitzeln.

Er brummte, zog mich enger an sich. Sicher würde auch er bald aufwachen.

Langsam drehte ich mich zu ihm herum, strich die Konturen seines Kinns nach, den Bogen seiner vollen Lippen, die drei Sterne an seinem Schlüsselbein. Wie konnte er so friedlich aussehen? Als könnte er niemals jemandem etwas antun. Er war der geborene Wolf im Schafspelz. Jedenfalls, solange er schlief.

Die ersten Sonnenstrahlen schienen auf sein Gesicht, betonten seine leicht geröteten Wangen, den dunklen Dreitagebart.

Ich muss dich zeichnen.

Ich griff nach seinem Unterarm, schob ihn von mir. Er grummelte, wollte nach mir greifen, doch ich war bereits aus dem Bett geschlüpft, sodass er nur die Decke erwischte. Die jedoch klemmte er sicher zwischen seinen Armen ein, schwang sogar ein Bein darüber.

Nackt ging ich an den Schreibtisch in seinem Zimmer, öffnete eine Schublade nach der anderen. Er würde doch wenigstens einen Bleistift und ein Blatt Papier hier haben. Da, im dritten Fach, ganz unten, lag alles, was ich brauchte.

Ich kletterte auf den Tisch, verschränkte die Beine zum Schneidersitz. Die Sonne ging hinter mir auf, zeichnete meinen Körper als langen Schatten auf den Boden vor mir. Und ich – ich zeichnete *ihn*. Setzte einen Strich neben den anderen, zog sie stärker, verwischte sie mit meinen Fingern. Der Bleistift war weich, schattierte wunderbar all die Stellen, die im Dunkeln lagen. Ich skizzierte seine markante Nase, seine ruhig geschlossenen Augen mit den langen Wimpern, seine Tattoos, die bereits am Hals begannen und nur teilweise durch die Bettdecke verdeckt blieben. Seine Hände, die mich in den siebten Himmel schickten und andere Menschen tief unter die Erde. Selbst die winzigen Symbole, die er mir damals in seiner Zelle erklärt hatte, deutete ich an.

Die ungefüllte Träne auf deinem kleinen Finger, deine nicht ausgeübte Rache. Ich, sie steht für mich.

Kaum sichtbar zeichnete ich ihm mein eigenes Tattoo, schrieb um die leere Träne das Wort, was uns immer verbinden würde. *Mokita.*

Ich starrte das Bild an, wollte es am liebsten in mein Hirn brennen. Und doch kam nichts an das Original heran. Keine Linie der Welt konnte ihm gerecht werden.

»Was tust du da?« Es war nicht mehr als ein leises, verschlafenes Nuscheln.

Ich schaute auf, gerade als er wieder seine Augen schloss.

»Komm zurück ins Bett.« Das klang nicht wie all die Befehle gestern Abend. Es war eine Bitte. *Von dir, dem großen mächtigen Boss, an mich.*

»Moment.« Eilig malte ich noch ein kleines Detail, rutschte dann vom Schreibtisch herunter. Einzelne Notizen fielen herab, doch ich kümmerte mich nicht weiter darum.

Kaum lag ich wieder neben Iwan, schlang er seine Arme um mich. »Hast du mich beim Schlafen beobachtet?« Mir entging nicht der amüsierte Unterton.

»Wie ein Psycho? Nein!« Ich küsste seinen zuckenden Mundwinkel. »Ich habe dich gezeichnet wie ein absolut total durchgedrehter Psycho.«

»Habe nichts anderes erwartet, Mokita.« Seine Nase fuhr an meiner entlang. »Ich will nicht aufstehen.«

Wer hätte gedacht, dass er ein Morgenmuffel ist? »Heute beginnt unsere Freiheit, Iwan.« Ich umschloss sein Gesicht. »Wenn wir in Kanada sind, dann …«

Er öffnete die Augen, blickte mich mit einer solchen Intensität an, dass ich augenblicklich verstummte. »Ich hätte es gestern nicht sagen sollen.«

»Was? Kanada?« Ich grinste. »Warum?«

»Nein, das meinte ich nicht.« Er holte tief Luft. »Was ich für dich empfinde, ich hätte es dir nicht sagen sollen.«

Weil du doch gelogen hast? Weil es nicht stimmt? Innerlich entglitt mir alles, als würde ich versuchen, fließendes Wasser allein mit den Händen aufzuhalten.

»Jedes Wort entsprach der Wahrheit.« Er küsste meine Wange, seine Lippen wanderten mein Kinn entlang. »Nur hast du viel mehr verdient, als es zwischen Schüssen, Tod und Verderben zu hören.«

Das stimmte nicht. »Es war perfekt. Sogar, wenn du es niemals gesagt hättest.« Immerhin wusste ich, dass er selbst Anastasia nur einmal seine Gefühle offen gestanden hatte. Und das zwischen uns war nicht mal annähernd so tief wie seine damalige Ehe. Wie auch, nach nur so wenigen Tagen?

»Marlena, dir sollte man es jeden Tag sagen.« Er rollte sich über mich, küsste meinen Hals entlang, bis er meine Brüste erreichte. »Du solltest einen Mann haben, der dich jeden Tag auf Händen trägt. Der dich wie eine Göttin behandelt.«

»Tust du das nicht?« Ich drückte mich ihm entgegen, konnte nur daran denken, was er jeden Moment mit mir anstellen wollte. Wie laut ich seinen Namen stöhnen könnte, ob er seine Waffe wieder dazu holen würde.

»Ich?« Er hielt inne, kam zu mir hoch. Sein Atem tanzte auf meinen Lippen. »Ich bin nicht mal annähernd genug für dich.«

»Doch.« Ich küsste ihn. So sanft es nur ging, als könnte ich in diese eine Berührung alles legen, alles hineinpressen. Meine Gefühle, wenn er mich berührte. Meine Empfindungen, wenn er mich ansah. Mich wahrhaftig sah. »Du bist so viel mehr, Iwan Pedrow.«

Er seufzte an meinem Hals, glitt wieder an mir herab. »Hab ich dir schon mal gesagt, dass niemand, wirklich absolut niemand, meinen Namen so perfekt ausspricht wie du?«

Unwillkürlich musste ich kichern. »Nein, und das klingt verrückt.«

Er küsste meinen Bauch, leckte um meinen Bauchnabel. »Wie zwei absolut total durchgedrehte Psychopathen.«

»Die sich auf eine ungesunde Weise lieben?« Keine Ahnung, warum ich es als Frage formulierte.

Er grinste an meiner Haut. »Nichts an uns kann ungesund sein. Höchstens für die anderen.« Er biss in meine Seite, ließ mich so laut auflachen, dass es sicher die ganze Nachbarschaft hören konnte. »Ich liebe es, wenn du lachst.«

Ich stützte mich auf meinen Ellenbogen ab, richtete mich auf. »Und ich liebe …«

Laut klopfte es an der Tür. Einmal, zweimal, unzählige Male.

Iwan stöhnte genervt auf. »Was ist, Alexander?« Sein Gesichtsausdruck brachte mich zum Schmunzeln. Er konnte seine Augen gar nicht weiter verdrehen.

»Das Frühstück ist fertig«, klang es dumpf durch die Tür zu uns hindurch.

Iwans rutschte wieder an mir herauf, seine Stirn ruhte an meiner. »Wir müssen aufstehen, die Pflicht ruft.« Und doch blieb er auf mir liegen, rührte sich keinen Millimeter. »Marlena«, flüsterte er gegen meinen Mund, so unheimlich sehnsüchtig. »Ich würde immer wieder für dich lügen.«

Diese paar Worte waren so viel mehr wert als jedes ›*Ich liebe dich*‹ auf dieser Welt. Ich wusste, was es für ihn bedeutete, was es für uns bedeutete. »Ich würde dir immer folgen, Iwan, selbst in den Tod.«

Alexanders Blick zuckte immer wieder zwischen mir und Iwan hin und her. Keine Ahnung, ob er sich fragte, warum ich seine Sachen trug oder ob es an meinem Familiennamen lag. *Als ob ich dich jeden Moment mit einem Messer anspringen würde.*

»Gut geschlafen, Alexander?« Iwans Stimme riss ihn scheinbar aus seiner Gedankenwelt.

»Hmm.« Er nippte an seinem Kaffee.

Ich griff nach dem Orangensaft vor mir und nahm einen großen Schluck. Es war bereits mein drittes Glas, aber er schmeckte einfach zu köstlich. Ich wusste nicht mal mehr, wann ich das letzte Mal überhaupt etwas Frisches zu mir genommen hatte.

»Und du, Boss?« Alexander klang alles andere als ausgeschlafen. War die ganze Mafia voller Morgenmuffel?

Iwan grinste ihn strahlend an. »Sehr gut, danke.« Irgendwie wurde ich das Gefühl nicht los, dass es um etwas völlig anderes ging und ich es nur nicht verstand.

Erneut leerte ich mein Glas, füllte es direkt wieder auf. »Wann brechen wir auf?« Ich schaute zu Iwan.

Sein Lächeln verblasste. »Bald.«

Ich nickte, wollte gerade fragen, ob wir nicht irgendwoher noch Kleidung für mich kriegen würden, als Alexander das Wort ergriff.

»Es war ja sehr laut, diese Nacht.«

Oh, das war der falsche Satz. Iwans Blick zuckte zu ihm, das Lächeln um seine Mundwinkel glich einer Todesdrohung. »Haben wir dich gestört?«

Alexander starrte ihn an, blinzelte nicht ein einziges Mal. »Nein«, presste er zwischen fest zusammengebissenen Zähnen hervor. »Niemals, Boss.«

»Gut«, Iwan strahlte weiter, schenkte mir Orangensaft nach. »Ansonsten hätte ich dir gern die Ohren abgeschnitten, schläft sich so sicher leiser.«

Ich schnappte nach Luft, kippte das Glas voller Saft herunter, um nicht aufzulachen. *Das würdest du nicht wirklich tun, oder? Oder? Doch.*

Zeit für einen Themenwechsel! Immerhin trug ich immer noch Iwans Kleidung. »Könnten wir unterwegs …« Huch, ich hielt inne, presste die Lider aufeinander und riss sie wieder auf. Was war das denn? »Also, vielleicht könnten wir dann noch …« Alles begann sich zu drehen, ich konnte nicht eine Sekunde länger die Augen offen halten.

»Marlena?« Alexander sprach meinen Namen aus, schaute jedoch zu Iwan.

Und Iwan? Er fixierte mich. Seine grauen Augen blickten zu mir, doch die Gewitter darin sahen eher nach dicken Regenwolken aus, die Tränen in seine Augenwinkel wandern ließen.

Sein Gesicht verschwamm, wirbelte in einer bunten Masse vor mir umher. Was passierte hier gerade? Ich stand auf, die Hände fest auf den Tisch gepresst. »Mir geht's nicht … gut.«

Iwan kam zu mir, nahm mich in die Arme, stützte meinen Körper. »Es tut mir leid.«

Was hatte er da gesagt? Meine Beine wurden federleicht, als würden die Muskeln nach und nach erschlaffen, nein, verschwinden. Als würde ich verschwinden. Einfach so, hinein in die Leere.

Mein Rücken prallte gegen eine Wand. Wie kam ich hierher? Iwan drückte mich dagegen. Grauen Augen tanzten vor meinem Sichtfeld, wippten auf und ab, kamen näher und verschwanden wieder.

»Du solltest nichts spüren, Mokita. Keine Schmerzen haben, deshalb … deshalb habe ich dir …« Er küsste meine Wangen, verteilte die nassen Spuren darauf. Ich weinte, warum tat ich das? »Ich habe dich vergiftet, Mokita.« Seine Atmung zitterte. »Es tut mir so leid.«

Vergiftet? Er? Mich? »Du bringst … mich … um«, stammelte ich, versuchte meine Zunge unter Kontrolle zu bekommen, doch es ging einfach nicht.

»Ich muss.« Seine Hände legten sich um meinen Hals, umschlossen ihn mit seinen Fingern. Ich spürte den Druck kaum, den er langsam aufbaute.

Ich sah nur seine Augen, Tränen, die über seine Wangen liefen, hinab in die Tiefe tropften. »Ich will es nicht. Ich muss.«

Alles in mir entspannte. Ich stand nicht mal mehr auf meinen Füßen, wurde nur noch durch Iwans Griff um meine Kehle gehalten. *Du der Boss des Pedrow-Clans. Es ist deine Pflicht. Der Zeitpunkt musste kommen, früher oder später. Aber ich verzeihe dir, alles.* »Es ist … okay.«

Er schüttelte den Kopf, sein Daumen presste sich in die Kuhle an meinem Hals. »Nein, ist es nicht.«

Meine Lider flatterten, verdeckten mir die Sicht auf ihn. Doch ich wollte ihn sehen, ich wollte ihn hören. Bis zum bitteren Ende.

Er küsste meine Lippen, drückte mir immer mehr die Luft ab. »Wir hätten frei sein können, du und ich. Doch wir haben die falschen Familien, haben das falsche Leben gelebt.«

Ich wollte etwas sagen, irgendwas erwidern. Aber in meinem Kopf zog ein solch dichter Nebel auf, dass ich keinen Gedanken mehr zu fassen bekam. Meine Zunge, schwer wie Blei, gehorchte mir schon lange nicht mehr. Ich röchelte, bekam nur am Rande mit, wie ich zu husten begann.

Iwan brachte mich um. Er tötete mich.

Unsere Zeit war von vornherein begrenzt, unsere Liebe eine Illusion zweier Träumer. Das Ende war immer mein Tod.

Aber ich war frei, Iwan. Frei für diese wenigen Tage. Frei mit dir.

37

IWAN

Ich schloss die Lider, konnte sie nicht länger ansehen. Und ich hatte bereits so viel mitansehen müssen. Aber ihre verdrehten Augen, das Röcheln aus ihrem Mund, der doch sonst so wundervoll meinen Namen stöhnte. Es ging nicht.

Alexander hatte ihr das Gift in den Saft gemischt, wie abgesprochen. Sie sollte nichts spüren, sollte so friedlich wie möglich einschlafen, während ich sie tötete.

Ihr Körper erschlaffte, fiel regelrecht in meine Arme. *Ich habe es getan. Für Maksim.*

»Ist sie tot?« Alexander trat hinter mich, steckte sein Smartphone, mit dem er das Beweisvideo gemacht hatte, wieder ein.

Ich legte zwei Finger an Marlenas Hals, versuchte, ihren Puls zu ertasten. »Ja.«

»Gut, ein Problem weniger. Gib sie mir, ich bringe sie runter in den Keller, da ist es kühler.« Er kam zu mir herum, wollte ihr unter die Arme greifen, doch ich drückte sie an mich, hob sie hoch.

Niemand berührte sie. Niemand fasste sie an. Sie gehörte mir, auch jetzt noch.

»Nein, ich mach das. Allein.« Das musste ich. Ich war es ihr schuldig.

Er hob die Hände vor die Brust. »Wie du willst. Ich werde Tatjana anrufen, sie soll heute Abend vorbeikommen und die Leiche abholen. Die Blutrache ist offiziell beendet. Du hast Marlena im Beisein eines Zeugens umgebracht.« Tief atmete er aus. »So viele Jahre … Mann, wer hätte gedacht, dass es mal wirklich so weit kommt? Dein Vater wäre stolz auf dich.«

Ich scheiß auf ihn. »Ja.« Mehr kam einfach nicht aus mir raus. Wenigstens ignorierte er meinen Gefühlsausbruch, als ich Marlena den Atem genommen hatte, kommentierte nicht weiter meine Tränen, die noch immer meine Wangen benetzten. »Sie kann ihre Tochter dann mitnehmen und Maksim hierlassen.«

Alles nur, um ihn zu retten. Er hätte genauso gehandelt, wir waren Brüder, wenn auch nur im Geiste. Es war richtig, das alles. *Dein Leben zu nehmen.* Es war richtig, es war richtig, es war richtig.

Wieso fühlte es sich dann so falsch an? Wieso zerfraß mich ihr Anblick so dermaßen?

Alexander brummte etwas Zustimmendes und verschwand.

Ich bin allein mit dir. Und doch allein mit mir selbst. Ich kann dich nur ansehen, nichts weiter denken oder fühlen. Da ist nichts mehr. Du hast alles mit dir genommen, selbst mein Herz.

Hatte ich gedacht, dass man mit gebrochenem Herzen nicht leben konnte? Wie sollte man es dann ohne schaffen? Ohne sie?

Ich sehe nur dich, sehe, was ich angerichtet habe. Warum tut es so weh, Mokita?

Mit ihr in den Armen ging ich wieder hoch in mein Zimmer, legte sie auf das Bett, das noch immer nach ihr, Sex und Geborgenheit roch. *Ich hasse diese sentimentale Scheiße an mir. Ich hasse, was ich getan habe. Und du hast mir verziehen! Noch während sich deine Lunge kaum mit Atem füllen konnte, hattest du mir vergeben.*

Warum konnte ich es dann nicht? Weil alles eine Lüge war, ich hatte sie belogen. Sie! Die wohl letzte Person auf dieser Welt, die nichts anderes als meine Wahrheit verdiente.

Ich stützte mich auf den Schreibtisch neben dem Bett ab, direkt auf die Papiere, die sie heute Morgen mit ihren nackten Hintern durcheinandergebracht hatte. Ihre Zeichnung, sie lag noch immer absolut unberührt hier inmitten des Verderbens.

Ich hob sie an, studierte förmlich die einzelnen Linien und ... meine Tattoos. *Mokita, du hast die Träne ausgemalt. Dich auf mir verewigt. Fuck.*

Ich hasste dieses Leben! Diese Vorschriften! Diese Zwänge! Mich!

Und damit war es jetzt vorbei. Ein für alle Mal. Eine letzte Schuld, eine letzte Rache. Ich hatte es ihr versprochen, wir gingen nur gemeinsam unter. Wenn Tatjana heute Abend das Haus betrat, dann würde endlich alles enden.

Und wir beide wären für immer zusammen, Mokita, für immer frei.

Alexander und ich saßen in dem großen Wohnzimmer uns gegenüber auf jeweils einem Sofa. Ich strich den Samt der Lehne hin und her, zeichnete helle und dunkle Muster, aber meine Augen hypnotisierten förmlich die Uhr über dem Kamin. Die Zeiger schienen sich kaum zu bewegen, klebten fest. Dabei waren es nur noch wenige Minuten, bis Tatjana gemeinsam mit Maksim das Haus betreten würde.

»Nervös?« Alexander wippte mit dem Fuß auf und ab.

Ich schüttelte den Kopf, was hatte ich schon zu verlieren? Mein Leben? Ha! »Hauptsache, Maksim geht es gut.« Das machte mir am meisten Sorgen. Was, wenn er nur noch knapp am Leben war und alles umsonst war? *Meine Taten umsonst waren?*

Gerade als Alexander antworten wollte, klingelte es an der Tür. Überpünktlich, die gute Tatjana Smirnow.

Er sprang auf, eilte in den Vorraum und öffnete ihr. »Herzlich willkommen.« Ein Gentleman durch und durch, selbst wenn er seinem Gast eigentlich den Kopf abreißen wollte.

»Wie auch immer, wo ist sie?« Tatjanas Stimme war wie Säure in meinen Ohren. »Wo. Ist. Sie?«, wiederholte sie mit mehr Nachdruck.

»Hier entlang.« Alexander kam wieder zu mir in den Raum herein. Dicht hinter ihm lief Tatjana mit einem ihrer Männer. Ihre grauen Haare hatte sie akkurat hochgesteckt, der lilafarbene Lippenstift dazu ließ sie aussehen wie eine Gangsterbraut aus den 80ern.

»Hallo, Tatjana.« Ich stand nicht auf, breitete stattdessen meine Arme auf der Sofalehne aus und ließ meine Knie auseinanderfallen. Hier war ich der Boss. Hier geschah mein Wille. Hier war ich frei.

Sie schnalzte mit der Zunge, hob eine Augenbraue. »Gib mir die Leiche meiner jämmerlichen Tochter und ich gebe dir deinen Underboss.«

Ich lächelte sie an, mit allen Zähnen, die ich hatte und die ich ihr am liebsten tief in ihren Hals gebohrt hätte. »Die Rache ist vorbei?«

»Ja. Das Video deines Capos war ja eindeutig genug. Inklusive des Moments, in dem dein kleines Herz brach. Zuckersüß.« Sie grinste mir entgegen und das Einzige, was ich empfand, war der Wunsch, ihr alle

Fingernägel einzeln herauszureißen.

Kommen wir zum nächsten Punkt. »Wo ist Maksim?«

»Vertraust du mir nicht?« Sie schnippte mit den Fingern, wartete meine offensichtliche Antwort erst gar nicht ab. Der Mann hinter ihr verließ den Raum, ließ allerdings alle Türen offen.

Sie hatte ihn wirklich dabei. Maksim lebte. Er lebte!

Es vergingen nur wenige Sekunden, in denen Tatjana und ich uns keinen Moment aus den Augen ließen, uns bittersüß und jämmerlich falsch anlächelten, bis der Mann wiederkam. Er schob jemanden mit einem Sack über dem Kopf vor sich her, dirigierte ihn durch den Raum, bis er neben ihr zum Stehen kam.

Maksim, es *musste* Maksim sein. Ich winkte Alexander heran, wedelte mit den Fingern in die Richtung der Geisel. »Sack abnehmen.«

Er tat es. Und die Erleichterung, die mich durchfloss, als zwei tiefblaue Augen in meine sahen, konnte ich kaum in Worte fassen. Seine Lippen waren aufgeplatzt, an seiner Stirn klebte Blut und die lila Veilchen in seinem Gesicht verhießen nichts Gutes. Er hatte schon mal besser ausgesehen, aber auch schon schlechter.

Maksim versuchte sich an einem Grinsen. »Lange nicht gesehen, Boss.«

»Komm zu mir.« Er ging einen Schritt auf mich zu, wurde jedoch direkt wieder am Kragen zurückgezogen.

»Sieht so ein fairer Tausch aus, Iwan?« Tatjana stellte sich vor Maksim.

»Ach, nichts in unserem Business ist fair.« Ich winkte ihn erneut zu mir heran.

Er drängte sich an Tatjana vorbei, ließ sich neben mir auf das Sofa fallen. »Ich sag dir, eine Nacht mit dieser Frau und ich brauche drei Wochen Urlaub.«

Ich lachte, stand auf und ging auf diese Smirnow-Schlampe zu. »Wie viele Männer warten draußen? Dreißig? Vierzig?«

»Du weißt genauso gut wie ich, dass abgemacht war, allein zu kommen.«

Ihre Augenbraue wanderte empor. »Was willst du jetzt von mir?«

Ich schürzte die Lippen. »Deinen Untergang?«

Kaum hatte ich die Worte ausgesprochen, zog der Mann neben ihr eine Waffe, drückte sie an meinen Kopf. Alexander reagierte sofort, presste seine Pistole an den Hinterkopf des Idioten.

Maksim lachte auf. »Gute Stimmung hier.«

»In der Tat.« Ich lächelte, neigte den Kopf. *Soll er mich doch abknallen, Mokita.*

Tatjana öffnete den Mund und … schloss ihn wieder. Ein ohrenbetäubender Knall jagte durch die Luft, dicht gefolgt von einer weiteren Explosion. Die Fensterscheiben vibrierten, Gläser in den Schränken stießen aneinander, Bilderrahmen fielen um.

»Ich schätze, die Zahl deiner Männer ist auf null gesunken.« Ich trat näher an Tatjana heran, bohrte mir die Waffe ihres Leibwächters selbst tiefer in die Stirn. »Dachtest du wirklich, ich lasse dich mit so vielen Soldaten auf *meinen* Grund und Boden kommen? Das gleicht einer Kriegserklärung!«

»In der Tat.« Maksim schnaubte. »Und was für eine.«

Tatjana rollte mit den Augen, als würde es sie gar nicht weiter kümmern, dass ihre Männer da draußen gerade in Flammen aufgingen. »Du hast deinen Willen, Iwan. Die Rache ist vorbei, dein idiotischer Underboss sitzt wieder auf *deiner* Couch. Gib mir meine Tochter, damit ich meinem Clan die Leiche zeigen kann.« Tief atmete sie durch. »Wo ist sie?«

»Hier.« Marlenas Stimme zu hören, wie sie eiskalt die Situation durchschnitt, war wie Musik in meinen Ohren.

Alexander wirbelte herum, riss die Augen auf, als würde er einen Geist erblicken. Tat er seiner Meinung nach auch.

Zeit für unseren Untergang, Mokita.

Tatjanas Mann drehte sich um, zielte auf Marlena. Ich zog meine Waffe aus dem Hosenbund, drückte sie ihm gegen die Schläfe. »Denk nicht mal dran.«

Marlena lächelte. »Du solltest ihn nicht wütend machen.« Sie ging an ihm vorbei, strich über seine Waffe und kam neben mir zum Stehen. »Und noch viel weniger mich.« Ihre Lippen streiften meine Wange, ihre Hand ruhte an meiner Brust. »Drück ab.«

Ein Schuss. Der Abzug gab nach, den Rückschlag federte ich problemlos ab. Die Patrone bohrte sich durch den Schädel des Kerls, zerfetzte seine Stirn, ließ feine Bluttröpfchen durch die Luft regnen.

Tatjana schrie auf, zog ihre eigene Waffe, doch da hatte sie bereits Alexanders Pistole am Kopf. »Nicht bewegen.« Seine Worte ließen sie erstarren.

Doch meine Augen ruhten auf Marlena. Das Blut besprenkelte ihre Wangen, ihre Lippen, einfach alles. Ich küsste sie, umgriff ihr Gesicht und schob meine Zunge in ihren Mund, umspielte sie. Gott, würden wir nicht mitten in einer Verhandlung stecken, würde ich sie hier vor all den anderen, zwischen dem Blut und dem frischen Duft des Todes, auf dem Sofa ficken.

»Du hast die Regeln gebrochen!« Tatjanas hysterische Stimme brachte uns auseinander.

»Nein.« Ich ging einen Schritt näher an sie heran. »Ich habe vor einem Zeugen Marlena getötet, du hast mir bestätigt, dass die Rache vorbei ist.« Meine Schultern zuckten. »Leider ist sie wieder auferstanden. Frauen können so hartnäckig sein, selbst im Tod.«

Maksim lachte hinter mir auf. »Die Pille, die du im Knast nehmen solltest.«

Ich nickte. »Ich erspare dir die komplizierten Details, woher ich sie habe, okay?«

Marlena griff nach meiner Hand. Sie hatte von all dem nichts gewusst, war für diesen einen Moment wirklich tot gewesen. Ich hatte den ganzen Vormittag bei ihr gesessen, gebetet, dass alles gut lief, dass sie wieder aufwachen würde. Und sie tat es.

Noch nie hatte ich so gefühlt wie in dem Moment, in dem ihre Wasserfall-Augen in meine gesehen hatten. Als sie zu verstehen versucht hatte, was geschehen war. Ich hatte ihr alles erklärt, ihr von Maksim erzählt, von meinem Plan, von Tatjanas Untergang.

Und du, Mokita? Du hast gelacht, so laut, dass ich dir den Mund zuhalten musste, um Alexander nicht neugierig werden zu lassen. Ich habe die Bomben gelegt, die du im Hintergrund zünden solltest. Wir haben diesen Plan geschmiedet. Zusammen, wie zwei Clananführer.

Marlena küsste meine Wange. »Er musste mich nicht einweihen. Ich habe ihm vertraut, selbst im Tod.«

»Ihr seid beide irre!« Tatjana schrie so laut, dass es mir in den Ohren klingelte. »Du bist irre, Iwan! Ihr Vater hat deinen ermordet und du bist so dumm und verliebst dich in sie. Wie krank kann ein Mensch –?«

Marlena zog die Waffe aus meiner Hand, rammte sie in den Mund ihrer Mutter. »Halt endlich dein verdammtes Maul!« Sie schob den Lauf tiefer und tiefer, das Blut von dem Typ darauf vermischte sich mit dem lila Lippenstift. »Du hast seinen Vater ermorden lassen! Deine ganzen Lügen zwangen Iwan zu all dem. Aber damit ist jetzt Schluss.«

Tatjana riss die Augen auf, hielt so still, dass man denken könnte, sie wäre eine Fotografie.

Ich strich durch Marlenas Haare. »Tatjana, deine Tochter wird dich umbringen. Sie wird dich töten, deine Linie auslöschen und endlich ihren Platz bei den Smirnows einnehmen. Als Boss.«

»Und ich befreie ihn von der Blutschuld«, flüsterte sie, wandte sich an mich. »Ich befreie dich.«

»Wie?« Alexander klang mehr als ein bisschen überfordert.

»Indem sie eine Pedrow wird.«

Maksim dagegen hörte sich beinahe schon euphorisch an. »Da ist man eine Nacht mal weg und schon verlobt der sich wirklich! Wahnsinn.«

Eine Nacht, die uns alles gab. Und die mir zeigte, was tatsächlich wichtig für mich war.

Ich weiß immer noch nicht, wie du es machst, Mokita, dass ich nach nur so wenigen Tagen so viel für dich empfinde. Vielleicht ist es meine Macht, die dich anzieht. Und deine Neugier, die mich anzieht. Vielleicht ist es unsere gemeinsame Lust, zu töten, die Lust aufeinander. Ich weiß es nicht. Und es ist mir egal. Du berauschst mich, du zeigst mir, was Freiheit wirklich bedeutet. Und das gebe ich nicht auf. Für niemanden.

Ich stellte mich hinter Marlena, spürte ihren Rücken, wie er sich gegen meine Brust presste. Mit der Nase fuhr ich durch ihre Haare, bis meine Lippen an ihrem Ohr lagen. »Drück ab.«

Epilog

IWAN

Fünf Monate später

Du sitzt neben mir, deine Hand fest in meiner. Deine dunklen Haare sind hochgesteckt, nur einzelne feine Strähnen fallen dir ins Gesicht und dein zarter Körper wird von einem atemberaubenden Abendkleid umhüllt, das mich ein kleines Vermögen gekostet hat. Die Diamanten auf dem dunklen fließenden Stoff, der eng an dir liegt, sind echt. Nur ein langer Schlitz an der Seite gibt deine Beine frei.

Du hattest gelacht, als ich es dir gestern Abend gezeigt hatte. Hattest dich gedreht, immer und immer wieder, und bist nicht mal davon ausgegangen, dass die unzähligen Sterne, so wie du sie genannt hattest, echt sind.

Dabei würde ich dir nie eine Lüge kaufen oder gar anziehen. Du wirst schon bald merken, wie viele dieser Kleider du haben könntest. Noch gehört dir nicht mein Name, noch gehört mir nicht deine Macht. Doch es ist nur eine Frage der Zeit bis wir gemeinsam über die Westküste herrschen.

Es ist das erste Mal, dass wir zusammen für meinen Clan auftreten. Das erste Mal, nachdem wir aus Kanada zurück sind. Vier Monate mussten wir uns dort verstecken, vier Monate haben wir darauf gewartet, dass Linda vor Gericht gewinnen würde.

Die kleine Miller hat sich bewährt. Offiziell habe ich Anastasia nun aus Notwehr getötet und sogar für die Zeit im Knast eine ordentliche Abfindung kassiert. Es ist nicht so, dass wir das Geld brauchen, aber zu viel gibt es auch nicht, oder?

Und jetzt sitzen wir alle hier in unserem neuen Haus weitab der Stadt. Maksim, mein Underboss, meine größten Capos und meine zukünftige Frau. Die geballte Ladung Pedrow-Clan an einem Tisch, vertieft in belanglose Gespräche, viel zu teurem Essen und noch mehr

Alkohol. Wie oft habe ich diese monatlichen Abende verflucht?

Doch es ist anders als vor vielen Jahren. Anders als die Male davor, die ich hier saß – ob allein oder mit Ana. Denn diesmal bin ich frei. Wir sind frei.

Und ich habe noch etwas vor.

»Ich bin gleich wieder zurück.« Maksim steht auf, legt ganz beiläufig eine Hand auf deine Schulter und geht.

Denkst du, mir fällt nicht auf, wie du ihm nachsiehst? Er sieht gut aus, keine Frage. Statt seines Hoodies trägt er endlich mal wieder ordentliche Sachen und das dunkelblaue Hemd steht ihm wirklich gut.

Mir mein weißes aber auch.

Ich hasse es, wenn du mich dazu bringst, so zu denken.

Du lehnst dich zu mir, greifst nach meiner Hand. »Wo will er hin?«

»Deine Überraschung besorgen.«

Du verengst die Augenbrauen und doch sehe ich den Funken Neugierde durch deine Wasserfall-Augen zischen. Eine kleine Sternschnuppe, die ihren Weg nach draußen sucht. Zu mir, *immer.*

»Sag es mir.« Du lachst auf, rutschst mit dem Stuhl näher an mich heran und ich befürchte sogar, dass du mir auf den Schoß springen wirst.

Die Capos drehen ihre Köpfe zu uns, beobachten dich. Sie wissen nicht, was sie von all dem halten sollen. Du bist keine feine Lady, du bist nicht wie Ana, die stets brav neben mir saß und höchstens kurz meine Hand nahm. Immerhin will hier niemand meine Macht untergraben. Doch dich kümmert es nicht einen Moment. Du behandelst mich wie deinen Mann, wie deine Liebe.

Mokita, ich schwöre, wenn dich heute Abend auch nur einer von ihnen falsch anguckt, bringe ich ihn und seine gesamte Familie um. Sie sind mir egal, die einen mehr, die anderen weniger. Aber du wirst meine Frau, du bist die Anführerin des Smirnow-Clans, du bist mein Herz. Sie müssen dir Respekt zeigen, sonst sind sie es nicht wert, ein Teil von unserem Leben zu sein.

Hach, spürst du es? Das ist Freiheit.

Meine Augen fahren über die Männer vor uns, ein schiefes Lächeln schwingt um meine Lippen. Doch kaum fangen sie meinen Blick auf, schauen sie auf ihre Teller zurück. *Schade, ich dachte wirklich, dass wir vielleicht heute gemeinsam köpfen könnten.*

»Iwan.« Du umfasst mein Kinn, drehst mein Gesicht zu dir. Deine Augenbrauen zucken in die Höhe, erwartungsvoll, fasziniert, neugierig wie eh und je.

Ich nehme deine Finger von mir, küsse jeden einzelnen. »Du musst geduldiger werden.«

Du legst die freie Hand um meinen Nacken, ziehst dich an mich. Deine Lippen streifen mein Hals, dein hellrosa Lippenstift klebt sicher schon an meinem Hemdkragen. Es ist mir egal, solange sich deine Lippen nachher auch um meinen Schwanz legen.

»Das musst du mir wohl noch beibringen.« Dein warmer Atem stößt gegen mein Ohr.

Ich umschließe deine Finger fester, widerstehe der Versuchung, in deine Fingerkuppen zu beißen, die ich eben noch küsste. Du wirst es nie leid sein, mit mir zu spielen.

Ich auch nicht.

Gerade als ich überlege, in deine viel zu akkurate Hochsteckfrisur zu greifen, dich auf diesen Tisch vor mich zu setzen und dich vor all den anderen mit meiner Zunge zum Höhepunkt zu bringen, kommt Maksim wieder herein.

Er bleibt im Türrahmen stehen, nickt mir kaum merklich zu.

Wir nähern uns dem Höhepunkt, Mokita.

»Darf ich?« Ich stehe auf, ziehe deine Hand mit mir und du erhebst dich von ganz allein.

Wie all meine Capos, denen ich einen kurzen Blick zuwerfe. Das meine ich, Mokita. Sie respektieren mich, fürchten mich sicher sogar ein bisschen. Und genau so sollen sie auch für dich stehen.

Vielleicht muss heute doch einer von ihnen sterben?

Ich setze mich wieder, lasse mich seelenruhig auf meinen Stuhl zurückfallen, deine Hand noch immer in meiner. Die Knie leicht auseinander, den Blick starr auf meine Männer.

Doch sie sehen nicht mich an, sie schauen zu der Frau, die genauso mächtig ist wie ich, nur mit einem anderen Namen. Zu der Frau, die sich meine Macht ohne Furcht genommen hat. Und mir ihre schenkt.

Zu dir, Mokita.

Ich sehe es meinen Männern an, sie denken nach, grübeln, ob sie stehen bleiben sollen – für dich.

Maksim stößt sich vom Türrahmen ab, schlendert an dem langen Tisch vorbei. Er darf sich setzen, Mokita, ich erkläre dir später, wieso. Heute geht es um deine Macht, nicht um meinen Underboss, der grinsend all die Männer beobachtet.

Bis sich einer hinsetzt. Gregor. Er ist kein schlechter Capo. Aber, wie sich herausstellt, auch kein sonderlich guter.

Maksim greift augenblicklich an seinen hinteren Hosenbund, umfasst seine Pistole und drückt ab. Du musst ihm keine Anweisungen hierfür geben, er tut es für dich, für mich, für den Clan. Den wir *gemeinsam* führen.

Du zuckst unter dem Knall kurz zusammen, schaust zu, wie die Haut auf seiner Stirn aufplatzt, wie sich das Gewebe um seine Wunde schlingt, Knochensplitter in verschiedenen Richtungen herausragen.

Du lächelst, blickst zu Maksim, der sich leicht verbeugt, und wieder zurück zu dem toten Gregor, der nur noch schief auf seinem Stuhl hängt. Du lässt mich los, verschränkst die Arme vor der Brust. »Ich denke, dass nun alle verstanden haben, welche Rolle ich spiele.«

Alexander neigt den Kopf herab, als würde er sich dir unterwerfen wollen. »Eine wesentlich Größere, als Anastasia es jemals …«

Du hebst eine Hand, unterbrichst ihn mitten im Satz. »Ich bin nicht wie sie und will nie wieder ihren Namen hören.«

Um Alexander würde es mir wirklich leidtun, er ist ein guter Capo und irgendwie auch ein Freund. Sicher denkt er, dass du Ana verabscheust für das, was sie mir angetan hat. Doch ich kenne die Wahrheit.

Du bist selbst auf meine tote Ehefrau eifersüchtig. Du denkst, dass sie die geeignetere Frau an meiner Seite war. Dabei war sie nur eine gute Ablenkung von all der Scheiße in meinem Leben, während du die Scheiße zu etwas Besseren machst. Mit dir kann ich gemeinsam hier stehen, gemeinsam alles teilen. Das ging mit Ana nie, weil ich es schlicht nicht wollte.

Du hast gar nicht nach meiner Erlaubnis gefragt. Wie kannst du also nicht sehen, wie perfekt du für mich bist?

Alexander nickt dir zu. »Selbstverständlich, entschuldige.«

Wenn du ihn noch eine weitere Sekunde so ansiehst, wird Maksim ihm auch den Schädel wegpusten. *Vielleicht ein anderes Mal, Mokita.*

Ich stehe neben dir auf, lege einen Arm um deine Taille.

»Wir werden gehen. In einer Stunde ist unser Haus leer.« Ich bin kein Mann großer Worte und die Leute kennen mich so. Sie wissen, wie ich bin. Und nun kennen sie auch dich.

Ohne dass du weiter darüber nachdenken kannst, auf welche Art und Weise du Alexander töten wirst, ziehe ich dich mit mir.

Maksim folgt uns. »Sie wartet draußen.«

»Sie?« Du drehst dich zu ihm um. »Wer?«

Er überholt uns, öffnet die Tür und wir treten heraus in das große Foyer, doch unser Ziel ist noch einen Schritt weiter.

Ich führe dich hinaus, in den kleinen Pavillon im Garten, in dem du so oft sitzt und zeichnest.

Und in dem ich dich so oft ficke.

Du wolltest unbedingt hier auf dem Land wohnen. Abseits der gläsernen Innenstadt und weit weg von dem Beton-Ghetto, in dem du gelebt hattest. Manchmal vermisse ich mein Penthouse, doch je länger wir hier in dieser älteren Landvilla sind, desto mehr verstehe ich es. Wie oft beobachte ich dich, wie du auf der Veranda sitzt und die Natur ansiehst. Wie du im Garten liegst und ein Buch nach dem anderen liest. Und wie oft ich dich in allen Winkeln dieses Hauses ficke.

Das Gras gibt unter unseren Schuhen nach und vor allem deine Absätze versinken immer wieder in dem weichen Boden. Du bückst dich, ziehst die Schuhe aus und raffst dein Kleid hoch, um besser laufen zu können. »Sagt mir jetzt mal einer, was hier abgeht?«

Was hier abgeht? Niemals hätte Ana mich so ungeniert gefragt. Aber ich habe für Ana auch nicht mal halb so viel empfunden wie für dich. Deshalb muss ich dringend etwas nachholen, etwas ganz Entscheidendes. Zurzeit bin ich nämlich nicht viel besser als dein Versager-Carter.

Eine Frau wie dich fragt man, ob sie ihr Leben mit einen teilen möchte. Eine Frau wie dich bittet man auf den Knien darum. Man beschließt es nicht, Blutschuld hin oder her.

»Wer ist das?« Abrupt hältst du an, als du mein Geschenk siehst.

Eine unscheinbare Gestalt steht inmitten des Pavillons, die Hände auf dem Rücken gefesselt, ein Sack über dem Kopf und einer meiner Soldaten an ihrer Seite.

»Iwan.« Dein Blick trifft meinen. Kein Vorwurf, keine Angst. Es ist Leben, es ist Freiheit, es ist die pure Vorfreude, die darin glitzert.

Maksim geht voran, schickt den anderen Mann weg. Du beobachtest ihn, seinen Hintern in der Anzugshose, seine muskulösen Arme in seinem mittlerweile halb hochgekrempelten Hemd. Würdest du nicht so sehr diese Monogamiesache mit mir durchziehen wollen, hätten wir genau jetzt eine Menge Spaß zu dritt. Neben dem Tod, dem Verderben und unserer eigenen Dunkelheit.

Maksim zieht den Sack ab und deutet mit beiden Händen auf dein Opfer, als wäre es eine glänzende Trophäe.

»Aria.« Du keuchst ihren Namen beinahe.

O ja, Aria Connor. Dieses erbärmliche Miststück. Ihr sonst so akkurater Bob ist zerzaust, ihre Brille hängt schräg auf der Nase, über ihrem Mund klebt graues Panzertape, doch es kann ihr Jammern nicht gänzlich unterdrücken.

Ich schiebe dich, eine Hand auf deinem unteren Rücken, voran. »Ich weiß, ich darf dir die Zeitung nicht kaufen und du willst weiter normal arbeiten.« Ich verstehe es nicht, ich respektiere es nur, Mokita. »Aber diese Frau hatte dich zu mir geschickt. Sie wusste über alles Bescheid.« Und auch wenn ich ihr dankbar dafür bin, dass sie uns zusammenführte, so waren ihre Absichten doch ganz anders. »Allein der Wille, dir wehzutun, reicht aus, um meine Wut auf sich zu ziehen.«

Du nickst nur, schaust wie paralysiert zu Aria auf, deren Augen wild umherzucken. Ihr Mund bewegt sich auf und ab, wahrscheinlich versucht sie sich freizubeißen. Erbärmlich.

»Wie willst du sie umbringen?« Maksims Stimme ist tief und ich verwette all meine Autos darauf, dass er jeden Moment hart werden würde. *So wie ich.*

»Ich will ihr das Genick brechen.« Du löst dich von mir, gehst barfuß zu deiner Beute und stellst dich neben sie. »Hallo, Aria.«

Sie reißt an ihren Fesseln, doch Maksim hält sie für dich in Schach.

Ich folge dir, streiche deinen Rücken auf und ab. »Weißt du noch, wie es geht?«

»Wie könnte ich das vergessen?« Du umfasst ihren Kopf genauso, wie ich es dir gezeigt hatte. Genauso, wie ich es dir gesagt hatte.

Und das wird sich nie ändern. Ich sage etwas und du gehorchst. Dagegen bist du ebenso machtlos wie ich.

Ich trete an dich heran, meine Hände liegen an deiner Taille, meine Lippen streifen dein Ohr. »Ich liebe dich.«

Leise seufzt du auf, genießt meine Worte und deine eigene Macht über mich. Allein dieses leise und absolut heiße Geräusch aus deinem Mund … vielleicht sollte ich es dir doch öfter sagen?

Du tust es, reißt ihren Kopf zurück. Der Winkel ist nicht ganz perfekt und ihr Genick knackt lediglich überlaut, lässt Aria die Augen aufreißen.

»Fuck.« Du schiebst ihren Kopf wieder in die richtige und gesündere Position, schaust über deine Schulter zu mir. »Was war falsch?«

Meine Mundwinkel zucken, es ist ein Automatismus. Du kannst dir nicht vorstellen, wie sehr du mich anziehst. »Mehr Kraft und noch mehr neigen.« Ich küsse deine Schläfe, lasse dich meinen harten Schwanz an deinem Hintern fühlen.

Du drückst dich an mich, schaust jedoch wieder nach vorn, direkt zu Maksim, der Aria festhält. Du genießt es, sein Blick auf dir, meine Härte an dir. Doch du willst es nicht zugeben, du bist noch immer gefangen. Das werden wir bald regeln. Heute jedoch gehörst du ganz allein mir.

Ich lasse dich los, gehe um dich herum, nehme Maksims Platz ein. Deine Augen fixieren meine, du versinkst förmlich in mir. Er sagt nichts, geht einfach. Bemerkst du es überhaupt? Er wird nie ein Teil von uns sein, dein Herz ist mein.

Mit den Fingerspitzen streife ich über deine Wange. »Heirate mich, Marlena Smirnow.«

Du weitest die Augen, reißt im gleichen Moment Arias Kopf zurück. Der Winkel ist perfekt, deine Kraft reicht aus. Ihr Hals gibt nach, bricht in deinen Händen zusammen, so wie ihr Leben.

Ich greife nach dem Messer und deiner wirklichen Überraschung in meiner Jackettasche, schneide ihr mit einem Ruck die Kehle durch. Ich weiß, sie ist tot. Aber, Mokita, ich bin eben ein nachtragender Mensch und ich muss ihr wehtun, für das, was sie dir antun wollte.

Blut sickert aus ihrer Wunde, fließt an ihr herab. All die Diamanten an deinem Kleid färben sich blutrot, wie unzählige Rubine, die sich auch auf meinem Hemd verteilt haben.

Du fährst mit den Fingern durch das frische, warme Blut, lässt es von deinen Fingerspitzen tropfen und zeichnest damit ein kleines rotes Herz auf mein Hemd. »Ja, Iwan Pedrow.«

Ich greife nach deiner Hand, schiebe den goldenen Ring mit dem einzelnen, riesigen Diamanten über deinen blutüberströmten Finger, direkt durch das warme Rot. Das Gold glänzt an deiner hellen Haut, vermischt sich mit dem Blut.

Aria fällt zwischen uns zu Boden, du steigst über sie, fällst in meine Arme. »Ich liebe dich auch.«

Diese wenigen Worte. Mokita, noch nie habe ich mich freier gefühlt.

Ende

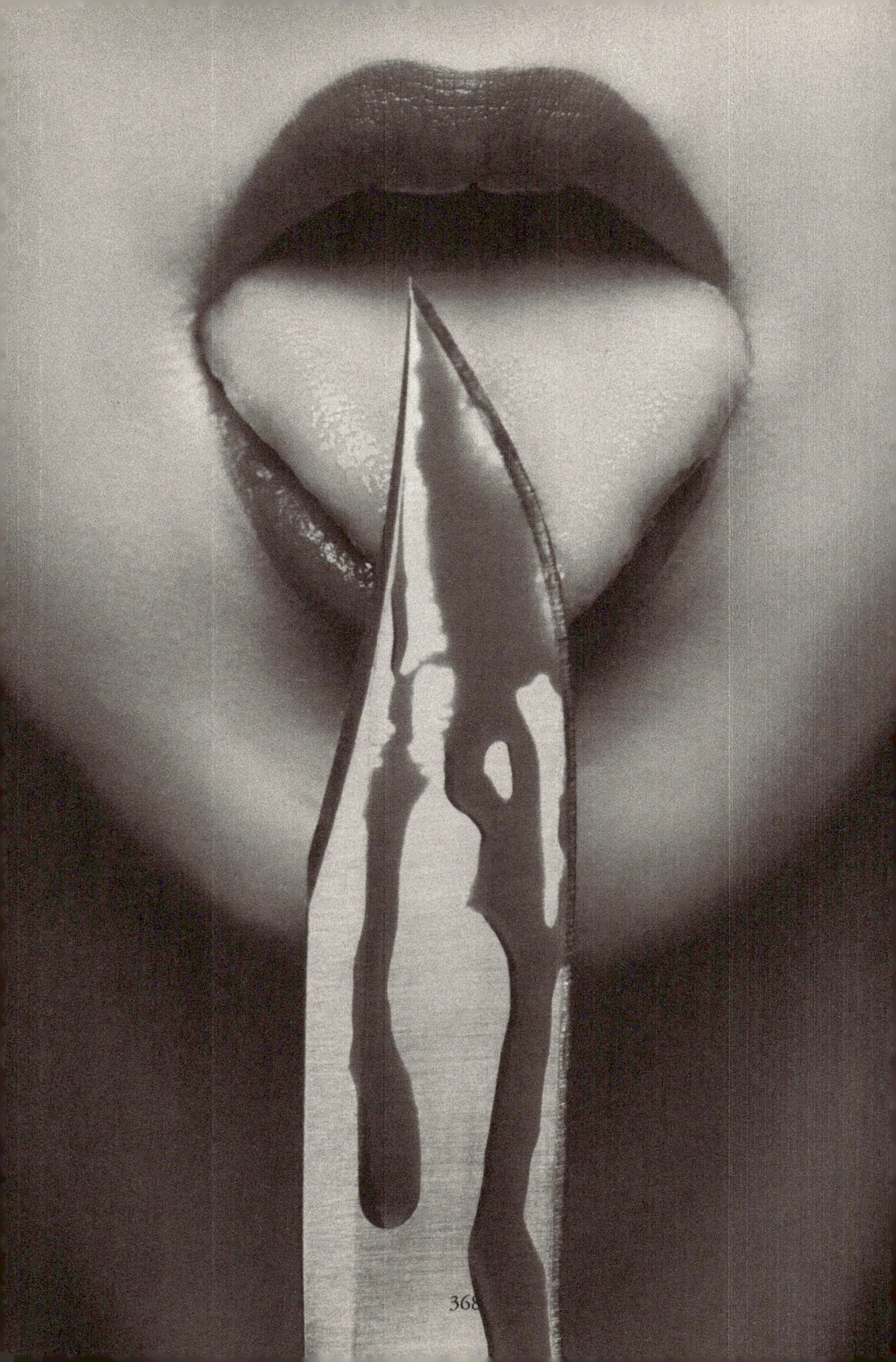

Bonuskapitel

Marlena

»Schließ die Augen.« Iwans Stimme hüllte mich ein, zauberte eine Gänsehaut auf meinen Körper. Ich lag komplett nackt unter ihm auf unserem Bett, er saß rittlings auf mir.

Ich tat, was er sagte, spürte nur Sekunden später ein kühles Satinband auf meinen Lidern. »Was soll das?« Unwillkürlich musste ich kichern, wand mich unter ihm.

Sein Atem stieß gegen meinen Mund. »Du bist die Freiheit für mich. Lass mich dir zeigen, wie sie sich anfühlt.«

Diese kryptische Antwort brachte mich nicht weiter, aber egal. Wenn unsere Freiheit so verboten heiß war, durfte er sie mir gern immer und immer wieder zeigen.

»Genieß es einfach.« Er glitt an meinem Körper herab, küsste flüchtig meine Haut, saugte für den Bruchteil weniger Sekunden an meinen Brustwarzen. Zähne gruben sich in meine empfindlichen Knospen und ich konnte das Aufschreien nur knapp unterdrücken. Ihn nicht zu sehen, nicht zu wissen, wo er mich als Nächstes berührte, und vor allem, wie er es tat, trieb mich in den Wahnsinn. Seine Hände fuhren meine Seite hinab, während seine Zunge meinen flachen Bauch herableckte, über meine Scham bis zu meiner Klit.

Ich streckte mich ihm entgegen, doch er verschwand. Nur sein heißer Atem stieß immer wieder gegen meine Mitte, ließ mich lauter und lauter aufkeuchen. Was hatte er vor? Ich wollte in seine Haare greifen, doch fasste nur ins Leere. Keine Ahnung, wo er genau saß. Ich sah ihn nicht, konnte ihn nur spüren, *hoffen*, dass er mir näherkam. Dass er mich endlich *richtig* berührte.

Ich streckte den Rücken durch, spreizte die Beine so weit wie möglich.

Tu es, tu es, tu es.

»Lass mich dir zeigen, was du wirklich willst.« Jedes seiner Worte traf nicht nur meine Mitte, sondern auch das Feuer in meinem ganzen Körper.

Gerade als ich ihn fragen wollte, was er damit meinte, leckte er über meine Spalte, teilte sie und traf auf meine Klit. Seine Zunge umkreiste sie, seine Hände umfassten meine Taille und drückten mich enger an ihn. Aus mir kamen keine Atemzüge mehr heraus, es war nur noch das blanke Stöhnen. Ich riss die Arme nach oben, suchte wie so oft Halt in den Holzstäben des Bettgiebels.

»Iwan.« Seinen Namen regelrecht zu wimmern, war reiner Automatismus. Mit jeder seiner Berührungen, mit jeder seiner Worte, fraß er sich tiefer in mich. Es gab niemanden in diesem Augenblick für mich, nur ihn. *Immer nur ihn.*

Eine seiner Hände löste sich von mir, wanderte an meinen Beinen herab, bis ein Finger in mir versank. Ich verkrampfte förmlich um ihn herum, sehnte mich nach so viel mehr als diesem schmalen Finger. Er stieß immer schneller in mich, saugte gleichzeitig an meiner Klit und trieb ein Kribbeln durch meinen Körper, das mich beinahe schweben ließ.

Ich keuchte auf, leckte über meine trockenen Lippen und … über etwas anderes. Es war weich und hart zugleich, leicht feucht und schmeckte … ein Schwanz. Es war ein Schwanz!

Iwan war nicht allein. Wir waren nicht allein! Ich versuchte, mich aufzurichten, die Augenbinde von mir zu reißen. Doch der zweite Typ drückte mich mit einer Hand um meine Brust wieder nach unten, umfasste mit der anderen meine Handgelenke und fixierte sie über mich.

»Du bist gefangen, Marlena. Und gleichzeitig so frei wie noch nie.« Seine Worte an meiner Mitte, seine Zunge, die in mir versank. Und die fremde Hand an meiner Brust, die meinen Nippel zwirbelte, ihn in die Länge zog und dann schon fast zärtlich darüberstrich. In mir vibrierte alles. Ich wusste nicht mehr, wo oben und wo unten war. Ich konnte nur noch fühlen.

Hier ist noch jemand. Noch jemand, der mich begehrt. Der mich will.

Seine Härte schob sich zwischen meine Lippen, versank in meinem Mund. Ich wimmerte auf, vor Begierde, vor Verlangen. Kaum stieß er in mich, saugte ich an seiner Spitze, leckte über die zarte Haut und kostete seine Lust.

Er stöhnte auf und … ich kannte ihn – Maksim. Es war Maksim, der in meine Haare griff, mich noch enger an ihn drückte und dessen Schwanz in meinen Rachen stieß. Wäre mein Hirn nicht absolut vernebelt gewesen, hätte ich es mir gleich denken können! Niemanden sonst würde Iwan so selbstverständlich an mich heranlassen.

Die Erkenntnis glühte heiß in mir nach, schlug Funken durch meinen Magen und verteilte die kleinen Flammen in jede noch so winzige Zelle meines Körpers. Wie lange beobachtete ich Maksim bereits, wie lange dachte ich an den Blowjob von damals, neben der Leiche meines Mannes, zurück? Wie lange wünschte ich mir, Iwan hätte uns gesehen, uns beobachtet und wäre dazugekommen?

Ich wollte es, mit beiden Männern. Aber nie traute ich es mich, e s laut auszusprechen. *Doch jetzt bin ich frei, so, so frei. Mit dir, mit ihm.*

Iwan umkreiste mit seiner Zunge meine Klit, stieß mit seinem Finger tief in mich, während Maksims Härte immer wieder in meinem Mund verschwand. Alles an mir kribbelte, prickelte und verjagte meinen Verstand. Selbst mein Hirn gab das Denken einfach auf. Die beiden Männer brachten mich nicht auf Wolke sieben, sie waren die Hölle, die über mich einbrach, mich niederriss.

Ich leckte über Maksims Länge, hauchte Iwans Namen, der sich von mir löste. Selbst mit dieser Augenbinde spürte ich seine Blicke auf mir brennen.

»Dreh dich auf den Bauch.« Es war ein Befehl, keine Bitte. Maksim ließ mich los, wartete, bis ich mich umdrehte.

»Auf die Knie.« Wieder gehorchte ich Iwan, reckte meinen Hintern empor und stieß direkt auf seinen Schwanz. Oder war es Maksims? Die Spitze der Härte fuhr meine Rundungen nach, Hände spreizten meine Backen.

»Iwan«, keuchte ich seinen Namen, ließ meinen Oberkörper sinken, um meinen Hintern noch besser präsentieren zu können.

Jemand griff wieder in meine Haare, setzte sich vor mich. Ein Schwanz berührte meine Wangen, zeichnete die Konturen meines Gesichts nach, bis er wieder in meinem Mund landete.

Einer der beiden stieß von hinten in mich, ließ mich nach vorn wippen, rammte mir die andere Länge tiefer in den Rachen. Ich wollte mich ein wenig aufrichten, kurz nach Atem schnappen, doch starke Hände hielten mich an Ort und Stelle, während von hinten immer und immer wieder ein Schwanz in mir versank.

Ich wusste nicht, was ich zuerst empfinden sollte. Die Tränen, die ganz automatisch meine Wangen entlangstrichen, weil ich kaum eine Chance zum Luftholen hatte? Oder meine Mitte, die nicht mehr nur kribbelte, sondern einen Elektroschlag nach dem anderen erlitt?

Ich wusste nicht, wer vor mir saß, wer mich gerade fickte. Und ich genoss es. Genoss es, beide Männer an mir zu haben, ihre Hände in meinen Haaren, an meiner Hüfte, auf meinem Rücken zu spüren. Meine Brüste drückten sich gegen das kühle Laken, meine Knie scheuerten darüber. Doch ich fühlte mich nur noch schwerelos. Absolut schwerelos.

Der Schwanz in meinem Mund begann zu zucken, würde bald in mir abspritzen. Der Griff um meine Haare verschwand, genauso wie die Härte aus meinem Mund.

»Nein, bleib hier.« Es klang albern und absolut billig. Aber ich wollte es nicht beenden. Unter keinen Umständen.

Jemand packte mich im Nacken, richtete mich auf. Schnelle und flache Atemzüge stießen gegen meinen Hals. »Setz dich auf seinen Schwanz und reite ihn.« Er löste die Augenbinde, warf sie weg. Iwan war also die ganze Zeit hinter mir gewesen.

Ich blinzelte ein paar Mal, bis ich mich wieder an die Helligkeit gewöhnt hatte. Maksim saß direkt vor mir, die Beine locker nebeneinander, eine Hand um seine Härte.

»Muss ich mich wiederholen?« Iwan legte seine Finger um meine Kehle. »Oder muss ich zu anderen Mitteln greifen?«

Ich antwortete ihm nicht, drückte mich gegen seine stille Drohung und krabbelte auf Maksim zu.

Ein Lächeln schlich sich auf sein Gesicht. »Komm her, Malyschka.« Es wirkte beinahe zärtlich im Vergleich zu Iwans Befehlen.

Rittlings ließ ich mich auf ihm nieder, spürte seine Spitze an meinem Eingang pochen. Stück für Stück glitt er in mich, füllte mich aus.

Maksim sog scharf die Luft ein, umfasste meine Brüste, knetete sie in seinen Händen, kniff in meine Brustwarzen. Die Zärtlichkeit war damit vorbei. Der bittersüße Schmerz rauschte durch meine Venen, seine Härte versank endgültig komplett in mir.

Ich legte den Kopf in den Nacken, atmete gepresst aus. Er fühlte sich noch besser als in meiner Vorstellung an.

Iwan strich über meine Wange, fuhr mit seiner Fingerspitze meine Lippen nach, während ich begann meine Hüfte auf Maksim zu bewegen. Immer wieder versank seine Härte in mir, reizte mich bis aufs Letzte.

Iwan stand einfach nur neben uns, beobachtete, wie meine Brüste im Takt meines Beckens in Maksims Händen wippten, wie ich immer wieder in meine Haare griff und seinen Freund fickte.

Er berührte mich nicht, nicht mal sein Atem schlug gegen meine Haut. Und doch war er überall an mir. Ich spürte ihn mit jeder Zelle meines Körpers, jeder Muskel spannte sich für ihn an, nur ganz allein für ihn. Egal welcher Schwanz gerade in mir war. Er musste mich nicht anfassen, mich ausfüllen. Er war immer in mir, in meinem Herzen, das ganz allein ihm gehörte.

Maksims Härte zuckte in mir, brachte mich zum Lächeln. Ich wollte ihn spüren, wollte seinen Orgasmus tief in mir aufnehmen, ihn gemeinsam mit ihm erleben. Ich ließ mein Becken schneller kreisen, krallte mich an seinen Schultern fest, meine Stirn sank gegen seine, unsere Atmung wurde eins.

Iwan umgriff meinen Hals, zog mich von Maksim zurück und stoppte augenblicklich meine Bewegungen. »Es gibt Grenzen.« Mit dem Daumen fuhr er die Kuhle meiner Kehle nach. »Du wirst sie lernen, Mokita.«

Ich verstand ihn sofort, spannte noch einmal alles in mir an, um Maksim ein letztes Mal ganz und gar zu spüren. Jedenfalls für heute Abend.

Er grinste, griff, während ich von ihm kletterte nach einer meiner Brüste, saugte für den Bruchteil einer Sekunde an meinem Nippel »Jetzt kommt der beste Teil.«

Dieser Satz klang wie Fluch und Segen zu gleich. Und ich wollte nicht einen Moment länger warten, um ihn endlich wahrwerden zu lassen. Sie sollten mich verfluchen und mir die langersehnte Erlösung schenken, sie alle beide.

»Komm an die Kante.« Iwan ging einen Schritt zurück, sodass ich mich vor ihn setzen konnte.

Maksim rutschte vom Bett, stellte sich direkt neben ihn.

Beide Schwänze waren auf mich gerichtet, beide wurden von zwei Fäusten umschlossen. Die eine mit all den kleinen Symbolen tätowiert, die andere rein und weiß. Aber beide fuhren schnell an sich auf und ab, besorgten es sich selbst.

»Zunge raus«, presste Iwan zwischen zwei Atemzügen hervor.

Erst jetzt verstand ich, was sie hier wollten. Ich öffnete den Mund, leckte erst über Iwans Spitze, spürte seine Fingerknöcheln an meinen Lippen. Dann über Maksims Eichel, küsste die zarte Haut.

Beide stöhnten auf, beide schauten zu mir herab. Und ich zu ihnen herauf.

Ich leckte über ihre Längen, saugte an ihnen, bis beide ihre freien Hände in meine Haare vergruben, mich abwechselnd hin und her reichten. Sie gehörten beide mir.

Maksim kam als erstes, sein heißes Sperma schoss auf meine Zunge, floss über meine Lippen, als auch Iwan sich grob in meinen Mund rammte, um seinen Samen gegen meinen Rachen zu spritzen. Fuck, das war der beste Sex jemals.

Iwan strich über meine Wange. »Leg dich wieder aufs Bett.« Er hatte den Satz noch nicht vollständig ausgesprochen, da rutschte ich bereits zurück. Maksim umfasste meine Fußknöchel, spreizte meine Beine und stellte meine Füße links und rechts vor mir auf. »Wen willst du vor dir liegen sehen?« Diese Frage jagte einen solchen Schauer über meine Haut, dass ich nicht antworten konnte. Die Gänsehaut schien sich selbst auf meinem Hirn auszubreiten.

Beide Männer legten sich rechts und links von mir, strichen jeweils eine Seite an mir herab. Ich wand mich unter ihren Fingerspitzen, wollte, dass sie beide ihren Weg hinab fanden.

»Sag meinen Namen, Malyschka.« Maksim küsste meine Schulter, ließ einen Finger in mich gleiten.

Iwan umspielte meine Klit, umkreiste sie. »Sei frei für mich.«

Wie sollte ich einen Satz herausbekommen, wenn beide ihre Hände an und in mir hatten? Maksim rammte sich in mich, rhythmisch und beinahe schon liebevoll. Iwan jedoch kniff in meine Perle, ließ mich unter sich erbeben. Fuck, sie kamen wirklich beide direkt aus der Hölle.

Maksim küsste meine Wange. »Entscheide dich.« Es war eher ein gefährlicher Singsang, ein himmlischer Befehl, der mich in den Abgrund stoßen *musste*.

Mein Blick zuckte zu Iwan. Wie weit dürfte ich gehen? Doch er grinste nur, schaute an mir vorbei zu Maksim und nickte.

»Ich wusste es.« Augenblicklich glitt Maksim an mir herab, küsste auf seinem Weg hinab jeden Zentimeter meiner Haut, hinterließ eine brennende Spur.

Alles in mir hielt die Luft an, alles in mir spannte sich dermaßen an, dass es wehtun müsste. Doch stattdessen fühlte sich alles so unheimlich leicht an.

Iwan lächelte noch immer, strich mir die Haare aus dem Gesicht. »Stöhne meinen Namen, Marlena.«

Genau in diesem Augenblick berührte mich Maksims Zunge, leckte über meine Klit, die mehr als nur gereizt war.

»Iwan.« Es war kein Stöhnen, es war ein lustverzerrter Schrei. Kein anderer Name kam über meine Lippen, kein anderer war dermaßen in meinem Kopf verankert.

Maksim saugte an meiner Perle, versenkte einen Finger in mich. Ich griff in seine Haare, drückte ihn enger an mich, wollte ihn noch intensiver spüren, bis meine Beine schwer und leicht zugleich wurden. Meine Zehen verkrampften, meine Mitte lud sich förmlich elektrisch auf, bis ich zu explodieren schien.

Der Orgasmus überrollte mich, nahm mich vollends ein. Iwan küsste mich, schob seine Zunge zwischen meine Lippen, als könnte er die Lust und gleichzeitig die Erlösung in mir schmecken.

Maksim küsste meine Mitte, meine Innenschenkel empor und rutschte an mir herauf, bis er wieder rechts von mir lag. Seine Lippen trafen meine, verteilten meine Lust auf meiner Zunge. »Gott, das hatte ich so nötig«, flüsterte er gegen meinen Mund.

Ich auch, doch niemals würde ich es so offen aussprechen.

Iwan zog mich auf sich, bis wir Bauch auf Bauch neben Maksim lagen. Beide Männer strichen meinen Rücken auf und ab.

Ich küsste Iwan, legte meine Lippen auf seine, als würde es niemanden sonst hier in diesem Raum geben. Als wären nur seine Hände auf mir, wie er in meinem Herzen. »Du bist meine Freiheit.«

Der Pedrow-Smirnow-Clan

† Nadia Pedrow

† Wladislaw Pedrow

† Tatjana Smirnow

† Matjew Smirnow

☆☆☆

Iwan Pedrow & Marlena Smirnow

BOSS

☆☆

Maksim Sorokin

Underboss

CAPOREGIME

SOLDIERS

Nachwort

Hallo Malyschka,

natürlich habe ich das letzte Wort. Und ich weiß, dass du schon längst kleine Herzchen mit meinem Namen in dein Tagebuch malst. Wer kann dem zauberhaften Maksim schon widerstehen? Du hast so ein schönes Lächeln.

Mir ist klar, dass du alles über Allison und mich wissen willst. Aber soll ich dir ein Geheimnis verraten? Nein, kein so großes, wie mich und sie verbindet. Es ist trotzdem gut.

Du wirst bald eine ganze Menge erfahren. Was genau? Na ja, wie wäre es mit: So bricht man der einzigen Frau, die einem jemals etwas bedeutet hat, das Herz? Dicht gefolgt von: Welches Geheimnis bewahren zwei Teenager füreinander ihr Leben lang auf? Oder auch ein mega Hit: So verschweige ich dem Boss meines Clans, der auch wie mein Bruder ist, dass ich …

Aber, aber, Süße. Das verrate ich dir doch jetzt noch nicht. Bald weißt du alles. Die Frage ist nur, ob du damit leben kannst.

Wir nicht.

Danksagung

Da sind wir mal wieder – am Ende einer Geschichte. Dieses Buch ist so schnell und intensiv entstanden, dass ich manchmal kaum noch an etwas anderes denken konnte. Man könnte sagen, dass Iwan nicht nur Marlena, sondern auch mich voll und ganz eingenommen hatte. Doch um das überhaupt so realisieren zu können, gab es Menschen um mich herum, die das möglich gemacht haben.

Mein Mann – ich werde dir in jedem meiner Bücher immer wieder so, so sehr danken für alles, was du tust. Du wäschst nicht einfach nur die Wäsche, kochst fix ein paar Nudeln und verbringst Stunden auf dem Spielplatz. Du schenkst mir Freiheit. Und niemand sonst auf dieser Welt lässt mich so fühlen, wie du es tust. Gut, ausgenommen vielleicht unser kleiner Krümel.

Ich liebe euch beide so sehr.

Sophie Moore – was soll ich dir sagen, was du eh nicht direkt denken wirst? Wir sind nicht nur auf einer Wellenlänge, wir senden absolut die gleiche Frequenz und dafür bin ich so unheimlich dankbar.

Sally Dark – keine Ahnung, wie viele Menschen auf Instagram sind, keine Ahnung, wie wir es genau geschafft haben, zueinanderzufinden. Ich weiß aber, dass es mir mehr bedeutet, als in eine Danksagung passt.

Sam Woods – du bist und bleibst meine liebste Version vom Feuerwehrmann. Danke, dass du so wundervoll bist, wie du eben bist!

Ava Harrington – es ist Iron Man. Ja, ich dich auch.

Sophia Como – ich sag's kurz und knapp: Du bist zauberhaft!

Meine liebsten Testlesemädels, nein, euch vergesse ich nicht. Ihr hört euch Hörbücher in Form von Sprachnachrichten an, ihr vertreibt Zweifel, verliebt euch mit mir in Maksim und startet Petitionen gegen das Töten von Nebencharakteren. Ich bin euch so, so dankbar, für alles.

Alicia, Annabell, Anne, Cathleen, Daniela, Doris, Jenny, Laura, Lisa, Luna, Mareen, Sarah, Sandra, Saskia, Selina, Simge, Sina, Vanessa.

Meinen Thornröschen danke ich ebenfalls aus vollem Herzen.

Ihr seid das weltbeste Bloggerteam und ich kann euch gar nicht genug für euere Engagement und eure mega tollen Buchbilder danken.

Ein besonderer Dank geht auch an Sarah, die Iwan bereits liebte, als ich ihn nur mal kurz erwähnt hatte. Danke für deine Geduld mit mir, für deine Liebe und deine Zeit in allen möglichen Situationen. (Und vor allem für deine ersten Worte, nachdem der Podcast Annys neuer Plot geendet hatte: »Iwan ist ein Feuchte-Höschen-Magnet!«)

Vanessa – egal wie weit wir entfernt wohnen, uns verbindet mehr. Manche Menschen passen einfach so wunderbar ins Herz. Danke, dass du in meinem Leben bist. Wir sind eine Naturgewalt!

Ein großer Dank geht an das gesamte Team von Heartcraft! An meine Lektorin Diana, an die Coverfee Kim, an alle im Hintergrund. Danke!

So, ich habe sicher jemanden vergessen. Daher: Danke an alle! Jeder, der zu diesem Buch greift, macht es möglich, dass ich diesen Traum leben kann. Also danke ich all euch Lesern, denn ohne euch wäre nichts davon auch nur annähernd möglich!

Wir lesen uns bei Maksim.

Eure Anny

Triggerwarnung

Auch wenn du schon ein paar Dark Romance Bücher gelesen hast, möchte ich dir vorab sagen, dass einige sehr explizite Dinge auf dich zukommen werden. Bitte sei dir darüber bewusst und wäge selbst ab, ob du das lesen kannst. Denk bitte immer zuerst an dich und dein eigenes Seelenwohl.

Trigger:
Explizite und blutige Gewaltdarstellungen
Körperverletzung
Vergewaltigung
Häusliche Gewalt
Folter
Psychische Manipulation
Selbstmordgedanken
Selbstzerstörerisches Verhalten

Anny Thorn

Romance mit Herzras-Garantie und einer Menge
Badass-Women-Power

Anny ist 1993 in einer Kleinstadt in Thüringen geboren, lebt aber nun seit etlichen Jahren gemeinsam mit ihrem Mann und Sohn im nördlichen Baden-Württemberg. Das Schreiben hat sie schon sehr früh für sich entdeckt. Ihre Geschichten drehen sich rund um die Liebe. Mit einer Menge Spannung, heißen Momenten und ganz viel Gefühl verführt sie die Leserherzen und bringt jeden Puls zum Rasen.

Annys Bücher lassen dich mit offenen Augen träumen. Komm und träum mit ihr, wenn du dich traust!

Instagram: anny.thorn

HEARTCRAFT